BERND GUNTHERS

Die Kuh gräbt nicht nach Gold

BERND GUNTHERS

Die Kuh gräbt nicht nach Gold

Kriminalroman

GMEINER

Immer informiert

Spannung pur – mit unserem Newsletter informieren wir Sie regelmäßig über Wissenswertes aus unserer Bücherwelt.

Gefällt mir!

Facebook: @Gmeiner.Verlag
Instagram: @gmeinerverlag
Twitter: @GmeinerVerlag

MIX
Papier aus verantwortungsvollen Quellen
FSC® C083411
FSC www.fsc.org

Besuchen Sie uns im Internet:
www.gmeiner-verlag.de

Im Ehnried 5, 88605 Meßkirch
Telefon 07575/2095-0
info@gmeiner-verlag.de

1. Auflage 2021

Lektorat: Claudia Senghaas, Kirchardt
Herstellung: Mirjam Hecht
Umschlaggestaltung: U.O.R.G. Lutz Eberle, Stuttgart
unter Verwendung eines Fotos von: © Countrypixel / stock.adobe.com
Druck: CPI books GmbH, Leck
Printed in Germany
ISBN 978-3-8392-2816-6

Personen und Handlung sind frei erfunden.
Ähnlichkeiten mit lebenden oder toten Personen
sind rein zufällig und nicht beabsichtigt.

KAPITEL 1 – SAMSTAG

»Der sieht nicht gut aus, wirklich nicht. Irgendwie sehr tot«, meinte Milka und beugte sich gefährlich weit über den Bootsrand des Kanadiers. Es klang nicht nach Meinung, eher nach einer definitiven Feststellung.

»Wenn du dich samt Paddel weiter über den Süllrand hinauslehnst, liegen wir beide gleich neben ihm im Wasser«, mahnte Kriminalhauptkommissar Eichert eindringlich, angesichts der zunehmenden Schräglage des Kanus. »Milka, lass das, der treibt uns sonst weg!«

Dabei hatte der gestrige Tag, ein warmer, sonniger Sommerfreitag, vielversprechend begonnen. Paul Eichert hatte sich mit einer ominösen Andeutung für den Abend angesagt, und Milka Mayr fand am späten Nachmittag, nach Erledigung ihrer Pflichtaufgaben auf dem elterlichen Hofgut in Bühlerzell, tatsächlich eine Stunde Zeit, die sie hingebungsvoll ihrem restaurierten 1965er Käfer, 1200er Maschine, lackiert in L469 fontanagrau, widmete. Eigentlich gab es nichts mehr zu schrauben, allein die Kupplung bereitete einiges Kopfzerbrechen. Zum wiederholten Mal ging sie akribisch ihre Checkliste durch. Die Langenburg Historic Rallye stand kurz bevor – und ihre erstmalige Teilnahme. Das Nenngeld war bezahlt – ein Familiengeschenk zum 37. Geburtstag. Nur der Beifahrer blieb vorläufig offen. Oder die Beifahrerin. In einem kleinen Anfall emotionaler Annäherung hatte Milka vor zwei Wochen ihre Schwägerin Bettina angefragt. Dabei war ihr »Bergprüfung« herausgeflutscht. Ob nun absichtlich oder unabsichtlich, da wollte sie sich nicht festlegen. Jedenfalls winkte Bettina spontan ab, verwies mit ungewöhnlich blässlicher Gesichtsfarbe auf ihre bereits im Kindesalter erlittenen Schwindelanfälle auf dem Pferd im Karussell. Die Besetzung blieb also offen. Milka stellte am getriebeseitigen Ende den Kupplungszug nach, prüfte, und ließ nach einem letzten Blick die Haube ins Schloss fallen.

Zeit, ihrer Mutter Karin, mit 64 gerade mal ein Jahr jünger als ihr Mann Georg, in der Küche zu helfen. Es sollte Maultaschen und ihren traditionell schlotzigen Kartoffelsalat geben. Wie immer bereitete ihre Mutter die Maultaschen selbst zu, nur der Maultaschenteig war fertig gekauft. Und wie immer verscheuchte sie Milka mit einer kurzen Handbewegung aus ihrer Küche. Ihr Reich. Milka deckte den Tisch im Esszimmer, verzog sich dann in den großen Wohnraum und studierte den Prospekt einer Veranstaltung der Bäuerlichen Erzeugergemeinschaft.

Paul Eichert, seit mehreren Jahren schon Kriminalhauptkommissar in Schwäbisch Hall, kam nach leisem Klopfen ins Zimmer. »Dein Bruder Christoph hat mich reingelassen.« Milka schmunzelte, gab ihm einen Kuss. »Du bist hier doch beinahe zu Hause. Also, jetzt raus damit, was ist das Geheimnisvolles, das morgen passieren soll?« Paul strich über Milkas kurze schwarze Haare, entließ sie aus seiner Umarmung. Er öffnete die Sporttasche, die er zuvor auf der Bank des Kachelofens abgestellt hatte, und zog ein kleines Päckchen heraus.

Milkas gespannter Gesichtsausdruck wechselte zu Verblüffung. »Wie entzückend von dir, lieber Paul. Du schenkst mir ein Paar Socken?« Milka befühlte das Material. »Neoprensocken? Willst du mit mir unsere arten- und blütenreichen Feuchtwiesen an der Bühler erkunden?«

Der Kriminalhauptkommissar wusste Milkas Neckerei zu nehmen, fixierte ihre tiefblauen Augen. »Wir beide gehen morgen aufs Wasser.«

»Aufs Wasser?«, wiederholte Milka mit fragendem Blick. »Fehlt dir die Elbe oder die Alster? Heimweh?«

Paul grinste spitzbübisch. »Es geht auf die Jagst. Wir machen eine Fahrt mit einem Kanadier.«

»Führt die Jagst überhaupt genügend Wasser?«

»Jo!«

»Und kannst du überhaupt …«

»Jo, kann ich.«

»Was kannst du, bitte?«

»Ich hab in meiner Hamburger Zeit den Sportküstenschifferschein gemacht – und den Sportbootführerschein See.« Pauls Grinsen wurde breiter.

»Auf einem Kanu, ja? Das sind doch diese wackligen Dinger, die bereits kippen, wenn man an Bord geht.«

»Landratte! Bei einem Kanu geht man nicht an Bord.«

»Man entert, ja? Und Neoprensocken! Das kann doch nur bedeuten, dass du mich über Bord werfen willst.«

Milkas Bruder Christoph steckte den Kopf durch den Türspalt und beendete die Kabbelei: »In fünf Minuten gibt's was zu essen.«

Pauls fragenden Blick richtig deutend, klärte Milka ihn auf: »Es gibt Herrgottsbscheißerle, selbst gemachte.«

Vor zwei Jahren hätte sich Paul Eichert stante pede nach Hamburg zurückgewünscht, inzwischen wusste er, dass es sich um Maultaschen handelte. Und dass zu früherer Zeit der Begriff Maultasche auch für Ohrfeige oder Backpfeife stand.

»Alles eingepackt?«, fragte Paul und deutete auf Milkas prall gefüllte Sporttasche, als er sie am frühen Samstagmorgen abholte. »Auch die Socken?«

»Dank deiner fürsorglichen Beratung am gestrigen Abend habe ich alles dabei. Wo steigen wir ein?«

»In Krautheim. Und dann geht es Jagst abwärts bis zum

berühmten Kloster Schöntal, zur Besichtigung. Das sind knapp 16 Kilometer. Wir haben ein klitzekleines Wehr auf der Strecke, da müssen wir eventuell umtragen, je nach Wasserpegel.«

»Umtragen? Das ganze Boot? Wie bist du denn überhaupt auf diese Tour gekommen?«

»Erzähl ich dir später. Wir fahren jetzt erst mal los. Etwa eineinhalb Stunden hier von Bühlerzell aus. Über Vellberg und Künzelsau. Übrigens, wie kommt die Jagst eigentlich zu ihrem Namen?«

»Musste ich auch erst nachsehen. So gegen 770 ist sie als Teil des Gaunamens Jagesgouwe nachgewiesen, und 1024 als Jagas. Der Name ist wohl keltischen Ursprungs.«

»Hm, schon wieder die Kelten. Hast du nicht kürzlich erzählt, Professor Ebert würde irgendwo graben?«

»Heuneburg, in der Nähe von Sigmaringen. Und dieses Krautheim, bietet das was Besonderes?«

»Soll ein nettes mittelalterliches Stadtbild und eine sehenswerte Kirche aufweisen. Und, nicht zu vergessen, eine Burg, zu der es im Jahr 1516 Götz von Berlichingen zog. Der zündete im Tal unterhalb der mainzischen Stadt eine Scheune an, wollte damit den ihm verhassten erzbischöflichen Amtmann Max Stumpf herbeilocken. Der streckte aber nur den Kopf aus dem Burgfenster und schimpfte lautstark hinunter. Darauf sandte der Ritter mit der eisernen Hand seinen berühmten, wortgewaltigen *Schwäbischen Gruss* (»… er kann mich hinden lekhen«) hinauf zur Burg. Übrigens fand der Ritter im Kloster Schöntal seine letzte Ruhe.«

Milka beäugte misstrauisch die an der Einstiegsstelle, direkt hinter der Brücke Neue Straße, bereitstehenden Kanadier. »Paul, ich will den roten da, links.«

»Können Sie haben«, antwortete eine Stimme hinter ihr.

Milka drehte sich um.

»Alfred Hirsch, Grüß Gott. Sie sind Herr Eichert?« Der Mann, so um die 45, drahtig und bärtig, eine blaue Cap auf dem Kopf, Jeans und T-Shirt, schien es eilig zu haben. Paul Eichert konnte gerade mal mit dem Kopf nicken. »Sie kennen sich aus, ja? Jeder erhält ein Paddel und Schwimmweste. Im Boot ist eine wasserdichte Packtasche. Und die Paddel hätten wir auch gern wieder.« Er grinste. »Spätestens um 17 Uhr müsst ihr am Kloster Schöntal sein. Genügend Zeit für ein Picknick zwischendurch. So, und jetzt eine Einweisung.« Milkas weiterhin skeptischen Blick erkennend, fügte er an: »Junge Frau, die Jagst ist hier ganz brav. Sie haben überwiegend leichtes Wildwasser sowie Zahmwasser, also keine Bange.«

Milka hörte nur »Wildwasser« heraus.

»Übrigens haben wir ausreichenden Pegelstand, das Wehr ist also leicht fahrbar. So und jetzt zur Einweisung. Ein- und Ausstieg immer über Bug oder Heck. Wenn Sie seitlich einsteigen, kann es leicht kippen.« Milka hörte nur »kippen«. »Sie, Herr Eichert, sitzen hinten und steuern, ja?« Milka versuchte, sich zu konzentrieren, was bei der Fülle der Informationen nicht einfach war. »Und denkt bitte daran, wenn ihr herunterhängenden Zweigen ausweicht, nie beide nach rechts oder links beugen, immer nur nach vorn oder hinten.«

Erst ganz allmählich gelang es Milka, sich zu entspannen. Das Wasser floss ruhig, beinahe träge, und Paul gab seine Paddeltipps wie beiläufig und motivierend. Die Jagst machte einen leichten Bogen, Milka warf erste Blicke auf die Umgebung. Das uferbegleitende Gehölz zeigte sich streckenweise überraschend üppig: überkragende Weiden, deren Astwerk sich weit in die Jagst hinein beugte und sich zauberhaft im Wasser spiegelte, Bruchweiden mit dünnen Zweigen, große Sträucher der Mandelweiden, aufrechte, buschige Purpurweiden und hoch und gerade aufragende Schwarzerlen. Im

Uferbereich Gräser, Schilf, gelbe Schwertlilien, Kalmus und Rohrglanzgras. Milka atmete tief ein. Das dünne Zweigende einer Weide streifte ihre Wange. »Schau mal da vorn, Paul, zwei Trauerschwäne.« Sie zuckte kurz, als ein Kanu in, wie sie meinte, gefährlich naher Distanz überholte.

Auf der Höhe von Gommersdorf verlief die Jagst in einer engen Flussschlinge. Hinter dem Ufergehölz erstreckte sich Grünland. Bei Marlach wies Paul auf eine große, steil aufragende Felswand am nach Süden gerichteten Talhang. Hier mündete der Sindelbach, trotz seiner geringen Wasserführung der längste linke Nebenfluss der Jagst.

Die Strömung wechselte im jetzt niedrigeren Wasser. An einer meterweit in den Fluss ragenden Flachstelle zeigten sich zarte Schaumkronen. Milka ignorierte das Wildwasser nonchalant, hielt kurz danach abrupt inne, als Paul durch sein Paddel dem Kanu eine ungewollte Richtungsänderung gab. »Was ist los, Milka? Eine Pause?«

»Hörst du diesen wild rauschenden Wasserfall da vorn?«

»Das ist kein Wasserfall, nur das kleine Wehr.«

»Wollen wir nicht lieber doch umtragen?« Milkas Skepsis klang merkbar durch, vibrierend.

»Das ist höchst gefährlich, da lauern …«

»Du lügst doch, was soll da gefährlich werden?«

»Vampire!«

»Bitte?«

»Das Mückenaufkommen ist an den Anlegestellen extrem hoch. Die Biester warten dort in Heerscharen auf verschwitzte Touris und frisches Blut. Die wissen genau, dass wir beim Tragen keine Hand frei haben, um sie tot zu klatschen.«

»Aber …« Das Rauschen des kleinen Wehrs übertönte ihren Einwand.

»Festhalten, es geht drüber!« Paul Eichert brachte das Kanu mit drei kräftigen Bewegungen des Paddels in Position, Milka, weit vorgebeugt, klammerte sich links und rechts am Süllrand fest und schrie. Laut.

Paul korrigierte die Richtung mit einem kleinen Paddelschlag. »War das ein Angstschrei?«

»Hm, nein, woher denn«, meinte Milka, wieder aufrecht sitzend, scheinbar relaxed und lächelnd nach hinten blickend. »Es war eine Mischung aus ich-mach-mir-Mut-Schrei und Jubelschrei – als wir drüber waren. Könnten wir gern wiederholen. Nur müssten wir dann das Kanu zurücktragen.« Pauls zurückhaltend süffisantes Lächeln bemerkend, sah Milka wieder nach vorn, stieß das Paddel ins jetzt ruhig fließende, schimmernde Wasser. Das sanfte Gleiten gab ihr Zeit, den Blick schweifen zu lassen. Über eine Badestelle, die momentan von einer Gruppe Jugendlicher bevölkert wurde, das Grünland, die Hanglagen der hügeligen Landschaft. Die Bäume gewährten traumhaft schöne Durchblicke. Ein ruhiges Wohlgefühl stellte sich ein. Milka begann, die Flussfahrt zu genießen. »Schau mal da vorn, Paul, links! Der Baum!«

»War wieder mal ein Biber am Werk. Das Jagsttal erfreut sich großer Beliebtheit bei den Nagern. Die spielen hier Landschaftsarchitekt und Holzfäller. Nicht jeder ist da hellauf begeistert, und …«

»Paul, ich meine weniger deinen Castor fiber, sondern das da, unter dem umgestürzten Baum. Ragt unter den Zweigen bis ins Wasser. Neben der überhängenden Weide. Irgendwas liegt da.«

»Ich seh da nichts. Pass auf die Richtung auf, bleib in Flussmitte … nein, rechts der Biegung folgen. Verd…, rechts.«

»Ich will da aber hin! Irgendwas ist da.«

Paul Eichert fügte sich widerwillig. Jeder weitere Disput wäre sinnlos. Er lenkte das Kanu vorsichtig näher. Die kleine Ausbuchtung am linken Ufer, das über eine längere Strecke von einer dichten, dunklen Waldfläche begleitet wurde, hatte so etwas wie einen kleinen Gumpen geformt. »Sieht aus wie ein Körper, ein totes Tier«, sagte der Kriminalhauptkommissar, als sie der Stelle näherkamen, und wollte die Sache damit abtun.

Milka widersprach. »Ein Mensch.« Nach zwei weiteren behutsamen Paddelschlägen: »Der sieht nicht gut aus, wirklich nicht. Irgendwie sehr tot«, meinte Milka und beugte sich gefährlich über den Bootsrand des Kanadiers. Es klang nicht nach Meinung, eher nach einer definitiven Feststellung.

»Wenn du dich samt Paddel weiter über den Süllrand hinauslehnst, liegen wir beide gleich neben ihm im Wasser«, mahnte Kriminalhauptkommissar Eichert eindringlich, angesichts der zunehmenden Schräglage des Kanus. »Milka, lass das, der treibt uns sonst weg! Hilf mir mal, wir müssen ein Stück zurück und anlegen.«

»Du willst jetzt nicht deinem Beruf nachgehen, oder? Das ist doch nicht dein Jagdrevier. Weißt du überhaupt, wo du bist?« Milka gelang es, ihrem ironischen Tonfall einen Hauch aufkommenden Ärger beizumischen.

»Auf der Jagst!« Paul gab sich kurz angebunden. »Wir sind hier kurz vor Bieringen«, fügte er erläuternd hinzu.

»Das sagt mir jetzt viel – außer, dass dieser Ort nicht zu deinem Verantwortungsbereich gehört, Herr Hauptkommissar«, meinte Milka.

»Wir legen dennoch an, hilf mal mit. Kurze Strecke zurück, da ist es flach.« Das konzertierte Anlegemanöver gelang im zweiten Anlauf.

»Jetzt konnte ich zumindest deine Neoprensocken testen. Schuhe nass, Füße trocken«, meinte Milka, als sie das Kanu glücklich ans Ufer gebracht hatten. Pauls Hosenbeine trieften.

Der Kommissar blickte auf sein Handy. »Unser Standort: Länge 9,5386, Breite 49,3393.«

»Danke. Das sagt jetzt wirklich alles.«

»Ein paar 100 Meter vor der Stelle, wo die Landstraße die Jagst quert«, sagte Paul, das Handy jetzt am Ohr. »Kripo in Künzelsau, die ist da zuständig, und …«, er unterbrach seinen Kommentar. »Herr Karle? … Ja, ich warte. Herr Karle? Wir sind hier auf der Jagst, kurz vor Bieringen. Nein, ich will Sie nicht zu einer Kanufahrt einladen. Wir haben hier einen Toten. … Ja doch. Sehr tot, soweit ich sehen kann. Ja, wohl ein Mann. Schlage vor, Sie kommen mit der Spurensicherung. Sanitäter? Nein bestimmt nicht, Tage zu spät. Ja, über die Brücke in Ortsmitte und dann gleich links, da müsste ein befahrbarer Weg in kurzer Distanz zum Ufer verlaufen. … Klar warte ich.«

Milka kramte in ihrer Tasche.

»Was machst du denn da?«

»Ich hab Durst. Und Hunger. Und Schöntal kann ich jetzt wohl abschreiben? Oder paddeln wir gleich weiter, wenn dein Kommissar kommt?«

Paul Eichert zuckte mit den Achseln und versuchte, das Wasser aus den Hosenbeinen zu wringen und sich mit dieser Aktivität einer Festlegung zu entziehen.

»Aha«, meinte Milka. Sie schnappte sich eine Wasserflasche und ihr Handy.

»Wo willst du hin?«

»Ein kleiner Spaziergang. Flussaufwärts. Ich gebe hier keine Totenwache. Der Tag dürfte wohl gelaufen sein.«

Paul unterdrückte seinen aufkommenden Ärger. Schließlich – da konnte er nichts für (manchmal dachte er auch im hanseatischen Idiom). Und *sie* wollte doch unbedingt die Stelle näher in Augenschein nehmen, nicht er. Mit seiner abschließenden Schuldzuweisung war Milka bereits hinter den ersten Bäumen verschwunden. Paul griff nach seinem Handy. »Wollte nur wissen, ob du hier ein Netz hast. Verirr dich nicht. Ja … nein. Vielleicht 20 Minuten, Milka. Nicht länger.«

Milka bewegte sich auf dem in geringem Abstand zum Fluss verlaufenden Weg, machte einzelne kurze Abstecher ans Ufer, das sich hier als wenig anlegefreundlich zeigte. Nicht allein wegen der Böschung. Auch der dichte Bewuchs mit den krautigen Brennnesseln störte. Ihr spontaner Ärger über den Abbruch der Kanufahrt wich einer insgeheimen Neugier. War der Mann – ihrer Meinung nach musste es ein Mann sein – gestolpert, gefallen? Konnte sich nicht mehr aufrichten? Der Kopf im Wasser – ertrunken, erstickt? Ein Unfall? Gar ein Mord? Die Überlegungen umschwirrten sie wie ein Mückenschwarm an der Badestelle. Nach zehn Minuten öffnete sich ein schmaler Zugang zum Ufer. Sie sollte jetzt umkehren. Nur ein letzter Blick auf den Fluss. Die Stelle bot sich an. Milka stoppte kurz vor der dünn bewachsenen Uferlinie abrupt, wenige Meter vor der Böschung, die hier einen guten Meter steil zum Wasser der Jagst abfiel. Sie sah sich um, rief. Niemand zu sehen, niemand gab Antwort. Merkwürdig. Sehr merkwürdig. Sie richtete ihren Blick auf den Boden. Das Gras stand relativ hoch. Es gab nur eine einzige Spur: ihre eigene. Milka kehrte um, versuchte, exakt auf den eigenen Fußstapfen bis zum Weg zurück zu gehen, keine zusätzliche Spur zu verursachen.

Milka hatte das Kanu noch nicht erreicht, als schon die ersten Martinshörner von der gegenüberliegenden Straße zu hören waren. Ihr Fund am Ufer bewegte sie. Gab es irgendeine Beziehung zu dem Toten am Fluss? Sie legte die leere Wasserflasche ins Kanu, wechselte nach einem sichernden Rundblick ihr Polo und ging in Richtung des Fundortes. Drei Streifenwagen und ein Zivilfahrzeug blockierten den schmalen Weg. Vier Mann in Uniform sperrten einen weit gesteckten Bereich mit Flatterbändern ab. Ein blau besternter Polizeihauptmeister, ein Ende des Absperrbandes um einen Baum wickelnd, bedeutete Milka freundlich, aber bestimmt, weiterzugehen. Ich werde mich hier nicht vom Acker machen, sagte sich Milka in ihrer landwirtschaftlichen Sprache, und blieb stur stehen. Bevor der PHM, jede Freundlichkeit war von ihm abgefallen, handgreiflich werden konnte, kam Paul auf sie zu. Mit einem ebenfalls in Zivil gekleideten Mann etwa in ihrem Alter, schätzte Milka. Paul winkte dem pflichtbewussten PHM ab und stellte Kriminalhauptkommissar Oliver Karle vor. Irgendeine Story, die sich bestimmt nicht auf ihre Paddelleistung im Kanadier beschränkte, musste Paul seinem Kollegen bereits erzählt haben. Jedenfalls begrüßte er Milka nach einer raschen Musterung, als trage sie zumindest einen silbernen Stern. Sein Blick zeigte dabei ein leichtes Funkeln, das sich nur auf Milkas attraktives Erscheinungsbild beziehen konnte.

»Wir haben den engeren Tatort und die einzuhaltenden Pfade zur Fundstelle festgelegt. Werden gerade markiert«, informierte Karle in knappem Tonfall. Wir warten jetzt auf …« Er blickte über die Schulter. »Kommen gerade. Spurensicherung und Rechtsmediziner.«

Milka wunderte sich. Rechtsmediziner so schnell vor Ort? Aus Künzelsau? An einem Samstag? Sie musterte Karle. Er war etwa so groß wie sie selbst, durchtrainiert, kurzer dunkler Bürstenschnitt. Ihren Blick bemerkend, fuhr er sich mit der rechten Hand über die Frisur, als gäbe es da auch nur irgendetwas zu richten.

Drei Mann der Spurensicherung und ein Fotograf, alle bereits in Tatort-Schutzanzügen und Überschuhen, nahmen Karle in Beschlag und reichten nach einer kurzen Instruktion ihm und Paul Eichert zwei verpackte Einwegoveralls.

Paul fing Milkas fragenden Blick auf, interpretierte ihre Botschaft richtig und nahm sie beiseite. »Hab mit Karle gesprochen. Du musst da leider außen vor bleiben. Das ist seine Entscheidung.« Sein bedauernder Gesichtsausdruck konnte

Milka allerdings nicht trösten. »Ich hab den Typ entdeckt. Du wärst doch glatt vorbei gerauscht, wenn ich nicht …«

»Milka, hier gilt nicht ›ich hab ihn zuerst gesehen, also gehört er mir‹. Und, wir haben nicht genügend Schutzanzüge. Und, je mehr herumtrampeln, umso größer die Gefahr einer …«

»Jaja.« Milka winkte mürrisch ab. »Hör schon auf mit deiner Aufzählung.«

»Bist du jetzt mucksch?«

»Nein, ich bin nicht ärgerlich.« Dennoch sah es ganz danach aus. »Und was mach' ich jetzt? Soll ich hier rumstehen?«

Bevor Paul Eichert eine Antwort fand, eilte ein Mann in weißem Schutzanzug an ihnen vorbei, ihm auf dem Fuß folgte ein koffertragender zweiter, ebenfalls in weißem Einwegoverall, die Kopfhaube gab ein braun gebranntes Gesicht frei. Er nickte nach vorn: »Doktor Sven Rühle, Rechtsmedizin, Uni Heidelberg. Ich bin Peter Riegel. Nur Assi.« Er streifte Milka mit einem kurzen Blick, eilte weiter, vorbei an Karle, vorbei an Paul.

Der Hauptkommissar interpretierte Milkas Erstaunen richtig. »Wir holen die Rechtsmediziner aus Tübingen oder Heidelberg. Es war reiner Zufall, dass die beiden am gestrigen Abend für unseren ganzen Landkreis einen Vortrag gehalten haben. Sehr interessant übrigens. Haben sich in der Früh Langenburg angeschaut, und dann kam sein Notruf.« Er sah Paul schmunzelnd an. »Na ja, eine Wasserleiche wollte sich Doktor Rühle nicht entgehen lassen.«

Sie verbrachten eine gute Viertelstunde mit zunehmend mysteriösen Spekulationen über den Toten und Karles wiederholten Versuchen, auf scheinbar unverfängliche Weise Milkas Beziehung zu Hauptkommissar Eichert zu ermitteln. Ihre Antworten waren so glatt wie eine quicklebendige Bachforelle – nicht wirklich zu greifen. Karle, im Begriff, einen allerletzten Versuch zu starten, stoppte, als sich Peter Riegel näherte und ihnen winkend die Freigabe erteilte: »Sie dürfen jetzt.«

Milka wandte sich halblaut an Paul, startete erneut einen Versuch. »Du lässt mich jetzt wirklich hier stehen?« Paul schnitt eine Grimasse tiefsten Bedauerns, zuckte in einer hilflosen ich-kann-nicht-anders-Geste die Achseln und eilte dem Künzelsauer Kommissar nach.

Riegel streifte seine Kopfhaube nach hinten und zum Vorschein kam ein jugendlich-attraktives Gesicht. Er schüttelte seinen braunen Haarschopf zurecht und öffnete den Reißverschluss des Schutzanzugs. »Ganz schön heiß hier. Ich leiste Ihnen ein wenig Gesellschaft, Frau …«

»Mayr, Milka Mayr. Mayr mit Ypsilon.«

Riegels Augen blitzten bei dem Namen schelmisch, er unterließ jedoch jede anzügliche Bemerkung. »Sie wundern sich sicher, dass die Rechtsmedizin so schnell am Fundort war.«

»Nicht mehr«, klärte Milka ihn auf. »Kriminalhauptkommissar Karle hat mich informiert. Ich hab den Toten vom Wasser aus entdeckt.« Milkas Bericht war kurz und knapp.

»Ich gebe Ihnen mal einige Informationen«, sagte Riegel, der eher intuitiv Milkas Interesse an der Situation erkannte. »Der Tote liegt bereits längere Zeit an dieser Stelle. Bestimmt mehr als vier Tage.«

»Nicht ertrunken, vermute ich mal.«

»Soweit wir wissen, nein. Hätte natürlich ein Badetod sein können, und irgendjemand hat ihn dann rausgezogen.«

Milka nutzte die Gunst der Stunde und fragte nach.

»Ertrunken? Da gibt es einen klassischen Ablauf. Man hält beim Untertauchen zuerst die Luft an. Die einsetzende Anreicherung des Bluts mit Kohlendioxid führt dann zu einer zwanghaften Atmung. Wasser dringt in den Kehlkopf ein, löst einen Hustenreiz aus und führt dann mit weiterer Aspiration von Wasser zu starker Atemnot«, dozierte Riegel.

»Und dann ertrinkt der Mensch – mit dem eindringenden Wasser?«

Riegel nickte. »Da gibt es dann Erstickungskrämpfe, eine Schnappatmung und schließlich Atemstillstand.« Riegel holte Luft, sah in Richtung Ufer, der Blick zur Spurensicherung war aber von Bäumen versperrt. »Es kann aber auch unmittelbar zu einer Wassereinatmung kommen – bei schnell eintretender Bewusstlosigkeit, beispielsweise einem Infarkt.«

»Stimmt es eigentlich, dass alle Wasserleichen wieder nach oben kommen? Jetzt mal abgesehen von der Jagst, deren Wasser doch recht flach ist – zumindest im Sommer.«

»Wir kennen da den Spruch ›Die Wahrheit taucht immer auf – irgendwann‹. Wasserleichen, die nicht tiefer als 20 Meter liegen, tauchen nach einigen Tagen wieder auf, bleiben dann so zwei oder drei Tage an der Wasseroberfläche und sinken dann für immer wieder ab. Die Ursachen für das Auftauchen beschreibe ich Ihnen lieber nicht.« Herr Riegel rümpfte seine Nase.

»Und Sie sagen, bei unserem Toten war das nicht der Fall.«

»Bestimmt nicht. Mit abgehackten Händen geht man nicht ins Wasser. War übrigens wenig professionell gemacht, die reine Schlachterei.« Riegel schien Milkas heftiges Zucken nicht zu bemerken. »Der Mann ist bis zur Hüfte bekleidet, mit Jeans, deren Gürtel sich an einem Ast verfangen hat. Das hielt ihn fest. Der Oberkörper, der ab Brusthöhe im Wasser hängt, ist nackt. Keine Schuhe, keine Socken. Das Gesicht muss einen schweren Schlag erhalten haben. Der Kopf ist teilweise frei, wohl, weil der Wasserspiegel in den letzten Tagen leicht gesunken ist. Das alles, auch die Lage an diesem Baum, sieht so aus, als sei jemand beim Verbergen der Leiche gestört worden.«

Milka hatte sich wieder gefangen, biss kurz auf die Lippen, wollte abgebrühte Härte zeigen. »Die Verwesung hat bereits …?«

Riegel grinste, er betrachtete es wohl als kleine Vorlesung. »Die setzt bereits fünf Minuten nach dem Tod ein. Der menschliche Körper macht dann die letzte Metamorphose durch. Ein Wissenschaftler sagte einmal, der Mensch beginne sich selbst zu verdauen. Die Zellen lösen sich von innen nach außen auf. Erst wird das Gewebe flüssig, dann gasförmig.« Milka hielt sich anscheinend tapfer, jedenfalls sah Riegel keinen Anlass, seine Ausführungen zu beenden, schien aber neugierig zu werden. »Von der Kripo sind Sie wohl nicht, Frau Mayr? Andererseits, na ja, so ganz unbeleckt erscheinen Sie auch wieder nicht. Haben Sie denn, wie soll ich sagen, Erfahrung mit Mordfällen?«

»Ja, habe ich. Letztes Jahr. Ich konnte dabei Kommissar Eichert etwas helfen.« Milka zeigte einen ganz zarten Anflug von Lächeln.

»Klingt so, als wäre es mehr gewesen«, sagte Herr Riegel, mit einem Auge zwinkernd. »Warten Sie mal.«

Er war nach einer Minute vom Auto zurück, entfaltete nach einem kurzen Rundblick einen Schutzanzug. »Rein mit Ihnen, schnell.«

Plötzlich kamen Milka Bedenken. Klar, die Situation war höchst verlockend. Andererseits …

»Nun kommen Sie schon. Ich nehme das auf meine Kappe. Kapuze wäre wohl richtiger. Ziehen Sie die Haube über. Erkennt Sie niemand. Bleiben Sie immer an meiner Seite.«

Riegel bewegte sich in Richtung Fundort. Es war ein befremdliches, ein bizarres Bild, das sich ihnen bot. Einerseits die sanfte, reizvolle, beinahe liebliche Natur mit der leise murmelnden Jagst, sich im Uferbereich kräuselndes Wasser, das Grün der Wiese und eine idyllische Baumgruppe. Andererseits eine unwirklich erscheinende Szenerie. Der Tote, inzwischen vollständig aus dem Wasser gezogen, ein Fotograf, der seine Ausrüstung einpackte, der Rechtsmediziner auf den Knien, mit einer Lupe das Gesicht des Mannes absuchend und zugleich diktierend, fünf in Schutzanzüge Gekleidete. Einer, der Stimme nach konnte es Hauptkommissar Karle sein, schimpfte in Richtung Fluss, machte einem mit dem Handy fotografierenden Kanufahrer unmissverständlich klar, gefälligst zu verschwinden.

»Komplexe Geschichte«, flüsterte Riegel, der dicht bei Milka stehen blieb. »Einerseits haben wir den Körperteil, der an Land lag. Der bot verschiedenen Organismen sozusagen eine reich gedeckte Tafel.« Milka schauderte unter ihrem Schutzanzug ob der Wortwahl des Assistenten. »Da sind Bakterien, Insekten, Schmeißfliegen – das sind übrigens die schnellsten. Tja, und dann die Larven, die aus den Eiern schlüpfen. Die laben sich an der Substanz des Toten. Dann verlassen die Maden den Körper in Reih und Glied, folgen einer imaginären Linie nach Süden. Merken Sie übrigens den leichten Ammoniakgeruch? Das alles wurde hier gefördert durch die hohe Luftfeuchtigkeit am Wasser.«

»Das sind sicher keine Schauermärchen, Herr Riegel?« Trotz der Schwüle unter dem Anzug fröstelte Milka plötzlich.

»Ganz gewiss nicht. Manche Leicheninsekten sind für uns wie postmortale Totenuhren.« Riegel schüttelte den Kopf, die Bewegung eingeschränkt von der Kopfhaube. »Das Entwicklungsstadium, also Eier oder Larven, lässt auf die Liegezeit schließen. Nach dem, was ich gesehen habe, tippe ich auf etwa eine Woche Liegezeit. Ansonsten müssten bei den hohen Temperaturen bereits Anzeichen einer Skelettierung vorhanden sein. Da müssen wir aber ergänzend die Merkmale an den Körperteilen, die im Wasser lagen, hinzuziehen.« Milka versuchte, ihre Gefühlswelt durch kalte Schnoddrigkeit zu schützen. »Sie meinen, er wird angeknabbert?«

»Hm, ich kenne die Jagst und deren Besatz nicht. Aber wir finden da sicher Blutegel, Krebse, im Uferbereich möglicherweise ...« Er brach ab, als Doktor Rühle mit eindringlicher Stimme seinen Namen rief.

Milka bewegte sich nicht von der Stelle, atmete tief durch, vermeinte, den Ammoniakgeruch wahrzunehmen, bemerkte, wie Pauls Blick über sie hinweg ging, als er, Karles Fingerzeig folgend, den Kopf drehte. Er sah Milka mit einer Mischung aus ungläubigem Staunen und tiefster Missbilligung an. Mit einem schelmischen Blinzeln wandte sich Milka ab, flüchtete gemessenen Schrittes Richtung Weg und streifte kurz davor den Schutzanzug ab. Zwei Polizisten lehnten gelangweilt an einem der Einsatzfahrzeuge. Mit einem knappen »Wird nicht mehr gebraucht« übergab sie ihnen den Schutzanzug und ging zurück bis zur Absperrung. Sie räumte Paul maximal fünf Minuten ein. Es wurden nur vier. Und er schien sich keineswegs beruhigt zu haben. Im Laufen schob er die Kapuze des Overalls nach hinten. Sein Gesichtsausdruck war eine Mischung aus mühsam unterdrücktem Zorn und verbissener Professionalität.

Bevor er seinen Unmut loswerden konnte, kam Milka ihm zuvor. »War das nicht reichlich übervorsichtig, dem Mann die Hände abzuhacken? Die Arme lagen doch im Wasser, da dürften dann beim Aufweichen der Haut kaum Fingerabdrücke mehr möglich sein, oder?«

»Der oder die Täter wollten wohl ganz sicher gehen. Sie konnten schließlich nicht wissen, wie schnell der Tote gefunden würde. Oder sie waren besonders schlau. Es gibt da neue Verfahren, die es erlauben, auch nach ... Verdammt, warum erkläre ich dir das denn.« Milkas strahlendes Lächeln war einfach zu viel. Zumindest führte es zu einer gewissen Besänftigung. »Eigentlich sollte ich dir ...«

»... die Leviten lesen, lieber Paul? Ich kann hier doch nicht auf Tourismus machen, während du auf Spurensuche gehst. Außerdem wurde ich eingeladen.«

»Von diesem jungen Assi etwa?«

Milka nickte, weiterhin strahlend. »Ja, netter Typ. Hat mir viel erklärt und ...«

Paul unterbrach sie. »Still. Kein Wort weiter. Da kommt Karle.«

»Sie haben sich hoffentlich nicht gelangweilt, Frau Mayr.« Es klang beinahe fürsorglich, als würde 50 Meter weiter hinten die Welt in Ordnung sein, kein übel zugerichteter Toter hier liegen. »Die Spurensicherung ist eben eine langwierige Angelegenheit.«

»Aber nein, keineswegs.«

»Bitte?«

»Ich habe mich nicht gelangweilt. Wenn die Spurensicherung da fertig ist – ich hätte vielleicht etwas für sie.«

»Für mich?« Karle staunte, ratlos.

»Für Ihre Spurensicherung. Ich hab da was gefunden, das könnte ...«

Paul, in der festen Überzeugung, es handle sich um das Umfeld am Fundort der Leiche, sandte Milka einen verzweifelten Blick zu.

»... von Interesse sein«, fuhr Milka unbeirrt fort, Pauls dezentes Kopfschütteln und Stirnrunzeln ignorierend.

»Soso. Und was?«

»Etwa 400 Meter flussaufwärts öffnet sich der Wald zum Ufer hin. Auf der kleinen Wiese liegen neben einem umgekippten Klappsessel eine Angel und ein Anglerkorb. Und Gummistiefel. Kein Angler weit und breit.«

»Hm.« Der Kommissar fand die Entdeckung nicht gerade weltbewegend. »Vielleicht musste er mal?« Karle grinste.

»Es roch nach verfaultem Fisch.« Milkas Kommentar veranlasste die beiden Kommissare zu einem kurzen Blickaustausch.

»Kommen Sie, da fahren wir hin.«

Milka deutete auf die gut erkennbare Spur, die sie in dem hohen Gras hinterlassen hatte. Hauptkommissar Karle ließ seinen Blick prüfend über die freie Uferstelle gleiten. »Sie sind dann da vorn herumgelaufen und haben sich umgeschaut?«

»Keineswegs. Ein paar Schritte nach vorn, haargenau auf dieser Spur wieder zurück.«

Der Kommissar zeigte sich einigermaßen verblüfft, griff nach seinem Handy und rief zwei Mitarbeiter der Spurensicherung. »Sie müssen wissen, Frau Mayr, Herr Riegel äußerte die Vermutung, der Tod könnte an anderer Stelle eingetreten sein – ein heftiger Schlag auf Gesicht und Schläfe.«

Milkas Augen glänzten, als Karle ihr nach Ankunft der Spurensicherung einen Schutzanzug bot. Beim Überziehen warf sie Paul einen Ätsch-Blick zu, gemildert durch ein spitzbübisches Grinsen.

Paul verschluckte seinen bissigen Kommentar, als er sah, wie Doktor Sven Rühle und sein Assistent, bis auf die Kapuzen bereits eingekleidet, einem Einsatzfahrzeug entstiegen. Peter Riegels verschwörerisches Zwinkern, als er an Milka vorbei eilte, entging ihm nicht. Milka stapfte hinterher, blieb auf der Spur und hielt in gebührendem Abstand zur Anglerausrüstung inne. Hier konnte sie nur stören. Das dachten wohl auch die beiden Hauptkommissare, die eine abwartende Beobachterposition einnahmen. Milka gesellte sich dazu.

»Die müssen Verdächtiges gefunden haben«, vermutete Kriminalhauptkommissar Karle angesichts der konzentrierten Aktionen. Er fand sich bestätigt, als gleich darauf der Fotograf mit seiner Ausrüstung erschien. »Sie haben eine hervorragende Beobachtungsgabe, Frau Mayr. Bin gespannt, was die herausfinden, und …« Er fummelte unter seinem Overall herum, als sein Handy plötzlich losheulte. Paul schreckte auf, Milka konnte ein Grinsen nicht unterdrücken. Statt eines gewöhnlichen Klingeltons war eine amerikanische Polizeisirene zu vernehmen. »Ja, ich höre … ja, okay. Die Adresse habt ihr bereits? Gebe ich weiter.«

Peter Riegel kam auf sie zu, streifte seine Kapuze ab und öffnete den Overall. »Kurzer Bericht: Wir haben Fußspuren von mindestens zwei verschiedenen Personen gefunden. Zu vermuten ist, dass eine davon wohl der Angler war. Dann …«

»Und das ist unser Toter«, unterbrach Karle.

»Mit großer Wahrscheinlichkeit. Dann gibt es Blutspuren. Auch hier nur eine Vermutung: Der Schlag auf Gesicht und Schläfe könnte hier, an dieser Stelle, erfolgt sein. Jedenfalls sind Blutspuren vorhanden. Ein DNA-Abgleich wird das klären.«

»Eine Blutmenge, die auf ein Abhacken der Hände an diesem Ort schließen lässt?«, warf Milka ein.

Riegel schüttelte den Kopf. »Definitiv nicht. Das muss am Fundort der Leiche erfolgt sein.« Der Assistent, das gewiss grausige Geschehen anscheinend ignorierend, lächelte Milka an. So, als hätte sie ihn gerade zu einem privaten Kerzenscheinsouper eingeladen. »Doktor Rühle meint, der Schlag auf den Kopf könnte bereits tödlich gewesen sein. Das wird sich bei der Obduktion erweisen.« Er richtete den Blick auf Karle, der nickte. »Ihr Opfer ist bereits auf dem Weg nach Heidelberg. Haben Sie so was wie eine Tatwaffe gefunden? Ich meine, für den Schlag, der dem Mann versetzt wurde?«

Riegel verneinte. »Wir haben hier alles abgesucht – außer …« Er blickte auf die träge dahinfließende Jagst.

»Sie meinen …«, setzte Karle an, stockte abrupt, als ihm der Rattenschwanz an Konsequenzen bewusst wurde.

»Tja, liegt an Ihnen. Wenn die Dichte der verwendeten Waffe größer als die Dichte von Wasser war, können Sie im Bereich der Wurfweite suchen. War die Dichte kleiner als ein Gramm je Kubikzentimeter, ist sie Ihnen weggeschwommen.«

Karle nahm es mit Humor. »Finden Sie das jetzt hilfreich?«

»Nicht wirklich. Reine Schulphysik.« Riegel hörte unvermittelt auf zu grinsen, als sich Doktor Rühle zu ihnen gesellte.

»Wir sind jetzt hier durch. Unsere Hausaufgaben müssen wir am Institut erledigen. Und fragen Sie mich nicht, wann der Bericht kommt. Keine Ahnung, was alles zwischenzeitlich in Heidelberg auf meinem Seziertisch gelandet ist.«

»Wenigstens eine kleine, eine erste vorsichtige Einschätzung?« Karle wollte sich nicht so schnell abspeisen lassen.

Der Rechtsmediziner streifte seinen Overall ab und reichte ihn an Riegel weiter. »Das hat er Ihnen doch bestimmt schon erklärt. Also: Vor etwa einer Woche wurde der Mann an dieser Stelle mit einem stabartigen Gegenstand geschlagen. Ob der Schlag tödlich war? Hm, vermutlich. Wir werden sehen. Täter: eventuell eine Person, können auch zwei gewesen sein. Lässt sich aus den Spuren nicht klar erkennen. Einfach zu lange her.«

»Eine Woche?« Paul Eichert griff Riegels Andeutung auf.

»Plus ein oder zwei Tage. Werden wir ziemlich genau bestimmen können. Wir holen uns später die Wetterdaten.«

»Und nach dem Schlag wurde er zum Fundort geschafft?«

»Bei dem Gewicht des Mannes voraussichtlich mit einem Fahrzeug, ist immerhin ein halber Kilometer oder so«, sagte der Rechtsmediziner.

Oliver Karle nickte, als teile er die Einschätzung. »Dann könnten Blutspuren im Fahrzeug sein. Das Gesicht ist schließlich übel zugerichtet.«

»Da können Sie zuvor eine Plastiktüte drüber stülpen, damit nicht alles versaut wird. Aber theoretisch haben Sie recht.«

»Wie alt schätzen Sie denn das Opfer?«

»Schwer zu sagen«, Rühle zog die Augenbrauen hoch, »so um die 60, vielleicht knapp darunter. So. Das muss jetzt aber reichen. Wenn Sie noch etwas Wichtiges wissen wollen, fragen Sie Herrn Riegel.« Er blickte auf seinen Alukoffer. Sein Assistent verstand.

»Ich begleite Sie zum Auto«, meinte Karle. An Paul gewandt: »Bin gleich zurück.«

Peter Riegel nickte, lächelte Milka an und stapfte hinter seinem Chef her.

Paul Eichert sah für einen kurzen Moment den Kriminaltechnikern zu, die gerade ihre Utensilien verstauten. »Gehen wir, Milka?«

»Wohin?« Abgekoppelt von der Tatortanalyse und Spekulationen zum Geschehen, fehlte irgendwie der Plan. »Für Schöntal dürfte es jetzt zu spät sein.«

»Komm, wir gehen Karle nach.«

Der Künzelsauer Kommissar stand auf dem Weg und blickte dem Fahrzeug des Rechtsmediziners nach. »Ich nehme euch mit zum Kanu.«

»Und dann?«, fragte Milka trocken und blickte zwischen Karle und Paul hin und her.

Karle warf einen Blick auf das Display seines Handys. »Verdammt, schon spät. Ihr wollt bestimmt nicht weiter flussabwärts, Kloster Schöntal, oder? Ich rufe den Bootsverleiher an, der soll das Kanu abholen. Und euch nehme ich mit nach Krautheim zum Auto.«

Kommissar Karle und Paul schwiegen. Sie hängen anscheinend ihren eigenen Gedanken nach oder sind nach der nervenaufreibenden Aktion geistig entkräftet, dachte Milka. Sie fühlte sich selbst angegriffen, versuchte, Distanz zum Geschehen zu finden. Erst eine prickelnde, neugierige Anspannung zu Beginn ihrer Kanufahrt, das Wohlfühlen nach den ersten Kilometern in einer beruhigenden Natur. Und dann ein abrupter Schwenk, ein grausiger Fund, der an den Nerven zerrte und tief betroffen machte – obwohl sie persönlich nicht tangiert war. Es war das sich entfaltende innere Bild. Ein Mann, der geruhsam in einem Sessel am Flussufer sitzt, entspannt und geduldig auf den Biss eines Fisches wartend. Mit sich und der Welt zufrieden. Ruhig. Und dann, plötzlich, eine explosive Aktion. Womöglich ein kurzes, täuschend harmloses Gespräch über das Angeln an der Jagst, bei dem er den Kopf nach oben wendet und etwas über Elritzen oder Flusskrebse oder seinen Fang erzählt. Aus dem Nichts ein heftiger, brutaler Schlag auf Kopf und Gesicht, der Schmerz. Stille. Nichts mehr. Einfach so. Vorbei.

»Milka?«

Sie schreckte hoch. »Ja?«

»Kommissar Karle schlug gerade vor, hier in Krautheim in der *Gaststätte zum Rad* eine Kleinigkeit zu essen. Ist das okay für dich?«

»Ja sicher.« Im gleichen Moment bereute sie ihre Zusage. Eigentlich verspürte sie keinen Hunger und eine sicher belebte, laute Gasthausstube widersprach eigentlich ihrem momentanen Gemütszustand. Andererseits fehlte ihr die Energie, sich zu weigern und damit eine Diskussion auszulösen.

Milka atmete erleichtert auf, als sie das Lokal betraten. Nur an zwei Tischen saßen Gäste. Sie wählten einen entfernten Ecktisch.

Milkas Versuch, jedwede Nahrungsaufnahme zu verweigern und nur eine Apfelsaftschorle zu trinken, wurde von Hauptkommissar Karle entschieden abgeblockt – mit dem Hinweis, dies sei seine Einladung, sein Revier, und überhaupt. Schließlich musste sie seiner Empfehlung zu Kalbsbäckchen in Rahmsoße mit Spätzle und Salat Folge leisten.

»Einen Seniorenteller«, rief sie der Wirtin nach, eingedenk ihrer Appetitlosigkeit.

»So äbbes hem'r ned«, kam es zurück, »s'isch ned so arg viel.«

Milka war froh, dass sich das Gespräch um, aus ihrer Sicht, eher belanglose Inhalte drehte. Die Konsequenzen der Polizeireform, neue Analysemethoden, die Kriminalstatistik im Landkreis. Für Milka war es nur ein Hintergrundrauschen, und so konnte sie ihren eigenen Gedanken nachhängen, bis die Wirtin das Essen auftrug. Zu ihrer eigenen Verwunderung entwickelte sie nach den ersten Bissen einen gesunden Appetit, es schmeckte auch zu gut. Als Karle dann doch auf den Mord zu sprechen kam, hatte Milka gerade ihren leer gegessenen Teller beiseitegeschoben und eine zweite Schorle bestellt.

»Die Tat soll ja vor gut einer Woche begangen worden sein. Mich wundert, dass in diesem Zeitraum keine Vermisstenmeldung auf unseren Tisch kam.«

»Viele Möglichkeiten«, meinte Paul Eichert. »Kann sein, er kommt von außerhalb, macht Urlaub, ist alleinstehend.«

»Muss er nicht eine Erlaubnis zum Angeln haben?«, warf Milka ein. »Ihre Leute könnten beim Hohenloher Fischereiverein nachfragen.«

»Ja, die Idee kam mir auch. Wenn er eine Gastkarte hat, dann wäre das wahrscheinlich ein Volltreffer. Ist er Mitglied, dann wird es schon schwieriger. Unsere IT-Spezialisten müssen mal zusehen, ob sie eine der Aufnahmen so bearbeiten können, dass ein halbwegs erkennbares Gesicht entsteht. Das Foto der Leiche kann ich unmöglich herumreichen.«

»Dem Anglerkorb konnten Sie nichts entnehmen, kein Handy, kein …?«

»Nichts«, sagte Karle in Milkas Satz hinein. »Kein Angelschein, kein Ausweis, kein Ring, keine Uhr – na ja, wir wissen, warum. Keine Geldbörse, kein Autoschlüssel. Absolut nichts, was irgendwie einen Hinweis auf die Identität des Toten geben könnte.«

»Also war jemand sehr gründlich«, folgerte Paul Eichert. »Unter der Annahme, dass ein Angler nicht in Gummistiefeln, Angelausrüstung und Klappstuhl Bus fährt, muss jemand sein Auto genommen haben.«

»Muss nicht, spricht aber einiges dafür.«

»Vielleicht sollten Sie doch die Jagst absuchen lassen.« Paul Eichert brachte den Vorschlag eher beiläufig, ins Off gesprochen vor.

Karle grinste. »Wollte diesem jungen Riegel nicht das Wort reden. Die Suche ist bereits veranlasst. Wir werden den Wald entlang des Weges absuchen und zwei Taucher in die Jagst schicken. Glaube zwar nicht, dass wir was finden, dran vorbei kommen wir aber nicht.«

»Irgendwie«, sagte Kriminalhauptkommissar Karle, als er Milkas Sporttasche in Paul Eicherts Auto umlud, »gefällt mir die Sache ganz und gar nicht.«

Paul hörte mit. »Ja? Ich ahne, was Sie meinen.«

Karle nickte. »Sie denken so wie ich. Das ist kein einfacher Mord. Hast du die feste Absicht, eine Person umzubringen, dann gehst du hin, haust ihr mit einem harten Gegenstand eins über die Rübe. Und wenn notwendig, dann eben nochmal. Aber du säbelst keine Hände ab, entfernst nicht alle Hinweise auf ihre Identität, versuchst nicht, sie zu verbergen, damit sie nicht so schnell gefunden wird, und fährst dann kaltblütig mit dem Wagen des Opfers weg. Nein und nochmals nein. Das wird uns länger beschäftigen, fürchte ich.«

Euch in Künzelsau, dachte Milka. Nicht Paul, und schon gar nicht mich.

Sie sollte sich irren.

KAPITEL 2 – SONNTAG

Milkas Nacht war kurz. Ihr Bruder Christoph hatte sie am gestrigen Abend wegen einer anscheinend unaufschiebbaren Ersatzinvestition in Beschlag genommen. Es gab zwar keine schriftliche Festlegung, aber eine gewachsene Verantwortung. Milka war für Marketing, Vertrieb und für Buchführung und Finanzen zuständig. Jedenfalls bedurfte der neue Trecker ihrer Zustimmung. Die Diskussion entzündete sich an den Sonderausstattungen, die den vorgesehenen Finanzierungsrahmen sprengten. Wie immer wurde es ein Kompromiss, der mit den beiden Kooperationspartnern und Mitnutzern abzustimmen war. Und wie immer dauerte es lang, trotz des guten Verhältnisses zwischen Bruder und Schwester. Und dann hatte es Ewigkeiten gedauert, bis sie einschlafen konnte. Es gab da etwas, das ihr am Tatort aufgefallen war. Etwas, das nur für einen winzigen Augenblick in ihr Blickfeld geraten war. Oder, sie zweifelte, hatte sie sich das nur eingebildet? Sie haderte mit ihrem Gedächtnis.

Wie üblich meldete sich ihr innerer Wecker kurz vor 6 Uhr. Milka blieb liegen, ging in Gedanken ihr Meeting mit Beate Balzer, zuständig für den Hofladen, und den Brüdern Lukas und Tim Holl vom benachbarten Betrieb durch.

Sie kam später als sonst zum Frühstück. Bettina, ihre Schwägerin, redete gerade auf ihre beiden Kinder Jonas und Laura ein. Es ging um eine Theaterprobe, die ausgerechnet heute Vormittag stattfinden sollte. Ihr Vater Georg, 65 Jahre alt, war bereits irgendwo auf dem Hofgut unterwegs. Christoph blickte von der Zeitung auf. »Kaffee?«

»Und ob. Steht was Wichtiges in der Zeitung?« Sie griff nach dem Bauernbrot und der Butter.

»Wir werden wieder mal aufs Korn genommen. Ein Rundumschlag von A wie Antibiotika über G wie Gülle bis Z wie Zerstörung der Insektenwelt. Von den Bienen ganz zu schweigen. Die Wunschliste an uns ist riesengroß. Ach was, Wunschliste. Es sind alles Forderungen. Dabei mussten in den vergangenen zehn Jahren mehr als 100.000 Höfe aufgeben.«

»Das hatte nicht nur wirtschaftliche Gründe, Christoph«, warf Milka kauend ein.

»Stimmt ja. Aber trotzdem.«

Bettina bugsierte ihre Kinder zur Tür, die zwölfjährige Laura, riss sich wieder los. »Ich hab morgen meine erste Reitstunde. Kommst du dazu?«, flüsterte sie Milka ins Ohr. »Bitte!«

Milka nickte. »Bei den Paludis?«

»Ja. Britta macht das. Danke.« Sie eilte zur Tür. »Um 14 Uhr!«

Milka wechselte von ihrem kleinen Büro zum Hofladen, der sich seit der Neugestaltung im Vorjahr immer besser entwickelte. Abgelehnt hatte sie bislang allerdings, zusätzlich auch einen Bio-Lieferservice anzubieten. Nachdem aber viele Stammkunden nachfragten und es ihr gelungen war, mehrere Heime und Firmenkantinen als Abnehmer zu gewinnen, änderte sie langsam ihre Meinung.

Lukas und Tim Holl, deren benachbarter Hof zu ihrem kleinen Kooperationsverbund gehörte, saßen bereits mit Beate Balzer, der Leiterin des Hofladens, am großen Tisch vor der Theke.

Milka stellte das Konzept vor, unterbreitete Vorschläge für die Hinzunahme von Waren aus fremder Produktion, um das Angebotssortiment auf eine breitere Basis zu stellen. »Eines muss klar sein«, betonte Milka, »die Produkte aus unserer

Kooperation müssen überwiegen. Und das, was wir dazu nehmen, muss ausnahmslos unseren Bio-Anforderungen entsprechen.« Allgemeines Nicken. »Und wir dürfen uns nicht verzetteln.«

Tim Holl demonstrierte eine Vorversion der Internetseite, auf der die Kunden ihre Warenbestellung vornehmen sollten. Die Diskussion übersprang die Funktionen, entzündete sich an der grafischen Darstellung und den Bildern. Bis Tim laut wurde: »Diese Fotos, das sind doch nur Platzhalter. Ihr müsst aber endlich eine Lösung für die Auslieferung finden. Die sollten nicht wir übernehmen.«

»Und für eine personelle Unterstützung, wenn der Lieferservice ins Laufen kommt«, ergänzte Beate Balzer.

Milka drehte sich um, als sie das »Guten Morgen« einer bekannten Stimme in ihrem Rücken hörte. Angesichts der Präsenz von Beate Balzer und den Holls fiel Pauls Begrüßung vornehm zurückhaltend aus. Er wies in Richtung des Eingangs. »Ihr habt da draußen vor dem Hofladen freilaufende Hühner und sogar einen kleinen Stall mit Leiter, bringt denn …«

»Den hat Christoph zusammen mit Laura und Jonas gebastelt«, erklärte Milka.

»Was ich wissen wollte: Bringt das überhaupt was für euren Laden? Die Fläche ist doch ziemlich klein.«

»Aber mit Baum und Sträuchern. Die Anlage ist eher für Kinder gedacht, die mit ihren Eltern zum Einkaufen kommen. Die haben dann was zum Gucken. Und einen Hahn haben wir auch.«

»Hab ich gesehen. Der beschützt dann die Hennen, wenn der Fuchs kommt, ja?« Paul grinste.

Milka und Beate konnten ein Kichern nicht unterdrücken. »Wenn ein Fuchs kommt, ist der Hahn in Regel der Erste, der

Fersengeld gibt und sich über die Hühnerleiter verdrückt. Ist schließlich kein Hocco, kein Buschhahn«, erklärte Milka.

»Ist nicht wahr. Kann nicht sein.«

»Doch. Wie im richtigen Leben.«

Paul grinste breiter. Er kannte Milkas manchmal spitze Ironie und wechselte das Thema. »Und die braunen Hühner legen die braunen Eier, die weißen die weißen Eier?«

»Nix da. Die Schalenfarbe hat mit der Farbe der Federn nichts zu tun. Hängt von den Genen ab. Meist ist es so: Hat die Henne rote Ohrscheiben, so legt sie braune Eier. Hat sie weiße Ohrscheiben, dann meist weiße. Können wir jetzt das Thema wechseln?«

Paul nickte zustimmend. »Gern. Hab ich eure Besprechung unterbrochen?«

»Nein. Wir sind mehr oder weniger durch. Setz dich dazu. Ein Kaffee?«

Paul ging mit Frau Balzer zum Kaffeeautomaten hinter der Theke. »Habt ihr heute die Zeitung gelesen?« Paul balancierte den Becher mit Cappuccino zurück zum Tisch.

»Allerdings«, sagte Milka, »wir werden wieder mal als die großen CO_2-Sünder gebrandmarkt.«

»Na ja, eure Trecker und Maschinen, die …«

»Die, lieber Paul, werden statistisch im Energiesektor verbucht. Ackerbau und Viehzucht machen gerade acht Prozent des Treibhausgasausstoßes, und …«

»Das ist doch schon erheblich.«

»… und Haushalte etwa zehn und der Verkehr weitaus mehr, um die 18 Prozent«, schaltete sich Lukas Holl ein. »Das Thema beschäftigt uns ja, sehr sogar, Herr Eichert. Wir bringen weniger Dünger auf die Felder, nutzen demnächst in unserem Dreierverbund die Gülle zur Energieproduktion, stoppen die Umwandlung von Grünflächen in Ackerland. Was uns nicht gefällt, ist, dass alles auf Verzichtsstrategien hinausläuft.«

Milka lächelte leise und beobachtete die Diskussion, in die sich nun auch Beate Balzer einbrachte. »Wenn die Verbraucher ihren Hamburger oder ihr Steak wollen, können wir nicht einfach die Tierhaltung stoppen. Sonst kaufen die eben Importware, und wir fahren die Betriebe gegen die Wand. Wir sind ja dabei, stärker auf Obst und auf Gemüse umzustellen. Ein Butterverzicht allein wird unser Klima nicht retten und uns auch nicht.« Frau Balzer redete sich in Rage, holte tief Luft.

Milka nutzte die kleine Pause. »Wir verkennen gar nicht, dass Methan und Lachgas weitaus schädlicher sind als CO_2. Deshalb sind wir auch dran, mit Maßnahmen auf breiter Front. Was mich persönlich ärgert, das ist eine gewisse, beinahe blinde Fokussierung auf bestimmte Hassobjekte. Mal sind pauschal alle SUVs die Umweltsünder, die verteufelt werden, mal der Diesel und morgen wieder etwas anderes. Die Diskussionen hängen sich pauschal an einzelnen Dingen oder Objekten auf, ohne wirkliche Differenzierung.«

Tim Holl setzte seine Cola ab. Kaffee war nicht sein Ding. »Eigentlich müssten wir dann unseren Canis sofort einschläfern lassen.«

Paul erinnerte sich. »Euren Schäferhund? Warum das? Und was hat das jetzt mit …«

»Hat es.« Tim grinste. »Hab gerade ein Buch darüber gelesen. Der Titel lautet: ›Time to eat the dog?‹«

Paul schüttelte nur den Kopf und wunderte sich über Milkas helles Lachen. Sie kannte die Story.

»Zu Deutsch: Ist es an der Zeit, den Hund zu essen?«, übersetzte Tim vorsorglich. »Anscheinend wird momentan für alles und jedes das Treibhausgas berechnet. In der Schweiz titelte eine Zeitung: ›Lumpi ist ein Sauhund‹. Jedenfalls soll die Haltung eines Hundes einer jährlichen Umweltbelastung von 1.400 Fahrkilometern mit dem Auto entsprechen. Die Katze kommt etwas besser weg. Das Pferd schlechter, da sind es 21.500 Kilometer.«

Paul schmunzelte. »Eines ist mal sicher. Wenn nach dem Butter- ein Hunde- und Katzenverbot kommt, dann bleibt in dieser Republik nichts mehr so, wie es war.«

»Kommt nicht durch, wäre auch zu kurz gesprungen«, meinte Milka. »Kein Hund, kein Spaziergang mehr an der frischen Luft, zu wenig Bewegung, kein Ansprechpartner zu Hause. Dann füllen sich die Wartezimmer bei den Ärzten bis zum Bersten. Man muss die Dinge einfach zu Ende denken.«

»Du hast heute frei?«, wollte Milka wissen, als sie zu zweit im Kaminzimmer saßen.

Paul nickte. »Du hast den gestrigen Tag überstanden?«

»Das Geschehen ging mir nach. Die halbe Nacht. Hast du was von deinem Kollegen gehört, diesem Karle?«

»Nein, nichts gehört, und das ist auch gut so. Hast du etwas vor? Mit mir?«

Milka zauberte ein Lächeln auf ihr Gesicht, stand auf, gab Paul einen Kuss, schenkte Apfelsaft nach, ging zum Fenster und sah auf den Hof hinaus.

»Also was?«

»Also gut. Demnächst ist diese Langenburg Historic Rallye. Hab ich dir erzählt.«

»Ist mir bekannt. Und …« Paul stand auf, ging zum Fenster, hob sacht Milkas leicht geneigten Kopf an, blickte ihr in die Augen. »Und? Nun red schon.«

»Und? Ich suche weiter nach einem Beifahrer. Hättest du … ich meine, kannst du dir vorstellen …« Milka verstärkte ihr Lächeln.

Paul lächelte zurück. »Dein Bruder? Nein? Dieser Deiniger, der dir stets die Tipps für deinen Käfer gibt, nein? Und dein Professor, der könnte doch …«

»Paul, bitte. Der drückt doch das Bodenblech schon durch, wenn ich langsam an eine rote Ampel rolle. Du nimmst mich nicht …«

»Also gut. Zusage. Das geht über drei Tage, ja?«

»Und würdest du heute mit mir einmal die Bergstrecke fahren? Vom Startort bis hoch nach Langenburg?«

Paul akzeptierte. »Du hast deinen Oldtimer bereits vor die Scheune gestellt. Du wusstest, dass ich zusage, ja?«

Milka öffnete die Beifahrertür, sah zu, wie Paul mit skeptisch prüfendem Blick einmal um das Fahrzeug schlich und sich dann in den schmalen Sitz des 64er Käfers fädelte. »Du bist sicher, das Teil bringt uns bis nach Langenburg?« Er bewunderte den makellosen Zustand des lackierten Armaturenbretts, das zerbrechlich wirkende Zweispeichenlenkrad, den hoch aufragenden Ganghebel, drückte eine der fünf Tasten des Radios, öffnete das Handschuhfach.

»Ist deine Kontrolle damit zur vollen Zufriedenheit abgeschlossen, lieber Paul?«

»Dein Radio tut nicht.«

»Puh. Erstens ist die Zündung nicht an, und zweitens fehlt die Verbindung zur Antenne. Aber keine Sorge: Alles vom TÜV abgenommen. Einschließlich der Sicherheitsgurte.«

»Wunderte mich bereits, dass es welche gibt.«

»Die waren nicht serienmäßig. VW hat aber seit dem Jahr 1961 Verankerungspunkte eingebaut. Also hab ich nachgerüstet.«

Der Boxermotor sprang willig an, äußerte ein vernehmliches Brabbeln, das auch im Innenraum gut zu hören war. Milka fuhr los.

Es dauerte immerhin gute 20 Kilometer, bis Paul Eichert

anfing, sich zu entspannen und nach den technischen Daten fragte.

»116 Stundenkilometer Spitze und in 32 Sekunden von null auf 100«, gab Milka bereitwillig Auskunft.

»Und damit willst du ein Bergrennen fahren? Gegen Porsche, Maserati und Co.?« Pauls Stimme klang eher belustigt als erstaunt.

»Das ist eine GLP, eine Berggleichmäßigkeitsprüfung. Es ist nicht so, dass der Schnellste gewinnt. Du hast zwei Trainingsläufe und dann zwei möglichst zeitgleich zu fahrende Wertungsläufe.«

»Und jetzt willst du mit mir einen Testlauf machen?«

»Aber nein, das ist eigentlich untersagt. Ich fahr einfach mal die Strecke bis hoch zum Schloss, und du schaust halt aus Versehen auf die Uhr, ja?«

Paul gab sich geschlagen, genoss die abwechslungsreiche Landschaft und schielte ab und zu verstohlen zu Milka hinüber, die konzentriert und umsichtig fuhr.

»Ab da vorn, Paul, ab der Brücke bitte Zeit nehmen.«

»Bist du jetzt zufrieden, Milka?«

Nach dem obligatorischen Besuch des Deutschen Automuseums im Schloss Langenburg saßen sie unter einem riesigen gelben Sonnenschirm auf der Terrasse des Schlosscafés bei einem bunten Sommersalat mit Frischkäsetasche für Milka. Mit einem herrlichen Blick hinunter ins sattgrüne Jagsttal, zum kleinen Ort Bächlingen und auf die Orangerie und den weitläufigen Barockgarten. Paul, im Status eines Junggesellen, benötigte eine deftigere Stärkung, obwohl er in letzter Zeit häufig Kostgänger bei den Mayrs war. Und das nicht nur, weil es dort gut schmeckte. Er bestellte einen Schwäbischen Zwiebelrostbraten mit Spätzle und Salat.

»Hast du von diesen Gerichtsmedizinern aus Heidelberg etwas gehört? Irgendeine Information zu dem Toten?«

Paul gab etwas Zucker in seinen Espresso, verneinte. »Habe ich auch nicht erwartet. Karle ist ihr Ansprechpartner.« Paul streckte sich und korrigierte den Sitz seiner Sonnenbrille. »Warum fragst du?« Nicht, dass er es wirklich wissen wollte. Es war eher eine belanglose Floskel. Ein externer Fall, nicht seine Zuständigkeit.

»Mir ist da was eingefallen.«

Es dauerte eine kleine Ewigkeit, bis der Kriminalhauptkommissar Milkas Antwort inhaltlich registrierte. »Du meinst jetzt nicht …«

»Doch.«

Paul räumte sich erneut Bedenkzeit ein, bevor er nachfragte. Nicht gerade unwirsch, aber doch so, als würde er das Thema am liebsten über die Brüstungsmauer ins Tal kippen. »Und was?«

Milka ignorierte seine Unwilligkeit. »Stell dir mal vor, dieser Angler sitzt da, in der sengenden Sonne. Und wartet. Wartet darauf, dass ein Fisch beißt. Es ist heiß. Richtig heiß.«

»Milka, bitte!«

»Er bekommt Durst. Richtigen Durst. Was macht er?«

»Er trinkt, verflixt auch. Was ist da …«

»Habt ihr was gefunden? Eine Flasche, eine Milchtüte, irgendwas?«

»Den Angler möcht' ich sehen, der in der Sommerhitze eine Tüte Milch neben sich stehen hat. Hm. Aber du hast recht. Es wurde alles abgesucht. Und in seinem Anglerkorb war auch nichts. Vielleicht hat er Jagstwasser geschöpft.«

»Da hätte er springen müssen. Was machst du, wenn du beispielsweise ein Bier kalt oder zumindest kühl halten willst? Du bindest die Flasche fest und hängst sie ins Wasser.«

Pauls Kombinationsgabe erwachte zu neuem Leben. »Da

er bereits mehrere Fische gefangen hatte, könnte man vermuten, dass nicht mehr viel in der Flasche war. Aber, vielleicht, seine Fingerabdrücke drauf.«

»Wir fahren jetzt da hin und sehen nach.«

»Nix da. Ich ruf Karle an, der soll jemanden vorbeischicken.«

»Nein. Wenn dann nichts ist, stehe ich da wie ein Idiot. Wenn du nicht mit willst, bitte. Dann hol ich dich hier wieder ab.« Milka stampfte zur Bekräftigung mit dem linken Fuß auf.

»Liebe Milka, manchmal bist du schon …«

»Was bin ich, Paul? Sag's schon. Nur Mut.«

»… so stur, na ja, so störrisch, wie ein Esel.«

»Eselin. Esel sind nicht stur, sie geben dem Menschen nur die Chance, seine Fehler zu erkennen.« Paul gab sich geschlagen.

Nun war Milka nicht einfach nur stur. Nicht im Sinn von bockig. Und nicht, dass sie neben ihrer Meinung keine andere duldete. Rechthaberisch war sie ganz und gar nicht. Milka nahm sich aber Zeit, analysierte, wog ab, versuchte, die Dinge zu drehen, sie aus anderen Winkeln zu betrachten. Hatte sie sich eine Meinung gebildet, ein Ziel vor Augen, bedurfte es überzeugender Argumente, sie umzustimmen. Andererseits ließ Milka auch Raum für Empfindungen. Sie schloss Gefühle nicht aus. Am wenigsten die Gefühle für ihre Familie, die Menschen, mit denen sie zu tun hatte. Ihr war bewusst, dass rationale Argumente allein nicht überzeugen konnten. Meist jedenfalls.

Und selbstverständlich wusste das alles auch Paul Eichert. Manchmal war es zwischen ihm und Milka eine Art Spiel. Zu sehen, zu hören, wie der andere argumentierte, antwortete.

Milkas Vertrauen in ihren Käfer war am Wachsen. Dass es sich jetzt um die Jungfernfahrt handelte, das hatte sie Paul vorsichtshalber verschwiegen. Mit einem beherzten Tritt aufs Gaspedal nahm sie Anlauf, um den Anstieg zur nächsten Ortschaft zu nehmen. Als sie sich Künzelsau näherten, unternahm Paul den erneuten Versuch eines Abbruchs ihres Vorhabens mit bürokratischem Hinweis auf die Zuständigkeit der lokalen Kripo und einer kritischen Anmerkung zum Tankinhalt des Käfers. Milka blockte das durchsichtige Argument ab. In Bieringen nahm sie die Brücke über die Jagst, dann links den Weg Zum Lauschbusch, fuhr langsam über den holprigen Waldweg, passierte die Fundstelle und hielt am Wegrand, als sie links die schmale Lichtung zum Ufer erreichte.

Das Gras zeigte deutliche Spuren der gestrigen Trampelei. »Wo würdest du als Angler deine Flasche kühl halten? Im Schatten eines Baumes oder im Wasser?« Milka ging vor bis zum Ufer, suchte alles ab. Nichts. Sie drehte sich nach Paul um. Der stand ganz links, neben einer buschigen, ausladenden Purpurweide und zog offensichtlich an einer Schnur – so dünn, dass Milka sie auf die Entfernung nicht erkennen konnte. Paul zog weiter, langsam jetzt. Einen Augenblick später hielt er am Ende der Angelschnur eine Bierflasche hoch. So triumphierend, als hätte er gerade mit der bloßen Hand eine kapitale Forelle aus einem Gebirgsbach gefischt. »Du hattest recht. Eine Bügelflasche.«

Milka beäugte den Fund. »Da ist was drin.«

»Bier vielleicht?«, sagte Paul in leicht süffisantem Ton.

»Sieht eher nach Papier aus. Steckt ganz oben.«

»Stimmt. Das Ding bringen wir Karle auf dem Rückweg.«

»Der ist bestimmt nicht im Büro. Nicht heute. Und ich will wissen, ob da was draufsteht.«

Es bedurfte Milkas hartnäckiger Überzeugungskraft und mehrerer Papiertaschentücher aus dem Handschuhfach des

Käfers sowie einer Pinzette aus dem Erste-Hilfe-Kasten, bevor es Milka gelang, den Zettel weitgehend unbeschädigt aus der Flasche zu ziehen. Paul kommentierte den Vorgang vorrangig unter dem Aspekt, Fingerabdrücke nicht zu verwischen. Milka wollte wissen, was auf dem Zettel stand. Unter Pauls gewissenhafter Aufsicht rollte sie das lädierte Papier behutsam auf, es nur mit Pinzette und Taschentuch berührend. Die Schrift war krakelig und an verschiedenen Stellen kaum zu entziffern.

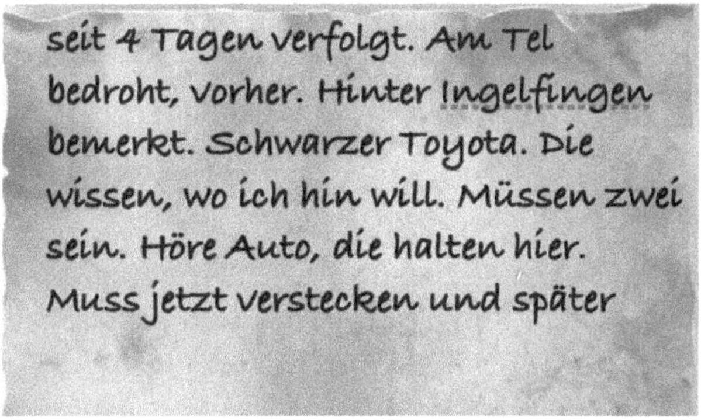

seit 4 Tagen verfolgt. Am Tel
bedroht, vorher. Hinter Ingelfingen
bemerkt. Schwarzer Toyota. Die
wissen, wo ich hin will. Müssen zwei
sein. Höre Auto, die halten hier.
Muss jetzt verstecken und später

»Hm, merkwürdig«, kommentierte Milka sibyllinisch.

»Wieso? Ist doch eine recht klare Aussage«, sagte Paul. Er zückte sein Smartphone und fotografierte den Zettel und die Fundstelle der Flasche. »So, das packen wir alles ein und geben es auf dem Rückweg bei Karle ab.«

»So klar nun auch wieder nicht. Warum nennt er nicht Ross und Reiter? Sagt, wer ihm an die Gurgel will. Und warum.«

»Du meinst, so wie in den Krimis, wenn der Angeschossene mit letzter Kraft die Anfangsbuchstaben des Täters in den Sand schreibt. Vielleicht kam er nicht mehr dazu. Dachte, er hätte mehr Zeit.«

»Das könnte sein. Paul, da ist noch was.«

»Wo?«

»Nicht wo, etwas, das mir eingefallen ist. Bei dem umgekippten Klappsessel des Anglers lag doch ein dünnes Sitzkissen. Da war was aufgedruckt. Oder aufgestickt. Konnte ich auf die Entfernung nicht erkennen.«

»Ich erinnere mich. Das war aufgedruckt. Auf einer Seite. Und ziemlich lädiert, durchgescheuert vom Sitzen. Ein Oldtimer war da abgebildet. Frag mich nicht, welcher Typ.«

Milka schwieg, dachte nach.

»Was fängst du jetzt mit der Information an?«

Milka zögerte. »Angler und Oldtimer. Klar, kein Widerspruch. Passt aber irgendwie nicht zwingend zueinander.«

»Du denkst wahrscheinlich an Langenburg? Liegt bei deiner bevorstehenden Rallye auch nahe. Komm, wir fahren jetzt.«

Paul Eichert lieferte den Fund bei der Kripo in Künzelsau ab. Sein Kollege Karle hatte anscheinend dienstfrei. Einer seiner Kollegen notierte sich Pauls Handynummer.

Kurz vor Vellberg wies Milka auf die rechts liegende Stöckenburg hin. »Da gab es mal eine keltische Siedlung mit einer Fliehburg. Heute steht da die evangelische Sankt Martins-Kirche, sozusagen die Mutterkirche der ganzen Region.«

»Hast du bestimmt von deinem Miraculix, Professor …« Pauls Handy klingelte in Milkas Worte »Lothar braut nix« hinein. Kommissar Karle ließ sich die Umstände des Funds erklären, versprach für später eine Überraschung, wollte aber partout nicht verraten, was er damit meinte.

Milka saß mit Paul zusammen, beide über das Programm und die Formulare zur Langenburg Historic gebeugt. »Am Freitag Anreise, Dokumente und technische Abnahme. Und die wiederholt sich jeden Tag. Ab 18 Uhr starten dann die ersten

Fahrzeuge zum Oldathlon. Am Samstag sind wir nach der Fahrerbesprechung um 9 Uhr dran. Zum ›Landtag‹?« Paul setzte ein Fragezeichen hinter *Landtag*.

»Damit ist nicht der Landtag in Stuttgarts Schlossgarten gemeint, Paul.«

»Dachte ich mir schon. Und am Sonntag ist dann Bergtag.«

»Genau. Zwei Trainingsläufe und dann die zwei möglichst zeitgleich zu fahrenden Wertungsläufe. Den Start erklär ich dir später.«

Die Tür zum Kaminzimmer öffnete sich rücksichtsvoll langsam, Laura steckte vorsichtig ihren Kopf durch den Spalt. »Morgen nicht vergessen, bestimmt nicht?« Milka schüttelte den Kopf. »Bestimmt nicht.«

Ihr Bruder Christoph tauchte hinter seiner Tochter auf: »Da draußen steht Sebastian mit seinem Hund, beäugt gerade deinen Käfer.« Das Peterle, der schwarze Hofkater, zwängte sich zwischen Christophs Beinen durch und sprang auf Milkas Schoß. Allen Bemühungen zum Trotz hatte sie seinerzeit die Namensgebung durch Laura und Jonas nicht mehr abbiegen können.

Sebastian Wild, ehemaliger Kreisjägermeister und Pauls Onkel und, nicht zu vergessen, Lieferant einer leider nur geringen Menge an exzellenter Wildsalami für den Hofladen, war durch den Flur zu hören. Genauer, sein Deutsch-Kurzhaar machte sich bemerkbar.

Milka begrüßte ihn im Flur, wies auf das Kaminzimmer. Sebastian Wild kannte den Weg. Der Deutsch-Kurzhaar folgte Milka in die Küche, wartete artig auf seinen dicken Wurstzipfel, folgte Milka auf dem Fuß und machte in respektvoller Distanz zu Peterle Platz. Man kannte sich und die jeweiligen Reviergrenzen.

Milka stellte einen *Lauffener Katzenbeißer* auf den Tisch und schenkte dem ehemaligen Kreisjägermeister ein sehr gutes

Viertele ein. Sebastians Augen begannen zu glänzen. Den kritischen Blick seines Neffen bemerkend, fragte er: »Bist du im Dienst?«

Paul ging nicht darauf ein. »Du siehst etwas erschöpft aus, Sebastian. Etwas derangiert. Und das Pflaster an der Hand?«

»Wir waren auf Fuchsjagd. Und mein Deutsch-Kurzhaar ist hinterher, wollte in den Bau – dafür ist er aber nicht geschaffen.«

»Momentan ist doch keine Jagdsaison.«

»Das ist wohl richtig. Aber meine Nichte, die Inge, in Gaildorf, kennst du doch ...«

»Das ist schon ewige Zeiten her.«

»Na ja, und vor ewigen Zeiten hatte ich mal so viele Fuchsfelle zusammen, dass sie sich vom Kürschner einen Mantel ...«

»Sebastian, was hat das mit heute zu tun?«

»Mach ja schon.« Sebastian Wild nahm einen großen Schluck des Rotweins. »Vor einigen Tagen rief sie mich an. Also, wie soll ich sagen, sie hat etwas zugenommen. Oder etwas mehr. Jedenfalls passt der Mantel nicht mehr so recht. Sie fragte an, ob ich einige Füchse erlegen könnte, sodass der Kürschner ...«

Paul platzte laut heraus, Milka unterdrückte ihren Lachreiz, so gut es eben ging. Es ging ausgesprochen schlecht.

»Also bist du jetzt im Sommer auf Fuchsjagd. Falsche Zeit, oder?«

»Nicht die beste. Aber an den Waldrändern mit den Übergängen zu Feldern und mit Geduld hat man eine Chance.« Sebastian Wild nahm einen kräftigen Schluck *Katzenbeißer*, das Glas war schon beinahe leer. »Nur, das Schwierige daran ist, du musst Füchse aus der gleichen Region schießen. Je nach Standort haben die andere Fellfarben und dann, na ja, dann passt es erst wieder nicht.«

Das Gelächter fiel diesmal verhaltener aus, übertönte jedoch das Klopfen an der Tür.

Michael Deiniger kam herein, zwar ein eher seltener Gast im Mayr'schen Hofgut, aber Milkas technischer Ratgeber für die Komplettrestaurierung ihres Käfers. »Guten Abend. Geht lustig zu bei euch.« Nur die Mundwinkel seines hageren Gesichts bewegten sich zu einem angedeuteten Lächeln, als Paul die Story vom Fuchsfellmantel in Kurzfassung wiederholte.

»Dein Käfer steht draußen, Milka. Hattest du heute deine Jungfernfahrt?«

Milka behauptete später steif und fest, Pauls Gesicht habe in diesem Moment eine kränkliche Blässe angenommen. Was Paul vehement bestritt.

»Sehr gut bestanden. Paul kann das bezeugen. Und du bist bei der Rallye auch dabei? Mit deinem 75er Morgan Plus8 Cabrio?«

Diese Fachsimpelei sagte Sebastian Wild nun gar nichts. Er schenkte sich nach und füllte ein Henkelglas für Deiniger. Sein fragender Blick an Paul fand nur ein Kopfschütteln. »Du warst wohl zu lang in Hamburg. Ihr Nordlichter habt eben vom guten Württemberger keine Ahnung.«

»Du bist es, der keine Ahnung hat, Sebastian. Im Norden, genauer gesagt in Bremen, lagert mehr Württemberger Wein als bei euch.«

»Du tüddelst doch«, meinte Sebastian, der das Wort bei Paul aufgeschnappt hatte, es aber »tüddelscht« aussprach. Der reine Horror für Paul.

»Von wegen. Das geht zurück auf einen Ratsbeschluss der Hansestadt aus dem Jahr 1405. Heute ist der Ratskeller mit seinen 5.000 Quadratmetern die weltweit größte Lagerstätte für deutschen Wein und gehört zum Weltkulturerbe. Alle Großen waren hier. Bismarck, Kaiser Wilhelm I und II,

Richard Wagner, Strauss, Gogol. Selbst die Queen war einmal da und hat Wein verkostet. Richtiggehend legendär waren die Besäufnisse von Friedrich Engels.«

»Der Revoluzzer? Der …« Pauls Smartphone meldete sich und verhinderte Sebastians Ansatz zu einer heftigen Replik. Auch Milka und Deiniger, die Köpfe zu einem Flüstern zusammengesteckt, horchten auf.

Pauls eingestreuten Worten war so gut wie nichts zu entnehmen. Zumindest Milka wartete gespannt. »Kommissar Karle«, erklärte Paul, öffnete seine Foto-App und starrte gebannt auf das sich öffnende Bild. Eine digitale Rekonstruktion des Aussehens des Toten. Die linke Gesichtshälfte, weitgehend vom Schlag verschont geblieben, hatte anscheinend geholfen.

Milka nahm das Handy in die Hand. »So knapp unter 60, würde ich schätzen.« Paul nickte nur, gab eine kurze Erklärung zu der Aufnahme und der Person.

Michael Deiniger beugte sich interessiert zu Milka, drehte ihre Hand mit dem Smartphone ein wenig, hob seine Augenbrauen zu einem erstaunten Blick, sah Milka an. »Und der soll tot sein? Ich kenne ihn. Das ist Alfred Wagner aus Langenburg. Der technische Haus- und Hofmeister von Claus Peter Thaler, dem Fabrikanten.«

»Den kenn ich auch«, hustete Sebastian Wild, der sich bei der Nennung des Namens an seinem *Katzenbeißer* verschluckt hatte.

»Alfred Wagner?«, erkundigte sich Deiniger, schlug ihm mit der flachen Hand zweimal zwischen die Schulterblätter.

»Nein«, hustete Wild erneut. »Nicht den Wagner, aber den Thaler. Von der Jagd her.«

KAPITEL 3 – MONTAG

Die Nacht war kurz geworden. Michael Deiniger war gegangen, schließlich auch Sebastian Wild. Und endlich auch Paul – als Milka bereits die Augen zufielen.

Milka beeilte sich mit dem Frühstück, verdrängte die gestrige ausufernde Diskussion mit ihren abrupten Richtungswechseln, den hakenschlagenden Spekulationen zu Motiven und irrwitzigen Mutmaßungen zu potenziellen Tätern. Die gipfelten in der weinseligen Vermutung, militante Fischschützer könnten die grausige Tat in einer Art kollektiven Wahn begangen haben. Besser sollten sie die zweite Flasche *Katzenbeißer* nicht entkorken, meinte auch Paul schon gestern. Der hielt sich zurück, nahm nur zwei winzige Schlucke aus Milkas Glas. Aus seiner Zeit in Offenburg – nach Hamburg – brachte er eine Vorliebe für Badische Grauburgunder mit. Wenn es denn ein Wein sein sollte.

Milka schnappte sich einen frischen Kaffee, entzog sich wortlos, was an sich nicht ihre Art war, den gemurmelten Fragen ihres Vaters und verschwand in ihrem Büro. Rechnungen, Überweisungen, Statistiken. Vorschriften. Das Quartalsergebnis wollte vorbereitet sein. Und sie musste von den Holls und vom Hof Feldmann, ihrem anderen Kooperationspartner, die Daten anfordern. Dann standen das Gespräch mit ihrem Tierwirt an und eine Unterhaltung mit Beate Balzer im Hofladen, der um die Mittagszeit wenig frequentiert war. Beate hatte ein kleines Vesper vorbereitet. Es dauerte, bis sie die Organisation des geplanten Bio-Lieferservices von allen Seiten beleuchtet hatten, bis Beate zur zentralen Frage kam – wer denn bitte die Organisation übernehmen und steuern sollte. Die Frage allein machte deutlich, dass sie selbst nicht in Frage kam. Was Milka verstand. Ihr kam eine Idee. Nein, verraten wollte sie nichts. Jetzt nicht.

Bettina und Laura, sichtlich ungeduldig, warteten vor Milkas Skoda, bereit zur Abfahrt nach Obersontheim. Über einen Aushang am Schwarzen Brett des Reitstalls hatte Laura passende Stiefel gefunden, für den Anfang musste ein Fahrradhelm genügen. Ihre blauen Jeans waren eng genug. Enger ging nicht. Während der Fahrt berichtete Laura aufgeregt von ihrer ersten Stunde. Ihre anfängliche Enttäuschung, nicht sofort aufs Pferd zu dürfen, war schnell verflogen. »Britta hat mir erst mal alles über Pferde erzählt. Aber das Meiste hatte ich schon gelesen. Ich geh da doch nicht so unbedarft hin. Ist aber dann doch ganz anders, wenn man neben dem Pferd steht.«

Milka warf einen verständnisvoll lächelnden Blick zu Bettina auf dem Beifahrersitz. »Hast du dein Pferd schon gesehen?«

»Na klar. Ein brauner englischer Vollblutwallach, elfjährig und ein Meter 60 groß. Also das Stockmaß. Den hab ich aber nicht allein. Und er hat eine schöne kleine Blesse am Kopf. Aber heute darf ich endlich aufs Pferd. An der Longe.« Die Vorfreude schwang in Lauras Stimme und Tonfall mit.

Milka wandte sich an ihre Schwägerin. »Kennst du diese Paludis näher? Denen gehört wohl der Reitstall.«

»Ich war ein einziges Mal in deren Haus. Eine imposante Villa, so im italienischen Stil. Beinahe ein Anwesen.«

»In Schwäbisch Hall?«

»Ja, am Rand von Steinbach mit Blick auf die Großcomburg. Ich hab mal Laura begleitet, als eine Mitschülerin von ihr eine Vorführung hatte.«

»Was für eine Vorführung?«

»Die geben sich so als Mäzene. Kunstmäzene.« Bettinas Tonfall nahm eine merkwürdige Klangfärbung an. Bewunderung schwang mit. Und irgendwie auch Staunen, aber auch ein klein wenig Neid. »Die veranstalten zwei- oder dreimal im Jahr Konzerte für handverlesene Gäste. Und dann gibt es einen Förderpreis für Musikschüler, die viermal im Jahr ihr Können unter Beweis stellen dürfen.«

Milka bremste ab, bog in den Weg zum Reitstall ein, hielt auf dem großzügig dimensionierten Parkplatz, der von einer kleinen Baumreihe beschattet wurde. »Paludi. Klingt italienisch.«

Bettina zuckte mit den Schultern. Laura riss die Tür auf und stürmte zum Stall, zu den Pferden.

Ein Bild wie gemalt – als Milka und Bettina am eingezäunten Longierplatz ankamen. Laura, gerade und aufrecht auf dem von Britta an der Trense gehaltenen Wallach sitzend, hatte ein fast überirdisches Strahlen auf ihr Gesicht gezaubert und bemühte sich, auf Brittas Erklärungen zu Sitz, Haltung und mitgehender Bewegung zu achten. Milka holte ihr stumm geschaltetes Handy hervor, es zeigte zwei Anrufe, die sie ignorierte. Vier Fotos gelangen, bevor die Reitlehrerin das Pferd an der Nylonlonge führend bewegte, Laura ab und an erste Anweisungen zu Sitz und Gleichgewicht zurief. Milka ignorierte einen weiteren Anruf und schaltete um auf Video.

»Könnten wir auf dem Hofgut nicht auch ein Pferd halten?« Bettinas Frage sollte eher beiläufig klingen, hörte sich aber beinahe wie eine Forderung an. Milka nahm es positiv auf. »Das Reitabzeichen 10 sollte Laura vorher haben. Wenigstens. Und dann lass uns wieder drüber reden, ja?« Eingedenk ihrer bislang unausgesprochenen Idee, Bettina in den Hofladen einzubinden, verstärkte sie ihre Antwort. »Wir könnten uns mal überlegen, wie und wo wir ein Pferd unterbringen. Einen Stall braucht es schließlich. Und eine Weide.« Und eigentlich zumindest ein weiteres Hottehü für eine Sozialgemeinschaft, überlegte Milka für sich. Das könnten auch Pensionspferde sein. »Sprich doch mit Christoph darüber.«

Kriminalhauptkommissar Eichert sah nach seinem Tagewerk leicht verschwitzt aus, als er am frühen Abend auf dem Mayr'schen Hof nach Milka suchte. Schließlich traf er sie in der Maschinenhalle. Verschwitzt. Mehr als leicht.

20 Minuten waren eine gute Zeit, fand Milka, als sie in schmal geschnittenen Jeans und einem dezent roséfarbenen Polohemd im Kaminzimmer eintraf. Sie riecht nach Orangenblüten, fand Paul, als er einen Kuss und den gekühlten Ingwer-Limetten-Drink entgegennahm. Er ließ sich in einen schweren Sessel fallen, der in der Ecke neben der Bank des Kachelofens stand und spätabendlicher Stammplatz von Milkas Vater war. Der Ofen befand sich im sommerlichen Tiefschlaf. Holzfrei, auch im schwarzen Schlund hinter der Kamintür. »Du warst in Langenburg? Bei Thaler?«

Paul nickte, nahm einen tiefen Schluck. »In seiner Firma. Thaler Packaging Systems. Kommissar Karle und ich.«

»Er für den Fundort, du für den Toten, für seinen Wohnort, ja?«

»Wagner war unter der Privatadresse von Thaler gemeldet. Eine kleine Einliegerwohnung mit zwei Zimmern. Der Thaler ist schon eine Type.« Paul griff nach seinem Glas.

»Da kann ich mir jetzt alles und nichts darunter vorstellen. Jedenfalls kein Normalo, oder?«

»Bestimmt nicht. Seine Sekretärin holte uns am Empfang ab, Wartezeit gefühlte zehn Minuten, trotz Anmeldung. 52 Jahre, hatte ich zuvor gegoogelt, groß, schlank, eine hohe Stirn, graue Haare, eine Art Mecki-Frisur. Ein klein wenig der Cary Grant-Typ, nur nicht ganz so britisch. Macht den Eindruck eines grundsoliden Unternehmers. Gab sich sehr jovial. Zugleich vermittelte sein Auftreten aber das Gefühl, als gewähre er uns eine Audienz. Formulierte Karle eine Frage, nur um nachzuhaken, mit etwas anderen Worten, wurde er unvermittelt biestig. ›Konnten Sie sich meine Antwort nicht merken, Herr Karle?‹, so etwa.«

»Und mit so einem Typen geht Sebastian auf die Jagd.«

»Nur selten, wie er gestern erzählt hat. Der Thaler hat eine Jagd gepachtet. Und ab und an will er eben Gesellschaft. Aber nun zu Wagner. Der war früher in seiner Firma, in der Produktion. Hatte dann einen Unfall – die unwichtigen Details lass ich mal weg. Zuständig war er für die Technik in Thalers Villa, für den Bürotrakt der Firma und, nicht zu vergessen, für Thalers drei Oldtimer.«

»Also auch für seinen Austin-Healey 3000 Mk III«, sagte Milka und schenkte Limonade nach. »Mit dem will er bei der Langenburg Historic antreten. Ist jedenfalls angemeldet, wie Deiniger sagte. Hat Thaler seinen Haus- und Hofmeister nicht vermisst? Oder jemand anders? Frau, Freunde, Haushälterin? Nun lass dir nicht alle Würmer …«

»Immer langsam. Simultandenken – berichten und gleichzeitig überlegen, die Aussagen durchdenken – das geht nicht so schnell«, meinte Paul lapidar.

»Quatsch. Es gibt Multi-Tasking, das kann meine Mutter prima beim Kochen, aber nicht Multi-Thinking«, widersprach Milka. »Zwei Gedanken auf einmal denken. Wer kann denn so was?«

»Ich«, meinte Paul mit einem Schmunzeln, das auf Milka nur zu einem Teil ironisch wirkte. »Das vertiefen wir ein andermal«, sagte Milka. »Jedenfalls hatte Wagner, nach Deinigers Worten Junggeselle, Urlaub. Eine Woche zum Angeln. Und wurde nicht vermisst? Klingt irgendwie höchst merkwürdig, meinst du nicht?«

Paul runzelte seine Stirn, machte eine Handbewegung, die nach »ja, und« aussah, und schob sein Glas zur Seite.

Milka diagnostizierte bei ihrem mundfaulen Paul eine gewisse Artikulationsmüdigkeit, wollte aber den wichtigsten Ermittlungsaspekt nicht auslassen. »Und zu einem möglichen Motiv sagte Thaler nichts? Wer Wagner möglicherweise warum an die Gurgel wollte? Feinde, Drohungen, Anfeindungen?«

»Milka!«

»Ich höre.«

Paul stand auf, ging zum Fenster und blickte auf den Hof. Milkas Bruder fuhr mit einem Trecker vor. »Er wusste nichts. Falsch. Er sagte, er wisse von nichts. Kein Motiv weit und breit.«

»Und dann?«

»Sind wir zu seiner Villa gefahren, um mit seiner Frau zu sprechen. Ein echter zweigeschossiger Luxusbau am Stadtrand von Langenburg. Mit Auffahrt und kurzer zweiläufiger Treppe zum Eingang. Alles penibel gepflegt und irgendwie darauf aus, Status zu zeigen.«

»Und wie ist seine Frau?«

»Weg. War nicht da. Wir haben mit der Haushälterin gesprochen. Eine Stefanie Koch, 55 Jahre, eher klein, dunkle nach hinten gekämmte und zusammengebundene Haare – vielleicht kam sie vom Staubsaugen – schmallippig, kein Lächeln. Nicht einmal bei der Begrüßung. Danach schon gar nicht.« Paul drehte sich um, setzte sich neben Milka auf die Bank. »Sie war bestürzt. Und das war bestimmt nicht gespielt. Zumindest erhielten wir einige brauchbare Informationen zu Wagner, nach dem ersten Schock.«

»Zu seiner Person, oder auch …« Milka hielt inne, als sie ein vom Hof kommendes knirschendes Geräusch hörte.

»Zu seiner Person. Nach seinem Unfall wurde er wohl zunehmend verschlossen. Extrem pflichtbewusst. Kümmerte sich um alle seine Aufgaben mit einer, wie sie sich ausdrückte, pingeligen Verbissenheit. Sie kamen gut miteinander aus, sagte sie. Solange sie ihm nicht zu nahe kam. Nicht, dass sie etwas mit ihm anfangen wollte. Glaube ich nicht. Er ließ nur nichts an sich ran. Sie durfte sich nicht um ihn kümmern. Wobei – so zurückhaltend, wie sie sich uns gegenüber gab, dürfte ihr das nicht schwergefallen sein.«

»Und das war's dann schon?«

Paul stand wieder auf, als ein leises Geräusch vom Flur aus zu hören war. »Ja. Sie wusste um seinen Urlaub. Wusste, dass er gern angelte. Und wusste auch: keine Fragen zum wie-geht-es, oder was-haben-Sie-heute-gemacht. Das passte ihm nicht.«

»Und sie wusste nichts über Probleme, Anfeindungen …« Milka brach ab, als sie Pauls Gesichtsausdruck sah. »Jaja, weiß schon. Keine Freunde, die ihn besuchten?« Das Geräusch im Flur wurde lauter. Ihr Bruder Christoph öffnete die Tür, nickte Paul mit einem angedeuteten Lächeln zu. »Milka, kommst du mal? Jetzt!«

Milka folgte mit einem Achselzucken. Hielt im Flur abrupt inne. Ein derangierter Professor Lothar Ebert stand unsicher und zitternd an die Flurwand gelehnt, gestützt von Milkas Mutter Karin, die ein leeres Wasserglas in der Hand hielt. Milka packte den Professor fest am Arm und leitete ihn fürsorglich ins Kaminzimmer. Paul half, bis Lothar Ebert aufatmend sicher im Lehnstuhl saß.

Für Milka war der emeritierte Kunstgeschichtsprofessor aus Kirchberg an der Jagst ein guter Freund. Zweimal hatte er Paul und ihr mit seinem Wissen und seinen analytischen Fähigkeiten geholfen. Im Moment sah es so aus, als bedürfe er selbst der Hilfe. Dringend. Das längliche Gesicht tief gebräunt, bildeten seine langen weiß-grauen Haare, an den Ohren vorbei nach hinten gekämmt, einen harten Kontrast. Buschige, erstaunlich dunkle Augenbrauen und ein kurz gestutzter grauer Schnurrbart verliehen ihm ein distinguiertes Aussehen. Nur jetzt nicht. Die helle Cordhose verrutscht, das weiße Hemd nass unter den Achseln und die Haare zerzaust. So ziemlich alles schien durcheinander zu sein. Auch der Kopf. Allmählich wich das Zittern. Er blickte hoch, hielt kurz Milkas Blick fest. »Ich habe angerufen. Ein paar Mal.«

Milka unterdrückte einen Fluch. Ihr Smartphone und die Anrufversuche hatte sie total vergessen, als Christoph und ihr Vater sie nach ihrer Rückkehr in Beschlag genommen hatten. Das Handy lag oben in ihrem Zimmer. Sie eilte in die Küche, kam mit einem gut eingeschenkten Obstler zurück und drückte Herrn Ebert das Glas in die Hand. »Hier Lothar, zur Stärkung.«

Der Professor richtete sich auf, strich mit dem Zeigefinger über seine Schnurrbarthaare. »Hab seit heute Morgen nichts mehr gegessen. Und dann bin ich die ganze Strecke von Herbertingen hierher gefahren.« Seine Hand zitterte ein wenig.

Milka nahm ihm das Glas wieder weg. »Mit dem Schnaps warten Sie dann ein wenig, Lothar. Ich bringe Ihnen lieber einen Apfelsaft.«

Nach dem zweiten Glas erholte sich der Professor sichtlich.

»Was machen Sie denn dort, in Herbertingen?«, fragte Paul Eichert, wohl wissend, dass er mit solchen Fragen manchmal – er setzte das *Manchmal* gedanklich in Klammern – recht ausschweifende und in doppeltem Wortsinn erschöpfende Ausführungen erwarten durfte.

»Die Kelten«, sagte Herr Ebert und führte sein Glas zum Mund.

»Sie sind Kunsthistoriker und, wie wir wissen, Hobbygenealoge. Aber auch Kelten? Asterix und Obelix?«

Milka runzelte missbilligend ihre Stirn. Paul sollte das jetzt nicht ins Lächerliche ziehen.

»Als ich zehn war, hat mir ein Freund den ersten Band des Comics in die Hand gedrückt.«

Paul rechnete blitzschnell. »Die französische Ausgabe, 1961. Die deutsche kam erst sieben Jahre später.«

Lothar Ebert zeigte versuchsweise ein erstes Lächeln. »Sie kennen sich aber sehr gut aus. Haben Sie den ersten Band?«

Paul grinste. »Ich wollte, ich hätte.«

»Ich auch. Jedenfalls hat das damals mein Interesse geweckt. An den Kelten, meine ich. Und später: Auch in Comics steckt Kunst. Comics sind quasi ein Versuch, mit Zeichenkunst Geschichten in Bildern zu erzählen. Allerdings haben sie nie einen richtigen Platz gefunden. Für die Literatur nicht komplex genug, für die bildende Kunst nicht *genial* genug, hat mal jemand gesagt. Etwas anders sieht das in Amerika aus. Ich erinnere nur an Andy Warhol oder Roy Lichtenstein und ihre …«

Der Professor wurde unterbrochen. Karin Mayr stieß die Tür mit dem Fuß auf und brachte ein großes schwäbisches Vesper herein. Auf einer überdimensionierten Holzplatte fanden sich, liebevoll angerichtet, verschiedene Wurstsorten. Schinkenwurst lag neben Schwartenmagen, Presskopf an Schwarzwälder Räucherschinken, grobe Leberwurstscheiben neben geräuchertem Schinken vom Hällischen Landschwein. Und Tellersülze. Auch die Käseauswahl konnte sich sehen lassen: Romadur – ein Rotschmierkäse aus Kuhmilch, Emmentaler und Luckeleskäs. Dazwischen kleine Gewürzgurken. »Ein schwäbisches Vesper!« Karin Mayr sprach es »Veschbr« aus.

Paul, mit hungrigem Blick auf das überbordende kulinarische Angebot, stieß ein vernehmliches »Hm« aus. »So, nu wüllt wi mol Foffteihn moken.«

Nicht nur Milka schaute erstaunt drein. »Foffteihn? 15, du Hamburger?«

»Richtig, nach Veerteihn kommt Foffteihn. Bedeutet im Norddeutschen so viel wie Brotzeit im Bayrischen. Und die Fünfzehn, die kommt aus der 15-Minuten-Pause für die Brotzeit der Arbeiter. Früher. Wenn ich das Angebot richtig sehe, schaffen wir das nicht in einer Viertelstunde.«

Milkas Mutter brachte frisches Holzofenbrot, Butter, Griebenschmalz und, sozusagen als kleinen vitaminhaltigen Ausgleich, »äbbas G'sonds«: Tomatenschnitze, Paprikastreifen, Zucchinischeiben und Radieschen. »Lassed's euch schmecka!«

Milka holte Nachschub an naturtrübem Apfelsaft aus der Küche für alle. Als sie zurückkam, kreiste Lothar Eberts Gabel über dem Vesperbrett, um eine erste Auswahl zu treffen. »Vellberg«, sagte der Professor gerade, »da wurde vor Jahren mein Interesse an den Kelten wirklich geweckt. Die Stöckenburg, direkt gegenüber vom Städtchen Vellberg auf einem Bergvorsprung gelegen, ist der älteste besiedelte Bereich der ganzen Region. Schon vor Christi Geburt und in der Merowingerzeit haben sich dort die Kelten herumgetrieben. Und sie haben eine Fliehburg errichtet.«

Milka nutzte den günstigen Zeitpunkt, da Herrn Eberts Gabel erneut in eine Umlaufbahn eintrat, die seine volle Konzentration verlangte. »Das war dann eine Art Schutzburg, Lothar?«

Herrn Eberts Gabel verharrte unmittelbar über den Leberwurstscheiben, sein Blick rutschte ab, glitt zu seinem nebenstehenden Obstler, entschied aber bedauernd, dafür sei es zu früh. »Das darf man sich nicht als klassische Burg mit Gebäuden vorstellen. Eine Art ringförmige Befestigung, in der die Leute Schutz bei Angriffen suchten. Eine richtige Burg an dieser Stelle entstand erst im neunten Jahrhundert, sie schützte dabei eine Kirche.« Der Professor griff nach dem Obstler und nahm einen ersten kleinen Schluck. Sein Gesicht belebte sich zusehends. Paul fragte sich, auf was wohl sein eigenartiger Zustand bei der Ankunft zurückzuführen gewesen war. Nur ein Schwächeanfall? Es war merkwürdig. Der Gefahr eines längeren Vortrags ins Auge sehend und bei anhaltendem Appetit, wagte er eine Frage. »Wann und wo traten denn die Kelten überhaupt auf?«

Herr Ebert kaute und schluckte. »Also, sozusagen erstmals, jedenfalls als eigenständige Kultur – da müssen wir unseren Blick auf ihren Kernraum werfen. So etwa 1800 bis 1600 vor Christus entstehen die ersten keltischen Siedlungen in Südwestdeutschland. Ein reiselustiges Völkchen, das sich – wir sind gerade 900 vor Christus – auf Goidelisch unterhält. Eine Sprache, aus der das Gälisch hervorgeht. Und ein Volk, das sich ausbreitet. Nach Frankreich, nach Spanien, nach England. Sogar Marseille gründen sie. Und so um 800 vor Christus treffen wir auf Kelten am Oberrhein und an der Oberdonau. Da beginnt die Hallstattzeit. Hat aber nun nichts mit Schwäbisch Hall zu tun, sondern mit einem Ort in Oberösterreich.« Der Professor gestattete sich ein winziges Schmunzeln, holte genüsslich den letzten Tropfen des Obstlers aus dem Glas und leckte sich über die Lippen. Er bemerkte Bettina Mayr, die seit zwei Minuten an der Tür stand, eigentlich, um abzudecken, dann aber gebannt lauschte. »Und so ab 450 vor Christus beginnt die Latènezeit, eine Epoche der vorrömischen Eisenzeit.« Bettina schmunzelte.

Herr Ebert blickte hoch. »Bei Teutates und Belenus, Sie sind aber gut informiert, Frau Mayr.« Man kannte sich, allerdings nur von kurzen Begrüßungen zwischen Tür und Angel. »Woher wissen Sie denn das?«

»Mit Schulkindern lernt man das, abhängig vom Lehrkörper allerdings. Manches bleibt dann hängen. Außerdem war ich mit meinen beiden im Frühjahr auf der Stöckenburg und habe das aufgefrischt.«

»So setzen Sie sich doch zu uns, das können wir nachher zusammen raustragen.« Milka nickte lächelnd in Bettinas Richtung, stand auf und rückte einen Stuhl für Bettina zurecht. Und trug dann doch die nahezu leergeräumte Platte weg. Noch an der Tür hörte sie, dass Lothar bereits wieder in die Historie eintauchte.

Milka kam mit Gläsern und einer Flasche Weißburgunder aus dem Badischen zurück. Sie dachte an Paul. Der Professor befand sich bereits im ersten Jahrhundert vor Christus, als die Römer in Gallien auf die Kelten trafen, und der lange Gallische Krieg seinen Anfang nahm. »Cäsar selbst hat in seinem Werk *De bello Gallico* umfänglich darüber berichtet. Übrigens unsere wichtigste Informationsquelle zur späten Latènezeit.« Herr Ebert hob sein Glas.

»Kennen Sie denn die Heuneburg, Herr Professor?« Bettina streute die Frage ein.

Herr Ebert setzte abrupt sein Glas ab. Einige Tropfen schwappten über. Milka hatte ihn nie zuvor stottern hören. »Das ist – ich rief, das ist doch der …«, seine Stimme stockte. Bettina biss sich entsetzt auf die Unterlippe, unsicher, ob ihre Bemerkung auslösendes Moment für seine plötzlichen Emotionen sein konnte. Milka stand auf, legte sanft ihre Hand auf seine Schulter. »Lothar, ganz ruhig, ganz ruhig. Heuneburg bei Herbertingen – ist das der Grund, warum Sie …« Milka sprach es nicht aus, ließ ihm Zeit.

Er schien sich langsam zu fassen. »Die Heuneburg – ja. Ich bin dort seit mehreren Monaten tätig. Zumindest sporadisch. Und heute …« Er griff mit beiden Händen nach dem Glas, nahm einen kleinen Schluck, stellte es vorsichtig zurück. »Die Polizei hat mich heute Morgen verhaftet und verhört.« Lothar Ebert atmete tief ein. »Es war schrecklich. Einfach schrecklich.«

Paul schüttelte innerlich den Kopf. Nur eine emotionale

Überreaktion konnte den Professor zu dieser Aussage führen. Ansonsten würde er ganz bestimmt hier nicht sitzen. Er fing Milkas Blick auf, hilfesuchend und zugleich auffordernd. Warum Lothars kurze Mitteilung ein erkennbar skeptisches Stirnrunzeln bei Paul auslöste, verstand sie nicht.

Der Kriminalhauptkommissar packte es vorsichtig an, wollte den Professor erst beruhigen, ihn in ruhiges, unkritisches Fahrwasser bringen. »Die Heuneburg ist, glaube ich, von beinahe weltgeschichtlicher Bedeutung. Wie kommt sie denn zu dieser Auszeichnung?«

Der Professor schluckte den Köder wie ein ausgehungerter Fisch. »Eigentlich reicht schon, dass es die erste Stadt nördlich der Alpen ist. Die handelsstrategische Lage oberhalb der Donau, die für den Lastentransport mit Booten geeignet war, war entscheidend. Schon in der Bronzezeit wurde die Höhensiedlung wehrhaft ausgebaut.« Herrn Eberts Gesichtszüge entspannten sich. Über sein gebräuntes Gesicht legte sich ein Hauch rötlicher Tönung, vom Weißburgunder oder der archäologischen Begeisterung oder von beidem, war nicht erkennbar. »Die Blütezeit allerdings erlebte die Heuneburg zwischen 620 und 460 vor Christus als großes Siedlungszentrum der Kelten. Mit Fürstensitz.«

»Sie sagten *Stadt*, Herr Professor. Wie viele Menschen wohnten denn da?«, fragte Bettina, jetzt wieder beruhigt.

»Nach aktuellen, fundierten Schätzungen etwa 5.000. Und bereits der griechische Schriftsteller Herodot erwähnte …«

Paul Eichert erkannte die latente Gefahr eines längeren geschichtlichen Ausflugs und versuchte, Herrn Ebert vorsichtig in eine andere Richtung zu lenken. »Sie sind dort tätig, sagten Sie. Ist da denn nicht alles längst erforscht?«

»Aber nicht im Geringsten.« Ebert lächelte wissend. »Obwohl inzwischen tatsächlich in der fünften Generation von Archäologen gegraben wird. Gerade eben sind wir wieder auf sensationelle Funde gestoßen.«

»Und Ihre Aufgabe? Oder ist das nur ein Hobby?« Paul empfing Milkas missbilligenden Blick ob seiner beinahe despektierlichen Unterstellung. Hobby – pah.

»Nun«, hob Herr Ebert an, »ich bin nicht an den Grabungen beteiligt. Mir geht es allein um wissenschaftliche Erkenntnisse. Und da ist das Team von Doktor Weigel von der Eberhard Karls Universität Tübingen für mich wichtig.«

»Nur dieses Team, und Sie sozusagen begleitend?«

Der Professor schüttelte den Kopf. »Wir haben momentan drei rechteckige Flächen abgesteckt. Das Sediment ist soweit abgetragen, und in Quadranten eingeteilt. Das zweite Team kommt von Arch.Search und ist auf ein Jahr Subunternehmer zum Uniteam. Dahinter steht wohl ein finanziell gut ausgestatteter Sponsor. Ich selbst – nun …« Der Professor deutete mit einer leichten Handbewegung und dem Anheben seiner Schultern an, dass er bestenfalls eine unwichtige Nebenrolle spiele. »Mich interessiert primär die Schnittstelle der Hallstattzeit zur Latènezeit und, in Bezug auf die Heuneburg, die Positionierung der Funde auf dem Plateau. Und im Umfeld. Daher gehe ich diesem Thema …«

Der Kriminalhauptkommissar musste erkennen, dass sein Lenkungsversuch missglückt war. Er kam direkt auf den Punkt. »Und bei diesen, hm, Ausgrabungen, kam es zu einem Kontakt mit der dortigen Polizei?«

Lothar Ebert griff nach seinem beinahe leeren Glas, hielt es in der Hand. Bereit sozusagen. Zeigte sich jetzt aber gefasst. »Ein wertvolles Fundstück war, völlig unerklärlich, plötzlich verschwunden. Drei Ringe, ein fein gearbeiteter Goldschmuck aus einem Mädchengrab. Weg. Einfach weg. Doktor Weigel rief die Polizei. Die kam gestern. Und heute … und heute nahmen die mich mit aufs Revier. Und verhörten *mich*!« Herrn Eberts ganze Person war eine einzige personifizierte Entrüstung.

»Hat man Ihnen einen Haftbefehl gezeigt und Sie dann belehrt?« Paul Eichert versuchte, so ernst wie möglich zu bleiben, unterdrückte seine aufkeimende Belustigung.

»Mich belehrt? Mich? Worüber denn?« Sein wissenschaftliches Selbstverständnis schien unberührt.

»Na, über Ihre Rechte! Dass Sie nicht aussagen müssen, und dass Sie das Recht auf juristischen ...«

Herr Ebert unterbrach. »Aber nein. Die befragten mich doch nur. Irgendwer, das entnahm ich einigen Fragen, muss mich wohl beschuldigt haben. Aber ich bin doch kein Raubgräber wie Indiana Jones oder Lara Croft. Denen ging es ja allein ums Geld. Um den Wert der Sache. Und dann behauptet dieser Doktor Henry Walton Jones im dritten Teil tatsächlich ›We are not searching for things, we are searching for facts.‹ Lügenbold. Hält sich nicht an das, was er sagt. Dabei wird angehenden Archäologen bereits im Studium das Prinzip der guten wissenschaftlichen Praxis eingeimpft. Da kann ich mein Wissen doch nie in die Dienste unseriöser Sammler stellen.« Herr Ebert blickte bestätigungsheischend reihum – sah in drei lächelnde Gesichter und musste schließlich selbst lachen. Er leerte sein Glas.

»Hat sich das dann geklärt – zumindest, was Sie anbelangt, Lothar?« Milka war sich nicht wirklich sicher, ob das bereits das glückliche Ende der Geschichte war.

»Nein, keineswegs. Sie haben angekündigt, mich erneut sprechen zu wollen. Ich müsse erreichbar bleiben. Ich bin dennoch hierher gefahren.« Es klang trotzig.

Paul Eichert unterstellte, dass einem Master der Kunstgeschichte vergleichbare Ethik-Grundsätze der guten wissenschaftlichen Praxis abverlangt wurden. Er wagte sich mit einer

Frage vor. »Ihre Nachforschungen zur Hallstatt- und dieser hm, Latènezeit, – werden Sie da irgendwie finanziell unterstützt?« Milka gab Paul einen warnenden Tritt unterm Tisch.

Der Professor räusperte sich. »Nun ja, nicht direkt. Aber gewissermaßen doch. Also, ich kenne einen Fabrikanten aus Langenburg. Der ist Antiquitätensammler. Mit Schwerpunkt Römer, und ja, Kelten. Und wenn es Fragen gibt, berate ich ihn. Beispielsweise, wenn es um die Herstellung von Replikaten geht oder wenn ihm Stücke angeboten werden.« Er holte tief Luft, sein Ausdruck änderte sich urplötzlich. »Sie glauben doch wohl nicht wirklich, dass ich …«

Der Kommissar ging dazwischen, entschieden und überzeugend. »Herr Professor, wir glauben gar nichts! Ihre Integrität steht doch völlig außer Frage. Nur so interessehalber: Hat Ihr Fabrikant auch einen Namen?«

Herr Ebert hatte sich wieder gefasst. »Sicher. Es ist Claus Peter Thaler in Langenburg. Hat übrigens eine sehr nette Frau. Ach ja, Milka, er hat auch ein Faible für Oldtimer. Drei Stück besitzt er. Warum fragen Sie?«

Milkas und Pauls Blicke trafen sich. Paul hob seinen Kopf mit einer kaum wahrnehmbaren auffordernden Bewegung.

»Sie kennen doch Paul. Er geht schon von Berufs wegen den Dingen immer auf den Grund. Ich kenne zwar Thaler nicht – noch nicht, könnte ich sagen – werde ihn aber am Wochenende treffen. Wir nehmen beide an der Langenburg Historic teil.«

Bettina verabschiedete sich mit einem kurzen Hinweis auf ihre Kinder. »Es hat Sie hoffentlich nicht gelangweilt, Frau Mayr«, sagte der Professor und stand auf, um ihr zum Abschied die Hand zu geben.

»Ich horche ihn ein wenig aus«, flüsterte Paul und erhielt ein bejahendes Augenzwinkern von Milka.

»Zunächst einmal, Herr Professor, können Sie selbstredend

auf uns zählen. Wenn es Probleme mit der örtlichen Polizei gibt, sagen Sie mir Bescheid.«

Herrn Eberts Blick hing noch an der Tür, die Bettina schloss. Er nahm seinen Platz wieder ein. »Ich hatte gehofft, dass Sie mich unterstützen, und weiß das sehr zu schätzen. Ich bin momentan …«

Paul nickte nur verständnisvoll. »Ein Thema beschäftigt mich in diesem Zusammenhang. Soweit mir bekannt, bleiben Fundstücke aus legalen Grabungen grundsätzlich in hoheitlichem Besitz, werden entweder in Museen oder Fundarchiven verwahrt.«

Professor Ebert rückte seinen Stuhl zurecht, warf einen kurzen prüfenden Blick auf die Weinflasche. Milka entging der Blick nicht. »Das ist absolut richtig. Handelt es sich, wie bei der Heuneburg, um ein Projekt des Landesamts für Denkmalpflege, dann ist das so. Wird Ihnen so etwas angeboten, ist es gefälscht oder es wurde geraubt. Allerdings kommen immer wieder auch echte Fundstücke aus illegalen Ausgrabungen in den Handel. Auf der ganzen Welt übrigens.«

»Wobei beraten Sie diesen Herrn Thaler dann? Wenn doch keine echten Fundstücke zu erwerben sind?«

Herr Ebert strich sich übers Kinn, das am heutigen Morgen wohl keine Rasur erfahren hatte. »So pauschal kann man das nicht sagen. Es werden immer mal auch echte Stücke aus legalen Sammlungen angeboten. Nur – da muss ich aufpassen wie ein Luchs. Kommt mir jemand mit Geschichten vom Urgroßvater und dem Dachboden, beginnen bei mir alle Alarmglocken zu läuten.«

»Und die Stücke prüfen Sie dann und raten Herrn Thaler dann zum Kauf oder auch nicht?«

»Ich lasse mir vom Anbieter alle Nachweise zeigen. Herkunft, Exportbestätigung, Ausfuhrgenehmigung. Aber: Es gibt selbstverständlich auch Funde privat in Auftrag gegebener Nachforschungen, die beim Amt für Bodendenkmalpflege angemeldet wurden. Da wird dann die Schürftiefe festgelegt, man muss das Betretungsrecht einholen und …«

»Und was dann gefunden wird, darf man behalten?«

Der Professor griff nach seinem Glas, das Milka zwischenzeitlich mit höchstens einem Achtele gefüllt hatte. »Darüber befindet dann das Amt. Funde von besonderer wissenschaftlicher Bedeutung gehen in das Eigentum des Landes über.«

Es entstand eine kurze verbale Erschöpfungspause, bevor Herr Ebert sein leeres Glas absetzte und mit hörbarem Bedauern seine Heimfahrt zum Kirchberger Wohnort ankündigte. Milka protestierte, noch bevor Paul mit kurzem Überschlag des Promillepegels sein berufsbedingtes Veto einlegen konnte. »Sie bleiben hier, Lothar. So fahren Sie nicht zurück. Wir haben ein Gästezimmer. Ich bringe Sie jetzt nach oben.« Der Professor zierte sich zwar kurz, leistete dann aber keinen Widerstand.

»Du siehst auch nicht gerade munter aus«, meinte Milka, als sie zurückkam und Paul am Tisch sitzen sah, den Kopf auf die Hände gestützt.

»Wie? Ach so, ja. Der Tag war lang. Und mir gehen immer wieder die Gespräche mit Thaler und dieser Frau Koch durch den Kopf. Merkwürdig genug, dass Thaler auf Wagners Tod so sachlich und unterkühlt reagierte. So, als erhalte er die Mitteilung, der Springbrunnen in seinem Vorgarten funktioniere nicht. Und wenn ich es bei ihm schon irgendwie verstehen kann, so ist mir die Verschlossenheit der Haushälterin ein Rätsel. Auf jeden Fall bringe ich die Art und Weise, wie Wagner umgekommen ist, nicht mit seinem Umfeld in Einklang. Und Karle versteht das auch nicht.«

»Und was ist mit Lothar? Er ist doch nicht wirklich verhaftet worden, oder?«

Paul stand auf, es sah nicht gerade dynamisch aus. »Unsinn. Die Kripo von Sigmaringen, ich nehme an sie war es, hat ihn befragt und wollten das nicht im Umfeld der Ausgrabung machen. Jedenfalls musst du dir über diese polizeiliche Maßnahme dein hübsches Köpfchen nicht zerbrechen.«

»Soll das heißen, es ist nicht genug drin? Grips, meine ich? Oder ich soll mich aus allem raushalten? Ein Hinweis mit dem Gummiknüppel.«

»Wir knüppeln nicht.«

»Ich hatte meine Fragezeichen woanders gesetzt.«

Paul brummte nur etwas Unverständliches.

»Ich halte hier keinen kabarettistischen Monolog. Besser, du fährst jetzt nach Hause, Paul.«

Paul folgte, während Milka, bereits auf dem Weg zur Haustür, leise murmelte: »Mein Kopf gehört mir.«

KAPITEL 4 – DIENSTAG

Milka hatte das Frühstück hinter sich. Und den Bürokram. Von Professor Ebert war nichts zu hören, nichts zu sehen. Sie gab ihm noch eine halbe Stunde, holte sich in der Küche einen zweiten Kaffee und setzte sich ins Esszimmer. Neben der Zeitung lag ein Prospekt der Dorfkäserei Geifertshofen. Deren vorzüglichen Bio-Heumilchkäse hatten sie bereits vor Wochen in das Sortiment ihres Hofladens aufgenommen.

Ihre Schwägerin Bettina kam herein, beinahe unmittelbar gefolgt von Beate Balzer. Jetzt, dachte Milka, warum nicht jetzt. Sie holte zwei Kaffees. »Hast du mit Christoph wegen des Pferdes gesprochen, Bettina?«

Beate wunderte sich. »Pferd? Da bin ich dabei.«

»*Du*?« Milka staunte. Bettina auch. Das »Du« kam unisono.

»Ja, ich. Hab immerhin das Reitabzeichen 6.«

Wunderbar, dachte Milka. Das ist jetzt eine prima Basis. Zuerst antwortete aber ihre Schwägerin. »Ja, aber nur kurz. Christoph schien nicht begeistert. Vielleicht hab ich auch den falschen Zeitpunkt erwischt.«

»Ich rede mal mit Tim Holl. Er reitet, glaube ich, auch. Dann entwerfen wir einen gemeinsamen Plan, wo und wann. Okay?« Die Zustimmung war einhellig. »Wir haben uns übrigens entschieden, Bettina, einen Bio-Lieferservice aufzubauen. Wir übernehmen die Kundenkontakte, werben, sprechen Großkunden an, nehmen die Aufträge an. Kurz gesagt, wir organisieren die ganze Abwicklung. Nur die Auslieferung überlassen wir einem professionellen Zusteller.«

»Christoph hat mir kurz berichtet. Und wer ist zuständig für die Organisation hier?«

Milka blickte Bettina an, lächelte, wartete den Augenblick des Verstehens ab. »Wir haben dabei …«

»An mich gedacht, ja?« Jetzt lächelte auch Bettina. »Ich hab mir das bereits überlegt. Einverstanden – wenn wir zwischen mir und Beate eine Arbeitsteilung finden, mit der wir beide leben können.«

Sie standen mit ihrer Diskussion kurz vor einem Abschluss, als ein sichtlich verschlafener Professor Ebert ins Zimmer trat. Immerhin war er so wach, dass er allen einen Guten Morgen wünschte. Milka verschwand in der Küche, bereitete ein Frühstück und hörte nur durch die offene Tür, dass die Kelten ausgegraben wurden. Sie hatte sich geirrt, stellte sie fest, als sie Teller und Kaffee auf den Tisch stellte. Der Professor war weiter bei den ersten Menschen in Süddeutschland – also 800.000 Jahre zurück. »Das war selbstverständlich keine richtige Besiedlung, sondern wenige 100, die in Familien umherzogen, sich von Jagd und Fischfang ernährten. Und Früchte und Haselnüsse suchten. Und anders, als man bisher glaubte, drangen in dieser Zeit einige unserer Vorfahren sogar bis nach Nordeuropa vor. Die Archäologen fanden altsteinzeitliche Werkzeuge in England. Die Immigranten trotzten also der Kälte und nahmen ohne Murren auch die britische Küche in Kauf.« Herr Ebert wartete das Schmunzeln seiner Zuhörerinnen ab. Beate wies auf das langsam erkaltende Spiegelei hin, was den Redefluss des Professors jedoch nicht wirklich ausbremste. Erst als sich Bettina, dann auch Beate, mitten in der Hallstattzeit und der Detailbeschreibung eines Grabfundes verabschiedeten, setzte Herr Ebert seine Prioritäten neu. Appetit hatte er jedenfalls. Dennoch erfuhr Milka von den Grabbeigaben: Halsketten mit Anhängern, Ringe, Amulette, Bernsteinschmuck. Und von den Schuhanhängern, mit denen die Kelten einen besonderen Fruchtbarkeitszauber verbanden. Paul verfügte immerhin über ein Triskele und behauptete steif und fest, es würde ihm bei diffizilen Entscheidungen helfen.

Eine knappe Stunde später verabschiedete sich Herr Ebert mit Bedauern in der Stimme. Die Aussicht, womöglich erneut von der Polizei in Herbertingen befragt zu werden, behagte ihm gar nicht. Und Milka möge bitte nicht vergessen, Sebastian einen schönen Gruß auszurichten.

Milka räumte auf, trank den Rest ihres Kaffees. Ihre Testfahrt mit dem Käfer, überlegte sie, war jetzt, mit wenigen Tagen Abstand betrachtet, nicht wirklich ihrer Vorstellung entsprechend ausgefallen. Bereits auf der Hinfahrt nach Langenburg hatte Paul sie in ein Gespräch über seine erneute Wohnungssuche verwickelt, die sich selbst in Schwäbisch Hall nicht mehr einfach gestaltete. Eine Diskussion, der sie sich nicht hatte entziehen können. Und seine wiederholte Erwähnung eines bestimmten Stadtteils hatte die Vermutung in ihr aufkeimen lassen, dass er bereits ein bestimmtes Objekt auf seinem Schirm hatte. Zugegeben, die Bergprüfung hatte er ernstgenommen, hatte sich auf die kurze Strecke konzentriert. Aber die Rückfahrt von Wagners Angelplatz – die musste sie komplett abschreiben. Eine Fahrt wie vom Einkauf im Supermarkt. Man will eben nach Hause, sonst nichts.

Die Idee kam ihr spontan. Eine Fahrt allein, voll konzentriert. Fokussiert auf die Strecke, auf ihr Fahrzeug. Ein Gefühl entwickeln für Schaltzeitpunkte, das Motorengeräusch aufnehmen. Das Fahrverhalten in engen Kurven testen. Das Ansprechen der Bremse prüfen. Am besten die Strecke über Vellberg, Obersteinach und Nesselbach. Da war alles dabei, was zu einer Testfahrt gehörte.

Milka packte vorsichtshalber eine kleine Werkzeugtasche in den Kofferraum, den die Ingenieure wenige Jahre vor Erscheinen ihres 1200er Modells auf sagenhafte 140 Liter vergrößert hatten. Zwei Flaschen Wasser fanden Platz im Innenraum.

Bereits die kurvige Strecke von Bühlerzell nach Bühlertann bot alles, was ihr Oldtimerherz begehrte: Kurven, leichte Steigungen und ein wundervolles Tal entlang der Bühler. Nur ein Cabrio wäre schöner gewesen. Kurz vor dem malerischen Städtchen Vellberg kam ihr spontan die Idee, bei Michael Deiniger vorbeizuschauen. Vor zwei Jahren hatte er umfirmiert in *Deiniger Automotive*, nicht nur auf dem Papier. Sein Faible für Oldtimer behielt er bei. Er musste mehr über Thaler wissen, als er am vorgestrigen Abend in der Runde preisgegeben hatte.

Milka setzte sich in den Vorraum der Werkstatt und nahm eine Uraltausgabe der *Datenschleuder* des CCC Chaos Computer Clubs in die Hand, die neben ihrem Sessel lag. Sie kam über die erste Seite nicht hinaus, weil Michael hereinkam. Hager, ein schmales Gesicht mit einer leichten Hakennase, die dunklen Haare mit zunehmendem Grauanteil und bereits etwas schütter geworden. Er strahlte Milka an und gab ihr links und rechts einen sachten Wangenkuss. »Du duftest gut. Tust du eigentlich immer.«

»Du solltest besser nicht an mir schnuppern, wenn ich aus dem Stall komme«, gab Milka lachend zurück.

»Gesunde Landluft kann nicht schaden«, grinste Michael. »Komm, wir gehen in mein Büro.«

Er schenkte ein Glas Wasser ein, setzte sich in den Sessel neben Milka. »Dein Käfer macht Kummer?«

»Nein. Mich bewegt dieser Wagner. Hast du ein paar Minuten Zeit?« Michael Deiniger nickte, ernst jetzt. »Du kennst ihn schon lang? Warst mit ihm befreundet?«

»Seit, warte mal, ja, etwa drei Jahren. Er hatte damals ein kniffliges Problem mit einem der drei Oldtimer seines Chefs. Neben dem Austin-Healey 3000 Mk III, den er am Wochenende fahren will, hat Thaler einen 71er Ferrari 365 GTB/4 Daytona und, vielleicht für seine Frau, einen 64er

230 SL Pagode. Der Healey sieht schon sagenhaft gut aus. Und erst der Ferrari!«

»Deine Bewunderung habe ich herausgehört. Und Wagner selbst? Jetzt mal ohne Oldtimer?«

»Hm, kein einfacher Mensch. Kein Problem, wenn es um technische Fragen oder Raffinessen ging. Da konnte er sich mit mir in Details verlieren. Und er war auch mit Emotion dabei. Kaum hast du das Thema verlassen, wurde er so verschlossen wie der Safe der Sparkasse. Nicht, dass er unangenehm wurde. Du sahst direkt, wie der Rollladen fiel. Er wich aus, konnte eine Frage auch total ignorieren und über den Neuzugang im Automobilmuseum oder sonst was sprechen.«

Milka insistierte. »Und nie über etwas Persönliches, gar nie?«

Michael grübelte. »Doch. Als wir an einem lauen Sommerabend in einem Weinlokal an der Jagst saßen. Er hatte wohl etwas zu viel getrunken. Nach dem zweiten Viertele erzählte er, zumindest andeutungsweise, von seinem Unfall im Betrieb. Es war irgendwie merkwürdig.«

»Unklar, seltsam? Oder was?«

Deiniger schien nach den richtigen Worten zu suchen. »Es muss mit seinem Chef zusammenhängen. An irgendeiner Maschine haben sie sich gestritten, anscheinend heftig. Ich hab ihn so verstanden, dass er von Thaler einen Stoß bekam und dadurch mit seiner linken Hand in die Maschine geriet. Bevor du fragst – er sagte, das war ohne Absicht geschehen. Jedenfalls hat die Unfallversicherung gezahlt. Nach zwei Operationen war es wieder okay, äußerlich. Wie es allerdings um seine Psyche bestellt war … In die Produktion konnte er nicht zurück.«

Milka speicherte die Information. Mehr war da aber nicht. »Und Wagner war Technikfreak?«

Deiniger lachte und schüttelte den Kopf. »Schon beinahe

wunderlich. Er hat sich einen Mikrochip unter die Haut implantieren lassen. Ausgerechnet in seine linke Hand, zwischen Daumen und Zeigefinger. Das erzählte er mir vor, na ja, vielleicht vor vier Wochen etwa. Er rief mich an wegen des Austin Healey seines Chefs.«

»So einen NFC-Chip wie bei unseren Viechern oder bei Brieftauben?«

»Genau, dieser Funkstandard zur drahtlosen Datenübertragung. Die Dinger sind nicht größer als ein Reiskorn. Kannst damit die Haustür öffnen.«

Milkas Gedanken wanderten blitzschnell ab. Wagner. Abgehackte Hände. Transplantat. Woher sollte jemand davon wissen? Michael wusste es. Wer sonst? Konnte sie Michael wegen der Hände … Nein, ganz bestimmt nicht. Paul würde sie auf der Stelle wegschließen. »Wo bist du gerade in Gedanken?«, hörte sie mit einem Ohr. »Entschuldige. Mir schoss gerade etwas durch den Kopf. Hatte er selbst denn auch Oldtimer?«

»Ja, einen. Ein 79er Golf Karmann Cabriolet, grüne Originallackierung. Fängst du mit diesen Informationen was an? Bist du wieder mal auf der Jagd nach Missetätern und nimmst Fährte auf?« Deiniger zeigte ein wissendes Lächeln.

»Du kennst mich zu gut. Hab mich nur gewundert, dass Wagners Pkw nicht am Fundort war.« Milka stand auf, verabschiedete sich nach einem kurzen Austausch über die bevorstehende Rallye und die jeweiligen Startplätze bei der Bergprüfung.

Lothar Ebert hatte mit seinem historischen Ausflug ihre Neugier geweckt – und ebenso Bettinas überraschende Kenntnis der Kelten. Zwar hatte sie selbst Paul auf die Stöckenburg hingewiesen, war aber an der Sehenswürdigkeit regelmäßig vorbeigefahren. Sie zwängte ihren Käfer in eine Spitzkehre über die Bühler hoch zur Burg. Spuren der Kelten allerdings suchte sie vergeblich. Sie nahm sich Zeit für eine Besichtigung der im siebten Jahrhundert gegründeten Martinskirche, in ihrer derzeitigen Form im Jahr 1435 gebaut. Das Kirchenschiff mit dem Blick auf den Altar faszinierte sie. Mehr noch der Altar selbst. Bilder, Skulpturen und Szenen aus dem Leben des Heiligen Martin entführten Milkas Gedanken in eine andere Welt. Es fiel ihr schwer, sich zu lösen.

Kurz vor Langenburg, in Bächlingen, hielt Milka an. Obwohl sie sich auf ihren Käfer konzentrierte und jetzt die Bergfahrt wiederholen wollte, ließ eine Mitteilung Michael Deinigers sie nicht los: Wagners Implantat in der Hand. Sie verwünschte sich selbst, den Gedanken daran nicht ausschalten zu können. Alle Versuche, sich voll und ganz auf Strecke und Käfer zu konzentrieren, waren kläglich gescheitert. Ihre Überlegungen verdrängten alle Gedanken an die bevorstehende Rallye. Und was Paul von dieser Haushälterin der Thalers berichtete, das war auch ausgesprochen dürr. Machte nicht satt. Wenn sie selbst, wo sie schon da war …? Nur um ihren Kopf von diesen Gespinsten zu befreien? Sie suchte nach der Adresse und merkte sich die Anfahrt. Sie lächelte in sich hinein. Ein kurzer Moment des Eingestehens. Es ging ihr nicht darum, die klebrigen Gedanken abzuschütteln. Sie wollte herausfinden, wieso und warum Wagner auf diese Weise umkam. Und wer dahinter steckte. Und ja, irgendwie spielte da auch ein paradoxer Wettbewerb mit Paul mit hinein.

Die Lage der Thaler'schen Villa im östlichen Bereich der Stadt war beeindruckend. Noch beeindruckender war das Gebäude selbst. Eigentlich wurde die Bezeichnung *Villa* dem Gebäude nicht gerecht. Es war eher eine Residenz. Milka lenkte ihren Käfer durch das offen stehende Tor der Einfahrt. Vor ihr lag ein kleiner Park. Der gekieste Weg, eingefasst von niedrigen Büschen und Blumenrabatten, führte zu einem lang gestreckten zweigeschossigen Gebäude. Die Fassade gliederte sich durch geschosshohe Fenster und erkerähnliche Vorsprünge über beide Stockwerke. Ein säulengestützter Vorbau betonte den Eingang, zu dem fünf Stufen hoch führten. Milka schmunzelte. Die Konstruktion gab dem Hausherrn die Möglichkeit, seine vorfahrenden Gäste mit einem Blick von oben herab zu begrüßen. Sie parkte ihren Käfer hinter einer versetzten Doppelgarage an der rechten Seite des Gebäudes. Am Durchgang zwischen Garage und Villa wies ein eindrucksvoller Standbriefkasten auf Koch und Wagner hin. Milka drückte auf den Knopf »Koch«.

Stefanie Koch kam nach einer knappen Minute auf sie zu. Pauls Eindruck war sicher richtig gewesen: Um die 55 Jahre, vielleicht ein Meter 65 groß, flache Schuhe, graue Sommerhose, weißes Polohemd. Auch heute trug sie die dunklen Haare nach hinten gebunden, zusammengehalten von einem bunten Gummiband. Mit der kaum wahrnehmbaren Andeutung eines Lächelns blickte sie Milka an. »Ja?«

Milka hatte sich blitzschnell eine Einführung zurechtgelegt. Eine glatte Lüge widerstrebte ihr zutiefst, die konnte ihr irgendwann auf die Füße fallen. Andererseits – irgendein Grund, ein Bezug musste her. »Ich heiße Milka Mayr. Ich werde mit meinem Käfer«, Milka deutete Richtung Garage, »an der Langenburg Historic teilnehmen.«

Frau Koch hielt ihr Lächeln. »Ja?«

»Ich weiß von einem Freund, dass sich Herr Wagner immer um die Oldtimer …«

»Herr Wagner ist tot.« Das Lächeln war wie weggewischt.

»Ich weiß. Ich habe ihn gefunden, Frau Koch. Bei einer Kanufahrt auf der Jagst. Daher dachte ich, Sie könnten mir etwas über ihn …« Milkas Stimme hatte keinen Beileidston, war aber leise, weich. Es fiel ihr schwer, Frau Kochs Reaktion einzuschätzen. Ihre Augen zeigten für einen Moment

Neugierde, ihr Gesichtsausdruck dagegen Abwehr. Gegen was auch immer. »Kommen Sie, wir gehen zu mir.« Ein eingeschossiger gestreckter Anbau hinter den Garagen beherbergte zwei kleine separate Wohnungen. Frau Koch verharrte an der offen stehenden Tür, deutete weiter nach hinten. »Dort ist Wagners Wohnung.«

Frau Koch führte Milka in einen großen Wohnraum. Die Stirnseite wurde von einer Kochzeile eingenommen, davor befand sich ein großer Esstisch. Frau Koch deutete auf das Sofa. »Ein Wasser?«

Milkas Blick wanderte. Auch hier raumhohe Fenster mit hellgrauen Klappläden. Der Bodenbelag mit hellbeigen Fliesen in Terrazzo-Optik, der Esstisch mit geschwungenen Beinen in dunklem Nussbaum mit passenden Stühlen. An den Wänden hingen zwei Ölbilder, die unverkennbar eine toskanische Landschaft zeigten. Bis auf die supermoderne Küche ein stimmiges Bild.

Milka nahm das Glas entgegen und setzte sich. »Danke. Ihr Raum hat eine italienische Anmutung.« Sie deutete auf das Gemälde zwischen zwei Fenstern. »Toskana?«

Stefanie Koch nickte nur. Ihrem Ausdruck entnahm Milka eine gewisse stolze Befriedigung. »Sie sagten, Sie hätten Wagner gefunden. Es waren zwei Männer von der Kriminalpolizei hier. Und einer, der aus Schwäbisch Hall, meinte …«

»Kommissar Eichert, ja. Er war mit mir im Kanu.« Milka lächelte. »Vielleicht sollte ich sagen, ich war mit ihm im Kanu. Herr Wagner – war er öfter mal mehrere Tage weg?«

Frau Koch setzte sich in den Sessel neben dem Sofa. »Kam schon vor. Und da sein Auto nicht da war …«

»Sie meinen seinen grünen Oldtimer?«

Frau Koch schüttelte den Kopf. »Aber nein, den hat er in der Firma stehen, neben den Autos seines Chefs.«

Sie gibt sich sehr entspannt, empfand Milka. Und keineswegs verschlossen. »Hatte er öfter Besuch, fiel Ihnen da etwas auf? Hatte er Verwandte?«

»Nein. Ich meine Besuch. Sehr selten. Ich weiß nur von seiner Mutter, die ist in einem Seniorenheim untergebracht. Na ja, nennt sich Residenz – in Künzelsau.«

»Sie selbst, Sie wohnen ja sozusagen Tür an Tür …«

»Aber nein. Er hatte seine Interessen und ich meine.«

Das war schnell gekommen, dachte Milka. Sehr schnell und ein wenig laut. Ein Detail nur. Mit sich selbst war sie unzufrieden. Sie fand weder einen Zugang zu der Haushälterin noch einen Ansatz. Merkwürdig, dass sie nicht nachfragte. Nach dem Wie, dem Wo genau, den Umständen von Wagners Tod. Diese Informationen hatte die Polizei ihr bestimmt nicht verraten. Das Telefon klingelte. Frau Koch erhob sich. Sehr schnell, dachte Milka, als wäre sie erleichtert, einer weiteren Frage auszuweichen. Das Telefon stand in einer Raumecke neben dem Fernseher. Frau Koch drehte Milka beim Telefonieren den Rücken zu. Sie sprach leise, nur ihre Schlussworte konnte Milka verstehen. Ein »Ciao«, und »a presto«. »Ich würde gern einen Blick in Herrn Wagners Wohnung werfen. Können Sie aufschließen?« Milka stellte die Frage obwohl sie vermutete, dass die Spurensicherung und Paul bereits alles durchsucht hatten.

»Tut mir leid. Ist auch momentan versiegelt. Von der Polizei. Die mussten die Tür aufbrechen.«

»Wussten Sie, dass Wagner ein Chipimplantat in der Hand hatte, mit dem er auch seine Wohnungstür aufschließen konnte?« Milka beobachtete Frau Koch gespannt. Deren Augen wanderten – an Milka vorbei. Die Antwort kam undeutlich. »N… nein, nicht dass ich wüsste.« Frau Koch erhob sich. Jetzt wird sie sich entschuldigen und mich rauswerfen, dachte Milka. Die Türglocke meldete sich. Milka traute ihren Ohren nicht. Sie spielte die Anfangstakte von »O sole mio«. Frau

Koch hob entschuldigend die Schultern, sie schien erleichtert aufzuatmen. Milka hörte ein »Sie? … Ja, kommen Sie herein. Ich habe allerdings Besuch«, und stand auf.

Die Überraschung war beiderseits. Milka und Paul standen sich gegenüber, beide überlegend, wer was zuerst sagen sollte. Milka schaltete einen winzigen Tick schneller. Sie drehte den Kopf, gab Frau Koch die Hand und bedankte sich. Paul bedachte sie mit einem freundlichen Kopfnicken und flüchtete. Sie sah einen eiskalten Wintereinbruch kommen. Vor der Doppelgarage sah sie Pauls geparkten Dienstwagen. Ihr Käfer war aus dieser Perspektive nicht zu sehen. Sie verspürte keine Lust, hier auf Paul und sein Donnerwetter zu warten, wollte sich aber Wagners Domizil zumindest von außen ansehen. Also, den Weg zurück. Vorbei an der Wohnung der Haushälterin. Dahinter, etwas versetzt und wegen der leichten Neigung des Grundstücks vier Stufen tiefer, ein kleiner Flachbau. Zu Milkas Verwunderung stand die Eingangstür offen. Milka klopfte, hörte eine ihr bekannte Stimme »Ja, hier«, sagen. Sie ging einen kurzen Flur entlang, lächelte, als sie im Wohnzimmer Janina Veit antraf. Mit Pauls Kollegin war sie befreundet. Die Kriminalkommissarin war kaum weniger überrascht als zuvor Paul. »Du?«

Milka unterdrückte eine ironische Replik. »Paul war auch überrascht, als er mich bei Frau Koch antraf. Er war sprachlos – kommt selten vor. Wahrscheinlich holt er das gleich nach, wenn er hier reinkommt.«

»Janina, hast du Milka gesehen, sie …«, hörten sie Pauls Stimme aus dem Flur. Er brach ab, als er Milka erblickte. Sie hatte Paul schon in vielen Situationen erlebt. So bisher nie. Nicht ihr gegenüber jedenfalls. Als hätte er gerade den Täter bei einem Kapitalverbrechen gestellt. Milka verspürte keine Lust, das Kaninchen vor der Schlange zu geben. »Ich kann deine Überraschung verstehen, Paul. Frau Koch aufzusuchen, war eine, na ja, eine Spontanentscheidung nach einer Testfahrt mit meinem Käfer. Ich kann dir versichern, dass ich ihr kein einziges Detail zum Mord an Wagner preisgegeben habe. Keines.«

Janinas Gegenwart schien, wenn nicht zur Besänftigung, so doch zu einer gewissen Deeskalation zu führen. »Es kann trotzdem nicht sein, dass du nach Belieben und ohne jede Legitimierung mögliche Zeugen befragst. Und – nein, jetzt rede ich – selbst wenn du keine Information explizit herausgibst, bereits in einer Frage kann ein kleiner Hinweis stecken. Ganz abgesehen davon, dass …«

Janina sprang ihr zur Seite, unterbrach den Kriminalhauptkommissar. »Milka hat bisher nie einen Schaden angerichtet, ganz im Gegenteil. Sie hat uns …«

»Bestreite ich gar nicht, aber …«

Milka wollte vermeiden, dass sich der kurze Disput verselbstständigte und in einer Endlosschleife mündete, wer nun recht hatte und was nun stimme. »Es war falsch. Tut mir leid – eine Idee, aus dem Augenblick entstanden. Es war impulsiv.«

Paul schien sich zu beruhigen. »Und was war dieser Impuls?«

»Gleich. Eine Frage vorweg. Ihr habt die Tür aufbrechen müssen?«

»Das sieht man. Und den Safe, der war aber leer. Tür und Safe waren nur elektronisch zu öffnen.«

»Und keine Einbruchspuren, nein?«

Janina bestätigte Milkas Vermutung: »Richtig. Und das alles hier ist so clean, als wäre ein Tatortreiniger drin gewesen.«

Milka nickte. »Der Impuls? Eine überraschende Information. Wagner war ein Technikfreak. Er hatte sich einen Chip in die linke Hand transplantieren lassen. Damit konnte er seine Wohnung und offenbar auch seinen Safe öffnen. Ohne Schlüssel.«

Was auch immer Paul oder Janina erwartet hatten – das nicht. Bei aller Überraschung, der Kommissar schaltete schnell. Verdammt schnell, dachte Milka. »Wagners Hände. Das ist stark. Man mag sich das nicht vorstellen. Der oder die Täter hacken Wagner die Hände ab. Sicherheitshalber beide. Nehmen sie mit und schließen damit auf. Irrsinn.« Paul schüttelte sich, als würde ihn ein Schauder überlaufen. »Stellt sich die Frage, haben sie den Chip ertastet und rausgeholt oder die Hände in Alkohol oder Formaldehyd eingelegt.«

»Das will ich jetzt nicht weiter vertiefen«, meinte Milka. »Die früheren Methoden gefallen mir besser.« Paul machte ein fragendes Gesicht. »Überliefert ist, dass beispielsweise die Leiche von Alexander dem Großen in der Hoffnung auf längere Haltbarkeit in Honig eingelegt wurde.« Aus dem Hintergrund war Janinas Ausruf zu vernehmen: »Geht's noch? Ihr habt sie wohl nicht alle?«

»Und wer walzt das jetzt aus?«, gab Paul zurück. Dann kam die Frage, die Milka eigentlich zuerst erwartet hatte. »Verdammt, und woher hast du die Information?«

»Deiniger.«

»Bitte? Mit ihm waren wir doch zusammen, davon hat er kein Sterbenswörtchen gesagt.«

»Schon richtig. Wir haben auch nicht nachgehakt. Da ging es nur um die Identifikation. Heute wollte ich meine Rallyestrecke nochmals fahren und legte in Vellberg eine Pause ein. Na ja, und dann eben …«

»Dein Impuls.« Paul schien besänftigt. »Was hat die Koch erzählt?«

»So gut wie nichts.« Milka berichtete. Und beichtete. »In einem Punkt war ich nicht korrekt. Ich hab sie gefragt, ob sie von dem Chip wusste. Weil, ich konnte mir nicht vorstellen, dass ihr das, sozusagen Tür an Tür mit Wagner wohnend, entgangen war. Du merkst doch, wenn jemand nie nach den Schlüsseln fummelt.« Paul nahm das unkommentiert hin. »Und?«

»Sie verneinte stotternd. Es war eine Lüge. Bestimmt. Übrigens, ist dir das italienische Flair der Wohnung aufgefallen?«

»Du meinst die Toskanabilder an der Wand? Schon. Ist auch eine schöne Landschaft.«

Milka beließ es dabei. »Habt ihr sein Auto? Ein Golf, übrigens.«

Paul zog seine Augenbrauen zu einem etwas herablassenden Schmunzeln hoch. »Die Marke herauszufinden, war nicht schwierig. Aber finden! Wo würdest du auf die Schnelle ein Auto verstecken?«

»Hm. Wenn ich mich verstecken will? In einer Menschenmenge. Aber ein Auto? Supermarktparkplatz. Oder Nummernschilder ab und einem Gebrauchtwagenhändler nachts auf den Hof stellen. Vorausgesetzt, es ist kein ausgefallenes Fahrzeug. Oder verschrotten lassen.«

»Nicht schlecht. Aber ganz so einfach geht's nicht mit dem Verschrotten. Du brauchst die Fahrzeugpapiere. Könnten aus der Wohnung geholt worden sein. Oliver Karle und sein Team forschen gerade beim Handel und bei Schrotthändlern nach.«

Milka hörte nur mit einem Ohr zu, ein Gedanke ging ihr durch den Kopf. »Paul, habt ihr mal auf Thalers Firmenparkplatz nachgeschaut?« Es kam nicht gerade häufig vor, dass sie Paul sprachlos erlebte. Milka genoss den kurzen Augenblick seines perplexen Schweigens.

»Das … das wäre schon mehr als frech. Aber irgendwie auch genial. Janina, wir fahren da nachher … ja?« Das Klopfen an der offen stehenden Eingangstür war unüberhörbar.

»Sind Sie von der Kripo?« Die Stimme klang jugendlich. Milka drehte sich um. Junger Mann knapp einen Meter

80 groß, schätzte sie, und vielleicht Mitte 20. Schlank, beige Sommerhose, weißes Hemd, blauer Business-Blazer. Die Haare waren dunkel und seitlich kurz geschnitten, beinahe rasiert. Das längliche Gesicht wurde durch die hoch geföhnte Frisur betont. Schmale Augen, als wären sie von der Sonne geblendet, ein eckiges Kinn – jetzt aggressiv nach vorn geschoben. Der Anflug von Bart sollte ihm wohl einen Hauch gestandener Seriosität verleihen.

»Sie sind Simon Thaler?«, fragte Paul.

»Woher wissen Sie das?«

»Sie sehen Ihrem Vater ähnlich«, erklärte Paul. »Ich bin Kriminalhauptkommissar Eichert, das sind Kriminalkommissarin Veit und Frau Mayr.«

»Wir haben von der Polizei seit dem …, also, wir haben nichts mehr gehört.«

»Wir informieren in einem Mordfall nur, wenn sich entscheidende Erkenntnisse oder Fragen ergeben«, erklärte Eichert. In einem irgendwie unterkühlten Tonfall, empfand Milka. »Trafen Sie oft mit Herrn Wagner zusammen?«

Simon Thaler räusperte sich und steckte eine Hand in die Hosentasche. »Kann man nicht sagen. Eher selten. Er war zwar auch hier für die Technik zuständig, das erledigte er aber tagsüber. Ich bin im Marketing der Firma. Und für Finanzen zuständig.«

Merkwürdige Kombination für ein Unternehmen, dachte Milka. »Wann sahen Sie ihn denn zuletzt?«

Ein Achselzucken, die Hand kam wieder aus der Hosentasche. »Vielleicht vor zehn Tagen oder so. Er hatte Urlaub. Regelte seine Arbeitszeit ohnehin so, wie es ihm passte. Aber mein Vater war da nicht so pingelig – nicht bei ihm jedenfalls.«

Paul ließ sich das nicht erklären. »Hatte er Feinde, von denen Sie wissen? Freunde, die ihn öfter besuchten?«

»Keine Ahnung. Sprechen Sie doch mit Frau Koch. Weitere Fragen vielleicht?«

Paul ignorierte den arroganten Tonfall. »Von den Oldtimern und dem Angeln einmal abgesehen, hatte er weitere Hobbys?«

Thaler hob beide Hände. »Keine Ahnung. Ich hatte mit ihm kaum Kontakt. Sie durchsuchen doch seine Wohnung? Haben Sie da nichts gefunden?«

Paul ging nicht darauf ein. »Wissen Sie, dass Wagner ein Chipimplantat in seiner Hand hatte? Mit dem er seine Wohnung ab- und aufschließen konnte?«

Simon Thaler zögerte erkennbar. »Hm, ja. Erzählte er mal. Oder Frau Koch sagte es mir.«

»Ist ja nicht gerade alltäglich, oder? Und da erinnern Sie sich nicht genau?« Thaler zog die Mundwinkel nach unten.

»Und warum haben Sie uns das nicht früher mitgeteilt?«

»Wie soll ich wissen, dass es für Sie wichtig ist? Da müsst' ich viel erzählen. Wenn Sie weitere Fragen haben, rufen Sie mich an.« Mit einem letzten Rundblick drehte sich Thaler um und verließ grußlos die Wohnung.

Janina Veit beendete ihre Suche im Regal und zog die Handschuhe aus. »Nichts. Nichts, was für uns wichtig sein könnte. In einem Buch übers Angeln ist ein Eintrag mit Bleistift – *Manfred fragen*. Mehr nicht. Ich hab's notiert.«

»War beinahe zu erwarten, nachdem der Safe leergeräumt war«, sagte Paul Eichert. »Wie wirkte der junge Thaler auf dich, Milka?«

»Du weißt, dass ich Personen ungern in eine Schublade stecke. Jedenfalls nicht gleich, nach gerade ein paar Minuten. Jetzt in dem Gespräch? Er versuchte, den Manager zu geben. Das misslang ihm. Es sollte wohl lässig, so von oben herab klingen. Ich spürte eine leicht zittrige Unsicherheit heraus. Vielleicht empfand er es selbst. Und hat sich deshalb so abrupt verabschiedet.«

Paul nickte, nachdenklich – oder mit seinen Gedanken bereits weiter. »Kommst du mit raus, Milka? Janina hängt das Schloss ein.«

Vor der Garage, neben Pauls Wagen, blieben sie stehen. Unwillkürlich glitt beider Blick über die Villa, traf sich wieder. Milka schmunzelte. »Hier würde ich mich nicht wohlfühlen.«

»Na ja, ein paar Kühe im Park, und dein Ambiente stimmt wieder«, frotzelte Paul.

»Wow. Ein eklatanter Stilbruch. Da passt ein großer Teich mit rosa Flamingos hin. Und die geben keine Milch.«

»Zurück zu dieser Frau Koch. Meinst du, sie hat auch bei Wagner geputzt?« Paul blickte nach wie vor auf die Hausfassade.

»Denkst du jetzt an diese Totalreinigung, die Janina erwähnte?«

Paul nickte nachdenklich. »Auch das könnte sein. Dann wird sie zumindest zugeben, dass sie ab und an mal geputzt hat. Irgendeine Spur findet sich immer.«

»Paul, du denkst an die Rallye? Bitte keine Morde mehr, Betriebsausflüge, oder …«

»Mord geht vor.« Paul grinste. »Aber hier im Hohenlohischen? Wird schon schiefgehen. Weißt du, dass Simon Thaler auch eine Schwester hat? Lara Lena Thaler. So knapp über 20.«

»Ich wusste bis vor wenigen Minuten auch von Thalers Sohn nichts. Und jetzt fahr ich nach Hause. Ruf mich an.«

Paul schien seinen Furor über Milkas Alleingang überwunden zu haben. Angesichts Janinas Gegenwart fiel sein Kuss allerdings ungewohnt flüchtig aus.

Während der Rückfahrt gelang es Milka, alle Sinne auf ihren Käfer zu richten. Sie war zufrieden, streichelte das Wolfsburg-Wappen in der Lenkradmitte. Kurz vor Vellberg kam ihr eine Idee. Ein kleiner Abstecher nach Obersontheim zum Reitstall? Sie könnte mit Britta wegen des Wallachs sprechen.

Auf dem Longierplatz trabte ein einzelnes Pferd an der Longe, geführt von einem Mann. Auf Milkas Frage wies er in Richtung des Turnierplatzes. »Springreiten«, verstand sie. Der Anzahl der Zuschauer nach zu schließen, musste es ein Wettbewerb sein.

Sie fand die Reitlehrerin, die an einer Ecke an den Begrenzungsbohlen des Platzes lehnte. Neben ihr stand ein jüngerer Mann um die 25 Jahre mit kurz geschnittenen schwarzen Haaren ohne Scheitel, braun gebranntes Gesicht, kompakter Körperbau. Irgendwie ein südländischer Typ, kam Milka in den Sinn. Er drehte seinen Kopf einer jungen, schlanken Frau zu, deren Blondhaar unter dem schwarzen Helm hervorschaute. Beim letzten Sprung, einer niedrigen Mauer, ging er mit schnellen Schritten auf die Reiterin zu und griff nach den Zügeln.

Britta war gesprächsbereit. Allerdings drückte sie sich vor einer definitiven Aussage. Den Wallach abgeben? »Da hätten Sie ihn fragen müssen.« Sie deutete auf den Mann. »Ihm gehört das alles hier.« Mit dem Arm beschrieb sie einen Halbkreis über die Stallungen. »Andrea Paludi. Der Sohn des Padrone. Und die junge Frau, das ist seine, na ja, Freundin. Kann man schon so sagen. Thaler heißt sie, glaube ich.«

Padrone? Chef, Besitzer, erinnerte Milka sich. In diesem Fall wohl der Vater. Milka fand die Situation alles andere als passend, jetzt wegen des Pferdes nachzufragen. Sie bat Britta vorzufühlen.

Milka verkroch sich mit einem Becher Kaffee in ihrem kleinen Büro, gab sich einen inneren Ruck und griff nach den Statistikformularen. Der Becher war bereits leer, als ihr Handy klingelte. Beate Balzer mit einer kurzen, eher unwichtigen Frage. Beim Weglegen bemerkte sie, dass ihr Smartphone zwei Anrufversuche von Lothar Ebert anzeigte. Vor zwei Stunden. Da war sie am Reiterhof. Nicht schon wieder, dachte sie und wählte. Ins Leere – »Der Teilnehmer ist derzeit nicht erreichbar«. Keine Mobilbox.

Es war bereits nach 20 Uhr, als Milka sich mit den Unterlagen für die Rallye ins Kaminzimmer verzog. Und mit Kater Peterle, der ihr folgte. Nur noch wenige Tage. Um 17.30 Uhr war Start am Schloss Langenburg. 90 Fahrzeuge würden im Minutenabstand starten. Zu einer kleinen Schleife rund um das pittoreske Langenburg. Das Programm selbst würde bereits um 13 Uhr beginnen. Sie griff nach ihrem Handy. Ein erneuter Versuch, Lothar zu erreichen. Nichts.

»Seit wann klopfst du denn?«, fragte Milka verwundert, als Paul hereinkam.

»Die Haustür stand offen, im Flur war niemand. Konnte ja nicht wissen, dass du allein bist. Mit dem Kater.« Die anschließende Begrüßung fiel zu Milkas vollster Zufriedenheit aus. »Hunger?«

»Und wie.«

Milka kam mit zwei belegten Broten und einer Schorle zurück. »Lothar hat zweimal versucht, mich zu erreichen. Mein Rückruf ging ins Leere.« Sie griff nach ihrem Handy, schüttelte aber nach kaum einer Minute den Kopf. »Nichts. Nicht eingeschaltet.«

»Dann wird's auch nicht so wichtig sein«, meinte Paul kauend. »Wir haben übrigens Wagners Golf gefunden. Tatsächlich auf Thalers Firmenparkplatz.« Er schüttelte den Kopf. »Nicht zu fassen. Die Spurensicherung ist jetzt dran und nimmt die Kiste auseinander.«

»Habt ihr eigentlich Wagners Fingerabdrücke?«

»Na klar«, sagte Paul, schob seinen Teller zur Seite und griff nach der Schorle. »In den Hochglanzbüchern über die Oldtimer. Und Haare aus der Haarbürste im Bad. Bin gespannt, ob der Golf was hergibt.«

»Paul, Lothar macht mir Sorgen. Kannst du nicht mal …«

»Anrufen? Meinst du, die Polizei?«

»Hm.«

»Ich hab nicht die geringste Ahnung, wer dort überhaupt … und jetzt, um die Uhrzeit? Da ist doch niemand …«

»Kriminalhauptkommissar Holger Biehl. Und – die Polizei schläft nie. Auch nicht in Sigmaringen.« Um Milkas Mund spielte ein ganz kleines süffisantes Lächeln, das Paul nicht entging.

»Ich hätte mir denken können, dass du auf einen Anruf bestehst.« Paul nahm es locker. »Müsste seine Nummer auch auf meinem Gerät haben.«

»Kriminalhauptkommissar Eichert, Schwäbisch Hall. Herrn Biehl bitte. … Heute nicht mehr? Und wer vertritt … Ja bitte … Herr Neher, ja … Es geht um Herrn Lothar Ebert, ja … gern …«

Milka deutete zwar, Paul möge auf Lautsprecher stellen. Stattdessen stand er auf und wanderte unruhig um den großen Tisch. Schrieb mit der rechten Hand irgendwelche Hieroglyphen in die Luft.

»Puh«, meinte Paul und legte sein Handy auf den Tisch. »Hast du einen Obstler? Der Professor sitzt in Untersuchungshaft.«

Milka benötigte ungewöhnlich lang, um zu verstehen. »Aber warum?«, war alles, was sie herausbrachte.

»Dringender Verdacht auf Mord oder zumindest Totschlag.«

»Aber Paul! Warum hast du ihnen nicht gesagt, dass Lothar keiner Fliege …«

»Milka, so geht das nicht.« Paul brachte viel Geduld auf. Wohl wissend, dass Milka die meisten Erklärungen im Grunde genommen kannte, sie nur nicht in Bezug auf Lothar Ebert akzeptieren wollte.

»Dann müssen wir eben morgen nach Sigmaringen fahren.« Es klang wie eine Anweisung.

»Missversteh mich nicht, Milka. Ich hab dort nichts zu sagen. Sigmaringen zählt nicht mal zu unserer Direktion.«

»Aber Kirchberg an der Jagst gehört zu dir. Und dort wohnt Lothar.«

Paul, nachdrücklich, dennoch ganz sanft: »Es gilt hier nicht der Herkunftsort.«

»Wir müssen ihm aber helfen. Schließlich hat er auch uns geholfen. Und nicht nur einmal.«

Ein Argument, dem sich Hauptkommissar Eichert nicht entziehen konnte. »Morgen um 7 Uhr bin ich da.«

KAPITEL 5 – MITTWOCH

Paul kam pünktlich. Milka war nur halbwegs ausgeschlafen. 7 Uhr war eigentlich spät für sie. Aber ihr Schlaf war, trotz Müdigkeit, unstet gewesen. In einem merkwürdigen Traum gruben sich ihre Gedanken tief in den labyrinthischen Untergrund der Heuneburg. Und ihre Traumsplitter führten sie auf eine verworrene Odyssee. Die niederträchtige Rolle des Poseidon gab der Sigmaringer Kommissar auf geradezu hinterlistige Weise. Beim Verzehr von Lotusfrüchten vergaß Lothars Anwalt alle Entlastungsargumente, und Paul legte sich mit Polyphem an. Sie selbst versuchte wieder und wieder, den Gordischen Knoten zu lösen, obwohl dieses Vorhaben zeitlich da nichts zu suchen hatte. Sie war erleichtert, als ihr Wecker sie mit seinem prähistorischen Rappeln aus dem unruhigen Schlaf riss.

Milka, in leichten grauen Sommerjeans, Polo und Baumwollpulli, eilte mit einer Sporttasche in der Hand auf Pauls Auto zu.

»Wir gehen nicht auf eine Kanutour, Milka.«

»Die Donau ist schiffbar. Zwar erst ab Kelheim, aber mit dem Kanu … Möchtest du jetzt bitte den Motor anlassen?«

Paul Eichert fehlte am frühen Morgen der Elan, die Neckerei fortzusetzen, und nahm ihr die Tasche ab.

»Wie fährst du?« Milka verbesserte sich rasch. »Ich meine, welche Strecke nimmst du?«

»Heidenheim, Ulm, Ehingen. Drei Stunden etwa.« Knapp und bündig.

Milka ließ Paul seine Ruhe. Er war ein guter Fahrer. Sie hing den eigenen Gedanken nach, überlegte, verwarf und überlegte von Neuem. Sie schreckte hoch, als ein Anruf hereinkam. »Lang hier. Guten Morgen, Frau Mayr.« Paul musste seinem Kollegen, Kriminaloberkommissar Lang, mitgeteilt haben, dass sie gemeinsam unterwegs waren. »Will Ihren Fahrer nicht stören. Der Kommissar in Sigmaringen, Holger Biehl, erwartet euch. Sonst noch was?«

Paul schaltete sich ein. »Was ist mit Wagners Golf? Habt ihr inzwischen …? Er brach ab, als er zu einem Überholmanöver ansetzte.

»Nicht viel Neues, Wagners Fingerabdrücke und einige Haare von ihm. Allerdings auch ein paar andere. Gehen zur DNA-Bestimmung.«

»Sonst noch was?«

Milka verneinte, nach einem Blick auf ihren Fahrer. »Ist das nicht ein wenig dürftig, Paul?«

Paul zögerte. Irgendwie schien er nicht bei der Sache. »Wird sich zeigen.«

Milka verspürte seine Unlust und wechselte in einen Plaudermodus. »Weit haben wir's nicht mehr, wenn dein Navi stimmt. Eine richtige Höhenlage auf einem Plateau, die Heuneburg. Zur Donau hin geht's steil hinab. Wenn ich Lothar richtig verstanden habe, gibt es neben der Kernburg auf dem Sporn auch deren Vorburg. Und dann eine Außensiedlung auf einer terrassenartigen Fläche über dem Tal. Gegraben wird wohl auf dem Plateau.«

»Ich lauf das jetzt nicht alles ab.«

»Müssen wir auch nicht. Ein Blick auf die Grabungsfelder hilft dir vielleicht in den folgenden Gesprächen.« Milka vermied jeden Widerspruch, gab ihren kurzen Informationen ein motivierendes Mäntelchen. »Nur auf das Herrenhaus will ich nicht verzichten. Wir nehmen den Rundweg, gehen bis zum Walltrauf und werfen einen Blick auf den Talhof. Und dann wieder zurück zu den Grabungen im nordöstlichen Bereich des Plateaus. Einverstanden?«

Pauls Reaktion brauchte eine Minute, die Milka geduldig aussaß. »Du hast schon recht. Ich sollte mich mit dem Umfeld vertraut machen. Ich glaube, da vorn müssen wir zum Parkplatz abbiegen.«

Milka atmete tief auf, weiter im Ungewissen über Pauls merkwürdige Stimmung. Sie übernahm die Führung, erklärte Paul den Lageplan und den Rekonstruktionsversuch der überdachten Steintoranlage. Die Durchgänge waren mit jeweils einem zweiflügligen Holztor zu sperren. Der sich östlich und westlich anschließende Wall mit Palisaden bildete ein eindrucksvolles Befestigungswerk.

Sie verließen den Walltrauf und gingen zurück zum Plateau. Von hier aus waren die drei abgesteckten Flächen gut zu erkennen. Mehrere Zelte dienten wohl der Unterbringung von Werkzeug und als Unterstand bei Arbeitspausen. Drei gewölbte Zeltüberdachungen schützten einzelne Grabungsbereiche. Milka deutete auf eine abgesteckte Fläche, in der eine Frau in nicht gerade ergonomischer Körperhaltung zugange war. »Willst du mit jemandem sprechen?«

Paul Eichert schüttelte den Kopf. »Nein. Jedenfalls nicht über den Professor und nicht über den Vorfall. Bloß keine Einmischung. Ganz allgemein – ja, warum nicht.« Paul zeigte den Ansatz eines Lächelns. »Willst du?«

Vor dem kurzen Bogenzelt, ein Tablet in der Hand, stand ein hagerer Mann in knielangen olivfarbenen Cargoshorts, darüber ein beigefarbenes Polohemd, mindestens eine Nummer zu groß. Knapp unter ein Meter 80 groß und um die 45 Jahre, schätzte Milka. Braune Haare und ein tiefbraunes Gesicht. Er blickte von seinem Tablet auf. »Ja?«

Milka stellte sich und ihren Begleiter vor. Paul hörte staunend zu, wie Milka eine keltische Viereckschanze aus der Latènezeit bei Langenburg ansprach und dann das keltische Oppidum, eine bedeutende keltische Befestigungsanlage in

Finsterlohr, zitierte. Gerade dass er den Ort zwischen Creglingen und Rothenburg verorten konnte. Egal, es war jedenfalls ein echter Türöffner. Doktor Weigel stellte sich als Leiter eines Grabungsteams vor. »Ich würde Sie gern ausführlich über unsere Tätigkeit hier informieren, Frau – Mayr, ja? Nur, ich bitte um Verständnis. Wir hatten hier gestern einen, nun ja, einen Unfall. Leider mit tödlichem Ausgang. Das Team wird erst morgen wieder tätig. Nur Sarah«, er wies auf die gebückte Frau, »kann's nicht lassen.«

»Der Unfall, hoffentlich nicht …« Milka ließ ihre Anmerkung auffordernd verklingen.

Doktor Weigel schlug eine verbale Volte. »Spätestens morgen lesen Sie es doch in der Zeitung. Es war kein Unfall. Martin Muntz, einer aus unserem Team, wurde gestern erschlagen. Tot. Seither trampelt hier die Polizei herum. Auf uns, auf dem Gelände, und sucht nach Spuren. Wenn Sarah nicht wie Zerberus aufgepasst hätte … Nun ja, vor einer Stunde erst hat der letzte Polizist das Feld verlassen.«

Milka erkannte Pauls ermunterndes Augenzwinkern. »Weiß man denn, wer für diese grausame Tat … wer das getan hat?«

»Wissen?« Der Archäologe richtete seinen Blick für einen Moment auf eines der Zelte und hob die Schultern. »Wissen? Keine Ahnung. Jedenfalls hat die Polizei einen Mann festgenommen und unterzieht ihn wohl einem Verhör.«

Kriminalhauptkommissar Eichert korrigierte ihn nicht. »Aber doch bestimmt nicht jemand aus Ihrem Team.« Milkas Tonfall schloss diese Möglichkeit kategorisch aus.

»Aber nein.«

Die Archäologin hörte wohl den Wortwechsel, streifte ihre Handschuhe ab, wischte sich mit dem Unterarm den Schweiß von der Stirn und kam zu zu ihnen. »Sarah Link aus unserem Team«, stellte Doktor Weigel vor. »Sie müssen wissen, hier arbeiten zwei Teams. Und dann gibt es da einen gewissen Ebert. Der gräbt zwar nicht, hat aber vom Landesdenkmalamt wohl eine Genehmigung. Irgendeine wissenschaftliche Recherche.«

»Er scheint verantwortlich zu sein für die Tat«, sagte Frau Link. »Jedenfalls hat die Kripo ihn mitgenommen.«

Milka bemerkte Pauls Stirnrunzeln, setzte sich aber darüber hinweg. »Meinen Sie etwa Professor Lothar Ebert?« Doktor Weigels Überraschung stand ihm ins Gesicht geschrieben – die Augen geweitet, der Mund verblüfft offen.

Paul verdrehte die Augen gegen den blauen Himmel, machte aber keine Anstalten, in das Gespräch einzugreifen.

»Nun, er kommt aus Kirchberg, wie Sie wahrscheinlich wissen, wir aus Schwäbisch Hall. Und die Stöckenburg …« Milka machte einen stillen Gedankenstrich – und wurde belohnt.

»Ach ja, bei Vellberg, diese keltische Fliehburg«, sagte Sarah Link und lieferte damit das von Milka erhoffte Stichwort.

»Genau. Diese Fliehburg und einzelne keltische Funde in der Region hat uns der Professor einmal ausführlich erklärt.« Milka legte eine Kunstpause ein und blickte zu Paul hinüber. »Kannst du dir vorstellen, dass der Professor …? Also ich nicht.« Der Kommissar zeigte zumindest die Andeutung eines Kopfschüttelns.

»Hätte ich auch nie gedacht«, sagte Frau Link. »Bis gestern Mittag jedenfalls. Da stürzte Herr Ebert wie ein wild gewordener Stier ins Zelt zu meinem Kollegen Muntz und schrie ihn an. Da flogen richtig die Fetzen. Es sah so aus, als wollte er Martin an die Gurgel. Und nicht nur ich habe das so empfunden.«

»Kann ich mir bei ihm gar nicht so recht vorstellen, Frau Link. Gab es denn da einen erkennbaren Anlass?« Milka atmete nach ihrer Frage tief durch. Zumindest bis jetzt war ihren Gesprächspartnern anscheinend nicht aufgefallen, dass ihre Fragen deutlich über das gewöhnliche Touristeninteresse hinausreichten. Sie musste sich zurückhalten.

Sarah Link sah Doktor Weigel fragend an und erhielt ein zustimmendes Nicken. »Wir durften uns vor Kurzem über einen sensationellen Fund freuen. Nicht ganz so spektakulär wie die Goldkugel aus dem Grab der Keltenfürstin, aber immerhin drei wunderschöne Goldringe.«

»Als ich sie abends mitnehmen wollte, waren sie plötzlich weg.« Doktor Weigels Empörung war unüberhörbar.

»Martin hatte wohl gesehen, wie sich Herr Ebert an der Kiste im Zelt zu schaffen machte. Nur, zunächst dachte er sich nichts dabei.«

In der Erwartung, Milka würde sich jetzt tiefer in Diebstahl, Mord und Totschlag verbeißen, griff Paul Eichert ein. »Wir können nur hoffen, dass sich beides, der Diebstahl und der Mord, schnell klären lässt. Ich kann mir vorstellen, dass diese Ereignisse Sie auch bei Ihrer Arbeit erheblich beeinträchtigen.«

»Das ist so«, bestätigte Doktor Weigel lapidar.

Milka schaffte es, Sarah Link zu ihrem Feld zu führen und sich zehn Minuten lang deren Arbeit erklären zu lassen. Um möglichen Fragen Weigels zu seiner Person zu entgehen, kam Paul dazu.

»Die arbeiten beinahe so akribisch wie unsere Spurensicherung«, sagte Paul, als sie wieder im Auto saßen. Es klang nach ehrlichem Respekt. »Was sagst du zu dem Zwischenfall – dass der Professor diesen Muntz angegangen sein soll?«

»Das will mir nicht so recht in den Kopf. Andererseits …«

»Ja?«

»Versetz dich mal in seine Lage. Erinnere dich an seine innere Erregung, als er am frühen Abend bei uns ankam. Am ganzen Körper zitternd. Und dann fährt er am nächsten Morgen zurück – gute drei Stunden Zeit, in denen sich seine Erregung hochschaukelt. Er malt sich aus, wie er diesen Muntz zur Rede stellen wird, ihn zur Schnecke macht, ihn zum Widerruf zwingt. Doch der bleibt bei seiner Aussage, gibt Contra.«

Paul nickte nachdenklich. »Das schaukelt sich gegenseitig hoch. Aber willst du damit andeuten, Ebert selbst könnte danach …« Er sprach es nicht aus.

»Nie und nimmer, Paul. Und von dieser Meinung bringen mich keine zehn Pferde ab.«

»Kühe. Ihr habt keine Pferde.«

Milka war nicht danach, jetzt ein Wortspiel zu beginnen. Irgendwie machte sie sich ernsthaft Sorgen um Lothar – auch wenn seine Unschuld für sie außer Frage stand. Sie holte eine Wasserflasche aus ihrer Sporttasche und bot sie Paul an. »Fahren wir jetzt? Dein Kollege in Sigmaringen wartet.«

Paul war bis auf die Anmerkung, er wolle Biehl erst mal erzählen lassen – er sagte tatsächlich »erzählen« – schweigsam. Er hing irgendwelchen Gedanken nach. Obwohl sie die Donau entlangfuhren, war auch Milka nicht in einer Schau-mal-da-Stimmung. Das dreigeschossige Gebäude der Kripo lag praktischerweise neben dem Amtsgericht am westlichen Rand des Prinzengartens.

Kriminalhauptkommissar Holger Biehl ließ sie nicht warten. Sie standen im Besprechungszimmer, als er hereinkam. Irgendwo zwischen 60 und 65, schätzte Milka. Nicht gerade groß, ein eher unauffälliges, rundliches Gesicht. Die grauen Haare waren voll und akkurat nach hinten gekämmt. »Herr Eichert?«

Paul zeigte kurz seinen Ausweis, deutete dann nach rechts. »Milka Mayr.« Kein »Frau«, kein Titel – es gab auch keinen. Milka erkannte bei Biehl ein minimales Zeichen des Erstaunens, sah allerdings den Grund dafür in ihrer Namenskonfiguration. Sie gab ihm die Hand. Warm, und fest. Kein Schraubzwingentest.

»Sie kommen wegen Lothar Ebert, sagte mir Ihr Kollege aus Hall. Lang, glaube ich. Bitte nehmen Sie Platz. Einen Kaffee?«

»Gern«, meinte Milka. Und war gespannt, wie Paul das Gespräch angehen wollte.

Biehl begann. »Ich vermute, Sie haben sich am gestrigen Abend bei Ihrem Anruf gewundert. Über die sofortige U-Haft.«

Paul Eichert schmunzelte verhalten. »Ich habe bemerkt, dass Sie Tür an Tür zum Amtsgericht untergebracht sind. Aber die Anordnung einer U-Haft dauert in aller Regel …«

»Auch in Sigmaringen länger«, unterbrach Biehl. »Da hat sich unser neuer Kollege versprochen. Es war eine vorläufige Festnahme. Auf den Haftrichter warten wir noch.«

Milka wunderte sich, dass Paul nicht sofort nachhakte. Am gestrigen Abend informierte er sie, als ihre Empörung beinahe mit ihr durchging, dass Flucht- oder Verdunkelungsgefahr oder das Risiko einer weiteren Straftat als Begründung für die U-Haft vorliegen mussten – und das konnte auf den Professor, weiß Gott, nicht zutreffen.

Paul äußerte sich weiter vage. »Auch dafür gibt es Voraussetzungen. Vielleicht informieren Sie uns zunächst über die Sachlage.« Milka strahlte innerlich, Paul sagte »uns«.

»Gut. In aller Kürze: Bei den Grabungen an der Heuneburg sind zwei Teams beteiligt. Doktor Weigel, Uni Tübingen, und als Subunternehmer Arch.Search aus Crailsheim. Die Stadt gehört doch zu Ihrem Verantwortungsbereich, oder?«

»Ja. Und Kirchberg, Wohnort des Professors.«

»Ist mir bekannt. Weiter. Doktor Weigel machte einen sensationellen Fund – so seine Worte. Drei Goldringe. Und als er sie abends in einen Safe bringen wollte, waren sie verschwunden. Unauffindbar. Ein Mitglied seines Teams, ein gewisser Martin Muntz, beschuldigte Professor Ebert des Diebstahls. Anlass genug, ihn zu vernehmen.«

»Wie wirkte denn dieser Muntz auf Sie? Glaubhaft?«

»Eigentlich ja. Er war natürlich völlig außer sich, konnte nicht fassen, wie jemand einen solchen historisch wertvollen Fund entwenden konnte. Aber er blieb eisern bei seiner Aussage. Er habe gesehen, wie Ebert sich an der Kiste zu schaffen machte. Und aus unserer Sicht gibt es keinen Grund, warum er lügen sollte.«

»Keinen uns bekannten Grund!« Paul Eichert stellte seine Kaffeetasse zurück. »Welches Motiv sollte dann der Professor haben, einen solchen Diebstahl zu begehen?«

Milka nickte innerlich. Genau! Ist doch abwegig!

Biehl streckte sich auf seinem Stuhl, verschränkte die Hände hinter dem Kopf. »Soll ich wirklich aufzählen? Gier oder um das Team zu diskreditieren? Neid um den Grabungserfolg, also Missgunst?«

So ein Quatsch, dachte Milka. Der greift doch blind in die Klamottenkiste und holt raus, was ihm gerade zwischen die Finger gerät.

»Mit anderen Worten«, kommentierte Paul Eichert die Aufzählung, »ein eindeutiges Motiv fehlt Ihnen.«

Der Kommissar holte seine Arme zurück, öffnete die Handflächen zu einem unausgesprochenen »na und?«. Er beugte sich, beinahe aggressiv, nach vorn. »Woher auch? Ebert bestreitet einen Diebstahl, weist ihn von sich, bezeichnet ihn als absurd. Sonst nichts. Daher konnte er sich auch erst mal verabschieden. Am Tag danach dann ein handfester Streit mit Muntz. Da flogen wohl die Fetzen. Und dafür gibt es jetzt jede Menge Zeugen. Glaubhafte. Doktor Weigel inklusiv.«

»Der Grund dürfte klar sein. Professor Ebert war angesichts des abwegigen Diebstahlvorwurfs außer sich. Kann man ihm nicht verdenken.« Milka biss sich beinahe die Zunge ab. Eigentlich wollte sie nur Zuhörerin sein.

Kriminalhauptkommissar Holger Biehl sah Milka an, als würde er sie zum ersten Mal bemerken. »Wahrscheinlich alles Show. Ablenkung.«

Paul hielt dagegen. »Sie unterstellen, dass Muntz' Aussage der Wahrheit entspricht. Wobei er die Entwendung der Ringe nicht einmal direkt gesehen hat. Er beobachtete nur, wie Ebert sich an der Kiste zu schaffen machte. Aussage gegen Aussage.«

Biehl ging nicht darauf ein. »Nur dass Muntz jetzt tot ist.«

Milka schluckte eine messerscharfe Entgegnung im letzten Moment hinunter. Eine banale Feststellung, ohne jede wirkliche Beweiskraft für Muntz' Aufrichtigkeit.

»Wann war das?« Milka bemerkte, dass Paul während seiner Frage nach seiner Triskele in der Hosentasche griff. Irgendetwas arbeitete in ihm.

»Früher Nachmittag. Zwischen der Tat und der Meldung an uns lagen nur wenige Minuten. Wir brachen sofort auf, schickten den Sani los, die Spurensicherung kam auch sofort. Und hier ist unsere Beweislage wasserdicht.« Biehl lehnte sich entspannt zurück.

»Nämlich?«

Biehl grinste verhalten. »Erstens: Auf der Mordwaffe, einem Spaten, befinden sich die Fingerabdrücke des Beschuldigten. Wir haben auch DNA-Spuren gefunden, müssen sie aber erst auswerten. Zweitens: Wir haben die Aussage eines Zeugen. Er hat gesehen, wie Ebert zugeschlagen hat. Dachte erst, er hätte sich getäuscht. Ist dann hin und traf Ebert, den Spaten in der Hand, wie er sich über den Toten beugte.«

»Und dann rief er die Polizei an«, sagte Paul. »Und wer ist dieser Zeuge?«

»Ein Enrico …«, Biehl blätterte in seinem Notizbuch, »ja, Enrico Barraco. Gehört zu Arch.Search, dem zweiten Grabungsteam.«

Milkas Impulsivität gewann die Oberhand, ihre selbst auferlegte Schweigepflicht geriet ins Hintertreffen. »Und sonst hat niemand die Tat gesehen oder etwas Auffälliges bemerkt, Herr Biehl?«

»Das ist erklärbar. Muntz arbeitete wohl in einem gesonderten Feld, etwas abseits gelegen und vor Blicken geschützt durch eine Zeltkonstruktion. Erst als dieser Enrico Barraco zu schreien begann, kamen einige gerannt.«

»Wie wurde er denn ermordet? Mit dem Spaten, habe ich verstanden. Aber wie?« Paul stellte seine Frage sehr nüchtern, beinahe klinisch.

Milka vernahm ein dezentes Klopfen an der Tür. Ein jüngerer Mann trat ein, ohne auf Antwort zu warten, beugte sich zu Biehl, flüsterte ihm etwas ins Ohr und verschwand wieder mit einem kurzen Nicken.

»Der Ermittlungsrichter bereitet gerade einen Haftbefehl vor«, erklärte Biehl. »Zu Ihrer Frage: Muntz muss sich in gebückter Haltung befunden haben. Hat wohl mit seiner kleinen Kelle irgendwelche Schichten freigelegt. Der Spaten traf ihn schräg von oben. Mit der seitlichen Blattkante gegen den Hals. Mit voller Wucht. Es folgte ein weiterer Schlag, und das war's dann.«

Milka schauderte, versuchte, Pauls Blick zu fangen. Er war auf Biehl fokussiert. »Sie werden Lothar Ebert in U-Haft nehmen, vermute ich.« Paul erntete lediglich ein Kopfnicken.

»Wo wohnen diese Archäologen eigentlich? Und Herr Ebert? Doch wohl nicht im Hotel?«

Der Kommissar bequemte sich zu einer Antwort. Irgendwie schien es ihm schwerzufallen, Milka einzusortieren. »Manche in angemieteten Zimmern auf dem Dorf, die meisten in einer preiswerten Pension. So auch der Professor. Sein Zimmer haben wir bereits durchsucht. Negativ.«

Paul Eichert fehlte ein echter Erkenntnisgewinn. »Haben Sie etwas dagegen, wenn wir mit ihm sprechen? Jetzt?«

Biehl kaute auf dem Ansinnen herum, wog offensichtlich Für und Wider ab. »Etwas ungewöhnlich. Sie sind schließlich kein Anwalt, Herr Eichert. Und Sie, Frau, äh, Mayr? Sie wohl auch nicht, oder?«

Da war es wieder. Milka verneinte mit einer abwehrenden Bewegung.

»Ich komme mit«, sagte Biehl.

Paul Eichert schüttelte den Kopf. »So nicht.«

»Ich bin dabei. Anders geht es nicht.«

Milka atmete auf. Paul ließ das Triskele los und zog seine Hand aus der Tasche. Nicht geballt zwar, aber sein Blick sprach Bände. »Ihre Vorschriften in allen Ehren, es sind schließlich auch unsere. Bei der Dürftigkeit der Beweislage und angesichts einer Person, die keine einzige Vorstrafe hat, war Ihre vorläufige Festnahme absolut überzogen. So unter uns: Weder bestand Verdunklungsgefahr noch das Risiko einer weiteren Tat. Also?«

Biehls Unterkiefer mahlte.

»Alternativ können wir auch gleich einen Anwalt rufen«, verstärkte Paul Eichert sein Argument.

»Eine Viertelstunde. Mehr nicht. Folgen Sie mir.«

Milka, auf eine kahle Ausnüchterungszelle gefasst, atmete erleichtert auf, als Biehls Kollege die Tür öffnete. Ein kleiner rechteckiger Raum mit einem hochgesetzten, vergitterten Fenster an der Stirnseite, weiße Kacheln an den Wänden, ein grau beschichteter Fußboden.

In der rechten hinteren Ecke ein an der Wand befestigtes Bett, davor Kloschüssel und Waschbecken. Mit Spiegel, registrierte sie. Und neben dem Bett ein winziger Tisch mit einem

Stuhl. Auf dem saß Professor Lothar Ebert und starrte auf die nackten Kacheln an der Wand. Er drehte den Kopf, sah Milka und sprang auf. Der Stuhl fiel laut klappernd um. »Milka?« Es klang ungläubig. Milka hörte Paul »Danke« sagen, bevor die Tür wieder verschlossen wurde.

Milka nahm wahr: Ein leicht zerknittertes Gesicht, gerötete unausgeschlafene Augen, graue Bartstoppeln und jetzt ein sich vorsichtig ausbreitendes, erleichtertes Lächeln. »Sie auch, Herr Eichert.« Milka nahm Herrn Ebert in die Arme, hielt ihn an sich gedrückt. Er roch nach Seife. Paul hob den Stuhl auf. Milka löste sich sanft. »Kommen Sie, Lothar, setzen Sie sich. Wir haben nur 15 Minuten. Paul fragt, Sie antworten. Kurz bitte. Okay?«

Paul setzte sich aufs Bett, um ungefähre Augenhöhe zu wahren. »Sie haben weder einen Diebstahl begangen noch diesen Herrn Muntz getötet. Richtig?« Paul erkannte intuitiv, gut, die Erfahrung spielte auch eine Rolle, dass der Professor trotz Milkas Mahnung zu einer ausführlichen Schilderung ansetzen wollte. »Nur ja oder nein, bitte.«

»Weder Diebstahl noch Mord. Gewiss nicht.« Eberts Entrüstung war nicht zu überhören.

»Weiter. Hat dieser Muntz Sie des Diebstahls bezichtigt?«

»Hat er. Aber das ist gänzlich aus der …«

»Haben Sie sich an der Kiste zu schaffen gemacht? Können Ihre Fingerabdrücke drauf sein?«

Der Professor schüttelte den Kopf. »Ich war mal an dieser Metallkiste, zusammen mit Doktor Weigel, als er mir Fundstücke zeigte. Aber sonst nie. Das Schloss war massiv. War bestimmt nur mit roher Gewalt aufzubrechen.«

»Hm, hatten Sie zuvor einmal Streit mit Muntz?«

»Aber nein, nie. Wir hatten nicht viel gemeinsam.«

»Gut, gut. Aber als Sie aus Hall zurückkamen, da gerieten Sie in Streit? Heftigen Streit?«

»Unbedingt. Ich war so zornig. Ein völlig aus der Luft …«

»Ja. Wurden Sie handgreiflich?«

Ebert nickte verschämt. »Aber er war ja stärker.«

»Haben Sie dabei auch den Spaten angefasst?«

»Habe ich. Ich hob ihn ein paarmal am Griff hoch, stieß ihn mit aller Kraft in die Erde. Neben dem gesteckten Grabungsfeld selbstverständlich. Wollte einfach meine Wut abreagieren. Eine Sauwut!«

Milka unterdrückte ein Grinsen. Solche Ausdrücke waren dem Professor sonst so fern wie die Eröffnung eines Facebook-Accounts. Schließlich war er mit jugendlichen 19 wegen der informationellen Selbstbestimmung gegen die Volkszählung auf die Barrikaden gegangen.

»Haben Sie irgendeine Erklärung für Muntz' Beschuldigung? Eine Ahnung? Irgendeine Idee?«

Herr Ebert schüttelte den Kopf so heftig, dass einige seiner grauen Haare die Seite wechselten. »Wieder und wieder machte ich mir Gedanken. Höchstens, dass dieser Muntz von sich selbst ablenken wollte.«

Oder von einem Kumpan, dachte Paul. »Ein Mitarbeiter des Arch.Search Teams behauptet, Sie bei dem Mord an Muntz gesehen zu haben. Waren Sie denn …«

»Hab ich doch bereits verneint.«

»Waren Sie nach dem Streit ein weiteres Mal in Muntz' Nähe?«

»Zwei Stunden später. Wollte mich entschuldigen. Aber dieser Muntz, der ließ sich gar nicht auf ein Gespräch ein. Meinte, ich solle ihn bloß in Ruhe lassen. ›Gehen Sie‹, sagte er. Da ging ich auch.«

»Hielten Sie dabei Distanz zu Muntz?«

»Klar. Der schaute mich gar nicht an. War auf den Knien, gebückt, mit seiner Traufel zugange.«

»Traufel?«

»Kelle.«

»Dieser Enrico Barraco von Arch.Search: Hatten Sie mit ihm Kontakt, mit ihm vielleicht gearbeitet?«

»Zu tun? Eher nicht. Eigentlich nur mit Tobias Brunner, er leitet das Team.«

»Und keine Ahnung, warum …«

Die Zellentür wurde mit einem Ruck geöffnet. Der Sigmaringer Kriminalhauptkommissar persönlich kam herein. Paul wollte in seiner Gegenwart nicht weiter fragen. Das erkannte auch Milka, ging auf den Professor zu und bückte sich zu einem kratzigen Wangenkuss. »Wir besorgen Ihnen einen Anwalt«, flüsterte sie. »Keine Sorge.«

Paul verabschiedete sich mit einem festen Händedruck und folgte Herrn Biehl, nicht ohne einer nochmaligen Musterung der Zelle. Es war keine Kamera installiert.

Paul und Milka standen vor dem Wagen, Paul griff nach dem Handy. »Herr Lang? Wir kommen gerade von Biehl. Ja, dem Kommissar. Professor Ebert braucht einen Anwalt. Ja, Sigmaringen oder Umgebung. Und machen Sie es dringend. Wir telefonieren morgen. Danke.« Er blieb an der verschlossenen Beifahrertür stehen. Milka, neben ihm, mit einem Was-jetzt-Blick. Als Paul nicht sofort reagierte, ergriff sie die Initiative: »Wir fahren jetzt zur Heuneburg zurück und knöpfen uns diesen Enrico Barrakuda vor. Den zerlegst du.«

»Barraco heißt der.«

»Weiß ich doch. Die Tagesschausprecherin Linda Zervakis ist früher als Zaziki angesprochen worden. Machte ihr nichts aus.«

»Das gehört jetzt zur Sache, ja? Nein, das machen wir ganz bestimmt nicht. Ich komme umgehend hinter Gitter, wenn ich jetzt den Typen befrage und …«

»Ich besuche dich«, sagte Milka in einem hinreißend

schmeichelnden Tonfall, »und bringe dir auch was zu essen mit.«

»Hast du Hunger?«

Milka strahlte. »Endlich ein positiver Ansatz. Und wo?«

»Süßes oder Saures?«, gab Paul zurück.

»Wir haben doch nicht Halloween. Süßes.«

»Warmen Apfelstrudel, Schlagsahne und Vanilleeis in der Hofkonditorei?«

»Klingt fürstlich. Mit der Kutsche, oder muss ich laufen?«

»Du musst laufen, Prinzessin. Dafür machen wir einen kurzen Abstecher zum Hohenzollernschloss, bevor wir zurückfahren.« Milka fügte sich ohne Protest. Paul führte sie zielsicher. Sie querten den Karlsplatz, von dem aus das Kulturdenkmal mit seiner 1000-jährigen Historie gut zu sehen war. Allerdings ging es bergauf. Die Hofkonditorei *Café Seelos* lag an dem kleinen gepflasterten Platz mit dem Rathausbrunnen. Die schmale Giebelseite des Cafés grenzte an den Platz. Über den drei Geschossen schützte ein Steildach die weiße Fassade mit ihren kleinen Fenstern. Paul fand einen Tisch unter einem ausladenden Sonnenschirm.

»Woher wusstest du, dass es hier Apfelstrudel gibt?«, wollte Milka nach einem Blick auf die Karte wissen.

»Intuition. Ich wollte es. Es musste einfach so sein.«

Milka seufzte tief. »Wow. Dieses Schloss, von dem ich hier nichts sehe – weißt du mehr, als dass es da ist?«

»Und wie es da ist. Deutschlands zweitgrößtes Stadtschloss. Es thront auf einem 200 Meter langen Felsrücken, etwa 35 Meter über der Donau. Erstmals erwähnt so um 1070 - nachdem Rudolf von Schwaben die Burg vergeblich belagerte. Die ältesten Gebäudeteile liegen unter den Neu- und Umbauten des 17. und 19. Jahrhunderts. Einige erhaltene Reste stammen aus der Stauferzeit. Nach dem großen Brand von 1893, der fast das ganze Schloss erfasste, erfolgte dann eine Neugestaltung. Für die Familie derer von Hohenzollern ist es seit dem 16. Jahrhundert Residenzsitz.«

»Kann man überhaupt rein?«

»Man kann. Natürlich eingeschränkt. Ich würde gern einen Blick in die Waffenhalle werfen.«

»Typisch Mann. Autos und Waffen«, merkte Milka an.

»Mein berufliches Werkzeug«, konterte Paul. »Befinde mich hier schließlich auf Dienstreise.«

»Morgenstern und Armbrust, na klar ...« Milka verstummte. Der Apfelstrudel kam und sah lecker aus. Milka musste sich zwingen, ihn langsam zu genießen. Was bei den sommerlichen Temperaturen mit der Konsistenz der Eiskugeln kollidierte.

Sie befanden sich auf dem Rückweg, kurz vor Herbertingen. Das Hinweisschild auf die Heuneburg war unübersehbar. Milka wandte den Kopf und fixierte Paul. Sie bemerkte, dass Paul ihren Blick registriert und die unausgesprochene Aufforderung dahinter erkannt hatte. Und dass Paul nicht wollte. Ganz nachvollziehen konnte sie seine Weigerung nicht, ein zweites Mal zur Heuneburg zu fahren. Zu gern hätte sie sich diesen Barraco vorgenommen. Nun, es war seine Entscheidung. Sie lehnte sich trotzig zurück. Der Kommissar kannte diesen Gesichtsausdruck. Auch wenn er selten war. »Es ist nicht so, dass ich mit dem Gesetzbuch oder Dienstanweisungen unterm Arm herumlaufe. Dann würdest du gar nicht neben mir sitzen. Aber – wenn ich Grenzen verletze, dann muss es Sinn machen. Und jetzt an Biehl vorbei zu operieren, ohne Abstimmung, das ergibt keinen Sinn.«

Paul wollte das nicht weiter vertiefen und startete ein Ablenkungsmanöver. »Kennst du das Sigmaringer Bräuteln?«

»Das was, bitte?«

»Das Bräuteln. Dieser historische Brauch wird, in der heutigen Form, seit gut drei Jahrhunderten gepflegt. Und ist Höhepunkt der Semerenger Fasnet.«

»Semerenger? Da fehlt mir jetzt was.«

»Na, die Sigmaringer. Also: Geprägt wohl durch den 30-jährigen Krieg. Die Not war groß, und vielen Ausgewanderten fehlten die 57 Gulden, um wieder Bürger zu werden.«

»Die musste man wirklich nachweisen?«

Paul nickte. »Gerade jungen Leuten fehlte es da. Die Handwerkszünfte halfen. Ein Obergeselle wurde Ansprechpartner für heiratswillige Gesellen.«

»Ein Coach?« Milka grinste.

»Man könnte auch Eventmanager sagen. Die Hochzeit wurde für alle Gesellen und für die Bürger ein Fest. Es war ein Zeichen der Hoffnung.«

»Neubürgergewinnung, Marketing, ja?«

»Hm. Jedenfalls wurden die heiratswilligen Männer auf eine Stange gesetzt und um den Dorfbrunnen getragen. Das Bräuteln.«

»Paul, das ist eine Erfindung. Oder ein Märchen.« Milka lachte.

»Keineswegs. Im Kirchenbuch von 1659 ist zu lesen: ›Die Freud war groß, es hand wieder a paar gheirotet, noch hot ma se uff a Stang gsetzt ond um da Narrabronna rumtraga.‹ Und dann wurde die Fasnet-Hymne gesungen – die ist aber sprachlich für mich so unverständlich wie das Chinesische.«

Milka kringelte sich vor Lachen. »Und das ist wirklich kein Märchen?«

»Ein letzter Beweis«, sagte Paul. »In einer Beilage zur Renteirechnung findet sich im Fürstlichen Archiv: ›9. Februar 1723, zufolge gnädigsten Befehl denen jungen Gesellen allhier vor die gewöhnliche Aus Kaufung des Bronnen Tragens, 4 Gulden, 10 Kreutzer.‹ Fürst Joseph von Hohenzollern-Sigmaringen hatte sich 1722 mit Maria Franziska Gräfin zu Oettingen-Spielberg vermählt und kaufte sich an der darauffolgenden Fasnet vom Bräuteln frei.«

»Feigling, hatte Angst, von der Stange zu fallen.«

»Je nun, bei aller Volksnähe – wird wohl eher Standesdünkel gewesen sein. Jedenfalls blieb die Tradition erhalten und wird von Bräutlings- und Ledigengesellschaften gepflegt. Richtig berühmt ist das Häs der Semerenger Schbiallumbaschlecker.«

»Was? Das möcht' ich nochmals hören. Bin gespannt, ob du …«

»Schbiallumbaschlecker.«

»Hm. Hört sich deckungsgleich an. Woher hast du das alles?«

»Ist einige Jahre her. Da war ein Kollege aus Sigmaringen mit mir auf einem Fortbildungskurs im Badischen. Ach ja, zum Erfolg des Bräutelns hat beigetragen, dass der Zeitpunkt perfekt war. Schließlich war nach der Fasnet sexuelle Enthaltsamkeit geboten und man durfte auch nicht mehr feiern.«

Sie befanden sich kurz vor Ulm, als Paul auf Professor Ebert zu sprechen kam. »Er hat uns viel über die Kelten und ihre Geschichte erzählt. Was mich momentan mehr interessiert: Wer macht hier eigentlich was und warum? Und wer hat ein Interesse, ein paar keltische Ringe zu klauen? So wertvoll sie sein mögen.«

»Vielleicht sind es geheimnisumwitterte mystische Ringe, denen besondere Eigenschaften oder Kräfte zugesprochen werden? Kann doch sein, oder?«, spekulierte Milka. Pauls spöttisches Lächeln erkennend, fügte sie an: »Es gibt doch viele mystische Ringe.«

»So?« Pauls »so« war lediglich als Aufmerksamkeitszeichen gedacht.

»Na ja, beispielsweise Andvaranaut aus der nordischen Mythologie. Der Besitzer des Rings, der Zwerg Andwari, wird in der Nibelungensaga zum Alberich, und …«

»Bist du jetzt in der Rechtsmedizin bei Professor Boerne, ja?«

»Du bist albern, Paul. Bevor der Fluch auf dem Ring lag, bescherte er seinem Besitzer unendlichen Reichtum. Oder der Ring von Gyges.«

»Nie gehört.«

»Ein Ring, mit dem sich sein Besitzer Gyges, ein griechischer Schäfer, unsichtbar machen konnte, so jedenfalls …«

»Gekauft.«

»Paul! So jedenfalls erzählt Platons Gleichnis. Platon unterstellt, es gäbe zwei Personen, die einen solchen Ring ihr Eigentum nennen. Der eine, ein moralisch guter Mensch, der andere eine schlechte Person.«

»Hm. Jetzt wird es doch interessant«, sagte Paul. »Läuft es auf die Frage hinaus, ob sich der Gute zum Bösen entwickelt, da er nicht gesehen und damit nicht zur Rechenschaft gezogen werden kann? Die Frage, was uns dazu bewegt, etwas Unmoralisches zu tun?«

»Oder was uns bewegt, beim Guten zu bleiben. Auch wenn wir unsichtbar wären.«

»Und unsereins muss sich damit abfinden, dass *Der Eine Ring* auf Bilbo und Frodo Beutlin übergegangen ist. Gut, Schluss mit lustig. In unserem Fall geht's wohl nur um den Wert der Ringe.«

»Den materiellen oder doch den immateriellen?«, fragte Milka.

»Du hast schon recht. Es könnte um den schnöden materiellen, den Handelswert gehen. Wie viel bekomme ich, wenn ich ihn verkaufe. Oder es ist ein Auftragsdiebstahl. Nach dem Motto ›Was immer Sie finden, bringen Sie's mir‹. Dass da heute jemand an die mystischen Kräfte eines Ringes glaubt – abwegig. Schließlich, so verstehe ich diese ganze Grabung, konnte niemand wissen, wo was zu finden sein würde.«

»Da bin ich bei dir«, bestätigte Milka. »Um auf deine Frage zurückzukommen, wer hier warum was macht: Bei Doktor Weigel und seinem Team dürfte es klar sein. Es geht um wissenschaftliche Forschung, um Erkenntnisse und um die Sicherung historischen Kulturguts. Aber – von irgendwas müssen die doch leben, oder?«

»Janina hat mich informiert. Es gibt öffentliche Fördermittel. Im Fall der Heuneburg hat die Deutsche Forschungsgemeinschaft mehr als eine Million Euro Fördermittel bereitgestellt.«

»Auch für Arch.Search?«

»Keine Ahnung. Wohl eher nicht. Das Landesamt für Denkmalpflege stellt jedenfalls harte Bedingungen. Der Grabungsleiter muss einen Hochschulabschluss in einer archäologischen Fachdisziplin haben. Fragt sich, ob Tobias Brunner von Arch.Search das auch hat – oder unter Doktor Weigel arbeitet. Und dann ist mir aus Eberts Schilderung nicht völlig klar geworden, was er da wirklich macht.«

»Aber Paul, er interessiert sich für das Thema. Er hat nun mal nicht mehr seine Studenten, die ihm an den Lippen hängen. Also sucht er Anerkennung auf andere wissenschaftliche Weise. Du brauchst auch deine Streicheleinheiten.«

»Für mich gab's heute keinen Anlass zu schnurren.«

»Armer alter Kater.«

Bedauern konnte Paul aus Milkas gespielt mitleidiger Bemerkung nicht heraushören. »Wenn es bei dieser Gesellschaft Arch.Search wirklich um Wissenschaft, um neue Erkenntnisse zu den Kelten geht – dann müssten sie auch Publikationen vorweisen. An der Anzahl der Zitierenden wird gewöhnlich die wissenschaftliche Reputation gemessen. Und für lau machen die das doch auch nicht, oder?« Paul machte eine kurze Pause und blickte kurz zum Beifahrersitz. Milka suchte irgendetwas auf ihrem Smartphone. Er konzentrierte sich auf den Verkehr, der jetzt dichter wurde.

»Wir könnten den kleinen Umweg über Crailsheim fahren«, sagte Milka wie beiläufig. So, als wolle sie beim Bäcker Brötchen holen.

Beim nächsten Bremsvorgang verstand Paul. »Hast du die Adresse von Arch.Search gesucht?«

»Genau. Ein Constantin Greiff, Crailsheim. Im süd-östlichen Bereich von Altenmünster. Vielleicht kann er deinen Wissensdurst einigermaßen stillen.«

Paul blickte auf sein Navi und nickte. »Kein Anruf vorab. Ich will ihn überraschen. Immer vorausgesetzt, wir treffen ihn überhaupt an.«

»Meinst du nicht, dieser Kommissar Biehl hat ihn bereits angerufen? Oder sein Grabungsleiter, dieser Brunner?«

»Wir werden sehen.«

Milka schaltete ab. Ließ ihre Gedanken schweifen. Sie blieben an Lothar Ebert haften, als betrachte man Fotos in einem Album. Das Bett, das Waschbecken. Eberts zerknautschtes Gesicht. Flüchtig. Doktor Weigel, das schlotternde Polohemd. Eine latente Unsicherheit. Ein plötzlicher Mord direkt neben ihm. Hautnah. Sarah Link. Ihre Verbissenheit weiter zu arbeiten. Den Tod ihres Kollegen vergessen zu machen. Sie schreckte hoch, als Paul bremste und die Ausfahrt nach Crailsheim nahm.

Ein freistehendes, zweigeschossiges Wohngebäude. Ein L-förmiger Grundriss. Das flach geneigte Dach erstreckte sich mit einer geringeren Neigung über den längeren Trakt.

»Arch.Search« stand auf dem Pfeiler neben der offenen Zufahrt zum Grundstück. Darunter in Schreibschrift »Constantin Greiff«. Paul betätigte die Klingel. Die Sprechanlage blieb stumm, dafür ging die Außenbeleuchtung an. Kurz bevor sie den Eingang erreichten, öffnete sich die Haustür. Eine massive Konstruktion. »Ja?« Milka schätzte den Mann auf um die 40, vielleicht gerade darüber. Etwa so groß wie sie, Glatze.

»Herr Greiff?«

»Ja?« Eine tiefe Stimme. Irgendwas zwischen Bass und Bariton.

Paul übernahm die Vorstellung. »Kriminalhauptkommissar Eichert, Schwäbisch Hall.« Eine Kopfbewegung. »Frau Milka Mayr. Wir kommen gerade von der Heuneburg. Haben Sie kurz Zeit für uns?«

»Kommen Sie herein.« Doch eher Bass. Greiff ging voraus. Der Gang führte in eine Art Bürotrakt. Auf einer Seite eine Glasvitrine neben der anderen. Exponate, säuberlich beschriftet, Fotos auf beiden Wandseiten. Die Heuneburg war dabei, stellte Milka im Vorbeigehen fest, und ein Foto mit Constantin Greiff, leicht gebückt, mit einer Traufel in der Hand, Schweißperlen auf Stirn und Glatze. Milka deutete auf die Vitrinen: »Alles echt?«

»Einige wenige Exponate schon. Römische und keltische Funde.« Greiff verharrte kurz. »Wirklich echte Stücke zu erwerben, ist extrem schwierig. Die Verkäufer sind unglaublich kreativ. Da werden schriftliche, hochoffizielle Bestätigungen gefälscht, künstlich gealtert. Einfach krass. Das Allermeiste, was Sie hier sehen, sind Replikate. Zu unseren Aufgaben gehört auch, Sammler zu beraten und Echtheitsprüfungen vorzunehmen.«

Greiff ging weiter und öffnete die Tür zu einem großzügigen Büro.

»Sie entschuldigen, ich kam gerade erst von einem zweitägigen Seminar.« Er zeigte auf die Unordnung auf dem Schreibtisch. Die Telefonanlage blinkte. Er schien es zu ignorieren. »Nehmen Sie Platz.«

Milka fiel Sebastian Wild ein. Wenn er seinem Deutsch-Kurzhaar »Mach Platz« sagte.

Greiff schob zwei Akten zur Seite und hängte seinen blauen Blazer über die hohe Lehne des Bürostuhls. »Kann ich Ihnen etwas anbieten? Nein?« Er setzte sich, machte zwei kleine Drehbewegungen, als wolle er die Mechanik des Sessels testen. »Was führt Sie zu mir?« Sein Blick wechselte zwischen Paul und Milka und blieb dann an Paul hängen.

»Sie vertreten Arch.Search und sind an den Grabungen an der Heuneburg beteiligt?« Pauls Tonfall bewegte sich mittig zwischen Frage und Feststellung.

Greiffs dunkle, nahezu gerade Augenbrauen zuckten kurz. Milka korrigierte sich. Keine Komplettglatze. Links und rechts waren die Haare rasiert und bildeten eine Art dunkle Beschichtung. Der schmale Mund öffnete sich einen winzigen Spalt, brachte ein »Ja« hervor. Kein ausklingender weicher Nebensatz. Kein »Warum?«, nur »Ja«.

»Haben Sie in den letzten beiden Tagen Nachrichten von Ihrem Grabungsteam erhalten? Oder von der Polizei?«

Greiff schüttelte den Kopf. »Nein.« Er deutete auf das blinkende Telefon. »Könnte was auf dem Anrufbeantworter sein. Wie gesagt – ich war zwei Tage weg.«

»So ganz ohne Handy?«

Greiff lächelte. Sein ausgeprägtes Kinn straffte sich. »Nicht freiwillig. Kein Digital Detox. Ist in Reparatur. Aber jetzt erzählen Sie mal, was Sie zu mir führt. Wenn Sie aus Hall sind – nein, nein, ich brauche Ihren Ausweis nicht, dann ist Herbertingen nicht gerade Ihr Revier, oder?«

Kriminalhauptkommissar Eichert ging darüber hinweg. »Ihr Grabungsteam besteht aus fünf Leuten, einer davon …«

»Vier.«

»Fünf.«

»Vier.« Greiff nahm die Finger zu Hilfe. »Tobias Brunner. Er leitet unser Team. Wir sind Subunternehmer und arbeiten sozusagen unter Doktor Weigel von der Uni Tübingen. Dann Hofer, Gasser und Gurrieri. Sind vier.«

»Und Enrico Barraco?«

»Kenne ich nicht. Gehört nicht zu unserem Team. Warten Sie.« Greiff stand auf, ging zum rückwärtigen Regal, tippte wie auf einer Tastatur mit einem Finger von Akte zu Akte und zog dann einen Ordner heraus. Säuberlich beschriftet »Heuneburg Personal«. Er blätterte kurz, drehte den aufgeschlagenen Ordner dem Kommissar zu. »Hier.« Er tippte mit dem Finger auf die Seite. »Die Einsatzliste, die Arbeitszettel mit den Wochenstunden. Und hier die letzten Wochenberichte mit inhaltlichen Angaben zu bestimmten Funden. Kein, wie sagten Sie, Barraco?«

Das Telefon auf dem Schreibtisch klingelte. Greiff drückte auf eine Taste. Das Klingeln erstarb.

»Kennen Sie einen Professor Ebert?«

Milka wunderte sich ein wenig, dass Greiff Pauls Fragen so geduldig entgegennahm, nicht hinterfragte, was denn nun der Anlass des Besuches sei. Er machte auf Milka einen eher hemdsärmelig-geschäftsmäßigen als vergeistigt-wissenschaftlichen Eindruck.

»Er arbeitet wohl mit Doktor Weigel zusammen. Ist doch emeritiert, oder? Und was soll das jetzt alles mit mir, mit Arch. Search zu tun haben?« Greiffs Stimme war lauter geworden. Jetzt aber, dachte Milka.

»Ein Kollege von Doktor Weigel, ein Martin Muntz, ist gestern erschlagen worden. Tot. Der Hauptzeuge für die Tat soll ein Enrico Barraco sein.«

Greiff nahm den Ordner und stellte ihn zurück ins Regal. »Das tut mir sehr leid. Auch für Doktor Weigel. Ein schlimmer Schlag für ihn, für uns alle.« Greiff drehte sich wieder um. Sein Gesicht war ernst. Irgendwie emotionslos, empfand Milka.

»Ich verstehe jetzt selbstverständlich Ihre Frage, Herr … Kommissar. Ich kann mich aber nur wiederholen: Dieser Barraco steht nicht auf unserer Gehaltsliste.« Greiff blieb hinter dem Schreibtisch stehen. Eine unausgesprochene Aufforderung.

Auch Paul Eichert stand auf. Er neigte den Kopf hob die Augenbrauen so weit an, dass sich die Stirn in Falten legte. »Da taucht, wann immer, jedenfalls aus heiterem Himmel, ein Mann bei Ihrem Grabungsleiter Brunner auf. Sagt ›Guten Tag, ich bin der Neue‹, greift nach dem Schäufelchen und fängt an? Und diesem Brunner kommt es nicht in den Sinn, bei Ihnen nachzufragen?«

»Klar. So wie Sie das jetzt schildern, hört es sich befremdlich an. Aber …«

»Befremdlich? Es ist skurril! Absurd.«

Constantin Greiff zuckte mit den Achseln, zeigte zunehmend Widerwillen. »Ich werde mit Tobias Brunner sprechen. Möglicherweise gibt es da eine ganz einfache Erklärung. Wie gesagt, ich war zwei Tage …«

Das Telefon klingelte. Diesmal hob Greiff ab. »Ja? Ja. Und Sie? Herr Biehl? Einen Augenblick bitte, Herr Kommissar.« Er legte die rechte Hand über die Sprechmuschel. »Wir sind im Moment durch, ja? Da ist jemand dran, der anscheinend wirklich zuständig ist. Sie finden allein hinaus?«

Paul und Milka trödelten, als sie an den Vitrinen vorbei zum Hauseingang gingen. »Nette Stücke, was da so alles liegt. Möchte wissen, ob da nicht mehr davon echt ist. Hast du die Glasbruchsensoren gesehen? Damit schützt man doch keine

Replikate, oder?« Milka fragte sich, ob die Aufnahme mit Greiff im Vordergrund wohl von der Heuneburg stammte.

Sie ließ sich in den Beifahrersitz fallen und hustete ein leises trockenes Lachen. »Wollte der mit uns Hugoles dreiba?« Milka konnte auch Schwäbisch.

»Kannst du das übersetzen?«

Milka lachte jetzt richtig. »Es gibt da einen etwas drastischeren Ausdruck. Der lautet *vrarscha*.«

Paul grinste. So viel verstand er inzwischen. »Kann schon sein. Ich bring dich jetzt nach Bühlerzell. Und dann rufe ich Biehl an. Bin gespannt, was er zu erzählen hat.«

Paul fuhr langsam auf Milkas Hof zum Eingang des Wohngebäudes. Er war sich nie ganz sicher, ob nicht doch eines der Viecher herumlief oder Christoph mit dem Trecker um die Ecke kam. »Gibt's bei dir was zu essen, Milka?« Es sollte wohl beiläufig klingen. Es klang nach Bärenhunger.

»Komm rein.« Der pechschwarze Hofkater begleitete sie mit senkrecht gestelltem Schwanz. Paul atmete auf. Er hatte ihn in der Dämmerung nicht bemerkt.

Milka staunte. Paul half, nach dem Essen die Holzteller in die Küche zu stellen, die Apfelsaftflasche im Kühlschrank zu verstauen und das Besteck abzuwaschen. »Ist was mit dir?« Paul lächelte in sich hinein. »Verrate ich dir später mal. Jetzt rufen wir Biehl an. Von drüben?« Milka nickte. Drüben war das Kaminzimmer. Eigentlich wollte Milka jetzt dringlicher wissen, was Paul verschwieg, nicht, was Biehl sagen würde.

Der Kommissar stellte sein Handy auf Lautsprecher. Holger Biehl hob nach zwei Klingeltönen ab.

»Sie hätten mir sagen können, dass Sie mit Greiff sprechen wollen. Und davor auch mit Doktor Weigel. Sie haben ihn ausgehorcht, ohne sich auszuweisen. Schon das geht mal nicht. Das behindert obendrein unsere Ermittlungen unmittelbar. Das verstehe ich nicht unter Kooperation, wenn Sie hinter meinem Rücken operieren.« Biehls Stimme klang erregt. Sie offenbarte die volle poetische Kraft des südwestschwäbischen Dialekts. Milka fiel Pauls Seminarkollege ein. Paul erzählte, der habe, zwei Viertele intus, nach der Melodie von *Yesterday* das von Lilo Braun gedichtete *S'isch geschtern gsei* gesungen.

Eichert: »Sie konnten von mir nach Eberts Festnahme nicht erwarten, dass ich völlig ahnungslos in Ihr Büro stolpere. Übrigens hat Weigel von sich aus über den Mord an Muntz berichtet. Ich habe ihn nicht darauf angesprochen. Und was Greiff angeht – selbstverständlich ging ich davon aus, dass er längst informiert war. Wenn das jetzt geklärt ist …«

Biehl: »Der Barraco ist weg.«

Eichert: »Nicht Ihr Ernst, oder?«

Biehl: »Wir wollten seine hier auf dem Revier gemachte Aussage in einigen Punkten hinterfragen, konnten ihn aber telefonisch nicht erreichen.«

Eichert: »Und auf der Heuneburg war er auch nicht mehr anzutreffen?«

Biehl: »Verschwunden. Keiner der Archäologen wusste, wohin. Aus seinem Zimmer in Herbertingen war er ebenfalls weg, ohne zu zahlen, übrigens.«

Eichert: »Haben Sie seine Personalien überprüft?«

Biehl: »Das ist mir jetzt, hm, unangenehm. Hatte ich einem Kollegen übertragen. Der hat's verschlampt. Und ich hab nicht nachgefragt. Und jetzt das Ergebnis: Ausweis war gefälscht. Die Person gibt's nicht. Will sagen, nicht unter diesem Namen registriert. Warten Sie, ich glaube, da ruft gerade Arch.Search an. Ich melde mich.«

Milka geht ab. Sie wirft einen Blick zurück. Paul steht weiter am Tisch. Blickt unverwandt auf das schwarze Display seines Handys.

Kriminalhauptkommissar Eichert blickte auf den Hof hinaus. Sein Handy hielt er weiter in der Hand, als Milka mit einer offenen Flasche Grauburgunder zurückkam. »Ein Viertele?«

»Ein Achtele.«

»Das ist im Schwabenland eine kritische Menge. Zwar nicht völlig unbekannt, aber …«

»Eine gute Nachricht«, unterbrach Paul sie. »Eberts Anwalt rief mich gerade an. Sie haben ihn freigelassen, er soll sich aber weiterhin zur Verfügung halten. Nur Biehl lässt sich Zeit.«

Milka stieß mit Pauls Achtele an. »Was wolltest du mir später verraten?«

»Später verraten?« Pauls bühnenreifer Unschuldston wurde von den Lachfalten in den Augenwinkeln Lügen gestraft. Er stellte sein Glas auf den Tisch und umschloss Milkas Hand. »Ich hatte dir doch im vergangenen Jahr diese Wohnung im Bereich des Ziegeleiwegs gezeigt …«

»Von der du Abstand genommen hast.«

Paul nickte. »Nachdem mein Vermieter jetzt den Druck wegen Eigenbedarfs verstärkt hat – also kurz, ich hab was gefunden. Eine Dreieinhalbzimmerwohnung in den Kreuzäckern. Modernisiert.« Bevor die Stille – nur das leise Schnurren des Peterle war zu vernehmen – kritisch wurde, ergänzte Paul: »Eine schöne Lage. Ruhig.« Jetzt, meinte er, müsste doch Milkas Reaktion kommen, irgendein Zeichen. Ganz behutsam verstärkte er den Druck auf ihre Hand, sah ihr tief in die Augen und glaubte, ein verräterisches Glitzern zu sehen. Er kannte das. Sie machte sich lustig über ihn. »Du, du …«

Milkas jetzt offenes, schelmisches Lächeln ließ ihn abbrechen. »Paul, ich mache mich nicht über dich lustig. Nur über diesen zeitlichen Zusammenfall.«

Es dauerte einen klitzekleinen Moment, bevor Paul Eichert schaltete. Und lachte. »Du meinst diese Bemerkung in der Küche, als ich beim Aufräumen half.«

»Ja. Dieser spontane, vulkanöse Ausbruch häuslicher Hilfsbereitschaft – ein Zeichen unbändigen Willens zur Auflösung tradierter geschlechtsspezifischer Rollen.«

»Ich mache auch in meiner jetzigen Wohnung sauber, kaufe ein, wasche …«

»Ich bin immer wieder erstaunt, wie schnell es Männern gelingt, gute Eigenschaften von einem zum anderen Tag …«

Paul verschloss Milkas Mund – nicht mit dem Finger. Der Kuss war lang.

»Du siehst dir die Wohnung mal an?«

»Bestimmt.«

KAPITEL 6 – DONNERSTAG

Nur Bettinas Kinder fehlten, als Milka sich an den Frühstückstisch setzte. Ihre Mutter deutete zur Küche. »Der Kaffee ist frisch aufgesetzt.« Bettina hielt sie kurz auf. »Hast du nachher Zeit, im Hofladen? Um 10 Uhr?« Milka nickte.

Jonas und Laura stürmten herein, wünschten lautstark einen Guten Morgen. Beide hatten ihren Stammplatz. Bettina fragte nach den heutigen Stunden. Zwei Klassenarbeiten standen an. Jonas erzählte kauend den neuesten Schulkalauer. »Fliegt der Bauer übers Dach, ist der Wind weiß Gott nicht schwach.« Er gab sich beleidigt, nachdem nicht einmal Christoph darüber lachen wollte.

Milkas Vater Georg passte eine Gesprächspause ab. Gewöhnlich war er beim Frühstück mundfaul. Außer, es ging ein Problem durch seinen Kopf. Vieles konnte ein Problem sein. Milka war gern sein Problem. Kaum dass sie sich mit außerlandwirtschaftlichen Dingen befasste. Gewöhnlich sandte ihr Bruder Christoph dann ein Warnsignal. Im Augenblick kaute er auf dem Frühstücksbrot und unterhielt sich dabei mit Sohn Jonas. Alles schien friedlich. »Was macht eigentlich die Erweiterung der Solaranlage auf der Maschinenhalle, Milka?«, wollte Georg wissen.

Die Frage hatte er bereits vor vier Tagen gestellt. »Ich war mit den beiden Angeboten nicht zufrieden. Die Firmen müssen nachbessern.« Die Antwort hatte Milka ebenfalls schon vor vier Tagen gegeben. Sie nahm einen Schluck Kaffee. »Was haltet ihr eigentlich von einer Biogasanlage mit Stromerzeugung? Wir haben zwar allein nicht genügend Gülle, aber zusammen mit Holl und Feldmann und …«

»Hab gehört, man braucht wenigstens 800 Kühe. Die haben wir auch zusammen nicht. Also!«

»Du hast richtig gehört. Also müssen wir prüfen, ob weitere Landwirte mitmachen. Und gerade die Gülle von milchgebenden Kühen hat einen hohen Energiegehalt.«

Ihr Vater Georg war alles andere als überzeugt. »Die kriegst du nie zusammen, die 800. Die kippen das einfacher …«

Milka setzte klirrend ihren leeren Kaffeebecher ab. »Da ist nix mehr einfach. Die neue Düngeverordnung setzt uns allen die Daumenschrauben an. Du darfst jetzt schon die Düngebedarfsermittlung schriftlich dokumentieren, dazu kommt die neue Stoffstrombilanzverordnung, und wenn …«

»Die EU soll sich halt mit ihrer blöden Nitratrichtlinie nicht so haben, bloß weil in der Rheinebene der Sandboden …«

»Georg, bleib hier!« Ihr Blick fiel auf Christoph, der schüttelte nur sacht den Kopf ohne einzugreifen.

»… in der Rheinebene der Sandboden alles durchlässt und immer Bezug auf die allerschlechtesten Messwerte genommen wird. Immer werden wir an den Pranger gestellt. Immer wir.«

»Vater, gerade weil es falsch ist, alles uns in die Schuhe zu schieben, sollten wir vermeiden, nur auf andere zu zeigen und das Problem wegzudiskutieren.«

Milkas Vater brummte, schob seine Tasse in Richtung seiner Frau. Auffordernd. »Und wie willst du das angehen?«

»Jedenfalls nicht allein. Zusammen mit Lukas Holl und Christoph. Wir müssen alle Rahmenbedingungen klären und sämtliche Vorschriften genau unter die Lupe nehmen. Wenn wir alle Risiken kennen und wissen, wie die Wirtschaftlichkeit aussieht, dann erst setzen wir uns alle zusammen und prüfen das Interesse von anderen Landwirten. Vorher nicht.

Und dann erst überlegen wir uns, ob das eine eigenständige Gesellschaft werden soll.«

Milkas Vater brummte. Es sollte nur »Danke« an seine Frau Karin bedeuten. Für den Kaffee. »Gibt's dafür auch Fördermittel?«

Milka nickte. »Ja, darum kümmert sich Lukas.«

»Und sprich mal mit dem Michel. Vorletzten Sonntag hat er auch was davon erzählt. Nach dem Gottesdienst im Bühlertaler Dom.« Milka wunderte sich. Ihr Vater hatte es für sich behalten. Sie hatte keine Ahnung, wer Michel war. Christoph sagte: »Das mach ich schon.« Selbstverständlich gab es in Bühlerzell keinen Dom. Rudolf Widmann, früherer Pfarrer von Sankt Maria, hatte diesen Begriff einmal scherzhaft für das kleine, sehenswerte Kirchlein geprägt. Die Bezeichnung hatte Eingang in die Köpfe der Gemeindemitglieder gefunden.

Milka knapste sich eine Stunde für einen letzten Check ihres Käfers ab. Ölstand, Bremsen. Tanken musste sie. Die Fahrstrecken der Tagesetappen morgen und am Sonntag hatte sie sich genau angesehen. Der Freitag war unproblematisch. Und auch die 200 Kilometer des Landtags am Sonntag, einer Fahrt durch das Hohenloher Land, sollten machbar sein. Schließlich fuhr sie kein 1303-Modell. Michael Deiniger hatte ihr den 1303-Tankwartwitz erzählt: »Wenn Sie den Motor nicht abstellen, kriege ich den Tank nie voll.«

Sie kam rechtzeitig im Hofladen an. Bettina war nicht untätig gewesen. Sie stellte ihren Maßnahmenplan vor, der sich sowohl auf Werbung als auch auf die Direktansprache einzelner Kunden bezog. Beate Balzer unterbreitete zwei ergänzende Vorschläge, die beide angenommen wurden. »Und dann eine noch unausgegorene Idee: Vielleicht könnten wir Rabatte bei Sammelbestellungen einräumen? Ich muss das mal durchrechnen.« Kommentarloses Nicken. Milka ergänzte: »Denk auch über Treuepunkte nach. Oder über eine kleine Zugabe nach zehn Kisten oder so. Und über eine Werbeprämie.«

Dann rückte Bettina mit ihrer Überraschung heraus. Tim Holl war in einigen Tagen soweit, dass sie online gehen könnten.

»Wir sehen das zuvor?« Eigentlich war sich Milka sicher.

»Aber ja. Er will vorab nur einige Tests machen. Frag mich bitte nicht, was. Und – ich habe einen neuen Kunden.« Bettinas Lächeln spiegelte höchste Zufriedenheit. »Gestern war ich mit Laura auf dem Reiterhof. Ich traf Britta.« Milka ahnte, was jetzt kommen würde.

»Du hast mit ihr über den Kauf des Wallachs gesprochen. Find ich richtig toll, Milka. Jedenfalls hat sie mich in die Stallungen mitgenommen. Andrea Paludi inspizierte da gerade die Boxen. Also: Er bespricht das noch in der Familie, meinte aber, das wäre möglich.«

Milka blickte auf Beate. »Dann brauchen wir dafür auch ein Konzept. Und ich muss sehen, wo wir das im Investitionsplan unterbringen.«

»Na ja«, meine Bettina, »und wo er gerade da war und weil das ja eine größere Familie ist, hab ich gedacht, ich spreche ihn auch auf unser Angebot einer Biokiste an. Jedenfalls wird sich seine Haushälterin, eine Frau Fusco, bei uns im Hofladen melden und sich alles ansehen. Eine Probekiste wird sie auf alle Fälle bestellen.« Bettina strahlte, und Milka gönnte ihr das Erfolgserlebnis von ganzem Herzen. Sie kannte die Situation. Gerade, wenn eine neue Aufgabe oder Herausforderung angenommen wurde, zählten die ersten Erfolge doppelt und dreifach, wirkten motivierend.

Milka klinkte sich aus. Es galt, das größte Problem der nächsten Tage zu bewältigen: Was zieht frau an? Ein Dresscode war für die Langenburg Historic selbstverständlich nicht vorgegeben. Aber Jeans und Polohemd – das ging nun wirklich nicht. Eine lederne Fliegerhaube? Da hätte es schon ein offener Aston Martin Healey M1 sein müssen. Dann hätte auch ein Cabrioschal gepasst. Aber so? Es bedurfte wenigstens acht Telefonate mit Freundinnen, einem Kostümverleih, einem Second-Hand-Shop und Beates Hilfe, bis sie ihre Ausstattung zusammen hatte. Eine sandfarbene Popelinehose bis knapp übers Knie, unten mit einem schmalen Bündchen. Eine weiße Bluse und darüber eine karierte Weste in einem mittleren Braunton. Einen einfarbigen Schlips in knalligem Orange steuerte Christoph bei. Die Krönung bildete eine Schiebermütze mit Fischgrätmuster. Beate versprach, sich um die Logistik zu kümmern, und schloss den Hofladen. Mutter Karin sagte zu, eventuell erforderliche Größenanpassungen in Nachtarbeit zu erledigen. Milka atmete auf und schickte eine SMS an Paul: *Schwarze Hose, weißes Hemd, Hosenträger (breit), weinrote Fliege und schwarze lederne Schirmmütze. Für morgen! Und Helm! Für den Bergtag.*

Fünf Minuten später, Milka suchte gerade ihre Bekleidung für die Abende zusammen, kam Pauls SMS-Antwort. *Waaas? Komme nachher.*

Sie warf einen Blick auf ihre übers Bett gebreitete Kleiderauswahl. Ordnete farblich neu, dann nach Abenden. Wühlte in der untersten Schublade des Kleiderschranks nach passenden Accessoires. Ihr Handy klingelte. In einem hastigen, nicht unterbrechbaren Monolog kündigte Professor Ebert seine Ankunft für den späten Nachmittag an. Bevor Milka nachfragen konnte, legte er auf. Sie meinte, im Hintergrund Motorengeräusch gehört zu haben. Wahrscheinlich hatte Lothar keine Freisprecheinrichtung in seinem Auto.

Laura kam ungestüm ins Zimmer, kommentierte die drapierten Kleidungsstücke mit einem vernehmlichen »Wow«. Es entwickelte sich eine vierminütige Diskussion über mögliche Kombinationen, bevor Laura ihre zu überbringende Nachricht einfiel. »Entschuldige, Paul ist da. Er wartet unten.«

Paul saß im Kaminzimmer. Irgendwie war er zu einer Tasse Kaffee gekommen. Eine Kanne und eine weitere Tasse standen auf dem Tisch. Er stand auf, nahm sich Zeit. Bis Milka sich von ihm löste und fragte: »Etwas Neues aus Sigmaringen?«

»Ja, gleich. Zuerst mal deine SMS. Nicht dein Ernst, oder?« Er deutete auf seine beigen Sommerjeans. »Das geht nicht?« Die sich anschließende Diskussion gestaltete sich kontrovers, aber Milka blieb bei ihrem Diktat. Der Kriminalhauptkommissar schickte sich. »Muss ich morgen einkaufen. Helm leihe ich mir aus. Aber Hosenträger! – Dat is mall!« Verrückt, verstand Milka richtig.

»Also, wat nu?«

»Nu? Zuerst mal Wagner. In seinem Golf fanden wir fremde Haare, Schuppen und einen Fingerabdruck. Die DNA-Analyse hat zu nichts geführt, will sagen, nicht zu einer Identifikation. Mit Sicherheit wissen wir nur, dass es ein Mann ist.«

Milka brauchte einen Moment, um ihre Gedanken zu sortieren. Die Kelten hatten alles verdrängt. »Wenn Wagner in der Hand ein Implantat hatte, dann …«

»Daran dachten wir bereits«, unterbrach Paul. »Ich habe mit Doktor Rühle und diesem Riegel telefoniert. Hätte sein können, Wagner hat etwas verschluckt – oder tatsächlich als Implantat in irgendeinem Körperteil versteckt. Rühle gab sich leicht angefressen wegen der späten Information. Er hat aber schließlich nichts gefunden. Also – negativ.«

»Soweit so gut – oder nicht so gut«, kommentierte Milka Pauls Bericht. »Habt ihr mal daran gedacht, dass Wagners technischer Ideenreichtum grenzenlos sein könnte? Er überschreitet mit seiner Technikmanie vielleicht alle üblichen Prüflisten eurer traditionellen Spurensicherung.«

»Klar. Andererseits – wenn jemand eine Botschaft, eine Nachricht verstecken will, sozusagen als Absicherung, dann muss er doch den Suchenden auch eine klitzekleine Chance lassen, sie zu finden. Oder? Sollen wir vielleicht den Golf zerlegen und im Zylinderkopf nachsehen?«

»Frag doch mal deine Kollegen beim Zoll, wo die gewöhnlich nach Drogen suchen.« Paul zeigte sich nicht gerade begeistert, ließ Milkas Hinweis aber gelten. »Wir müssen da erneut ran, zusammen mit Janina und Lang.«

Milka wollte Kaffee nachschenken, Paul bat um Wasser. Als sie mit Flasche und Gläsern zurückkam, wies er auf ihr Handy. »Da kam ein Anruf rein.«

Milka warf einen Blick aufs Display. »Lothar wieder. Er rief bereits vor einer knappen Stunde an. Er will vorbeikommen.«

»Kann mir denken, warum.«

»Hat er gar nicht gesagt. Irgendwie klang er kurz angebunden, gestresst. Vielleicht haben sie ihm in der Zelle nichts zu essen gegeben. Und bestimmt keinen *Lemberger Spätlese*.« Milkas Stimme klang leicht ironisch – Lothar Eberts Faible für gutes Essen und Trinken war legendär.

Ein ganz bezauberndes, charmantes Lächeln breitete sich allmählich auf Milkas Gesicht aus, beginnend bei den sich weitenden Augen, über die sich leicht wölbenden Wangen, hin zu ihrem roten Mund. »Übrigens, was ich bei meiner SMS an dich vergaß, du müsstest …«

»Soll das etwa bedeuten, ich brauch' noch mehr zum Anziehen?«, ging Paul dazwischen.

»Vielleicht einen Schlafanzug?« Milkas Tonfall korrespondierte hervorragend mit ihrem Strahlen.

»Du meinst, wir übernachten dort? Das ist doch …«

»Pst. Es gibt am Rand von Langenburg eine Schafkäserei. Ein Demeter-Bauernhof. Wir haben dort für zwei Nächte ein Zimmer – mit Doppelbett.«

»Wie kommst du denn darauf? Übernachten zwischen den Schafen?«

»Seit meiner Geburt schlafe und wohne ich zwischen Kühen. Also? Wir beziehen von der Käserei Produkte für unseren Hofladen – auch Schafschinken beispielsweise. Ich kenne die Familie sehr gut und hab' halt angefragt.«

»Ein Doppelzimmer, sagst du. Soll das …«

»Paul, bist du etwa schockiert? Außerdem: Es gibt zwei bestimmt nette Abendveranstaltungen. Willst du da zurückfahren?«

Paul ging nicht darauf ein. »Frack, Smoking?«

»Nein, so streng ist der Dresscode nicht. Du kriegst ja nicht das Bundesverdienstkreuz. Nachdem du nun alles weißt: Was war jetzt mit Biehl? Was Substanzielles, oder hat er rumgeeiert?«

Paul bediente sich mit Wasser. »Zuerst mal zu deinem Barrakuda. Seinen Kollegen und Doktor Weigel teilte Barraco mit, wegen eines Krankheitsfalls in der Familie müsse er sich für einige Tage ausklinken. Dann war er weg.«

»Und selbstverständlich stimmte auch die Adresse auf seinem Ausweis nicht«, vermutete Milka. »Also ist er spurlos verschwunden. Kein Auto? Kein Handy?«

Paul zog seine Mundwinkel nach unten und schüttelte den Kopf. »War zu erwarten. Ein nicht vergebenes Autokennzeichen. Und das Handy? Fehlanzeige. Die Zeiten, als ein de Maizière sich bitterlich beklagte, man könne auch unter dem Namen Donald Duck eine Prepaid-Sim-Karte kaufen, sind zwar vorbei, aber du wirst bei eBay fündig. Dort heißen die Dinger dann ›voraktiviert‹ oder ›gebraucht‹. Gibt aber auch andere Möglichkeiten, die Vorlage eines Ausweises und eine

Post-Ident zu umgehen. Auf jeden Fall ist das Handy momentan tot. Und die SIM mit Sicherheit vernichtet.«

Anscheinend eine Sackgasse, sagte sich Milka. Sie holte Apfelsaft aus der Küche. Mit ihr kam der schwarze Hofkater ins Zimmer. Der umschnurrte zweimal Pauls Beine und sprang dann auf die Bank. Milka goss ein. »Äußerte Biehl sich zur Aufnahme dieses Typs in das Arch.Search-Team? Wie das zustande kam?«

»Auch so eine merkwürdige Story.« Paul stand auf, wanderte zum Fenster, blickte auf den Hof hinunter, drehte sich wieder um. »Der Leiter des Teams, Tobias Brunner, gab Kommissar Biehl eine Erklärung. Barraco sei mit einem Empfehlungsschreiben von der Johannes Gutenberg-Universität Mainz aufgetaucht. Archäologische Restaurierung. Und ob er hier hospitieren könne. Das war vor vier Wochen. Sagte er.«

»Toll. Einfach so.«

»Ja. O-Ton Biehl: Brunner habe Barraco zugesagt und ihn im Team aufgenommen. Er hat es auf seine Kappe genommen. Schließlich musste er nicht auf die Lohnliste. Alle Papiere, die Barraco vorwies, schienen in Ordnung zu sein. Und nein, er habe bei der Uni nicht nachgefragt. Dafür habe es keine Veranlassung gegeben. Schließlich hätte Barraco nur tageweise und immer unter Aufsicht gearbeitet, hätte also nichts anrichten können.«

»Außer einen klitzekleinen Mord mit dem Spaten«, sagte Milka.

»Was nicht erwiesen ist.« Der Kriminalhauptkommissar konnte auch Milka gegenüber nicht immer aus seiner Haut heraus. Milka winkte nur ab.

Es klopfte. »Hier klopft normalerweise niemand. Ja?«

Die Tür öffnete sich vorsichtig immer weiter, bis Kriminaloberkommissar Lang seinen Chef im Blickfeld hatte. »Guten Morgen.« Der freundliche Gruß war an Milka gerichtet. Die

Wertschätzung war gegenseitig. Lang legte einen Umschlag auf den Tisch. »Aufnahmen, auf denen auch Enrico Barraco zu sehen ist. Wurden bei den Ausgrabungen gemacht. Leider keine Porträtaufnahme, aber immer noch besser als die Kopie des Personalausweises.«

Paul öffnete den Umschlag, fächerte die vier Aufnahmen auseinander. »Das sind bereits Ausschnittvergrößerungen, ja?«

Lang nickte. »Es sind Handyaufnahmen, die Doktor Weigel gemacht hat. Besser geht es nicht.«

»Und dieser Brunner? Kein einziges Foto von seinen Leuten?«

»Genau das habe ich Kommissar Biehl auch gefragt. Negativ. Nichts jedenfalls, wo Barraco drauf war. Als hätte es ihn nicht gegeben. Auch die Nachfrage bei der Uni in Mainz blieb selbstverständlich ergebnislos.«

»Hat die Polizei in Sigmaringen denn Barracos Zimmer durchsucht? Der muss doch irgendwo gewohnt haben.«

Langs Gesicht entspannte sich. »Der einzige Lichtblick. Vorläufig. Er hat zwar alle persönlichen Dinge mitgenommen, professionell war er aber nicht. Jede Menge Spuren, allemal genug für eine DNA.«

Bevor Milka nachhaken konnte, fuhr Lang fort: »Heute reicht uns ein halber Quadratmillimeter für eine DNA. Unser Körper verliert etwa zehn Gramm Hautschuppen pro Tag. Nach vier Wochen hat er die oberste Hautschicht komplett ausgetauscht. Schon mit diesen winzigen Hautschuppen lässt sich mit der PCR-Methode die Erbsubstanz DNS in vitro, also im Reagenzglas, vervielfältigen.«

Paul bemerkte Milkas fragendes Gesicht. »PCR bedeutet Polymerase-Kettenreaktion. Inzwischen Standard bei uns und übrigens auch in der Archäologie.«

Milka fragte nicht weiter nach. Profunde Biologiekenntnisse waren in der Landwirtschaft unabdingbar, aber das ging ihr zu weit. Etwas fiel ihr ein. »Der Barraco hatte es offensichtlich eilig, ja? Vielleicht macht es Sinn, dass ihr mal die Radaranlagen der Kommunen im Umkreis abfragt.«

Paul nickte zustimmend in Langs Richtung. »Gute Idee. Irgendetwas zu Arch.Search?«

»Janina und ich haben recherchiert. Das war nicht besonders ergiebig. Eine GmbH mit dem beachtlichen Stammkapital von 150.000 Euro. Alleiniger Gesellschafter ist Constantin Greiff.« Kriminaloberkommissar Lang holte einen Umschlag aus seiner Tasche und zog zwei A4 Seiten heraus, die er auf den Tisch legte. »Alles, was ich fand. Unternehmenszweck aus dem Handelsregister und so weiter.«

»Irgendwelche wissenschaftlichen Publikationen?«, hakte Paul nach. »Wahrscheinlich nicht, vermute ich.«

»Nichts gefunden. Jedenfalls nicht im Netz. Nur auf der Webseite gibt es kurze Infos zum Leistungsbild und einzelnen Projekten. Und Bildchen. Was ist?« Lang hörte Milkas Zwischenruf.

Weit über den Tisch gebeugt, betrachtete sie eine der Aufnahmen, die Barraco zeigte. »Erinnerst du dich an den Flur zu Greiffs Büro, Paul? Die Vitrinen und die Bilder an der Wand?«

»Na klar.« Paul begriff. »Willst du damit sagen, dass Barraco auf einem der Fotos war?«

Milkas Gesichtsausdruck sprach nicht von völliger Überzeugung. »Ich sah die Aufnahme nur im Vorübergehen. Greiff war im Vordergrund. Dahinter zwei oder drei Leute. Und ich meine …« Konkreter wurde sie nicht.

Paul Eichert schob die Unterlagen in Langs Richtung. »Die Fotos bitte auf mein Handy. Und diesem Herrn Greiff werden wir einen zweiten Besuch abstatten. Ohne vorherige Anmeldung. Möchte zu gern wissen, was er zu der Aufnahme sagt, wenn Barraco tatsächlich mit drauf ist.«

Kriminaloberkommissar Lang lehnte Kaffee und Wasser ab und verabschiedete sich.

Milka gewährte Paul Eichert eine Denkpause.

»Erinnerst du dich, dass ich dir einmal über die Herkunft meines Triskele erzählte?«

»Ja, das war – vor zwei Jahren, stimmt's? Als du deine Finger gar nicht davon lassen konntest. Dem Himmel sei Dank, dass dieses Ding nicht klappert oder raschelt.«

Paul schien beleidigt.

»Du erzähltest von einem Archäologen, den du im allerletzten Moment vor einem scheinbar sicheren mehrjährigen Wegschluss gerettet hast.«

»Gutes Gedächtnis.« Paul holte den bronzenen Handschmeichler aus seiner Hosentasche. »Er schwor damals bei allen Göttern der Kelten, es sei nur eine Nachbildung. Musste mir die Annahme des Geschenks extra genehmigen lassen. Vielleicht kann Lang ihn ausfindig machen. Und möglicherweise weiß er etwas über diese Arch.Search.«

Milka hörte nur mit halbem Ohr zu. »Irgendwas gefällt mir an dieser ganzen Geschichte rund um die Heuneburg nicht.«

Der Kriminalhauptkommissar leerte sein Glas in einem Zug. »Mir auch nicht. Ich könnte gut ohne leben.« Er schob das Triskele zurück in die Hosentasche. »Es sagt mir, dass dieser ominöse Fall größere Dimensionen annehmen wird.«

Milka lachte. »Dein Triskele spricht mit dir? Nein, im Ernst: Wir beide sind überzeugt, Ebert war es nicht. Er hat weder den Mord begangen noch den Diebstahl verübt. Es wäre gegen seine Natur. Der Ermordete, dieser Martin Muntz, welchen Grund sollte er haben, Ebert zu beschuldigen?«

»Das können wir besprechen, wenn der Professor hier eintrudelt. Vielleicht hat er auch Antworten auf unsere Fragen. Sag mir mal lieber, wie genau das die nächsten Tage in Langenburg ablaufen soll.«

»Einverstanden. Ich will aber nicht die ganze Zeit in diesem Zimmer hocken. Lass uns rausgehen, ich brauche Bewegung.«

Die Kumuluswolken der Mittagszeit lösten sich jetzt, am späten Nachmittag, langsam auf. Milka deutete zum Himmel. »Was da oben ist, bräuchten wir hier unten.«

Paul wußte mit dieser Äußerung nichts anzufangen. Sein Blick richtete sich schnell wieder auf den Feldweg, den Milka eingeschlagen hatte. Trocken, aber uneben und rissig, an den Rändern aufgebrochen. Nicht der ideale Untergrund für sein Schuhwerk. »Wir brauchen dringend Wasser«, erklärte Milka. »Eine von diesen Wolken da oben, einen Quadratkilometer groß und 500 Meter hoch, enthält etwa 200 Tonnen Wasser. Das wär schon was. Nur nicht morgen über Langenburg, bitte.«

Paul kannte den Weg nicht, den Milka einschlug. Er führte entlang an einem Feld mit Gerste, deren Halme sich im leichten Wind bewegten, wie eine sanfte Dünung am Meer. »Wann wird denn da geerntet? Jetzt schon?«

»Ganz so weit sind wir noch nicht. Sommergerste wird erst von Ende Februar bis Anfang April gedrillt und …«

»Gedrillt? Was ist das, bitte?«

»Gesät. Und erst Juli oder August wird dann geerntet. Anders sieht das bei Wintergerste aus. Die wird von September bis Anfang Oktober ausgesät. Könnte ein Forschungsfeld für Lothar Ebert sein.«

»Da komm ich jetzt nicht mit«, sagte Paul.

»Na ja, nicht wirklich. Aber: Als klassisches Getreide der Antike wurde Gerste bereits vor mehr als 8.000 Jahren in Mesopotamien und am Nil angebaut. Und die ältesten Nachweise reichen zurück bis 15.000 vor Christus.«

»Ein Grundnahrungsmittel also. Und das wolltest du mir nicht vorenthalten.«

»Ich will dir ganz was anderes zeigen. Hier! Da sind wir schon. Unser neues Forschungsprojekt. Genauer gesagt, Tim Holl betreut das. Es sind, im Augenblick jedenfalls, kleine Experimentierfelder für den Anbau von Heil- und Gewürzpflanzen. Anfänglich bereitete uns der Boden Probleme. Aber Tim hat das hingekriegt.«

»Und das soll in eurem Hofladen verkauft werden?«

Milka lachte. »Nein. Die Pharma- und Gewürzmittelindustrie hat großen Bedarf. Wenn der Absatz gesichert ist, liegt der Deckungsbeitrag wesentlich höher als bei Getreide. Und bei einem zuverlässigen Absatz – da liegt momentan noch das Problem.«

Paul Eichert wechselte das Thema, auch wenn er nun die Heilpflanzen interessanter als die Geste fand. »Also, wie läuft diese Langenburg Historic ab?«

»Am morgigen Freitag sollten wir kurz nach 13 Uhr bei dem Demeter-Hof sein, um Guten Tag zu sagen und unsere Taschen dort zu lassen. Kommst du eigentlich mit deinem Auto?« Paul Eichert atmete so laut durch, dass es das Geräusch des Sommerwinds übertönte. »Dachte mir schon, dass dir das am Herzen liegt«, meinte Milka. »Falls irgendwas ist, ja?«

Paul nickte. »Lang hat übers Wochenende Bereitschaft. Aber im Notfall … Und wie geht's dann weiter?«

»Dann mit meinem Käfer zum TÜV.«

»Milka, du bist albern.«

»Herr Hauptkommissar, es heißt Langenburg Historic. Kein Probefahren mit Neuwagen. Die meisten von uns schrauben selbst daran rum, größtenteils auch mit Sachverstand.«

»Okay, okay. Verstanden. Der Veranstalter könnte das Risiko gar nicht eingehen. Und wo soll der TÜV stationiert sein?« Paul war gespannt.

»Direkt vor dem Schloss. Der TÜV-Süd hat da sein Zelt

aufgebaut. Dokumenten- und technische Abnahme sind am Marktplatz. Dann geht es zur Ausgabe der Fahrtunterlagen im Organisationsbüro.«

»Und wann starten wir beide?«

»Langsam. Jetzt hast du erst mal Zeit. Darfst die Oldtimer bewundern, Rennluft schnuppern und Benzingespräche führen. Dann kommt die offizielle Begrüßung. Und die Information zum Oldathlon. Da fahren alle Fahrzeuge zwei Schleifen. Die Zeit wird gemessen, und du darfst schießen.«

»Milka, willst du mich vrgaggeiera?« Paul grinste, obwohl er sich bei diesem schwäbischen Ausdruck hörbar schwer tat.

»Steht so im Programm, in der Ausschreibung. Was glaubst du, warum ich dich mitnehmen wollte.«

Paul drehte den Kopf, blickte in Milkas mühsam unterdrücktes Lachen. »Pistole oder Gewehr?« Er klang todernst. »Wie viel Schuss, welche Munition und welche Entfernung?«

»Ist ja gut, Paul. Am Ende der Schleife stoppen wir an der Lichtschranke mit der Zeitmessung. Dann muss ich raus, auf die Büchsen werfen, fünf Punkte gibt's je Dose, wieder rein in den Käfer. Zweite Schleife. Dann du raus, Büchsen werfen. Dann warten, bis alle durch sind.«

»Preisverleihung?«

»Klar doch. Wertung aus Fahren und Schießen. Dann Beisammensein mit Preisverleihung und Büfett im Automuseum. Am Samstag dann der Landtag.«

»Das ist die Fahrt durchs Hohenloher Land?«

»Ja. Mit Sonderprüfungen. Aber das erzähl ich dir alles morgen. Und am Montagvormittag dann das Bergrennen.«

Milkas Handy klingelte. Paul fiel Kommissar Karles amerikanische Polizeisirene ein. Er war froh, dass Milkas Handy kein »Muh« von sich gab. Milka hörte zu, sagte zweimal »Ja und bis später«.

»Was war?«, fragte Paul. »War das Lothar Ebert?«

»Dein Onkel. Er kommt jetzt mit Lothar zu uns, zum Hofgut.«

»Warum …«

»Frag mich nicht. Die werden es uns schon erklären.« Milka nahm Pauls Hand. »Komm.«

»Wann habt ihr denn die Fläche angelegt?«

»Letzten Herbst. Wir mussten die Bodenbeschaffenheit mehrerer Flächen prüfen. Am besten sind nicht zu schwere, humose und krautarme Böden. Ohne Staunässe.«

Als Milka und Paul am Mayr'schen Hofgut ankamen, stand der Kodiaq des ehemaligen Kreisjägermeisters bereits auf dem Hof. Von Sebastian und Lothar war hingegen nichts zu sehen. »Werden drin sein«, vermutete Milka. Waren sie aber nicht. Milka ging ins Esszimmer. Jonas hatte seine Schulhefte großzügig auf dem Tisch verteilt, saß auf der vordersten Kante des Stuhls, weit nach vorn gebeugt. Er schien Milkas Frage zu ahnen. »Die sind im Kuhstall, mit Laura – soll ich mitkommen?« Der letzte Satzteil klang hoffnungsfroh.

Milka lachte. »Danke dir, ich finde hin.«

Die riesige Halle, eine Holzkonstruktion, war im letzten Jahr modernisiert worden. Die jetzt wesentlich größeren Fenster sorgten für angenehmes Tageslicht. Das Fleckvieh dominierte, aber auch Deutsche Holsteins waren dabei. Zwischen den Kühen bewegte sich ein Spaltenroboter. In einem der Gänge, die zum Teil mit einem Gummibelag versehen waren, stand Laura und hielt offensichtlich einen Kurzvortrag. Sebastian und Lothar lauschten gebannt. Als Milka ankam, brachen sie gerade in lautes Gelächter aus. Die Begrüßung war kurz. Der Professor lachte immer noch. »Laura will uns gerade weismachen, dass Kühe untereinander Freundschaften schließen.«

Milka nickte ernst. »Womit sie absolut recht hat. Könnt ihr auf der Wiese gut erkennen.« Lothar Ebert wirkte leicht betrippst, als habe ihn einer seiner Studenten auf einen kapitalen Fehler hingewiesen. Er entschuldigte sich bei Laura – selbstverständlich in aller Form. »Eben nicht meine Fachrichtung«, murmelte er.

»Gehen wir?«, fragte Milka in die Runde, und bedankte sich bei Laura. Die nutzte die Chance des Augenblicks. »Kannst du nächste Woche zu einer Musikveranstaltung bei den Paludis mitkommen?«

»Ich versuch's. Aber ist jetzt nicht fest versprochen, ja?«

Sie hielt Sebastian Wild am Arm zurück. »Warum ist Lothar bei dir vorbeigekommen?«

Sebastian sprach verschwörerisch leise. »Ich glaube, er konnte keinen Kilometer mehr fahren. Er war ganz zittrig und wacklig auf den Beinen. Die Aufregung. Mein Haus lag näher. Und dann – nichts getrunken, nichts gegessen.«

»Aber jetzt schon, oder?«

Sebastian lachte. »Du kennst doch Martha, sie lässt niemanden aus dem Haus, der irgendwie hungrig sein könnte. Übrigens, er übernachtet bei mir.«

Milka öffnete die Tür zum Kaminzimmer, lenkte Paul mit einer Kopfbewegung um ins Esszimmer. Jonas hatte sich bereits verzogen. »Hunger?« Paul bestätigte. »Du bringst Getränke rüber und ich mach uns zwei Brote, okay?«

»Und die beiden?«

»Kriegen nix. Wurden von Martha Wild bereits verköstigt. Lothar dürfte sich jetzt wieder erholt haben.«

»Beinahe wie letztes Mal, ja?« Milka nickte und ging in die Küche.

Im Begriff, mit einem Tablett die Küche zu verlassen, kam ihr Bruder ins Esszimmer und gab ihr einen Kuss auf die

Wange. »Ich hab deinem Käfer eine schonende Handwäsche verpasst. Oldtimer sollten doch glänzen. Ich wünsche dir alles Gute für deine Rallye. Vielleicht komme ich am Montag zum Bergrennen. Ich drück dir jedenfalls die Daumen. Pass auf dich auf.« Milka strahlte und gab einen angedeuteten Kuss zurück.

Milka hörte den Professor bereits vom Flur aus, anscheinend befand er sich mit seinem Bericht gerade in der Arrestzelle. Sie stellte das Tablett auf den Tisch. Die Brote hatte sie auf Häppchengröße geschnitten und rundum Radieschenschnitze und Gurkenscheiben verteilt. Sebastians leicht hungrigen Blick ignorierte sie. Paul hatte Apfelsaft eingeschenkt.

»… und dann haben sie mich gestern am späten Abend rausgelassen«, hörte Milka den Professor sagen. »Die haben sich nicht mal bei mir entschuldigt. Verhältnisse wie im wilden Westen. Erst hängen, dann erst ermitteln.«

Paul erkannte, dass es jetzt nicht angebracht war, seine Sigmaringer Kollegen in Schutz zu nehmen. Milka versuchte zu beruhigen. »Es geht um Ihre vollständige Rehabilitierung, Lothar. Ihre Reputation ist doch jetzt das Wichtigste.«

Milka schien des Professors größte Sorge erkannt zu haben. »Unbedingt«, antwortete er, begleitet von einem Kopfnicken.

»Dann müssen wir das Geschehen an der Heuneburg mal von allen Seiten beleuchten und versuchen, den Dingen auf den Grund zu gehen.« Milka stufte ihren spontan hervorgebrachten Vorschlag sofort als inhaltsleeres Wischiwaschi ein, erhielt dennoch Zustimmung. Der Kriminalhauptkommissar fühlte sich gefordert, schluckte den Rest eines Camembert-Häppchens herunter. Ziegenkäse, vermutete er. »Sie erinnern sich bestimmt, Herr Ebert. In unserem Gespräch in Sigmaringen erwähnte ich Enrico Barraco.« Paul vermied geflissentlich das Wort »Zelle«.

»Ja, doch. Einige Wochen her, da stellte er sich vor. Er würde nur hospitieren, wolle lernen. Und selbstverständlich lief man sich mehrmals am Tag über den Weg, wenn ich da war.«

»Welchen Eindruck hatten Sie denn von ihm?«

Der Professor griff nach seinem Apfelsaft, nahm einen Schluck und tupfte sich die Lippen ab. Ein Tropfen war wohl in den Bartstoppeln hängen geblieben. »So gut wie keinen. Sie dürfen nicht vergessen, ich war nicht ständig dort, nur sporadisch.« Er leerte das Glas, schob es weit von sich weg. »Doch – da fällt mir eine Sache ein.« Alle warteten gespannt. »Milka, hätten Sie wohl noch von Ihrem Lauffener *Trollinger Katzenbeißer*? Sebastian schwärmte davon.« Milka versuchte verzweifelt, nicht loszuprusten. Paul unterdrückte einen Lachanfall und griff in seiner Verlegenheit blitzschnell nach einem Häppchen. Milka nickte nur.

Der Professor wehrte großzügig ab, bevor das Viertele erreicht war. »Was ich sagen wollte: Bei einer Pause sprach ich mit ihm über die Fibelmode und deren Beitrag zur Unterteilung der jüngeren Hallstattzeit. Also …«

»Lothar, verzeihen Sie, wenn ich unterbreche. Was bitte ist Fibelmode? Hat das wirklich was mit Mode zu tun oder …«

Lothar Ebert nahm einen kleinen Schluck des *Katzenbeißers*. »Hm, vorzüglich. Genau. Ich meine, dieser Barraco konnte mit dem Begriff *Fibel* nichts anfangen. Er versuchte verzweifelt, das zu überspielen. Der hatte doch keine Ahnung.«

»Ich auch nicht«, mahnte Milka.

»Verzeihung. Wir sprechen wirklich von Mode. Eine Fibel ist eine Gewandnadel.«

»So was wie eine Sicherheitsnadel?«, fragte Paul.

»In der Art, ja. Da gab es Kahn- und Schlangenfibeln, Fußzierfibeln und im Übergang zur Latènezeit dann beispielsweise Tierfibeln. Bei Teutates, der Barraco hatte nicht den Hauch einer Ahnung.«

»Den Teutates gibt's doch bestimmt nur bei Asterix, oder?«, warf Sebastian Wild ein, um nicht völlig außen vor zu bleiben.

Der Professor wehrte ab. »Nein, nein. Er wird als Toutotati-s, als Stammesgott, gesehen. Als Führer in Krieg und Frieden. Schrieb jedenfalls seinerzeit der römische Autor Marcus Annaeus Lucanus.«

»Barraco ist übrigens verschwunden«, sagte Paul eher beiläufig. Und mit der festen Absicht, den Professor aus der Hallstattzeit wieder in die Gegenwart zu führen.

»Was?« Lothar Ebert sprang auf. »Richtig weg? Auf der Flucht? Dann war er ...«

»Langsam, Herr Professor. Lassen Sie uns systematisch vorgehen. Wer hat eigentlich diese drei Ringe ausgebuddelt? Wer hatte die Traufel in der Hand?«

Ein leichter Schauder durchlief Eberts Körper bei der Wortwahl des Kommissars. Ausgebuddelt! »Mir wurde gesagt, es sei Sarah Link gewesen. Sie rief sofort Doktor Weigel.«

»Was passierte dann?«

»Nun, ich war nicht dabei, kam etwas später. Aber das Procedere ist vorgegeben: genaue Dokumentation der Fundstelle, GPS-Daten, Höhen- und Tiefenangaben, Zeichnungen und Fotogrammmetrie, und ...«

»Gut, gut. Was passierte mit dem Fund?«

»Auch der wurde fotografiert, bestimmt auch gereinigt, vorläufig konserviert und vorsichtig verpackt, mit einer Nummer und der Materialklasse versehen – hier AU für Gold. Da gibt es extra Fundzettel, die auszufüllen sind. Weigel sagte mir, sie hätten die Ringe in Luftpolsterfolie eingewickelt und in einer kleinen Alubox verstaut. Na ja, dann kam die Box in die verschließbare Kiste zu den anderen Funden. Wird ja nicht alles gleich jeden Tag nach Tübingen zur Auswertung geschickt.« Ebert griff nach einem der letzten Häppchen.

»Wie ging das weiter?« Paul unterdrückte seine Ungeduld, da musste er jetzt durch.

»Mittags, kurz nachdem ich eintraf, gab es eine kleine Feier mit einem Glas Sekt. Doktor Weigel wollte am späten Nachmittag die Box mit in seine Pension nehmen und in den Safe legen. Na ja – und da war sie verschwunden. Und dann kam dieser blöde Muntz und behauptet doch, er habe mich an der Kiste gesehen.« Der Professor nahm einen großen Schluck *Lauffener Katzenbeißer*.

»Wieso, Lothar, hat der nicht gleich ›Haltet den Dieb‹ gerufen?« Milka lag die Frage bereits seit Minuten auf der Zunge.

Lothar Ebert hob die Hände gen Himmel – das weiß nur der Herrgott allein, sollte das wohl bedeuten. »Er hätte sich das erst später zusammengereimt, so seine Aussage bei der Kripo. Die Box habe er immer im Blickfeld gehabt. Niemand sonst sei da dran gewesen.«

»Und da er den Diebstahl nicht unmittelbar beobachtete, hat die Kripo Sie wieder laufen lassen. Fürs Erste«, sagte Milka. »Kann es eigentlich Muntz selbst gewesen sein, der die Ringe entwendet hat und Sie bei der Kripo anschwärzte, um von sich abzulenken?«

Der Professor ließ sich Zeit mit seiner Antwort, nahm das letzte Häppchen vom Tablett und ein Radieschen. Milka hob das Tablett auf, Paul fragte nach Papier und Stiften. Als sie aus ihrem Büro zurückkam, erklärte Lothar gerade, dass er keine Zweifel an der Integrität von Doktor Weigels Mitarbeitern hege. Muntz mit eingeschlossen. Daher scheitere er auch mit all seinen Versuchen, zu einer Erklärung zu kommen.

Paul nahm zwei Blätter, schrieb Muntz und Barraco oben drauf.

»Wir fangen mit Muntz an. Welche Möglichkeiten gibt es? A – er hat doch gestohlen. Stellt sich die Frage, warum? Einfach so für sich?« Paul blickte in die Runde, erhielt ein kollektives Nein. Kritzelte. »Wurde bezahlt dafür?« Drei Nein. »Wurde dazu erpresst?« Zwei Ja, ein Möglich. Paul kritzelte. »B – jetzt mal angenommen, er hat nicht gestohlen. Warum lügt er? Er hat was gegen Professor Ebert?« Dreimal Nein. »Er wurde zur Falschaussage gezwungen?« Ein kollektives Ja. Paul malte.

Jetzt hielt es Professor Ebert nicht mehr auf dem Stuhl. »So wird das endlich klar. Der Barraco ist verschwunden. Und der war mir schon suspekt, als er keinen Schimmer von der Fibelmode hatte. Der hat sich die Ringe gekrallt. Hat bemerkt, dass Muntz ihn gesehen hat, und ihn dann bedroht. Er solle mich beschuldigen, oder …«

»Und dann befürchtete er, dass Muntz doch auspacken könnte. Also erschlug er ihn mit dem Spaten«, schlussfolgerte Milka. »Vielleicht auch eine spontane Tat. Muntz bekam vielleicht Gewissensbisse, der Spaten war zur Hand …«

»Okay, okay. Eine gute Arbeitshypothese«, unterbrach der Kommissar und ergänzte sein Papier. »Stellt sich die Frage, ob er die Ringe für sich gestohlen hat, oder …«

Paul wurde von einem unisono vorgetragenen Nein! unterbrochen.

»Also gut, das glaube ich auch nicht. Wenn ein Typ wie Barraco drei so historisch wertvolle Ringe stiehlt und bedenkenlos mordet, dann doch bestimmt nicht, weil er sie zu Hause – wo immer das ist – in eine Vitrine stellen will. Also handelte er im Auftrag. Der sich aber nicht speziell auf die Ringe beziehen konnte. Der Fund kam schließlich für alle überraschend. Also nach dem Motto, bring mir alles, was wirklich interessant ist. Und wenn es bedeutend genug ist, dann …« Paul machte eine Pause, wandte sich an den Professor. »Musste Weigel Barracos Hospitieren nicht zustimmen? Betraf doch seinen Subunternehmer. Sollten wir nachhaken.«

Die Runde schien erschöpft, zugleich aber auch zufrieden. Milka stand auf. Ihr Bewegungssoll zeigte ein deutliches Defizit. Sie umrundete zweimal den Tisch, schnappte sich ein Papier und schrieb in Großbuchstaben: *BOTSCHAFT*.

Paul begriff sofort. »Muntz könnte eine Nachricht, eine Botschaft hinterlassen haben. Um sich zumindest abzusichern. Stellt sich die Frage, wo.«

»Was würde ich als Archäologin tun?«, sagte Milka. »Ich würde es vergraben.«

Sebastian Wild und Lothar Ebert lachten – gerade, dass sie sich nicht auf die Schenkel klopften.

Kriminalhauptkommissar Eichert sah es anders. »Die Idee ist grandios. Lothar, Sie wissen doch, wo er gegraben hat. Oder wo seine Kollegin Sarah Link arbeitet. Aber behalten Sie das bitte strikt für sich. Ich denke, wir fahren noch einmal zur Heuneburg.«

Pauls Onkel Sebastian schlug sich spontan auf Milkas Seite. »Vielleicht hat er die Botschaft auch verschlüsselt. In keltischer Sprache, also, ich meine Schrift. Sodass es nicht jeder gleich versteht.«

Der Professor musste ihn enttäuschen. »Da gibt es nichts. Jedenfalls nicht aus der Hallstattzeit.« Er gähnte, hielt im letzten Moment die Hand vor den Mund. »Die mündliche Weitergabe war bei den Kelten, zumindest in dieser Periode, wohl Tradition. Erst aus der Spätlatènezeit sind auch Funde von Schreibgeräten bekannt.« Lothar Ebert gähnte erneut. Wahrscheinlich, vermutete Milka, hatte er letzte Nacht kaum ein Auge zugemacht.

Sebastian Wild beugte sich ihm zu und flüsterte ihm etwas ins Ohr. Der Professor nickte.

Paul Eichert streckte sich und blinzelte Milka zu. »Ich mach mich mal auf den Weg. Wir sehen uns morgen um 11.30 Uhr, ja?«

»Du willst jetzt schon …«

In Pauls bestätigendes Nicken meldete sich Lothar Ebert. »Können Sie mich mitnehmen und in Bühlertann bei Sebastians Haus abliefern? Irgendwie bin ich geschafft.«

Paul fragte nicht nach, auch nicht, warum Sebastian offensichtlich bleiben wollte.

Milka räumte den Tisch ab und setzte sich neben Sebastian über Eck. »Wo hast du eigentlich deinen Deutsch-Kurzhaar gelassen? Ich vermisse ihn.«

»Bei Martha. Er hat was an der Pfote. Nichts Schlimmes. Aber Martha hat ihm einen Schutzkragen verpasst, damit er nicht andauernd dran schleckt.«

»Sebastian?«

»Ja?«

»Was ich dich schon immer fragen wollte: Hast du ihm keinen Namen gegeben?«

Er schmunzelte. »Ja doch. Sirius.«

»Bitte?«

»Es war Martha. Sie hat mir erklärt, der Name entstamme der griechischen Mythologie, es sei der Jagdhund von Orion, dem zu den Sternen versetzten Jäger.«

Milka grinste verschmitzt. »Wollte sie euch beide schon im Himmel sehen? Aber du rufst ihn doch so gar nicht, oder?«

»Wenn, dann Siri. Aber seit das wiederum von Apple belegt ist, lasse ich das. Er weiß ohnehin, wann er gemeint ist.«

Der ehemalige Kreisjägermeister nahm den letzten Schluck aus seinem Weinglas. »Du nimmst morgen und am Wochenende an der Rallye teil?«

»Weißt du doch, Sebastian. Zusammen mit Paul.«

»Und Claus Peter Thaler nimmt auch teil?«

Milka war schleierhaft, worauf Sebastian abzielte. Überhaupt, warum er es so geheimnisvoll machte. »Ja, mit Simon, seinem Sohn. Er ist Beifahrer.«

»Ich war mit Thaler öfter gemeinsam auf der Jagd. Vorgestern auch.«

»Ist überhaupt Jagdzeit? Ach ja, Schwarzwild ist freigegeben.« Milka wurde leicht ungeduldig. »Und?«

»Na ja, wo doch der Wagner ermordet wurde. Wollte dir einfach, ohne dass Paul dabei ist, über …«

Sebastian geriet ins Stocken. Und Milka begann zu verstehen, ahnte worauf er hinaus wollte. »Sebastian, du gibst dich gerade wie ein scheues Reh. Du willst mir ein paar Informationen über Thaler geben, ja? Das wäre bestimmt hilfreich. Und du kannst dich darauf verlassen, von dir habe ich nichts erfahren. Okay? Also – was möchtest du mir sagen?«

Sebastian Wild atmete tief durch. »Es ist überhaupt nichts Brisantes. Dachte nur, es könnte dir mal helfen. In der Firma ist er wohl ein harter Knochen. Die Firma geht ihm über alles, und da geht er, wenn es sein muss, über Leichen. Also, das war jetzt nicht so gemeint. Und auch nicht auf Wagner bezogen.«

»Hat er ihn überhaupt einmal erwähnt?«

»Als er über seine Sammlung von Oldtimern sprach. Und dass Wagner sich um die Fahrzeuge kümmern würde. Diese Oldtimer – fast schien es mir, als würde er darüber Frau und Kinder vergessen. Es wurde schon etwas peinlich, als er erzählte, wie billig er an diesen Ferrari, was weiß ich, Daytona oder so, gekommen sei. Normal sollte der um die 700.000 Euro kosten.« Sebastian Wild schüttelte den Kopf.

»Frau und Kind? Wie ist denn das Verhältnis zu seiner Frau?«

Sebastian zeigte sich zögerlich. Entweder, weil er nicht sicher war, ob er sein Wissen preisgeben sollte, oder weil seine Einschätzung vielleicht falsch war. »So, wie er sprach, hatte ich den Eindruck, dass es eher ein unterkühltes Verhältnis ist. Als handle es sich um ein …«, er suchte nach dem richtigen Wort, »na ja, um ein Prestigeobjekt. Finanziell kommt sie bestimmt nicht zu kurz.«

»Aber emotional schon?«

»So wie er sprach, gab es da auch was anderes. Das entnahm ich aber nur einer Andeutung. Und auf seinen Sohn, da war er nicht so gut zu sprechen.«

»Simon Thaler ist verantwortlich für Marketing und Finanzen, ja?«

»Richtig. Der sei ihm zu faul, verschwinde zu oft und treibe sich sonst wo rum. Dauernd müsse er ihm sagen, was zu tun sei. Klang so nach Peitsche ohne Zuckerbrot.«

»Und seine Tochter, Lara Lena?«

»Erwähnte er kaum. Nur, dass sie Pferdenärrin sei. Ich glaube schon, dass er sie gern hat – aber irgendetwas scheint ihn zu stören.«

Milka stand auf, blickte zum Fenster hinaus auf den schwach erleuchteten Hof mit Sebastians Kodiaq. Es war langsam Zeit – für die Nacht. Für Sebastian. Und für sie selbst. »Das alles wolltest du nicht in Lothars Gegenwart erzählen, nehme ich an.«

Auch Sebastian Wild stand auf. »Wo er den Thaler doch bei seiner Antiquitätensammlung berät.«

»Hat Thaler nie davon gesprochen? Ich meine, über seine Sammlung?«

»Erwähnt hat er sie schon. Wenn die Oldtimer und deren aktuelle Wehwehchen durch waren.« Er ging auf Milka zu, umarmte sie und gab ihr zwei Wangenküsse. Er sprach leise, eher so vor sich hin: »Seltsam war – er sprach gar nicht über die Objekte selbst oder, wie Lothar sich ausdrückt, deren kulturhistorischen Hintergrund. Eigentlich nur darüber, dass ihm sein Lieferant wieder ein tolles Angebot unterbreitet habe. Der Deal war der Kick – sagt man heute wohl.«

KAPITEL 7 – FREITAG

Milka konnte ihr Lachen kaum unterdrücken. Sie prustete los, brachte dann doch ein »Wow« heraus.

Kriminalhauptkommissar Eichert reagierte sichtlich gekränkt. »Die haben mich bereits heute Morgen im Büro angesehen, als hätte ich nicht mehr alle. Janina gab sich nicht mal Mühe, ihren Lachkrampf zu verbergen. Und jetzt du! Du hast doch gesagt, ich solle so was anziehen. Düvel ook! Sieht das jetzt so schlimm aus?« Paul drehte sich einmal rundum.

Milka fing sich langsam. »Aber nein, gar nicht. Ist nur ein ungewohnter Anblick. Hattest du im Büro die Schirmmütze auch auf? Mit Knickerbocker könntest du dann als Sherlock auftreten.«

»Und du? Hat dein Vater dich so gesehen?«

»Nein, nur meine Kühe«, gab Milka lachend zurück.

»Können wir dieses Thema jetzt beenden? Wann fahren wir? Und wie?«

»In der Küche wartet eine kleine Stärkung auf uns. Und dann starten wir. Am besten du hinter mir – nur für den Fall, dass mein Käfer streikt.«

»Undenkbar.«

»Was mir gerade einfällt, Paul, hast du die beiden Stoppuhren?«

»Klar doch. Hab ich nicht verbaselt.«

Es war zwar keine Blaskapelle, die auf Milka wartete, die Familie ließ es sich aber nicht nehmen, Milkas Abfahrt geschlossen beizuwohnen. Sogar Jonas und Laura nahmen teil. Zu Milkas Verwunderung hatten sich auch Beate und Tim Holl eingefunden. Christoph hatte sein Smartphone in der Hand und dirigierte Milka wie der Regisseur eine Schauspielerin – mit Paul, ohne Paul, Käfertür offen, hinter dem Lenkrad, Arm zum Fenster hinaus. Bis Milka die Geduld verlor. Ohnehin kribbelte es seit dem Frühstück in ihrem Bauch. Eigentlich ging es bei der Rallye um nichts Wichtiges, außer, Spaß zu haben. Und doch meldete sich ein gewisser Ehrgeiz. Christoph beugte sich zum offenen Seitenfenster. »Ich drücke dir die Daumen. Bis Montag.«

Es ging an Vellberg vorbei. Nicht allein keltische Funde konnte das kleine Städtchen vorweisen. Eine Grabung förderte eine 240 Millionen Jahre alte Urschildkröte ans Licht der Gegenwart. Sie bildete das Verbindungsglied zwischen den frühen Echsen und den Schildkröten. Ein etwa gleiches Alter wies ein gerade mal zehn Zentimeter messender eidechsenartiger Zwergsaurier auf.

Kurz vor Unteraspach hörte Milka ein lautes Hupen. Michael Deiniger nutzte einen geraden Straßenabschnitt, um mit seinem 75er Morgan Plus 8 an ihr vorbeizurauschen. Das Cabriodach hochgeklappt, winkte er gönnerhaft mit der rechten Hand. Sie waren sich auf der schmalen Straße recht nahe, sein Morgan war ein Rechtslenker. Paul war wieder hinter ihr.

Die gewundene Straße von Bächlingen nach Langenburg, die Bergstrecke für übermorgen, fuhr Milka in höchster Konzentration. Sie legte sich in die Kurven, zählte die Sekunden der Geraden, beinahe wie ein Skifahrer am Starterhaus des Hahnenkamm-Slaloms. Die Augen ließ sie aber offen.

Der Demeter-Hof, ihre Unterkunft für zwei Nächte, lag etwas außerhalb im Osten Langenburgs. Milka stellte Paul vor und übergab einen kleinen Präsentkorb mit Waren aus dem Mayr'schen Hofladen als Gastgeschenk. Eine kurze Besichtigung des Anwesens und des Ladens konnte Milka nicht ausschlagen – Paul kannte den Hof nicht.

Kurz vor 14 Uhr reihte sich Milka in die Schlange der Oldtimer ein, die auf die technische Abnahme warteten. Rechts, entlang der Baumreihe vor dem Automuseum, stand ein Oldtimer hinter dem anderen. Ein stimmungsvolles Bild – Formen und Farben. Hier und da wurde poliert und letzte Hand angelegt. Dazwischen tummelten sich Besucher, Handys und Fotoapparate gezückt, und Teilnehmer der Rallye, fachsimpelnd in Benzingespräche vertieft. Weiße Zelte und Zeltüberdachungen schützten die Organisatoren vor einem Sonnenbrand. Stimmengewirr, Motorengeräusche, Benzingeruch – perfekte Rennstimmung. Ein Flugzeug mit Bannerschleppwerbung kreiste über dem stattlichen Schloss, dessen Ursprung in die Stauferzeit reichte. Allein die Fürstlichen Gartentage lockten jedes Jahr mehr als 20.000 Besucher an. Um die 150 Anmeldungen gab es für die Rallye, wie Milka den Unterlagen entnommen hatte. Der kleine Fiat 500 Abarth vor ihr, das Dach in weiß-rotem Schachbrettmuster, rückte einige Meter vor. Milka schloss auf, ebenso der Opel Manta hinter ihr – stilgerecht mit Fuchsschwanz an der Antenne. »Übrigens«, bemerkte Milka, »selbst der britische Thronfolger Charles war schon hier und besuchte seinen Neffen Philipp Fürst zu Hohenlohe-Langenburg.« Was bei Paul keine besondere Resonanz auslöste. Nach zehn Minuten Wartezeit verlor er bereits die Geduld. »Ich schau mich hier mal um, ja?« Langweilig konnte ihm angesichts der vielen Oldtimer nicht werden.

Die Prüfung des TÜV-Süd war kurz und schmerzlos. Der Prüfer strahlte Milka an – sie war sich nicht ganz sicher, ob wegen ihr oder des perfekten Zustands des Käfers. Sie nahm es für beides.

Milka zwängte ihren Käfer in eine Lücke zwischen eine wunderschöne Borgward Isabella und einen Mercedes 230 SL

Pagode und holte sich ihre Unterlagen: die Ablaufbeschreibung für den Oldathlon, Kontrollheft – ihre Bordkarte, die jederzeit vorzeigbar sein musste, zwei Rallyeschilder und zwei Startnummern. Paul musste ganz in der Nähe gewesen sein, als sie ihn anrief. Gemeinsam befestigten sie die Schilder und klebten die Startnummer 24 an die Türen des Käfers.

»Und wie geht's jetzt weiter?«

»Gleich beginnt die Fahrzeugvorstellung vor dem Automuseum. Da werden wir von der Jury des Automuseums und vom Publikum bewertet.«

Pauls Stirn legte sich in Falten. »Wir? Du meinst deinen Käfer, ja?«

Milka unterdrückte eine aufkeimende Belustigung. »Sicher. Der Zustand des Käfers und dessen Historie.« Paul entspannte sich. »Und dann spielt selbstverständlich auch unser beider Eindruck in Verbindung mit dem Fahrzeug eine Rolle.«

Paul staunte. »Ich soll bewertet werden?«

»Nicht du. Dein Aufzug. Einfach lächeln. Ist immer der kürzeste Weg zu einer positiven Kommunikation. Komm, wir trinken einen Kaffee und schauen uns die Karte mit den zwei kleinen Hohenloher Schleifen an, die wir nachher beim Oldathlon fahren werden.« Paul schien sich mit der Situation abzufinden. Es blieb ihm kaum anderes übrig.

Milka stand mit ihrem Käfer am Torbogen zum Start und spielte kurz mit dem Gaspedal. Paul, jetzt gespannt und voll konzentriert, hatte eine Stoppuhr in der Hand. Freigabe. Milka startete mit einem letzten Hinweis: »Pass auf die Sollzeitvorgabe auf.«

»Nicht schlecht«, kommentierte Paul das Zeitergebnis, als Milka genau an der Ziellinie anhielt, raussprang und zum Schießstand eilte. Vier Minuten später kam sie zurück. »Ich hab zwar die Jägerprüfung erfolgreich abgelegt«, keuchte

Milka leicht atemlos, »aber eines weiß ich jetzt: Büchsenwerfen zählt nicht zu meinen Stärken.«

Die zweite Schleife verpatzte Milka beinahe. Wegen eines unvorsichtigen Zuschauers wurde sie kurz vor dem Ziel zu einer Vollbremsung gezwungen und würgte den Motor ab. Den Zeitmesser in der Hand schüttelte Paul bedauernd den Kopf, als sie an der Ziellinie zum Stehen kamen. Als er vom Schießstand zurückkam, konnte er Milka trösten. »Es steht nur mehr eine Büchse.«

Milka und Paul Eichert gelang es nur mit Mühe, die freundliche Einladung ihrer Gastgeber zu einem Abendessen abzulehnen. »Bin ich froh, aus meinem Oldtimer-Look raus zu sein«, sagte Paul, als er Milka die Autotür öffnete. Zu seinem Wagen. »Offen gestanden, du gefällst mir so auch besser. Viel besser, bei genauem Hinsehen«, kommentierte er Milkas Auftritt. Sie trug ein kurzärmliges schwarzes Midikleid aus Jersey, die schmale Taille betonte ein breiter Ledergürtel. Der Rundhalsausschnitt blieb ungeschmückt, zeigte nur gebräunte Haut. »Das hätte uns bei der Publikumswertung glatt herausgerissen«, sagte Paul mit einem unverhüllt bewundernden Blick.

Milka zog Paul an der Hand. Nicht, dass ihr das Interesse an den vor dem Deutschen Automuseum abgestellten Porsches, Fiats 500, Borgwards, Abarths, Jaguars oder Morgans gefehlt hätte. Aber für Benzingespräche gab es auch morgen genügend Zeit. Jetzt mussten sie zur Siegerehrung des ersten Tages und zum Essen. Paul folgte zögerlich, wies auf einen alten dunkelgrün lackierten Alfa Romeo mit zwei am Dach montierten Blaulichtern und Scheinwerfern und der großen weißen Aufschrift »Carabinieri« über beide Türen. »Bin mal gespannt, ob die auf der Rückfahrt nach Mergentheim wegen

Amtsanmaßung von der Straße geholt werden. Der Alfa ist mir nachmittags schon aufgefallen. Die Fahrer trugen sogar die italienische Carabinieri-Uniform.«

Paul Eichert war sichtlich froh, dass die Abendveranstaltung weit weniger formell, als von ihm erwartet, ausfiel. In der Halle des Automuseums waren lange Tische aufgebaut. Weiße Tischdecken, Kristallgläser und edles Besteck vermittelten einen Hauch von Festlichkeit. Das große Büfett mit vielen Rechauds zum Warmhalten der Speisen war seitlich aufgestellt, unter der Balustrade des oberen Geschosses. Nur wenige Meter daneben stand ein großer ovaler Tisch, von einer weißen bodenlangen Tischdecke verhüllt. Auf dem Tisch standen, sauber in Reih und Glied aufgestellt, glänzende Pokale in verschiedenen Größen. Ein großes Plakat zum Landtag und eine mehr oder weniger dezente Werbung verschiedener Sponsoren rahmten den Pokaltisch. Über eine Wand erstreckte sich eine Tafel mit Abbildungen klassischer Oldtimer und den dazugehörigen Steckbriefen.

Von einem der Tische winkte ihnen Michael Deiniger zu. Neben ihm schien es freie Plätze zu geben. Paul nahm Milka sacht am Arm, wollte sie führen und stand plötzlich vor Claus Peter Thaler. Und seiner Frau Inga, vermutete er.

Das Erstaunen war auch bei Thaler zu erkennen. »Sie? Herr Kommissar … Eichert, ja?«

Der Hauptkommissar nickte. »Ich konnte der Nennungsliste entnehmen, dass Sie auch dabei sind. Ich bin hier nur Beifahrer. Darf ich vorstellen«, Paul ließ Milkas Arm los, »Frau Milka Mayr. Sie restauriert und sie fährt.«

Thalers Blick war eine blitzschnelle Gesamtaufnahme. Sein zuvor eher reservierter Gesichtsausdruck wich einem Lächeln, das einen nonchalanten Charme entwickelte. Eine Art Anerkennung der gemeinsamen Leidenschaft für Oldtimer. Und auch für Milkas Outfit. Gerade rechtzeitig besann er sich der eigenen Begleitung. »Meine Frau Inga.« Das Händeschütteln begann. Inga Thaler, etwas kleiner als Milka, um die 45 Jahre, zeigte sich freundlich-höflich, blieb aber zurückhaltend. Das schwarze Etuikleid betonte ihre schlanke Figur. Die blonden Haare sind gefärbt, stellte Milka mit scharfem Blick auf den Haaransatz fest, ein Scheitel teilte die vorn kurz geschnittenen Haare knapp rechts der Mitte. Nach hinten liefen sie auf Nackenhöhe aus. Ein leicht rundliches Gesicht mit gerader, einer kleinen Spur zu langen Nase. Die graugrünen Augen vermittelten eine merkwürdige Anspannung. Alles andere als relaxed. »Sie fahren nicht mit, Frau Thaler?« Milka stellte die Frage, wohl wissend, dass Thaler seinen Sohn Simon als Beifahrer benannt hatte.

Thaler selbst beantwortete die Frage. »Mein Sohn sollte mitfahren. Fühlt sich aber nach dem heutigen Tag nicht wohl. Sommergrippe oder so was. Wird wohl morgen beim Landtag und dann beim Bergrennen ausfallen.«

Michael Deiniger gesellte sich zu ihnen, klopfte Thaler auf die Schulter, begrüßte dessen Frau und wandte sich nach einigen Höflichkeitsfloskeln Milka zu. Eine kurze Umarmung und ein Kuss links und rechts. Ein Handschlag mit Paul.

»Sie kennen sich?« Thalers spontane, Überraschung ausdrückende Frage kam so, als hätte er sie gern wieder verschluckt.

»Schon lange. Ab und an habe ich ihr«, er drehte seinen Kopf kurz Milka zu, »mit Ratschlägen geholfen.«

Milka war froh, dass er nicht in Details ging.

Thaler nickte mit einem höflichen Lächeln, wies entschuldigend auf einen anderen Tisch und nahm seine Frau am Arm. »Wir sehen uns morgen beim Landtag.« Kein Wort, keine Frage zu Wagner. Als hätte es ihn nie gegeben. Vielleicht, gestand sich Milka ein, sind Ort und Zeitpunkt aber auch nicht angemessen. Und dennoch – wäre es nicht selbstverständlich, Paul für einen kurzen Austausch zur Seite zu nehmen?

Milka setzte sich, eingerahmt von Deiniger und Paul. Ihr gegenüber am Tisch saßen zwei Männer, ein Herr Greiser und ein Horst Kahler. Sie verglichen gerade ihre Ergebnisse des Oldathlons und stritten sich belustigt – oder leicht angeheitert, Milka war sich da nicht sicher – über das nur knapp unterschiedliche Ergebnis. Greiser sah sich bereits ganz oben auf dem Treppchen. »Ich wette mit dir, dass ich morgen, nach dem Landtag, mindestens eine Stufe höher stehen werde als du mit deinem alten BMW, Horst. Wenn auf dem Podest überhaupt ein Platz für dich frei ist.«

Kahler wehrte schmunzelnd ab. »Von wegen. It ain't over, till the fat lady sings.« Greiser lachte lauthals. Paul schmunzelte wissend.

Milka: »Paul?«

Paul, leise: »Ja?«

Milka, leiser: »Was meint der?«

Paul, leise: »Es ist erst dann zu Ende, wenn ...«

Milka, etwas lauter: »Paul, ich kann Englisch und ich verstehe auch den Sinn. Bei uns heißt das, man soll keine ungelegten Eier zählen. Aber was bedeutet die ›fat lady‹?«

Paul beugte sich Milka zu. Leise: »Eine Anspielung auf den Ring der Nibelungen, letzter Part, Götterdämmerung. Und, nun ja, die Walküre Brunhilde ist jedenfalls nicht die schlankste. Und erst, wenn ihr wirklich langer Part zu Ende ist, und ...«

»Kapiert«, flüsterte Milka. »Und woher, um Himmels willen, weißt du das?«

»Der Spruch wird im Sport gern gebraucht. Wenn wir in Hamburg bei einer Regatta segelten und einer nach zwei von drei Rennen vorn lag, und protzte ...«

Deiniger mischte sich ein. »Hört mal auf zu turteln. Die Siegerehrung fängt gleich an.«

Milka drehte sich ihm zu. Winkte ab, als Michael ihr Wein einschenken wollte. »Ich muss morgen fahren, Michael. Unsere heutige Nachmittagsveranstaltung stand unter der Bezeichnung *Oldathlon*. Weißt du, woher der Begriff kommt?«

Deiniger zuckte mit den Schultern. »Auf genau diese Frage sagte mir einer, Old wie Oldtimer und Athlon, na ja, von Biathlon. Laufen und Schießen. Ob es stimmt? Frag mich nicht.«

»Na, wenigstens mussten wir nicht im Liegen auf die Büchsen werfen. Hätte aber bei mir wohl nichts am Ergebnis geändert.«

Paul klinkte sich für zwei Minuten aus, die Neugier zog ihn an die Wertungstafeln. Er kam sichtlich gut gelaunt zurück. »Wir liegen auf Platz 26 - nicht schlecht, bei diesem Feld.« Milka war zufrieden. »Nicht auszudenken, wenn du deine Büchsen ...« Paul brach ab, als er Milkas strafenden Blick sah. Und das war gut so.

Das Büfett war lecker, die Musik nicht ganz nach Milkas Geschmack, aber akzeptabel, die Siegerehrung ging an ihnen vorbei, die Gespräche am langen Tisch waren benzinlastig, trotzdem unterhaltsam. Ein rundum netter Abend. Und eine kurze, wundervolle Nacht.

Der Landtag. Milka schubste Paul unmissverständlich ins Badezimmer. Um 7.45 Uhr sollte die Fahrerbesprechung in der Remise beim Automuseum stattfinden, bereits zuvor die Ausgabe der Fahrunterlagen mit der *Bibel* im Rathaus Langenburg. Dort war das Organisationsbüro untergebracht. Die Strecke des Landtags sollte in einer großen Schleife auf reizvollen Nebenstraßen etwa 200 Kilometer über das Hohenloher Land führen, zu landschaftlichen und kulturellen Sehenswürdigkeiten. Und zu einer Pausenstation. Milka setzte auf ihre eigenen und auf Pauls Kenntnisse der Region. Schließlich war es sein Jagdrevier. Ein reines Honigschlecken würde es dennoch nicht werden. Jedes Fahrerteam musste diverse Fahrgeschicklichkeitsprüfungen absolvieren. Bei den Wertungsprüfungen galt es, eine bestimmte Strecke möglichst genau in der vorgegebenen Zeit zu fahren. Gelbe und rote Schilder an verschiedenen Stationen der Route signalisierten Zeitkontrollen. Es ging professionell zu. Lichtschranken sorgten für sekundengenaue Messungen. Die Kontrollposten, meist mit Klappsessel und Sonnenschirm ausgestattet, nahmen Einträge in die Bordkarte vor. Damit nicht genug, gab es unterwegs einige knifflige Aufgaben zu lösen. Sogenannte *Chinesenzeichen*, Schilder mit Pfeilen und Geraden, dienten der Orientierung. Paul war ein perfekter Beifahrer, lotste Milka, ohne eine der vielen Durchfahrtskontrollen zu verpassen. Der Stress, den sie anfänglich empfunden hatte, ließ sukzessiv nach und wich einem sportlichen Genuss. Die abwechslungsreiche Landschaft auf der Route, das herrliche Sommerwetter, die verschiedenen Grünschattierungen der Wälder und Wiesen verbanden sich mit den Herausforderungen der Rallye zu einer besonderen Hochstimmung, die sich auch Paul mitteilte. Nur ab und an wurde das Glücksgefühl leicht getrübt, wenn das Fahrwerk des Käfers mit dem Straßenzustand nicht zurechtkam. Was Milka mit einem »Autsch« quittierte. Paul änderte seine Meinung. Nein, es war keine Spazierfahrt. Es war wirklich Sport. Es galt, alle Vorgaben der *Bibel*, dem Fahrtenbuch, genauestens zu befolgen. Es musste exakt nach Zeit gefahren, metergenau abgebogen werden. Die Organisatoren hatten sich etwas dabei gedacht, als sie extra zwei Messstrecken zum Test einrichteten – die Tachos und die Kilometerzähler der Oldtimer durften häufig nur als Hinweisgeber verstanden werden.

Milka Mayr und Paul Eichert schrammten in ihrer Wertungsklasse knapp an einem Pokal vorbei. Milka ließ sich schnell trösten – es wäre eben zu schön gewesen. Erst nach der Siegerehrung zum Landtag brachen sie auf. Es wurde eine kurze und wundervolle Nacht.

Der Bergtag. Der Morgen begann wie der gestrige Tag. Dokumenten- und technische Abnahme ab 7 Uhr und, nach schwäbischer Zeitsprechung, um Halbneun: Fahrerbesprechung. Es galt, nach zwei Trainingsläufen die kurze Strecke von Bächlingen hinauf nach Langenburg zu fahren. Die zwei Wertungsläufe sollten auf der etwa zwei Kilometer langen Strecke möglichst zeitgleich gefahren werden. Nicht die Höchstgeschwindigkeit zählte – schneller als 80 Stundenkilometer durfte ohnehin nicht gefahren werden – auch nicht die Bestzeit. Es war eine Berggleichmäßigkeitsprüfung. Der organisatorische Einsatz war enorm. Sowohl in Bächlingen im Tal als auch oben in Langenburg standen Feuerwehr und Sanitätsfahrzeuge einsatzbereit. Mehrere Streckenposten in Warnwesten, über die Strecke verteilt, waren Teil der Sicherheitsmaßnahmen. Ab und an mussten sie allzu eifrige Zuschauer an Abstände erinnern. Und selbstverständlich war die Strecke komplett für den Bergtag abgesperrt.

Milka setzte ihren Helm auf – Deiniger hatte ihr leihweise ausgeholfen. Er würde mit seinem Morgan Plus 8 später, beim ersten Wertungslauf, direkt hinter ihr dran sein. Sie startete um 9.30 Uhr zu ihrem ersten Trainingslauf. Paul grinste, von Helm zu Helm – ein ungewohnter Anblick – und hielt die Stoppuhr in der Hand, den Blick nach vorn gerichtet und hochkonzentriert. Eine kurze Gerade, von einigen Bäumen gesäumt, dann eine scharfe Linkskurve, beinahe ein U-Turn. Der Außenradius der Kurve war durch Strohballen gesichert. Ein kurzer bewaldeter Abschnitt. Die nächste scharfe Kurve.

Milka bremste ab, schaltete herunter, drückte bei dem kurzen geraden Streckenabschnitt bergauf wieder aufs Gaspedal. Paul meldete die Zeit. Vier markante Streckenpositionen für die Zwischenzeitmessung hatte er mit Milka abgesprochen. Eine leichte Linkskurve, dann der kurze Streckenabschnitt bergab, der am Ende in eine unscheinbare, aber hässliche bergaufführende Rechtskurve führte. Pauls Zeitmeldung kam. Jetzt ein unspektakulärer langer Abschnitt bergauf. Immer mehr Zuschauer mit gezückten Handys tummelten sich auf den bergseitigen Wiesen. Jetzt die Zieldurchfahrt unter dem über die Straße gespannten Banner direkt am Ortsschild Langenburg. Paul nannte die Zeit. Milka ging vom Gas, atmete tief durch, so tief, als wäre sie die gesamte Strecke gelaufen. Weiter jetzt mit Ortstempo, vorbei am Wibelehäusle bis zum Parkplatz. Sie stoppte direkt neben Thaler, der, lässig an seinen Austin Healey gelehnt, mit einem Pressefotografen plauderte.

Milka wunderte sich. Erwartet hatte sie bestenfalls ein hoheitsvolles Heben der rechten Hand zum Gruß. Stattdessen löste er sich von seinem Austin Healey. Es folgte ein beinahe überlanger Händedruck, dann stellte er sie dem Vertreter der lokalen Presse vor. Milka konnte sich eines Fotos und dem folgenden Small Talk nicht entziehen. Paul drückte sich. Möglicherweise befürchtete er einen Imageschaden.

13.05 Uhr. Milka war mit ihren beiden Trainingsläufen zufrieden. Klar gab es eine Zeitdifferenz. Würden die beiden Wertungsläufe vergleichbar gut ausfallen, dann war auch ein Pokal in Reichweite – nur in ihrer Klasse selbstverständlich. Claus Peter Thalers Austin stand direkt vor ihr. Er spielte ungeduldig mit dem Gaspedal. Er saß allein im Wagen. Milka erinnerte sich an das Gespräch am Freitagabend. Er fuhr vor zur Startlinie. 13.06 Uhr. Freigabe. Thaler brauste los, als ginge es um die Bestzeit. So, als wollte er Walter Röhrls

Rekordfahrt von 2010 nachahmen. Milka rückte nach, atmete dreimal tief durch. Im Rückspiegel erkannte sie Michael Deiniger – den Arm ausgestreckt, Daumen nach oben. Es galt ihr. Sie lächelte. »Achtung«, sagte Paul, Milkas kurze Ablenkung erkennend. 13.07 Uhr. Freigabe. Milka gab Gas. Die zweite Kurve. Paul zeigte »sachte« mit der linken Hand. Sie war zu schnell. Jetzt die abfallende Gerade vor der hässlichen Kurve. Milka machte eine Vollbremsung. Gerade 50 Meter voraus stand einer der Streckenposten und signalisierte heftig fuchtelnd »Stopp«. Verdammt, sie erkannte den Mann neben ihm. Christoph. Paul hatte nach dem zweiten Trainingslauf behauptet, ihn gesehen zu haben. Er rannte auf ihren Käfer zu. Paul stieß die Tür auf und lief Milkas Bruder entgegen. Ein Austausch gerufener Worte, gerade mal zwei Atemzüge lang, dann rannten beide an Milkas Auto vorbei Richtung Tal. Milka schnappte nur »Unfall« auf. Der Streckenposten fuchtelte weiter, jetzt nur mit der rechten Hand. Die wies Richtung Kurve. Die andere hielt ein Handy. Ein flüchtiger, merkwürdig heller Schatten in der Luft, weit vorn, hoch rechts über der Wiese irritierte Milka kurz.

Sie ließ den Käfer an die rechte Straßenseite rollen, mit den Rädern auf die Grasnarbe, zog die Handbremse und stellte den Motor ab. Vorne rechts, oberhalb der Straße, versuchten zwei Streckenposten verzweifelt, die herbeiströmenden Zuschauer auf der Wiese zu halten. Milka stieg aus. Ein Warndreieck aufzustellen, war wohl sinnlos. Ihr Bruder und Paul hielten sicher jeden Fahrer hinter ihr an. Von fern hörte sie das Signalhorn der Feuerwehr. Milka ging, sich hart am Rand der Straße haltend, in Richtung des Streckenpostens. Er telefonierte weiter, bedeutete Milka aber unmissverständlich, neben ihm stehen zu bleiben. Milka nahm ihren Helm ab und schüttelte die Haare. »Was ist los?«, fragte sie, als der Posten sein Handy vom Ohr nahm.

Sie sprach laut. Das Geräusch des Signalhorns war unüberhörbar geworden. Es mischte sich jetzt mit den Sondersignalen der vom Tal aus gestarteten Fahrzeuge. »Gehen Sie zu Ihrem Käfer!«, schrie der Mann gestresst. »Was ist hier los?«, gab Milka zurück. »Der Wagen vor Ihnen … Austin … über die Straße … brennt!«, verstand Milka. Sie blickte nach vorn, bemerkte aufsteigenden Rauch. Der Streckenposten packte sie grob am Arm und wies unmissverständlich auf ihren Käfer. Milka fügte sich. Es dauerte gerade drei Minuten, bis Feuerwehr, ein Rettungswagen und ein Notarzteinsatzfahrzeug von Bächlingen kommend an ihr vorbei fuhren und kurz vor der Kurve hielten. Eine Minute später tauchte ihr Bruder auf. Direkt hinter ihm Paul, das Handy am Ohr. Er schüttelte kommentarlos den Kopf, lief zielstrebig weiter, an Milka vorbei. Sie löste sich aus Christophs Umarmung. »Was war da vorn los? Hast du gesehen, wie Thaler verunglückt ist?« Sich besinnend, dass der Name ihm nichts sagte: »Der Austin Healey.« Die Marke war nun auch nicht hilfreich, aber Christoph hatte längst verstanden. »Gott, bin ich froh, dass dir nichts passiert ist. Wenn ich gewusst hätte, wie gefährlich …«

»Christoph, verdammt nochmal. Was war da los?«

»Der kam diese leicht abfallende Gerade herunter. Hatte ziemliches Tempo drauf. Also ich meine, für das schmale …«

»Ja, und weiter?«

»Es tat einen kurzen Schlag, eher vielleicht einen leisen Knall. Statt zu bremsen, fuhr er weiter geradeaus, als käme keine Kurve. Und dann schanzte er über die Straße links den Abhang hinunter. In das laute Schreien der Zuschauer hinein, ich glaube, ich schrie auch, dann erneut ein Knall. Dann stieg auch gleich Rauch auf.« Christoph schüttelte sich. »Das kann der kaum überlebt haben. Das Verdeck war ja offen. Aber selbst geschlossen hätte ihm das auch nicht …«

Milka warf ihren Helm auf den Beifahrersitz ihres Käfers. »Am besten, du fährst nach Hause. Hier kannst du ohnehin nichts tun. Und ich geh jetzt zu Paul.«

»Das kommt ja gar nicht infrage, Milka. Du kannst doch nicht …«

»Christoph! Ich kann mit meinem Käfer ohnehin hier nicht weg. Und die Veranstaltung ist damit auch zu Ende. Also bitte!«

»Und ich warte doch«, hörte sie, bereits auf dem Weg zu der Ansammlung der blitzenden Blaulichter. Jemand hinter ihr rief ihren Namen. Michael Deiniger blieb keuchend neben ihr stehen, holte verzweifelt Luft und wischte sich den Schweiß von der Stirn. »Was ist hier los?«, presste er heraus.

»Thaler – er muss vor der Kurve geradeaus den Berghang hinunter sein. Böser Crash.«

Michael Deiniger vergaß für einen kurzen Moment, Luft zu pumpen. Holte das aber sofort nach. »Unmöglich«, quetschte er heraus.

»Lass uns nach vorn gehen.«

Weit kamen sie nicht. Zwei Streckenposten waren beschäftigt, mit rot-weißen Bändern die Straße und einen weiten Bereich der Wiese abzusperren. Ein Unterfangen, nahm Milka aus den Augenwinkeln wahr, das auf heftigen Widerstand der Zuschauer stieß. Wenn schon kein Rennen, so doch wenigstens ein sensationeller Unfall. Und den wollten sich viele nicht entgehen lassen. Milkas zaghafter Versuch, das Band anzuheben, um darunter durchzuschlüpfen, scheiterte. Vor ihr bekam der Streckenposten einen Tobsuchtsanfall, hinter ihr hielt Deiniger obrigkeitshörig ihre Schulter fest. Nichts davon war wirklich geeignet, Milka abzuhalten. 15 Meter weiter vorn sah sie Paul und, tatsächlich, Kriminaloberkommissar Lang und Janina Veit. Die konnten unmöglich in der kurzen Zeit von Hall aus eingetroffen sein?

»Kannst du pfeifen?«, fragte Milka. Deiniger sah sie völlig entgeistert an. »Ich meine, auf zwei Fingern. Meinetwegen auch ohne, aber laut.« Sie zeigte in Pauls Richtung. Deiniger holte erneut Luft, pfiff, Janina drehte sich um, Milka winkte. Es dauerte eine Minute, bis Janina sich zu ihr auf den Weg machte.

Sie umarmten sich über das Band hinweg. Janina zeigte ein anerkennendes Schmunzeln, als sie Milkas Oldtimer-Outfit begutachtete. Sie wurde aber sofort wieder ernst und schüttelte den Kopf. Es sagte alles. »Kommt. Bis zu Paul kann ich euch mitnehmen.« Sie hob das Band an und hielt dem herbeieilenden Streckenposten ihren Ausweis entgegen.

»Wie kommt es, dass Sie so schnell da waren?«, fragte Deiniger, dem die Kriminalkommissarin nicht unbekannt war.

»Erstens ist Milka meine Freundin. Ich wollte sie und ihren Käfer zumindest beim Bergtag sehen, und …«

»Und Ihren Chef selbstverständlich auch, ja?«

»Klar doch. Lang und ich, wir waren total gespannt auf sein Abschneiden, ob er es mit Milka aufs Treppchen schafft. Und mein lieber Kollege wollte zuvor Oldtimer bewundern.«

»Geht's?«, fragte Paul, als Milka bei ihm ankam. Er wartete aber nicht auf ihre Antwort. Ein martialisch aussehender Feuerwehrmann kam auf sie zu. Schwarze Stiefel, schwarzer Dress mit vielfachem Besatz gelb-grau leuchtenden Streifen und mit Schutzhelm. Sein Atemschutz baumelte um den Hals. Er schob sein Visier hoch und wischte kurz über sein patschnasses Gesicht. »Sie können jetzt die Spurensicherung ran lassen.« Er holte tief Luft. »Kein schöner Anblick. Übrigens – unser Hauptbrandmeister geht davon aus, dass Sprengstoff im Spiel war.«

Kriminalhauptkommissar Eichert, der sich, jetzt sozusagen im Dienst, sichtlich unwohl in seinem Oldtimer-Outfit fühlte, wandte sich an Lang. »Wo stecken eigentlich die Kollegen von Rot am See und Blaufelden?«

Der Brandmeister wurde ungeduldig, tippte mit der Hand an seinen Helm. »Meinen Chef finden Sie beim Löschgruppenfahrzeug.«

Oberkommissar Lang griff nach seinem Handy, wählte und unterbrach gleich wieder. Zwei Einsatzfahrzeuge parkten soeben vor der Absperrung.

Milka stupste Paul, der die Berührung ignorierte. »Wenn hier Sprengstoff im Spiel war … Die Kollegen sollen sich die Zuschauer oben auf der Wiese vornehmen. Vielleicht ist einem der Gaffer was aufgefallen.«

»Für den Fall, dass es keine zeitgesteuerte Sache war, ja?«

»Selbst dann könnte jemand ganz neugierig gewesen sein. Auffallend neugierig. Ja, Milka?«

Sie winkte ab, besann sich dann aber doch anders. »Wenn du deine Leute in die Zuschauer-Schar schickst, dann …« Milka zögerte. Ihre Unsicherheit war einfach zu groß.

»Was dann?« Pauls Stimme klang ungeduldig, was Milka verstand.

»Als ich auf dieser geraden Strecke war, sah ich einen merkwürdigen hellen Schatten in der Luft, rechts über der Wiese. Eigentlich war mein Blick nach vorn gerichtet. Es hat mich aber irritiert. – Ach, vergiss es einfach.« Milka beendete ihren Satz mit einem Achselzucken.

Paul kannte Milka. Aus dem Bauch heraus brachte sie eine solche Meldung gewiss nicht. Er nahm sie drei Schritte zur Seite. »Ein heller Schatten? Ist das nicht ein Widerspruch? Was sagt dein Gefühl?«

»Als du vorhin mit Lang sprachst, über Sprengstoff, über die Zuschauer … also, es könnte eine Drohne gewesen sein.« Milka machte eine Was-weiß-ich-Geste, zuckte mit den Schultern – alles, um ihrer Vermutung die Aussagekraft zu nehmen.

Paul Eichert schaltete schnell. »Komm mit.« Milka ahnte, wohin – zu den gerade angekommenen Polizeihauptmeistern der beiden Polizeiposten. Wirklich recht war ihr das nicht. Paul gegenüber eine Vermutung äußern, das war eine Sache. Jetzt aber … Er machte es richtig, sprach von einem Verdachtsmoment, dem sie in den Befragungen nachgehen sollten.

Janina kam dazu. »Eine Info aus Langenburg. Alle Fahrer, die auf der Strecke sind, sollen umdrehen. Langsam nach Bächlingen zurück fahren. Im Ort rechts abbiegen, später erneut rechts. Man kommt dann genau von Norden hoch zur Stadt.«

Paul nickte. »Am besten, du wartest auf dem Demeter-Hof auf mich, Milka. Es wird hier spät werden. Die Bergung kann dauern.«

So sehr es innerlich an ihr nagte, nicht mittendrin am Geschehen teilzuhaben, so wenig konnte sie widersprechen. »Kommst du mit, Michael?« Und mit einem winzig kleinen Hintergedanken ergänzte sie: »Ich nehm dich zu deinem Morgan mit. Lass uns hintereinander fahren. Wir parken dann neben dem Automuseum.«

Milka und Michael Deiniger stellten ihre Oldtimer nebeneinander ab. Offensichtlich hatten sich einige Rallyeteilnehmer bereits vor dem Bergtag verabschiedet. Und ganz offensichtlich hatte sich die Nachricht des Unglücks wie ein Lauffeuer verbreitet. Jeder konnte anhand der Startliste und dem letzten angekommenen Fahrzeug seinen Rückschluss ziehen. Der Name Thaler schwirrte über den Grüppchen, die jetzt nicht mehr über Ersatzteilbezugsquellen oder Politurmittel diskutierten.

»Komm, wir suchen jemanden vom Organisationskomitee«, sagte Milka zu Deiniger. »Diese brodelnde Gerüchteküche hier halte ich nicht aus.«

Der Versuch des Sekretariats, Milka mit dem Hinweis auf eine spätere Erklärung abzuwimmeln, scheiterte selbstverständlich. Schließlich konnte sie auf Erste-Hand-Informationen verweisen. Ein Theo Noller, schlank, sportlich gekleidet, holte sie ab und fand nach drei Fehlversuchen ein freies Büro. »Nur zum besseren Verständnis: Sie hatten die Startposition direkt hinter Thaler, Frau Mayr. Und Sie, Herr Deiniger, Sie waren hinter Frau Mayr. Richtig?« Herr Noller erntete ein Nicken, mehr aber auch nicht. »Können Sie mir etwas über diesen, hm, Unfall sagen? Konnten Sie den Hergang beobachten?«

»Zunächst einmal, es war tatsächlich Herr Claus Peter Thaler, und er fuhr allein. Das wissen Sie aber bestimmt.« Milkas Taktik war, so wenig wie möglich preiszugeben. Und, sozusagen im Tausch, Informationen zu erhalten. Und das Tauschverhältnis möglichst unfair zu ihren Gunsten zu gestalten.

»Das ist uns bekannt. Sein Sohn sagte ab. Nicht auszudenken, wenn auch er …« Nollers Stimme erstarb.

»Wann sagte er denn ab? Und warum?«

»Das war vorgestern, nach dem Oldathlon. Pollenallergie. Und dann das offene Verdeck. Sein Vater bestand, na ja, schon ein wenig stur, auf Offenfahrt.«

»Fuhr er denn mit jemand anderem?«

»Definitiv nicht. Er hätte ihn anmelden müssen. Gestern am frühen Vormittag habe ich ihn kurz gesehen – in einem Gespräch. Seither nicht mehr.«

Deiniger, Milkas Fragerichtung durchschauend, löste sie ab. »Ist Ihnen bekannt, ob der Sohn vom Unfall bereits erfahren hat?«

Noller hob beide Hände. »Soweit mir bekannt ist, nicht. Mein Chef hat versucht, ihn zu erreichen. Fehlanzeige.«

»Und Herrn Thalers Frau, Inga Thaler?«

»Es hat sich nur eine Frau Koch gemeldet, ist wohl die

Haushälterin. Der haben wir selbstverständlich nichts gesagt.« Nach weiteren Fragen Milkas schien Herr Noller allmählich das Ungleichgewicht des Gesprächs zu bemerken. »Was wissen Sie denn nun über diesen Unfall?«

Milka spürte an der eigentümlichen Artikulierung des Wortes »Unfall«, dass es für Noller sozusagen ein neutraler Platzhalter war, bis er mehr wusste. »Wir wissen nur, dass die Kriminalpolizei und die Spurensicherung dabei sind, die Unfallstelle zu untersuchen, nachdem die Feuerwehr den Brand gelöscht hat.«

»Den Wagen selbst haben Sie nicht gesehen?«

»Da konnten wir gar nicht ran. Wir wurden aufgefordert, nach Bächlingen zurückzufahren und die Strecke freizumachen.«

Noller nickte kurz und stand sichtlich unzufrieden auf. Milka zeigte ein überaus freundliches Gesicht, als hätte sie Nollers Ärger nicht erkannt. Bereits an der Tür stellte sie doch eine weitere Frage. »Die Abschlussveranstaltung dürfte wohl entfallen?«

»Ja.« Herr Noller knallte die Tür hinter sich zu. »Jedenfalls in der geplanten Form.«

»Puh«, meinte Michael Deiniger. »Der schien nicht begeistert. Was jetzt? Du willst da doch nicht weiter herumstochern?«

»Ich will rauskriegen, wo Thalers Sohn steckt. Diese merkwürdige plötzliche Allergie irritiert mich. Gut, kann man haben. Im offenen Wagen allemal. Aber die überfällt einen doch nicht urplötzlich am späten Freitagnachmittag, nach dem Oldathlon. Ich fahre jetzt in die Firma.«

»Da bin ich nicht dabei, Milka. Außerdem: Heute ist Sonntag.«

Milka machte ein angemessen betretenes Gesicht. »Entschuldige, Michael. Der Vorfall hat wohl mein Denkvermögen angekratzt. Fahr du mal, ich muss bei meinen Gastgebern vorbeischauen.« Nach einer kurzen Umarmung hielt sie ihn noch einmal zurück. »Eine Frage: Wenn Wagner mit den Oldtimern nicht zurechtkam – hatte er, sozusagen abgesehen von dir, einen weiteren Ansprechpartner? Hier in Langenburg?«

»Sicher. Wenn es beispielsweise um Ersatzteile ging oder einfache Reparaturen. *Auto Grell*, hier am Ortsende.« Deiniger hob die Hand und ging zu seinem Morgan.

Milka zögerte. Überlegte. Sie konnte nicht zur Villa der Thalers. Unangenehm, wenn sie auf die Ehefrau oder den Sohn stieß. Wie sollte Paul so einen Alleingang später vertreten? Selbst wenn sie nur auf die Haushälterin traf. Unmögliche Situation. *Auto Grell*? Am Sonntag? Vielleicht hoffte er auf die Havarie einzelner Oldtimer? Lag ohnehin auf dem Weg zum Demeter-Hof. Also? Ja, sagte sich Milka.

Auto Grell war ein kleiner Werkstattbetrieb. Ein Tor stand offen und erlaubte den Blick auf eine Hebebühne, die gerade einen Volvo langsam absenkte. Ein seltener P1800 ES, im Volksmund »Schneewittchensarg« genannt. Milka parkte auf dem Hof, zögerte beim Aussteigen und ging dann langsam auf den Mann im Overall zu. Der gab dem Volvo gerade einen sanften Klaps auf die schräge Heckscheibe und sah ihm nach, wie er losfuhr.

»Grüß Gott«, machte sich Milka bemerkbar. »Grell« stand vorn auf dem Overall. Sie waren ungefähr gleich groß. Ein grauer Haarkranz sparte Stirn und Schädeldecke aus. Ein ernstes Gesicht, ohne Anflug eines Lächelns. »Auch Probleme?« Er deutete mit dem Kopf auf Milkas Käfer. »Nein, eigentlich nicht.« Milka zitterte plötzlich.

»Ist Ihnen nicht gut? Kommen Sie. Ein Wasser?«

Milka nickte. Ihr Flüssigkeitsdefizit an diesem Tag musste enorm sein. Das Büro war klein und trotz des offenen Fensters stickig. »Setzen Sie sich. Trinken Sie.«

Milka trank in großen Zügen. »Entschuldigung. Es muss der Schock sein. Der Unfall. Thaler …« Milka hatte richtig vermutet. Grell wusste davon.

»Waren Sie etwa dabei?«

Milka verschüttete ein paar Tropfen, Ganz langsam beruhigte sie sich. Sie nickte. »Direkt hinter ihm. War die Nächste am Start.«

Grell ließ ihr Zeit, schien zu überlegen. Er schenkte ihr Wasser nach. Er hatte eine ruhige Stimme. »Sie kannten ihn?«

»Ihn und seine Frau. Sie saßen neben mir, vorgestern am Abend.«

Grell nickte nachdenklich. »Mussten Sie es mit ansehen?«

Milka atmete ein paarmal tief durch. Es ging wieder besser. »Nein, das nicht. Der Abstand war zu groß, so schnell, wie er fuhr.«

»Wissen Sie um seinen Sohn?«

Milka überlegte blitzschnell. Nein. Er konnte nicht gefragt haben, wo sich Simon Thaler aufhielt. »Er war nicht im Austin Healey. Thaler fuhr allein.«

Grell reagierte erstaunt. »Ich dachte, dass … er war doch als Beifahrer gemeldet.«

»Er entschuldigte sich wegen heftiger allergischer Symptome – Pollen, Gräser, irgend so was.« Milka sprach das leichthin und als erkläre es alles.

»Simon Thaler? Seit wann hat er denn …« Grell versuchte, durch ein Achselzucken sein unverhülltes Erstaunen zu kaschieren, begrub den Rest seines Satzes.

Milka wechselte das Thema, sie wusste sehr wohl, dass sie sich jetzt aufs Glatteis begab. »Wer kümmerte sich denn um Thalers Oldtimer? War das Herr Wagner oder Sie?« Der Nachsatz entschlüpfte ihr voreilig. Grell konnte sich unmittelbar angegriffen fühlen. Aber die Nennung des Namens lenkte ihn ab.

»Alfred Wagner. Das war seine Aufgabe. Aber er ist tot. Gerade gestorben, vor wenigen Tagen.« Grell, empfand Milka, schien zu überlegen, welche Frage er zuerst stellen sollte. »Woher kannten Sie ihn denn?«

Milka wählte die brutale Methode. »Ich kannte ihn nicht. Aber ich habe ihn gefunden. In der Jagst. Bei einer Kanufahrt.« Grells Gedanken schienen sich heftig zu verknoten. Er war stecken geblieben. Sprachlos.

»Waren Sie nie in der Halle mit den Oldtimern?« Milka baute eine Brücke. »Zusammen mit Wagner, meine ich.«

»Allein kam man da nie rein. Außer Wagner und Thaler selbst, natürlich. Das war wie ein Hochsicherheitstrakt. Nur mit einer Karte und einem Nummerncode lässt sich das Tor öffnen.«

Milka überlegte. Wenn Deiniger davon wusste, warum nicht auch Grell? »Und Wagner mit seinem Chip in der Hand.«

Grell bestätigte ihre Vermutung mit einem Nicken. »Aber woher wissen Sie denn um Himmels willen …«

Auf Milkas Stirn bildete sich ein dünner Schweißfilm. Völlig ungewöhnlich. »Sie entschuldigen mich bitte, Herr Grell. Ich … es hat mich wohl alles zu sehr mitgenommen.« Milka stand auf.

»Soll ich Sie nicht …« Grell wusste selbst nicht, was er vorschlagen sollte.

»Danke. Ich habe nur wenige Kilometer. Vielen Dank.«

Milka wunderte sich, als sie den Mayr'schen Familien-Golf vor dem Demeter-Hof parken sah. Dann fiel ihr siedend heiß ein: Christoph. Ihr Handy war während der Bergprüfung abgeschaltet gewesen. Und danach auch. Er musste sie wohl gehört haben. Er kam ihr entgegen, zusammen mit Ira Schäfer, der Tochter des Hauses. Nach einer ausgiebigen Pflegestunde und diversen Köstlichkeiten aus der Küche fühlte Milka sich wieder wohl. Nach einer weiteren Viertelstunde war Christoph beruhigt und sie selbst bereit, ihr Telefon einzuschalten. Die zehn Kontaktversuche übersprang sie und rief nur Paul zurück.

»Konntest du dich loseisen?«, fragte Paul mit einem besorgten Blick, als Milka, jetzt in Sommerjeans und Polo, im *Hotel Krone* eintraf. Dort hatte Paul die abgetrennte Kronenstube für die Lagebesprechung reserviert und Zimmer für die Nacht gebucht. Auch für Milka. Kein Problem, da die meisten der Rallyeteilnehmer bereits auf dem Heimweg waren. Die sportlich-heitere Stimmung war verflogen.

Janina Veit war da, Kriminaloberkommissar Lang und, Milka wunderte sich, auch Kriminalhauptkommissar Karle. Alle saßen um einen großen Holztisch. Flipchart-Blätter hingen an der Wand, beschriftet, teilweise mit Fotos von den Resten des Austin Healey – und von dem, was von Thaler geblieben war. Ein grausiger Anblick. Milka war gewiss nicht zimperlich, aber von einigen der Aufnahmen wandte sie sich ab. Nicht jedoch von einer. Das ausgebrannte Wrack des Wagens, das an einem verkohlten Baumstamm Halt fand und nicht weiter hangabwärts schlittern konnte. Der Stammrest ragte gerade mal bis Türhöhe. Der Rest des Obstbaums, Äste, Zweige, Blätter – alles weg. Was Milkas Aufmerksamkeit weckte, war eine handgezeichnete Drohne, die über dem Wrack schwebte. Karle registrierte Milkas gebannten Blick. »Sie sehen das richtig, Frau Mayr: eine Drohne. Ihre Vermutung wurde von mehreren Zuschauern bestätigt. Die dachten, da will einer tolle Fotos schießen.«

Janina Veit gab weitere Informationen preis. »Ein Fachmann des Technischen Hilfswerks geht davon aus, dass es sich bei dem verwendeten Sprengstoff um C24 handelt.«

»Ich muss jetzt nicht wissen, was das ist, oder?« Milkas Formulierung ließ Paul vermuten, dass sie wieder ganz bei der

Sache war. Nach Christophs kurzem Anruf hatte er Schlimmes befürchtet. »Ein plastischer Sprengstoff. Du kannst ihn formen, kannst mit dem Hammer draufhauen – passiert nichts. Ach ja, und riecht nach Marzipan. Wenn er nicht markiert ist.«

»Ich glaub's noch.« Milka schüttelte den Kopf. »Und wie explodiert das dann?«

»Du brauchst eine Sprengkapsel. Das ist ein dünnes Aluminiumröhrchen, das beispielsweise Quecksilberfulminat enthält.«

»Und die Drohne, das ist eure Vermutung, hat eine Fernauslösung dieser Initialzündung vorgenommen.«

»Nach jetzigem Kenntnisstand muss sich der Pilot der Drohne auf der bergseitigen Wiese aufgehalten haben. Ein wenig oberhalb der Zuschauer. Aber eben mit Blick auf den Straßenabschnitt. Und die seitlichen Startnummern an den Oldtimern sind schließlich groß genug, um Verwechslungen zu vermeiden.«

»Einen Austin Healey kann man so oder so nicht mit einem Käfer verwechseln«, warf Janina ein. Was Milka nun nicht wirklich beruhigte.

»Und der, sagt man tatsächlich Pilot?, der läuft weiter frei herum.« Die kurze Schweigeminute der Runde sprach für sich.

»Du bist nach diesem Schock wohl gleich zum Demeter-Hof?« Paul wollte das Gespräch auf ein unkritisches Abstellgleis führen. Er irrte sich.

Milka erzählte, ging zu einem der Flipcharts, fasste zusammen. Berichtete und schrieb. »Stand vor zwei Stunden: Die Organisatoren konnten weder Thalers Frau Inga noch seinen Sohn erreichen. Der hat seine Absage mit einer heftigen Gräserallergie begründet. Grell war von den Socken. Seine Reaktion war eindeutig, wenn er es auch nicht aussprach: nie und nimmer. Und letzter Punkt: Thalers Oldtimerhalle soll laut Grell ein Hochsicherheitstrakt sein. Rein kommst du mit einer kontaktlosen Chipkarte und sechsstelliger Code-Eingabe.« Milka machte eine Kunstpause. »Oder mit Wagners implantiertem Chip.«

Paul Eichert überlegte laut. »Der Tod Wagners war dann Mittel zum Zweck. Über den Chip hatte man Zugang zur Halle und konnte in aller Ruhe den Oldtimer präparieren.«

Oberkommissar Lang ergänzte. »Oder man zwang Wagner dazu aufzumachen, und …«

»Und dann wurde er sicherheitshalber zum Schweigen gebracht«, ergänzte Janina. »Aber wer, zum Teufel, steckt dahinter?«

Paul malträtierte die Tischplatte, spielte ungeduldig einen Akkord mit den Fingern der rechten Hand. Die andere fummelte an seinem Triskele in der Hosentasche. »Immer die gleichen Fragen. Hegte da jemand einen grenzenlosen Hass? Und wer profitiert von Thalers Tod?«

»Auf den ersten Blick könnte man meinen, dass Simon Thaler der Nutznießer ist. Müsste überprüft werden, ob die Firma an ihn übergeht. Ist schließlich mehr als merkwürdig, wenn er so plötzlich die Mitfahrt in seines Vaters Oldtimer absagt, oder?«

Alle nickten, keiner sagte was. Nur Milka. »Was mich verwundert: Hier wurde nichts vertuscht. Nicht einmal der Versuch wurde unternommen. Ganz im Gegenteil. Das war eine richtiggehende Demonstration vor aller Augen.«

KAPITEL 8 – MONTAG

Milka saß bereits am Frühstückstisch des Hotels, als Paul eintrudelte. »Trotz allem gut geschlafen?« Er hatte getrennte Zimmer gebucht. »Ein sagenhafter Ausblick ins Tal. Nur richtig genießen kann ich ihn heute nicht.« Paul, von der kurzen Nacht mit dunklen Ringen unter den Augen, zog den Stuhl heran, streichelte Milkas Hand. Mit der Bedienung kamen Lang und Janina Veit herein und setzten sich dazu.

Paul war am gestrigen Abend, nach der gemeinsamen Besprechung, allein zu Thalers Villa gefahren und hatte Inga Thaler die Nachricht vom Tod ihres Mannes überbracht und ein Gespräch für heute Morgen vereinbart. »Um 9 Uhr will ich dort sein. Vielleicht ist dann auch ihr Sohn anwesend. Sie gab mir zwar die Mobilnummer, sein Handy war aber abgestellt.«

»Ich komme mit«, sagte Milka. Bevor Paul widersprechen konnte, stand sie auf und holte sich eine Schale Müsli vom Büfett. Paul vermied einen offenen Disput vor seinen Kollegen. »Ich rede, du hörst zu.« Milka gab mit einem devoten Nicken die Novizin bei einer strengen Anweisung des Abtes. Lammfromm. Janina, neben Paul, zwinkerte heftig mit den Augen.

»Wir klappern das Organisationskomitee ab und sehen uns dann die Oldtimerhalle an«, ergänzte Lang.

Die Haushälterin öffnete die Eingangstür, noch bevor Paul die Sprechanlage betätigte. Frau Koch trug auch heute ihre Haare nach hinten gekämmt und gebunden. Ihr ernster, angestrengter Blick richtete sich auf Paul. Sie nickte mit einer kurzen Kopfbewegung und blickte dann an ihnen vorbei. Milka drehte sich um. Ein schwarzes BMW Cabrio, das Dach geöffnet, stoppte kiesknirschend neben Pauls Wagen. Simon Thaler. Mit einem »Tag« eilte er an Milka und Paul vorbei, streifte dabei rüde Frau Koch. Sie nahm es ungerührt hin. »Kommen Sie bitte. Frau Thaler wartet auf Sie.« Sie ging voran in einen Vorraum. Eine Wartehalle für Audienzsuchende, dachte Milka. Eine offene, leicht geschwungene Treppe führte ins Obergeschoss. An den Wänden hingen einige Aquarelle, die rechts unten mit einem verschlungenen »IT« signiert waren. Frau Koch geleitete sie durch ein riesiges Wohnzimmer, dessen Panoramaverglasung einen faszinierenden Blick auf die herrliche Landschaft freigab. Zwei Glasflügeltüren führten in eine Bibliothek. Simon Thaler löste sich von seiner Mutter.

»Muss das jetzt sein.« Es klang nicht nach einer Frage.

Kriminalhauptkommissar Eichert übernahm den unfreundlichen Tonfall. »Sollen wir auf Ihre gnädige Freigabe warten, um den Tod Ihres Vaters zu untersuchen?«

Thaler ruderte zurück. »Das war so nicht gemeint.«

Inga Thaler stand auf. Sie glättete einige imaginäre Falten ihres beigefarbenen Etuikleids. Ihr Make-up konnte die Spuren einer durchwachten Nacht nicht verbergen. »Bitte setzen Sie sich, Herr Kommissar.« Sie deutete auf zwei Sessel neben der Couch. »Wissen Sie, wie das passiert ist? Sie sagten gestern nur, ein Unfall?«

Paul Eichert versuchte sich nicht an einer flauschigen Umschreibung. »Ihr Mann wurde umgebracht. Eine Sprengladung explodierte in seinem Wagen, der fing sofort Feuer. Wir gehen davon aus, dass der Tod unmittelbar eintrat.«

Milka sah das Zittern, das bei Frau Thaler einsetzte, hielt sie fest und half ihr in den Sessel. Ihr Sohn stand an die Bücherwand gelehnt. Nicht unbeteiligt, aber auch nicht überwältigt, dachte Milka. Sie spielte weiter die Novizin, sagte keinen Mucks, wartete nur gespannt auf Pauls Offensive. Der stellte zunächst alle üblichen Fragen – und erhielt die üblichen Antworten. Die ließen nur eine Schlussfolgerung zu: Sie wusste von nichts und konnte sich bei bestem Willen nicht denken, wer zu einer solchen Tat fähig wäre und warum.

Der Kriminalhauptkommissar stand auf und näherte sich Simon Thaler bis auf einen Schritt. Milkas Spannung stieg. »Sie waren als Beifahrer Ihres Vaters gemeldet?«

»Richtig. Ich habe aber nach dem Oldathlon abgesagt.« Als Paul ihn regungslos weiter ansah, gab Thaler eine Erklärung, den Blick leicht abgewandt in Richtung eines großen Gemäldes. »Meine Allergie. Er wollte mit seinem Austin Healey unbedingt offen fahren. Auch da musste er seinen Willen haben.« Paul ging nicht darauf ein. Milka wunderte sich. Er hatte doch Simon Thalers Cabrio vorhin ebenfalls gesehen. Stattdessen wechselte er das Thema.

»Wo waren Sie denn gestern? Über Ihr Handy konnten Sie jedenfalls nicht erreicht werden.«

»Wir waren zu zwölft gemeinsam beim Boule-Spiel. Beim Boule-Gut.«

»Bei Bohn in Nesselbach?«

»Ja, woher kennen Sie denn …«

»Sie sind nicht den kurzen Weg zurück gefahren?«

»Na ja, es ging dann abends feucht-fröhlich zu. Und … ich hab dann bei einem Freund übernachtet.«

»Der hat einen Namen?«

»Ich kann Ihnen alle Namen geben, wenn Ihnen das wirklich hilft.« Thalers Stimme klang wieder von oben herab.

»Tun Sie das bitte. Ihre Allergie, Herr Thaler – wenn ich das richtig gesehen habe, sind Sie vorhin im offenen Cabrio vorgefahren.«

Jetzt, dachte Milka, was kommt jetzt?

Das Telefon klingelte im Wohnzimmer. Frau Koch musste sich dort aufgehalten haben. Sie hob ab. »Nein, noch nicht. Und wann? Sicher? Ja, selbstverständlich. Sie wollen …« Sie kam in die Bibliothek. »Andrea Paludi. Er wollte wissen, ob Lara Lena eingetroffen ist. Vor zwei Stunden fuhr sie in Hall weg. Jetzt fährt er los. Sucht auf der Strecke.« Sie verharrte, unschlüssig, was zu tun sei. Simon Thaler zückte sein Handy und wählte. Schüttelte den Kopf. »Nichts. Nicht eingeschaltet. Das gibt's doch bei ihr gar nicht.«

»Wann haben Sie Ihre Tochter vom Tod Ihres Mannes benachrichtigt, Frau Thaler?«

»Heute, am frühen Morgen. Ich mochte den Gedanken nicht, dass sie nachts fährt. Sie wollte sofort los.«

Paul griff nach seinem iPhone, verzog sich durch die Flügeltür bis in die hinterste Ecke des Wohnzimmers, um ungestört telefonieren zu können. Eine merkwürdig angespannte Stimmung lag im Raum. Alle lauschten Pauls Telefonat, obwohl kein Wort bis in die Bibliothek durchdrang. Milka erkannte ein Kopfschütteln, als Paul sich umdrehte. Wahrscheinlich hatte er sich bei der Ortspolizei in Hall nach einem Unfall erkundigt. Paul blieb stehen, als ein Anruf hereinkam. Frau Koch stürzte ins Wohnzimmer, nahm ab. »Bei Thaler. … Nein, sie ist jetzt nicht zu sprechen … Nein, so hören Sie doch … geht nicht … Was?« Den schnurlosen Hörer in der Hand, starrte sie irritiert auf das tote Display, dann auf Frau Thaler, die jetzt in der Tür stand. »Ein Mann. Ich habe gesagt, Sie seien nicht zu sprechen. Er wurde heftig. In fünf Minuten ruft er wieder an. Und Sie sollen dann abheben. Es … es wäre in Ihrem Interesse.«

Paul ging zu Milka und flüsterte ihr zu: »Ruf Lang und Veit an, sie sollen sofort hierher kommen.« Er machte eine Pause. »Weißt du, wonach das … ach verdammt, ruf einfach an.«

Milka kam gerade aus dem Vestibül zurück, als der angekündigte Anruf hereinkam. Auf Pauls Anweisung hin stellte Frau Thaler nach dem Abheben auf Lautsprecher. Paul Eichert hielt sein Handy zur Aufnahme in die merkwürdig metallisch klingende, abgehackte Stimme, die jedes Wort in einem Stakkato hintereinander setzte: »Frau Thaler, wir haben Ihre Tochter. Sie beschaffen 500.000 Euro. Bis morgen. Wir rufen am Nachmittag an. Keine Polizei. Haben Sie verstanden?« Frau Thaler nickte zitternd. Die Stimme wurde lauter. »Verstanden?«

»Ja, ja doch, aber …« Die Verbindung war abgebrochen.

Milka verstand Pauls Kopfbewegung, fasste Frau Thaler am Arm und führte sie in die Bibliothek.

»Sind wir hier irgendwo ungestört?« Paul Eichert richtete seine Frage an Simon Thaler. Der deutete auf eine Tür am Ende des Wohnzimmers. »Das Büro meines Vaters. Wieso?«

»Kommen Sie.« Der Raum war groß. Ein Schreibtisch, Regale, Sideboards und ein Besprechungstisch. Simon Thaler bemerkte Eicherts Rundblick. »Mein Vater hielt hier auch kleine Meetings mit ausländischen Besuchern ab. Hatte intimeren Charakter.«

»Setzen wir uns. Ich habe einige Fragen. Ihre Schwester: Ist sie auf Medikamente angewiesen, nimmt sie Drogen, hat sie ein körperliches Handicap?«

»Also hören Sie mal, das geht Sie doch einen …«

Der Kriminalhauptkommissar änderte abrupt seinen Tonfall. »Nein, jetzt hören Sie. Ich nehme diesen Anruf ernst, sehr ernst. Können Sie sich vorstellen, wie es einer Geisel geht, die auf Medikamente angewiesen ist? Können Sie das, verdammt noch mal? Also?«

»Entschuldigung, das war unbedacht.« Es klang echt. »Nein. Nein, nichts davon.«

»Hat Ihre Schwester jemals eine Andeutung gemacht, dass sie sich beobachtet fühlt, verfolgt oder gar bedroht wurde?«

Thaler schüttelte den Kopf. »Nein. In keiner Weise. Wir haben ein gutes Verhältnis. Sie hätte sich mir bestimmt anvertraut.«

»Gut. Sind Sie mit unserem Einsatz einverstanden? Wir können auch das Landeskriminalamt einschalten und einen Berater …«

»Sie und Ihr Team ja, das ist okay. Wenn auch noch das LKA hier auftaucht – das wird zuviel. Sie haben die Stimme vorhin ja gehört. In diesem Städtchen ist das ganz schnell rum.«

Paul Eichert verstand das Argument. »Wir brauchen einen Techniker. Kommt aus Hall. Was ist mit Frau Koch? Wie lange ist sie bei Ihnen? Können Sie ihr vertrauen?«

»Sie ist seit vier Jahren bei uns. Vertrauen? Ich denke schon.«

»Trotzdem. Sie sollte von unseren Gesprächen und den Telefonkontakten fernbleiben. Erklären Sie das bitte Ihrer Mutter.«

Simon Thaler stand auf, seine überhebliche Schnoddrigkeit hatte er abgelegt. »Ich muss jetzt mit der Bank sprechen, aber …« Er unterbrach, als an der Tür geklopft wurde. Frau Koch meldete Andrea Paludi. Der schien nicht auf eine formelle Einladung zu warten, sondern schob sich an ihr vorbei und umarmte Simon Thaler. »Dein Vater, der Unfall – es tut mir so leid, Simon. Lara Lena – ich bin die ganze Strecke abgefahren, hab aber nirgendwo ihr Auto gesehen. Nichts. Sie war so aufgeregt nach dem Telefonat ihrer Mutter. Ich wollte sie gar nicht fahren lassen. Wisst ihr was Neues? Da draußen stehen jede Menge Autos. Was ist denn hier los?« Sein Blick fiel auf Paul. »Und wer sind Sie?«

Paul hatte genügend Zeit für eine Bestandsaufnahme. Etwa zwischen 25 und 30 Jahre alt, schätzte er. Kräftiger, schlanker Körperbau. Kurze schwarze Haare ohne Scheitel – ein dichter Pelz auf dem Kopf. Ausgeprägte Brauen wölbten sich über den dunklen Augen. Ein leicht rundliches, volles Gesicht, die gerade Nase eher kurz. Ein rundes Kinn mit einem Dreitagebart.

»Kriminalhauptkommissar Eichert, Kripo Hall.«

»Ach ja, Sie sind wegen des Unfalls von Simons Vater hier.«

Paul Eichert hatte nicht die Absicht, Paludi über die polizeilichen Zuständigkeiten bei Autounfällen aufzuklären. »Würden Sie bitte einen Augenblick im Wohnzimmer auf uns warten?« Sein Blick ging an ihm vorbei – Milka stand in der Tür.

Andrea Paludis Gesicht nahm einen Ausdruck an, als habe man ihm aufgetragen, auf dem Vorplatz Unkraut zu jäten. Bevor er reagieren konnte, durchkreuzte Simon Thaler die Absicht des Kommissars, den Kreis der Informierten möglichst klein zu halten. »Wir haben einen Anruf erhalten. Lara wurde gekidnappt. Sie fordern 500.000 Euro. Morgen.«

Pauls Ausdruck, behauptete Milka später, glich in etwa dem eines andalusischen Kampfstiers, der gerade den Picador vom Pferd holt. Sie gab aber zu, er habe sich schnell wieder gefangen.

»Die besorge ich«, sagte Andrea Paludi in einem Tonfall, der jede andere Möglichkeit ausschloss. »Ich rufe unsere Bank an. Kein Problem. Die bringen das Geld morgen.«

Simon Thaler protestierte – halbherzig, wie Milka meinte. Paludi widersprach. »Du musst dir da keine Gedanken machen, Simon. Schließlich bin ich so gut wie verlobt mit Lara Lena. Und irgendwie fühle ich mich schuldig. Schließlich ist sie zuvor bei mir gewesen.«

Kriminalhauptkommissar Eichert stellte sich gegen diesen Schnellschuss. »Was machen Sie, Herr Paludi, wenn die Erpresser eine bestimmte Stückelung fordern?«

»Die werden sich damit zufrieden geben. Wir nehmen halt

keine 500er-Noten.« Ein Tonfall, als diktiere er die Bedingungen.

»Ich weiß Ihr Angebot zu schätzen«, sagte der Kommissar, »bitte Sie aber erneut, uns jetzt allein zu lassen.«

Milka griff ein, setzte ein charmantes Lächeln auf und nahm Paludis Arm. »Kommen Sie mit ins Wohnzimmer. Sie könnten mir sagen, welche Strecke Sie, von Hall kommend, gefahren sind. Das hilft uns weiter.« Paludi folgte.

Paul Eichert erkannte Thalers Anlauf zu einem heftigen Protest. »Sie hören mir jetzt bitte zu. Ein letztes Mal: Je mehr davon wissen, umso gefährlicher wird es für Ihre Schwester. Irgendwas sickert immer durch. Holen Sie bitte Ihre Mutter. Wir müssen einige Verhaltensregeln besprechen.«

Milka kam mit Inga Thaler und ihrem Sohn zurück. Sie wies Paludi mit einer unmissverständlichen Handbewegung ab und gab Paul mit einem schnellen Blick ein positives Zeichen. Frau Thaler schien sich gefangen zu haben. Paul wirkte ruhig, einfühlsam, ein wenig beschwörend – und zuversichtlich. Er betonte wiederholt die Verpflichtung der Polizei, das Leben der Entführten zu schützen. Nicht die Täter stünden im Vordergrund. Mehrmals ging er mit Milka, Frau Thaler und ihrem Sohn mögliche Abläufe durch. Punkt für Punkt. Dass man an einer Lösung interessiert sei – ohne konkrete Zusage, dass jedes Gespräch über den Verhandlungspartner und eine Rufnummer erfolgen solle. Und ein Beweis für Lara Lenas Leben Bedingung sei. Paul ging die lange Liste zweimal durch, bat dann Milka, die Rolle von Frau Thaler zu spielen. Er gab den Entführer. Dieses Rollenspiel wiederholte er mit Simon Thaler. »Denken Sie dran: Bleiben Sie beim Telefonat, wer immer es nachher führt, ruhig. Wir schneiden das Gespräch mit. Wenn Sie zu einem Punkt nicht sicher sind, geben Sie keine sofortige Zusage. Sie prüfen es, sagen Sie in so einem Fall. Vereinbaren Sie ein Zeitfenster für das nächste

Gespräch. So. Sie üben das jetzt bitte gemeinsam, ich muss mich ausklinken.«

Paul Eichert öffnete die Tür zum Wohnzimmer. Andrea Paludi stand zwar nicht im Türrahmen, weit entfernt war er aber nicht. Er überspielte die peinliche Situation mit einer Mitteilung: »Ich habe mit meinem Vater gesprochen und mit einem Bankvorstand unserer Bank. Er war sich nicht sicher, ob es bis morgen klappt.«

Paul sah darin kein wirkliches Problem. Zumindest professionelle Entführer und Erpresser wussten um den Zeitbedarf zur Geldbeschaffung. Er deutete auf die ausladende Couch. Das ruhige, friedliche Panoramabild der Landschaft konterkarierte die extreme, knisternde Anspannung, die über allem lag. »Sie kennen Lara Lena Thaler schon lange?« So ganz verstand der Kommissar Paludis Lächeln nicht. War er so grenzenlos optimistisch, dass alles gut würde, oder löste allein der Name das Lächeln aus?

»Ja, seit fünf Jahren bereits. Na ja, die beiden letzten Jahre kamen wir uns – näher, ja?«

»Die Pferde?«

»Genau!« Paludi zeigte unverhüllte Überraschung. »Woher wissen Sie denn das?«

Paul Eichert ging darüber hinweg. »Wie haben Sie die Familie Thaler kennengelernt? Langenburg ist zwar nicht weit weg von Schwäbisch Hall, aber …«

Paludi zögerte einen kurzen Moment. »Claus Peter Thaler ist – ich sollte wohl sagen war – also, Oldtimersammler. Und mein Vater konnte ihm ein interessantes Angebot vermitteln.«

Paul Eichert vermutete, dass es der Ferrari 365 GTB war, gab dieses Wissen aber nicht preis. »Und Ihr Vater?«

»Silvio Paludi. Bevor Sie fragen: Ja, unsere Familie kommt ursprünglich aus Italien. Das ist lange her. Generationen. Ich bin in Deutschland geboren und in Hall aufgewachsen.«

Sein Blick wanderte einmal über das Panorama, kam wieder zurück. »Ich nehme an, dass Ihnen der Name Paludi bereits vor unserem heutigen Treffen bekannt war.«

Bestenfalls Eicherts kurzes Senken der Augenlider konnte als Bejahung aufgefasst werden. »Sie waren häufig mit Lara Thaler zusammen, jetzt über das Wochenende. Hatten Sie irgendwann das Gefühl, beobachtet zu werden – auch früher?«

Andrea Paludi beugte sich vor, stützte die Ellbogen auf seine Schenkel und legte die Hände in Pagodenform stützend an die Schläfen. Nach gefühlten 20 Sekunden richtete er sich auf. »Nein. Mir ist da nichts aufgefallen. Andererseits – auf unserem Reitplatz schauen viele Leute zu. Das fällt nicht weiter auf.«

»Haben Sie sich überlegt, wie oder warum die Entführer ausgerechnet auf Lara Thaler verfielen?«

Paludi zögerte seine Antwort hinaus, als denke er über eine solche Frage erst jetzt nach. »Weiß nicht. Thaler ist in der Region bekannt. Dass er Geld hat, dürften die vermuten.«

Die Glocke der Eingangstür holte Janina Veit aus der Bibliothek. Zusammen mit einem Koffer schleppenden Polizeioberkommissar Richartz und seinem Kollegen Sieber kam sie zurück. »Wohin?«

Paul stand auf, warf einen Blick in die Bibliothek, kam zurück und schüttelte Hände. »Wir richten uns im Büro ein. Dort ist auch der Router installiert. Da könnt ihr eure Geräte aufbauen.« Er ging voran. »Ihr seid mit einem neutralen Wagen hier?«

»Wir denken schon mit, er steht verdeckt hinter der Garage«, sagte Richartz leicht säuerlich.

Im Büro übte Simon Thaler gerade die Ablehnung einer Tonkonserve mit Laras Stimme, bestand darauf, zwei persönliche Fragen stellen zu können.

Paul wartete an der Tür auf den Abschluss der Szene. »Sie haben das gut gemacht, Herr Thaler«, lobte er. »Sie erlauben, dass wir uns hier einrichten? Das sind die Kommissare Richartz und Sieber.« Paul nickte Milka zu. Sie sollte ihm in die Bibliothek folgen.

Paul Eichert tigerte in dem Raum auf und ab. Immer entlang der Regalwand mit unzähligen Büchern und einer Bibliotheksleiter. Kriminaloberkommissar Lang suchte gerade seine Mappen zusammen. »Ist das ein Frontalangriff auf die Familie Thaler? Erst der Mord am Vater, und jetzt wird die Tochter entführt?«

»Eigentlich ist es für Entführungsfälle völlig untypisch, zuerst den Besitzer des Vermögens umzubringen und dann die Tochter zu kidnappen, um Lösegeld zu fordern«, sagte Kriminaloberkommissar Lang. »Meiner Meinung nach«, fügte er hinzu und blickte Milka bestätigungsheischend an. Die hob nur die Schultern.

»Im Prinzip richtig«, sagte Paul Eichert. »Vielleicht handelte der Entführer auch im Glauben, die Kräfte der Polizei seien durch Thalers Tod gebunden. Oder man habe nach diesem Schock mit der Familie leichteres Spiel.«

»Was beides zutreffen könnte.«

»Vielleicht gereicht es uns zum Vorteil. Dann nämlich, wenn er sozusagen überhastet gehandelt hat. Fahren eigentlich unsere Kollegen von Rot am See und Blaufelden die Strecke ab und schauen in jeden Feldweg nach dem Auto der Tochter.«

»Alles auf den Weg gebracht.«

»Wo steckt die Koch?«

»Habe ich in ihre Wohnung verbannt. Und zuvor dazu verdonnert, kein Telefonat zu führen und keines anzunehmen«, sagte Milka.

Eichert überlegte laut. »Wenn sie aber dennoch telefoniert? Richartz soll prüfen, ob er die Leitung abhören kann. Da muss es doch auch eine Direktverbindung von hier zu dieser Wohnung geben. Und jetzt hab ich Hunger.«

»Ich schließe mich an«, meinte Lang und sah dabei Milka an.

»Nö, nicht meine Aufgabe fürs Essen zu sorgen. Bei mir zu Hause ja. Hier, nein. Entweder Frau Koch, oder ich rufe in der *Krone* an.«

»*Krone*«, sagte Paul. »Und was machst du jetzt?«

»Ich packe meine Siebensachen, setze mich in meinen Käfer und fahre nach Hause. Habe vorhin schon Christoph vertröstet.«

»Du hast nicht eventuell noch Resturlaub? So zwei Tage vielleicht?« Paul machte einen wirklich hilflosen Eindruck – Marke Seenotrettung aus dem Schlauchboot.

»Wenn ich rechnen würde, könnte ich ein ganzes Jahr bleiben. Ich kann aber nicht rechnen.« Sie verbesserte sich umgehend. »Ich darf nicht.« Milka griff nach dem Telefon und rief das Hotel an.

In Thalers Büro, der provisorischen Einsatzleitstelle, nahm die Hektik zu. Richartz hatte den Router programmiert und testete das Bibliothekstelefon. Janina nahm die Meldung entgegen, Lara Lenas Auto sei auf einem Parkplatz am Waldrand gefunden worden. Lang, in der linken Hand ein belegtes Wurstbrot, in der rechten die Computermaus, suchte auf dem PC im Geoportal den genauen Ort und prüfte mögliche Routen der Entführer. Sieber beorderte die Kollegen zurück für ein Briefing. Vier Zuschauer, die am gestrigen Tag den Mann mit der Drohne gesehen hatten, sollten befragt werden. Lang kalkulierte die Fahrtdauer von Hall bis zum Waldparkplatz. Und Paul Eichert begleitete Milka zu ihrem Käfer.

»Schade, dass du weg musst. Gerade jetzt wäre …« Er unterbrach, als Janina von der Haustür aus rief. »Was?« Janina winkte. Mit beiden Händen. Milka setzte ihre Tasche ab.

»Ich wollte das nicht herausschreien. Frau Thaler – sie hat Herzrasen und ist ganz blass, hat Schweißausbrüche.«

Paul sagte: »Verdammt.«

Milka sagte: »Nervenzusammenbruch.«

Der von Simon Thaler herbeigerufene Notarzt sagte: »Akute Belastungsreaktion«, verschrieb ein Medikament und riet, psychotherapeutische Betreuung zu veranlassen, wenn sich nicht rasch eine Besserung einstelle.

Paul sagte: »Was, wenn der Erpresser gerade jetzt anruft?«, und sah dabei Milka an. Ein Blick wie ein Jack Russell-Welpe.

Milka mochte die Hunderasse. »Lass mich das in einem Telefonat abstimmen.«

Milka fand Paul Eichert in der Bibliothek im Gespräch mit Simon Thaler. Beide standen sich gegenüber, an das Bücherregal gelehnt. Es war nicht gerade das Gehabe zweier Kampfhähne, aber Aggressivität lag in der Luft. »Schicken Sie ihn nach Hause«, sagte Paul gerade. »Wenn er wirklich das Geld beschaffen will – das ist Ihre Entscheidung. Auf jeden Fall sollte er nicht alle Informationen mit uns teilen.« Er hob die Hand zu einem Stoppzeichen, als Thaler aufbegehren wollte. »Sie mögen Freunde sein, er mag mit Ihrer Schwester so gut wie verlobt sein. Es ist trotzdem mein ganz dringender Rat.« Paul baute eine Brücke: »Lassen Sie ihn das Geld besorgen.«

Simon Thaler gab nach, sichtlich widerstrebend. »Ich spreche mit ihm.«

Allein in der Bibliothek fand Paul zu Milkas Überraschung tatsächlich die Zeit für einen Kuss. »Musst du zurück?«

»Du musst dich bei Bettina und Beate bedanken. Sie springen für mich ein. Was Christoph meinem Vater verklickert, weiß die Kuh. Je kreativer du bei solchen Begründungen bist, umso unglaubwürdiger klingen sie.«

»Eine Kuh hat ausgeschlagen«, schlug Paul spontan vor.

»Du beschädigst mein Axiom. Das war jetzt nicht kreativ und ist dennoch unglaubwürdig.«

Paul fand zum Ernst zurück. »Wenn nachher der Anruf kommt – wer nimmt den dann an? Simon Thaler könnte emotional reagieren. Er hat zudem eine aufbrausende, bestimmende Art der Kommunikation, vielleicht von seinem Vater übernommen. Ein Verhandlungsführer vom LKA ist nicht verfügbar. Käme für heute auch zu spät.«

»Also ist Thaler jetzt nicht hilfreich«, sagte Milka.

»Nicht, wenn mit einem Erpresser oder Kidnapper verhandelt wird.«

Milka verstand Pauls Argument, fühlte sich aber nicht wohl in ihrer Haut. Es war eine außergewöhnliche Verantwortung, die sie eingehen sollte. Eine falsche Reaktion und … »Was ist mit Janina oder Lang?«

»Janina ist momentan psychisch belastet. Familienprobleme. Will ich ihr nicht zumuten.«

»Ende der Liste. Halt. Und du?«

»Ich gehe ran. Werde ich akzeptiert – alles okay und …«

»Und ich darf nach Hause, ja?«

»Wenn die Entführer aber auf Frau Thaler bestehen, was dann, Milka?«

»Du willst damit nicht sagen, dass ich Theater spielen soll, oder? Das klappt doch nie. Und überhaupt. Warum sollten sie auf Inga Thaler bestehen.«

»Im Glauben, dass sie am schwächsten ist, psychisch belastet.«

Milka zeigte sich nicht überzeugt, was Paul bemerkte. Er argumentierte nicht, sagte nur: »Bitte.«

Kriminalhauptkommissar Eichert spürte, wie die nur langsam verrinnende Zeit an aller Nerven zerrte. Jeder wartete nervös auf den Anruf, bereit zu handeln. Paul holte Lang, Janina und Milka in die Bibliothek. »Was war in Thalers Firma, in der Oldtimerhalle?«

Lang berichtete. »Wir sprachen mit vielleicht fünf oder sechs Leuten. Werksleiter, Konstruktionsabteilung, und den Sekretärinnen.« Lang deutete mit dem Daumen ins Wohnzimmer. »Von ihm und von seinem Vater. Wir gingen alle üblichen Fragen durch – nichts. Nichts, was Substanz hätte. Niemand konnte sich vorstellen warum oder gar wie.« Paul Eichert fluchte verhalten vor sich hin. »Irgendwie passt das zum heutigen Tag. Und was ist mit der Halle? Mit den Oldtimern?«

»Was wir bereits wussten. Wagner hatte Zutritt. Auf unser Nachhaken: Ja auch dieser Grell von der Werkstätte ab und zu – aber nie allein. Ansonsten eben nur der Chef. Ja – und der Sohn.«

»Und wie bitte seid ihr reingekommen?«

»Thalers Sekretärin öffnete den Safe. Zu ihr hatte Claus Peter Thaler anscheinend volles Vertrauen.«

»Ihr auch?«

Janina, nach wie vor am Regal stehend, nickte. »Absolut. Der würde ich glatt meine Kinder anvertrauen – wenn ich welche hätte.«

Paul Eichert hakte so lange nach, bis sich die Diskussion im Kreis drehte. Nein, es gab keine Kameras in der Oldtimerhalle. Nein, man vermutet nur, dass Wagner als Letzter drin war. Und selbstverständlich Thaler selbst, als er den Wagen herausfuhr. Ja, während der Nacht parkte er den Austin Healey wieder in der Halle, holte ihn erst am Morgen zur Rallye. Höchstpersönlich.

»Wer hat jetzt diese Zugangskarte und den Code?«

»Ich«, sagte Janina. »Die Sekretärin war einverstanden.«

Paul Eicherts Stimmung musste als *mühsam beherrscht* bezeichnet werden. »Wir brauchen einen Fachmann. Nicht auszuschließen, dass einer der anderen Oldtimer ebenfalls präpariert ist. Thaler hätte sich ja anders entscheiden können.«

»Nicht so einfach«, gab Milka zu bedenken. »Du musst das Fahrzeug ja rechtzeitig anmelden.«

»Im Prinzip richtig. Andererseits – ich schätze mal, die Rennleitung hätte sich bei Thaler sehr flexibel gezeigt. – Ich brauche jetzt einen Kaffee.«

Der Anruf kam um 16.31 Uhr. Ein Klingelton. Richartz Hand schwebte über dem Hörer, verharrte dort. Ein plötzlich einsetzendes, undefinierbares Geräusch zerriss die Sille. Paul fluchte lauthals. Janina reagierte am schnellsten, stellte den Saugroboter ab, der sich aus seinem Dock gelöst hatte. 16.33 Uhr. Erneuter Anruf. Nach dem dritten Klingelton hob Hauptkommissar Eichert ab. Richartz erhobener Daumen sollte »alles okay« anzeigen. Die Aufnahme lief.

»Stiegler«, sagte Paul. Er wartete ab.

»Frau Thaler, sofort.« Eine verzerrte Stimme in einer merkwürdig hohen Tonlage.

»Frau Thaler hat einen Nervenzusammenbruch. Ich bin Ihr Verhandlungsführer.« Pauls Stimme klingt unglaublich ruhig, dachte Milka. Keine Spur einer nervösen Anspannung mehr. Jetzt musste sich entscheiden, ob der Entführer die Situation akzeptierte. Er ging nicht in eine Diskussion. Keine Ablehnung, keine Zustimmung.

»Sie haben das Geld morgen.« Der Tonfall klang merkwürdigerweise nicht nach einer Frage.

»Wir tun alles, um das Geld zu beschaffen. Wir setzen darauf, dass es klappt.«

»Gebrauchte Scheine, keine Noten über 200. Keine fortlaufenden Nummern.«

»Das habe ich verstanden. Wir brauchen ein Lebenszeichen von Lara Thaler. Und zwar …«

Paul wurde unterbrochen. »Morgen.«

»… und zwar keine Tonkonserve. Und heute.«

»Morgen.«

»Heute. Wir sind fair. Wir sind an einer Lösung interessiert. Wir brauchen ein Lebenszeichen. Das wissen Sie auch.«

»In einer Stunde.«

»Gut, ausschließlich unter dieser Nummer. Bitte bestätigen Sie das.

Richartz Daumen ging nach unten. »Abgebrochen.«

»Wann?«

»Nach Bitte.«

Paul wandte sich an Simon Thaler. Er hatte sich auch durch eindringliches Zureden nicht dazu bewegen lassen, das Büro vor dem Anruf zu verlassen. »Wo ist Paludi?«

»Er ist zurück nach Hall. Will sich um die Geldbeschaffung kümmern.«

Milka wunderte sich insgeheim, dass Simon Thaler so ohne jeden wirklichen Widerstand Paludis Zahlungsbereitschaft akzeptiert hatte. Vielleicht käme Simon Thaler auch nicht so schnell und problemlos an das Geld. »Sehen Sie bitte mal nach Ihrer Mutter, Herr Thaler?« Thaler nickte. Milka schloss leise die Tür hinter ihm.

»Danke«, sagte Paul Eichert. »Jetzt zur Sache. Sie haben die Gesprächsaufzeichnung?«

Richartz nickte. »Er hat einen Sprachverzerrer benutzt. Die Dinger funktionieren an allen gängigen Telefonen, auch an Handys. Falls wir ihn erwischen, hilft ihm das nicht weiter. Mit einer Stimmenanalyse am Rechner können wir das …«

»Ja, schon kapiert. Keine Nummer natürlich.« Es war keine Frage.

Sieber nahm seine um den Hals baumelnden Kopfhörer ab und schüttelte den Kopf »Aufgrund minimaler Qualitätsunterschiede in der Übertragung tippe ich auf Handy. Wir können davon ausgehen: keine registrierte SIM-Karte.«

Milka klinkte sich aus, als Paul in die Aufgabenverteilung für seine Kollegen aus Hall und Umgebung einstieg. Frau Koch war in ihrer Wohnung, die Eingangstür stand offen. Milka klopfte, hörte aus dem Wohnzimmer ein »Ja«. Stefanie Koch saß auf der Couch, blickte auf. Sie sah bedrückt aus. Lethargisch. Auch ihr fehlte wohl der Schlaf der Nacht, nahm Milka an. Sicher hatte Inga Thaler sie über den Tod ihres Mannes informiert. »Frau Thaler – hat sie das Medikament genommen?« Frau Koch nickte nur schwach. »Wie stand eigentlich Claus Peter Thaler zur geplanten Verlobung seiner Tochter?«

Frau Koch richtete sich abrupt auf, sie schien plötzlich hellwach zu sein. »Wieso?«

Der schwache Versuch eines minimalen Zeitgewinns, empfand Milka. Sie versuchte sich an einer harmlosen Begründung. »Nun ja, manche Väter wollen ihre Tochter nicht so einfach ziehen lassen.«

Frau Koch lehnte sich zurück. »Ach so. Ja. Weiß ich nicht. Ich glaube nicht, dass er was gegen die Verbindung hatte. Kann ich mir nicht vorstellen.«

Eine wachsweiche, alles und nichts sagende Antwort. Im Begriff, etwas schärfer nachzufragen, hörte Milka Thalers Stimme »Frau Koch« rufen.

Stefanie Koch stand auf, strich sich über den Rock. »Ja?«

»Meine Mutter. Es geht ihr schlecht. Schlechter als zuvor. Der Arzt kommt gleich. Eventuell muss sie ins Krankenhaus. Der Kreislauf, meint er.«

Mit einem kurzen Blick auf Milka wandte sich Frau Koch ab und folgte Simon Thaler.

Milka blickte sich im Wohnzimmer um, ihr Blick streifte die Bücher im Regal. Viele waren es nicht. Sie stupste die Zeitschriften auseinander, stellte die alte Ordnung wieder her. Alles sinnlos, dachte sie, und ging zum Telefon. Sie drückte auf die Wahlwiederholtaste, notierte die letzten vier Rufnummern und -zeiten, sah auf die Wanduhr. Sie eilte zurück, ließ die Tür offen stehen.

17.40 Uhr. Ein Klingelton. Pauls Hand schwebte über dem Hörer, verharrte dort. Stille. 17.42 Uhr. Erneuter Anruf. Nach dem dritten Klingelton hob Hauptkommissar Eichert ab. Richartz Daumen zeigte nach oben. »Stiegler.«

»Sie bekommen jetzt Ihr Lebenszeichen.« Im Hintergrund war eine leise Stimme zu vernehmen, die aber nahezu in einem undefinierbaren Nebengeräusch unterging. Dann ein »Autsch.« Eine weibliche Stimme, dachte Milka. Ein Knistern, ein Knacken. Dann erneut die weibliche Stimme. »Mama?«

»Mein Name ist Stiegler. Frau Thaler? Lara Thaler?« Erneut undefinierbare Geräusche, etwa zehn Sekunden lang.

»Ja?«

»Ich möchte Ihnen zwei Fragen stellen. Was hat Ihr Vater Ihnen zum 18. Geburtstag geschenkt?«

»Eine Kette mit Medaillon.«

»Welches war Ihr allererstes Haustier?«

»Ein schneeweißes Zwergkaninchen.«

»Geht es Ihnen …« Richartz Daumen zeigte nach unten. Das Telefonat war abgebrochen. »Was war das für ein Knistern und Knacken vorhin?«

»Eventuell war das vom Entkoppeln des Stimmverzerrers, oder einfach das Handling des Telefons. Müssen wir analysieren.«

Stefanie Koch stürzte zur Tür herein. »Der Arzt bringt sie jetzt ins Krankenhaus. Ich fahre mit.«

»Sie bleiben hier, Frau Koch. Das macht er.« Paul Eichert nickte in Simon Thalers Richtung. Der widersprach kategorisch. Er könne jetzt nicht außen vor bleiben. Milka verstand ihn in gewisser Weise, konnte sich aber seine radikale Blockade nicht erklären. Sie hielt sich raus. Nicht so Lang und Janina. Es entspann sich ein Streitgespräch. Nach jedem Satz blickten sie kollektiv auf Thaler, als hätten sie gerade beschlossen, ihn zu liquidieren. Bis Paul die flache Hand auf den Tisch knallte und sein letztes Argument brachte. »Wir brauchen Ihre Mutter möglicherweise dringend. Und zwar handlungsfähig. Sonst könnte das die Übergabe Ihrer Schwester ernsthaft gefährden. Wenn Sie das wollen, dann packen wir jetzt unsere Sachen. Und: Ihre Mutter hat Ihren Beistand nötig, nicht den von Frau Koch.«

Es dauerte eine Minute. Eine Minute unangenehmen Schweigens. Dann stand Thaler auf und ging wortlos zur Tür hinaus.

Das Schweigen hielt an, als das Telefon klingelte. 18.02 Uhr. Ein Mal. Lang schickte Frau Koch in ihre Wohnung. 18.05 Uhr. Das Telefon klingelte. Nach dem dritten Klingelton hob Hauptkommissar Eichert ab. Richartz Daumen zeigte nach oben. »Stiegler.«

»Das Geld. Machen Sie ein Päckchen. Blaues reißfestes Plastik. Nylonschnüre. Verstanden?«

»Das habe ich verstanden. Wir möchten morgen nochmals Lara Thaler …«

Die Stimme unterbrach ihn, ignorierte Paul Eicherts Worte, als wären sie nicht gesprochen. »Das Geld überbringt Frau Thaler.«

Paul Eichert presste die Lippen aufeinander, drehte die Augen nach oben, als suche er eine Botschaft des Himmels. »Das ist unsicher. Ihr Zustand lässt momentan …«

»Entweder Frau Thaler oder der Deal platzt.«
»Können wir uns auf einen Vorschlag …«
»Sie haben mich verstanden. Morgen 11 Uhr. Ende.«

Kriminalhauptkommissar Paul Eichert hypnotisierte den Hörer in seiner Hand, als könne er damit eine Fortsetzung des Gesprächs erzwingen. Sein Blick kreiste in der Runde, blieb an seinen Kollegen aus Rot am See und Blaufelden hängen. »Sie sind immer noch da? Wir hatten vorhin besprochen, was zu erledigen ist. Morgen um 9 Uhr im *Hotel Krone* will ich wissen, was Sie herausgefunden haben.« Die drei Polizeioberkommissare blickten einigermaßen verdrießlich drein. Weniger wegen der Aufforderung selbst, eher wegen des mürrischen, gereizten Tonfalls, den Paul Eichert anschlug. Lang, Janina und Richartz, obwohl nicht angesprochen, sahen ostentativ in die Landschaft hinaus oder fixierten das Gemälde an der Wand. Sieber hatte nichts gehört, nahm jetzt erst die Kopfhörer ab. »Warum gehen die jetzt? Wollten wir nicht …« Er brach ab, als er Richartz' heftiges Stirnrunzeln bemerkte, und befasste sich mit seiner Technik.

»Kommst du mit?«, fragte der Kriminalhauptkommissar Milka. Er stand bereits, als er sie ansprach, und ihm ein »bitte« einfiel. Milka folgte. Mit einer leisen und unangenehmen Ahnung, was Paul gerade durch den Kopf ging.

KAPITEL 9 – DIENSTAG

Milka sollte recht behalten mit ihrer Ahnung. Es war Paul anzumerken, dass es ihn erhebliche Überwindung kostete, sie überhaupt zu fragen. Er ging es geschickt an. Er spekulierte einleitend über die desolate Verfassung von Inga Thaler und eine unwahrscheinliche Besserung bis zum nächsten Tag. Klar wusste Milka bereits bei Pauls erstem Satz, worauf er abzielte. Und vermutlich wusste er, dass sie es wusste. Milka schmunzelte bei den semantischen Purzelbäumen, die er schlug, selbstverständlich nur innerlich. Paul endete mit der lapidaren Feststellung, es gäbe da ein Problem. Und er wartete auf Milkas Antwort, die nicht kam. Den kleinen Park vor der Villa hatten sie inzwischen drei Mal umrundet. Vor einem eingefassten, geschwungenen Beet mit der sommerblühenden Gloria Dei blieben sie stehen. Milka ließ sich von den zartgelben dicht gefüllten Blüten, die über den grünen glänzenden Blättern thronten, für einen kurzen Moment ablenken. »Und du suchst nach einer Lösung«, sprach sie in die Rosen. Es machte keinen Sinn, Paul weiter wie die Katze um den heißen Brei laufen zu lassen. Er atmete sichtlich auf – allein da Milka nicht mehr schwieg. Er legte seine Überlegungen zur Geldübergabe offen. Man müsse damit rechnen, dass die Entführer stur blieben, keinen Millimeter von ihren Forderungen abwichen, schon aus prinzipiellen Erwägungen heraus. Und ja, aus deren Sicht sei klar, warum sie auf Inga Thaler bestünden. Widerstand oder gar spontane, eigenwillige Aktionen waren von ihr nicht zu erwarten. Er sprach Stefanie Koch an, schloss sie aber sofort wegen ihrer Figur aus. Und Janina Veit. Ja, sie hätte gut gepasst und vor allem, sie sei eben von der Kripo und den Erpressern bestimmt nicht bekannt. Nur momentan eben, wie schon gesagt, nicht in der Verfassung, nicht einmal für das Telefonat als Verhandlungsführerin. Ansonsten würde er versuchen, selbst die Aufgabe zu übernehmen. Nur leider diktiere nicht er die Bedingungen. Milka konnte ihn nicht wieder um die Breischüssel laufen lassen. Sie sprach offen aus, an welche Lösung er denke. Was bei Paul zunächst eine ausführliche Beschreibung seiner ihn quälenden Bedenken auslöste. In Bezug auf Milkas Sicherheit, in Bezug auf mannigfache Probleme einer Geldübergabe bis, nachrangig, hin zu seiner Suspendierung vom Dienst, wenn etwas schief gehen würde. Es folgte eine detaillierte Beschreibung der angedachten Maßnahmen, die Milkas Sicherheit gewährleisten sollten. Nach der nächsten Umrundung des Parks wurde es Milka zu viel. Sie verwies auf die fehlende Ähnlichkeit mit Inga Thaler. Schlanke Figur ja, aber viel jünger und, vor allem, pechschwarze Haare. Paul Eichert hatte seine Antwort auf dieses Problem sofort parat – so schnell, dass er bereits darüber nachgedacht haben musste. Nur nicht weit genug. Es kam, wie von Milka erwartet, der Vorschlag, sich die Haare färben zu lassen.

Mit schierer Engelsgeduld erklärte Milka ihrem Freund Paul, dass ein Blondieren schwarzer Haare keineswegs am Thaler'schen Waschbecken im Badezimmer zu bewerkstelligen wäre. Sein Einwand, es gäbe in Langenburg sicher einen geschickten Friseur, konterte sie mit eingehender Information. Dunkles Haar müsse gebleicht werden, nur so würden dem Haar die Pigmente entzogen und das Blond aufgenommen werden können. Paul war von seiner Idee nur schwer abzubringen. Die Diskussion konnte sie damit nicht abschließen. Erst ihr Hinweis, dass die Prozedur, der sie sich unterziehen müsse, ein paar Stunden dauere, möglicherweise sogar mehrerer Schritte bedürfe und sie unmöglich mittendrin in die

Rolle der Geldbringerin springen könne, schien Paul zu überzeugen. Milka verwies auf eine Perücke. Auch dies bedurfte weiterer Diskussion. Jetzt wurde aber, endlich, dachte Milka, positiv gedacht. Und Paul musste organisieren und mit seinen Kollegen einen detaillierten, zugleich aber flexiblen Aktionsplan entwerfen. Pauls Angebot, dabei zu sein, lehnte Milka ab. Sie wollte sich nicht gänzlich vereinnahmen lassen. Und sie brauchte einen freien Kopf. Auch für die Telefonate mit ihrem Bruder und Beate.

Milka saß am Frühstückstisch des Hotels und blickte durch das Panoramafenster in die wunderbare Landschaft. Ohne sie wirklich wahrzunehmen. Es hätte genauso gut ein Gemälde sein können. Milkas Gedanken waren beim gestrigen späten Abend, als alle im Nebenraum zusammenkamen. Andrea Paludi hatte sich gemeldet. Um 11 Uhr wollte er nun doch mit dem Geld da sein. Simon Thaler war zurück aus dem Krankenhaus, berichtete über den labilen Zustand seiner Mutter und übergab ihr Handy an Sieber zum Präparieren. Es war nicht auszuschließen, dass ihre Handynummer den Entführern bekannt war – durch die Entführte. Inga Thalers B-Klasse Mercedes hatte Sieber bereits mit einem GPS Magnet-Tracker bestückt. Janina hatte mit Simon Thaler den Kleiderschrank seiner Mutter inspiziert. Pauls Blaufelder Polizeikommissare hatten tatsächlich einen Volltreffer gelandet. Einen der vielen Zuschauer des Bergtages, ein Mitglied des MFC Modellflug-Club Untermünkheim, hatte die über ihm schwebende Drohne so fasziniert, dass er sein Handy zückte und einige auswertbare Fotos schoss. Es war kein Problem, eine Tarot T-18 mit acht Rotoren zu identifizieren. Nur die bei diesem Gerät vorgeschriebene Plakette war nicht zu sehen. Leider war seine Beschreibung des Piloten der Drohne nicht annähernd so gut. »Aus unserem Club war der nicht«, war alles, was er wusste.

Milka blickte von ihrer vollen Müslischale auf, als sie Pauls Stimme hinter sich hörte. »Wo bist du gerade mit deinen Gedanken?« Milka lächelte. Es tat gut, seine Stimme im ungestressten Zustand zu hören. Und – seine Frage war berechtigt.

»Ich bin vorausgeeilt. Bin gerade beim heutigen Abend gewesen.«

»Bei einem Happy End, ja?«

Milka kannte Pauls seinem der Hamburger Zeit entsprungenen Hang zu anglophilen Redewendungen. Sie konnte da locker mithalten. »Everything is going to be fine in the end. If it's not fine, it's not the end.«

Janina lachte, sie hatte Milkas Zitat mitbekommen, als sie sich dazusetzte.

»Wann kommt sie?«, fragte Milka und machte sich über ihr Müsli her.

Paul wusste, wer gemeint war. Am gestrigen Tag hatte er Himmel und Hölle in Bewegung gesetzt, den Leiter der Freilichtspiele in Schwäbisch Hall angerufen, argumentiert, gebettelt. Den Regisseur verfolgt, eine ihm bekannte Darstellerin bekniet. Dann gelang es ihm endlich, sie ans Telefon zu bekommen. Kristyna Kučerová, die Maskenbildnerin der diesjährigen *Aufführungen auf der Treppe*. Es war ein langes Gespräch geworden. Weniger, weil er sie überzeugen musste, eher wegen ihrer vielen Fragen. Er blickte auf die Uhr. »In einer Stunde. Sie kommt direkt zur Villa. Bevor ich es vergesse: Janina hat alles vorbereitet in Wagners leerer Wohnung. Verschiedene Kleidungsstücke von Frau Thaler, alle Aufnahmen von ihr, die Simon Thaler auffinden konnte. Sie sind auf dem Laptop in Wagners Wohnzimmer, und ach, was weiß ich. Du wirst schon sehen, was sie alles organisiert hat.« Er blinzelte Janina verschwörerisch zu.

Milka und Paul saßen bei einem letzten Kaffee, als alle anderen bereits zur Villa aufbrachen. Es war ein ernstes, intensives Gespräch über Milkas möglichen Einsatz. Paul listete alle denkbaren Situationen auf, die sich in der Phase der Geldübergabe und danach ergeben könnten. Sie spielten Handlungsoptionen durch. Und er nahm Milka den dritten oder vierten Schwur ab, keine Alleingänge zu unternehmen, in keinem, gar keinem Fall ein persönliches Risiko einzugehen.

Paul bremste vor der Einfahrt zur Villa ab und ließ einem weißen Golf die Vorfahrt. Sie parkten neben der Garage. Der Fahrer des Golf, um die 30 Jahre, schätzte Milka, stellte sich nur mit seinem Nachnamen vor. »Moeller, DRK, wir haben gestern telefoniert.« Er sprach zwar den Kriminalhauptkommissar an, sein Blick fixierte aber Milka.

»Ja. Kommen Sie mit rein.« Paul zeigte auf den Haupteingang. Klar, sagte sich Milka. Sie konnten nicht wissen, in welchem Zustand sich Lara Lena Thaler befinden würde, wenn sie tatsächlich freigelassen oder zumindest aufgefunden wurde.

Im Büro, der provisorischen Einsatzleitstelle, herrschte ein geordnetes Chaos. Lang und Janina steckten die Köpfe über einer ausgebreiteten Landkarte zusammen und ließen gerade ihre Stifte verschiedene Routen entlang wandern. Richartz fummelte mit Sieber an diversen technischem Gerät herum, als könne sofort der entscheidende Anruf hereinkommen. Paul nahm Moeller mit zu Lang zur Karte.

Milka wechselte vom Büro in die Bibliothek und klopfte sacht an die offen stehende Flügeltür. Simon Thaler stand auf, als sie hereinkam. »Wissen Sie schon etwas?«

Milka verneinte. »Wie geht es Ihrer Mutter?«

»Die Ärzte sagen, ihr Zustand sei stabil. Unkritisch und stabil. Sie wollen sie aber nicht gehen lassen – noch nicht.« Er machte eine kurze Pause, blickte zwar Milka an, aber ohne sie wirklich zu sehen. »Andrea wird bald hier sein«, sagte er. Seine Sätze kamen merkwürdig, ein monotoner Singsang, die Stimme leicht brüchig. Milka fand eine Erklärung für sich: Wagners Ermordung, auch wenn sie nicht wusste, ob es da eine emotionale Verbindung gab, der Tod des Vaters, die Firma ohne Führung, der Zustand der Mutter. Und die Entführung seiner Schwester. Die Führungsstärke seines Vaters schien er nicht zu haben. Auch wenn er sich nach außen hin gern so gab. Aber vielleicht urteilte sie hier zu voreilig. »Steht denn Ihre Schwester wirklich vor der Verlobung mit Herrn Paludi?«

Thaler schreckte aus seinen Gedanken hoch. »Wie? Ja, doch, schon. Lara Lena ist, zumindest was das angeht, romantisch. Und Andrea meint es schon ernst. Das ist keine …«

Frau Koch kam herein. »Eine Frau Kutscherofa ist draußen.« Simon Thaler blickte konsterniert drein. Milka beeilte sich mit der Richtigstellung. »Frau Kučerová, ja?«

»Sag ich doch«, erhielt sie von Frau Koch zurück. »Die hat da ein paar Koffer.«

»Kommen Sie?« Milka richtete ihre Aufforderung an Simon Thaler und gab eine kurze Erklärung.

Er winkte ab. »Frau Veit hat mich informiert. Machen Sie das mal«, erwiderte er, setzte sich und fiel anscheinend zurück in seine vorherige Gedankenwelt.

Die Maskenbildnerin stand neben einem knallgelben Kleinwagen, drei kleinen Koffern und einer voluminösen Tasche. Etwas jünger als sie selbst, schätzte Milka. Schlank, die blonden Haare zu einem wippenden Pferdeschwanz gebunden. Schwarze Jeans und ein verwaschenes graues Polo. Der linke Arm zeigte ein Aquarelltattoo. Sie setzte ein verschmitztes Lächeln auf, als Milka näher kam. »Sie sind mein Opfer, ja? Paul Eichert hat Sie treffend beschrieben.« Ihre helle Stimme hatte einen ganz leichten reizvollen Akzent. Sie streckte ihre

Hand aus. Frau Koch stand einigermaßen ratlos daneben. »Packen Sie bitte mit an«, forderte Milka. »Die Sachen sollen in Wagners Wohnung. Ich komme mit.«

Bereits vor der Wohnungstür duzte sich Kristyna mit Milka. Sie komplimentierte Frau Koch hinaus, fegte wie ein Wirbelwind durch die wenigen Zimmer, kommentierte das Bad mit »Na ja, war da ein Mann drin? Müssen wir eben improvisieren«, und legte ihre Koffer auf die Couch. Das ging alles in einem Tempo, als warteten zehn Schauspieler in der Garderobe auf sie. »Wo sind die Aufnahmen der Person? Ach ja, Thaler.«

Kristyna scrollte sich zweimal durch die Fotos auf dem Notebook, konzentrierte sich dann auf drei Bilder. Milka hatte den Eindruck, dass sie Gesicht, Frisur und Figur in ihrem Kopf abspeicherte. Dazwischen wanderte ihr Blick immer wieder zu Milka. »Aufstehen«, befahl sie. Sie drehte Milkas Kopf in alle Richtungen, nahm die Haare zurück, ließ sie auf und ab gehen. »Okay«, sagte sie. »Aber älter musst du werden. Kein Problem, ist ja reversibel. Machen wir uns an die Arbeit.«

Milka deutete auf das Sideboard. Kristyna atmete durch. »Wunderbar, Kaffee und Wasser. Wir fangen mit den Haaren an.«

Kriminalhauptkommissar Eichert warf einen Blick durch die Tür und konnte gerade eine Begrüßung loswerden, bevor Kristyna ihn mit sanfter Gewalt rauswarf.

Nach zehn Minuten wusste Milka, dass es Arbeit, nicht Vergnügen war. Nach 30 Minuten wusste sie, es war stressig. Auch wenn es Kristyna gelang, Milka immer wieder durch eingestreute Anekdoten aus ihrem Job aufzumuntern. Ein Gutes hatte ihre Tätigkeit in jedem Fall: Milka vergaß alles um die Entführung, alles um ihren möglichen Einsatz als Geldbotin. Nach einer Stunde hörte Milka: »So, und jetzt zu den Klamotten.« Janina hatte ganze Arbeit geleistet und Milkas und Frau Thalers Kleidergröße an Paul weitergegeben.

Kristyna fischte ein Paar Sommerjeans aus einem ihrer Koffer, dazu ein hellbeiges Polo und ein passendes Halstuch, letzteres mit den Worten: »In deinen Hals krieg ich keine Falten rein.« Das nahm Milka hin. »Jetzt darfst du«, meinte Kristyna, hielt Milka mit beiden Händen an deren Schultern von sich ab, drehte sie links, dann rechts und hauchte ihr aus nächster Nähe einen Kuss zu. Im letzten Moment konnte Milka ein Zurückweichen unterdrücken. »Ab zum Spiegel.«

Klar hatte Milka schon häufig ein neues Make-up ausprobiert, mit einem neuen Look auch Paul überrascht. Nur – das, was sie jetzt sah, war eine andere Person, nicht mehr sie selbst. Sie wandte den Kopf – links, rechts – und blickte Kristyna verwundert an. »Wie hast du das gemacht?« Die lachte. »Besuch mich mal in der Garderobe des *Globe* und sieh zu. Und jetzt rüber mit dir in die Villa. Überrasche deine Leute. Ich packe meine Koffer. Die wollen mich in Hall auch sehen.«

Paul Eichert stand im Wohnzimmer, sprach mit Lang und Janina. Milka genoss die unverhüllte Verblüffung auf ihren Gesichtern. Sie wussten um die Verwandlung, und dennoch spürte Milka ein gewisses Zögern, zumindest bei Paul und Lang, ob nicht doch eventuell Frau Thaler vor ihnen stand. Mit einem »Hallo, Paul« beseitigte sie letzte Zweifel. An der Stimme hatte Kristyna nichts ändern können. Paul kam auf sie zu, flüsterte: »Darf man da ran, oder ist der ganze Zauber dann weg?«

»Du darfst. Aber nicht allzu fest.« Paul hauchte einen Kuss auf ihre Wange, genau in dem Moment, als Andrea Paludi und Simon Thaler aus der Bibliothek kamen. Paludis Verstörung hatte doppelte Ursache: dass Frau Thaler offenbar wieder da war, und dass sie von Kriminalhauptkommissar Eichert geküsst wurde. Simon Thaler klärte ihn auf. »Wenn ich fünf Meter weg wäre und meine Mutter nicht fast jeden Tag sehen würde …«

Paul Eichert zog Milka in die Bibliothek und schloss die Flügeltüren. »Eine unglaubliche Verwandlung. Komm, wir setzen uns.«

»Haben sich die Entführer gemeldet?«

Paul nickte. »Vor etwa einer halben Stunde. Wie immer kurz angebunden. Die gingen auf keinen meiner Versuche ein, mehr als ein paar Sätze mit ihnen zu sprechen, wollten nur wissen, ob das Geld da ist.«

»Und, ist es?«

»Fünf Minuten nach dem Telefonat kam Paludi. Richartz und Sieber machen gerade das Päckchen.«

»Wie schwer ist das überhaupt?«

Paul schmunzelte. »Zwei große Holzofenbrote. Scherz beiseite. Etwa drei Kilo 20.«

»500.000 Euro?«

»Richtig. Immerhin durften wir Lara Thaler wieder zwei Fragen stellen und erfahren, dass der nächste Anruf, dann zur Geldübergabe, in …«, Paul blickte auf seine Armbanduhr, »… einer knappen Stunde kommen soll.«

Milka war sich ganz sicher, dass sich Paul wegen der Geldübergabe nicht durchgesetzt hatte. Sonst hätte er ihre Verwandlung sofort unterbrochen. Sie fragte dennoch. »Du hast wegen der Übergabe nachgehakt?«

»Leider auf Granit gebissen. Keine Frau Thaler, kein Deal.«

Die Flügeltür öffnete sich, Kristyna Kučerová stürmte herein und gab Paul zwei Wangenküsse, als müsse sie sich für den vorherigen Rauswurf entschuldigen. »Na, zufrieden?«

Paul, den Eindruck gewann Milka, fühlte sich bei Kristynas kurzer Umarmung sichtlich wohl. Sie sah aber auch appetitlich aus.

»Absolut. Vielen Dank. Top Arbeit. Schicken Sie eine Rechnung.«

»Das ist mir zu blöd. Erzählen Sie mir, wie die Story ausgeht und laden Sie mich zu einem Essen nach dem *Globe* ein. Aber bitte mit ihr.« Sie zwinkerte Milka zu. Schon an der Tür, rief Milka ihr nach: »Wie krieg ich das alles wieder ab?«

Kristyna drehte sich lachend um. »Komm mit, ich hab was im Koffer. Ansonsten, wenn das nicht reicht: Melkfett.« Milka dachte an einen Scherz. »Doch, doch«, bekräftigte Kristyna.

11.15 Uhr in Thalers Büro. Ein Klingelton. Pauls Hand schwebte über dem Hörer, verharrte dort. Stille.

11.17 Uhr Erneuter Anruf. Nach dem dritten Klingelton hob Hauptkommissar Eichert ab. Richartz' Daumen zeigte nach oben. »Stiegler.«

»Sie sind startklar?«

»Ja.«

»Frau Thaler nimmt ihre B-Klasse!«

»Wie besprochen. Wir könnten jetzt …«

»Um 11.45 Uhr sagen wir Ihnen, wohin. Ende.«

Der Kriminalhauptkommissar unternahm diesmal keinen Versuch, das Gespräch in Gang zu halten. Er blickte auf Sieber. »Nach meiner Analyse dieselbe Stimme, nur die Tonlage wurde verändert.«

Da sich Simon Thaler weiter im Raum befand, ging Paul Eichert die vier Schritte zu Siebers Tisch, beugte sich über den Bildschirm des Notebooks, als wolle er sich die Stimmanalyse ansehen. Er flüsterte. »Ist Paludis Auto …?« Sieber nickte.

Paul ging zurück. »Frau Thaler, kommst du mit?«, sprach er in Milkas Richtung. »Witzig«, zischte sie zurück, schloss sich ihm aber an. Er führte sie zu dem Mercedes, öffnete die Türen, setzte sich auf den Beifahrersitz und zeigte auf ein am Armaturenbrett angeklemmtes Handy. »Für den Notfall. Es ist auf Dauerbetrieb eingestellt. Solange du mit den Erpressern in Verbindung stehst – kein Pieps an uns. Und …«

»Paul, das haben wir doch geklärt. Du besetzt die Leitzentrale. Mit Richartz?«

»Genau. Er steuert auch alle andern.«

11.50 Uhr Milka fuhr los. Frau Thalers Handy war eingeschaltet. Es ging Richtung Bächlingen, also die Strecke des Bergtages. Milka fuhr zügig, aber nicht schnell. Die Spuren an der Unglücksstelle waren erkennbar. Milka fröstelte trotz des warmen Wetters. In Bächlingen rechts entlang der Jagst, dann rechts nach Atzenrod, hatten sie gesagt. »Hören Sie mich?« »Ja«, bestätigte Milka. Paul hatte ihr eingeschärft, Antworten so kurz wie möglich zu halten. »Stoppen Sie, wenn Gut Ludwigsruhe kommt, an der Bushaltestelle.« Milka nickte. »Haben Sie verstanden?« »Ja, Gut Ludwigsruhe, Bushaltestelle.« Die Stimme schwieg. Es war ein merkwürdiges Gefühl zu wissen, dass der Erpresser stets präsent war. »Steigen Sie aus, mit dem Handy.«

Milka stand neben dem Auto und wartete. Hoffentlich rückten Lang und Janina ihr jetzt nicht auf die Pelle. Der Ort war bestens einsehbar. Milka blickte sich um. Zu sehen war niemand. »Unter der Sitzbank ist ein Handy. Mit Klebeband befestigt. Ist eingeschaltet. Haben Sie es?« Milka fummelte. Es ließ sich leicht ablösen. »Schalten Sie Ihr eigenes Handy aus. Werfen Sie es in den Graben neben dem Bushäuschen.« »Aber dann …« »Machen Sie, was ich Ihnen sage.« Milka gehorchte. Das neue Handy quäkte unverständlich. Sie nahm es auf. »Hören sie mich?« »Ja.« »Fahren Sie weiter. Nach Wittenweiler, dann nach Blaufelden.« Sie mussten ein perfektes Timing haben oder sie irgendwie überwachen können. Kurz vor Blaufelden erhielt sie die nächste Anweisung. »Weiter nach Lindlein, dort links bis zum Wald. 50 Meter rein, dann aussteigen.« Milka kam ins Schwitzen. Beinahe hätte sie sich bei den Feldwegen verfahren. »Holen Sie das Paket aus dem Auto.« »Ja, habe ich.« »Gehen Sie 200 Meter weiter. Dort kommt eine Lichtung.« Trotz des hellen Sommertags wurde es dunkel. Die dicht stehenden Bäume spendeten Schatten und Kühle. Wohl war ihr nicht. Hinter jedem Baum erwartete sie einen der Erpresser. Würde hier die Übergabe stattfinden? Geld gegen Lara? Eher nicht, vermutete sie. Milka wechselte das Paket in die andere Hand, blickte auf das Display des neuen Handys. »Kein Netz« wurde angezeigt. Sie wanderte weiter, niemand sprang sie an, um ihr ein Messer an die Gurgel zu halten. Weiter vorn wurde es heller. Da musste die Lichtung sein. Das Display zeigte eine schwache Verbindung an. Sie sah es sofort, kaum dass die Lichtung sich öffnete. Auf einem Baumstumpf ruhend wie ein riesiges Insekt. Nicht auf Beinen, sondern auf zwei Kufen. Vielleicht 40 Zentimeter hoch und 130 Zentimeter im Durchmesser. Eine Drohne. Milka ging weiter. Die Stimme war wieder da. »Befestigen Sie das Paket am Karabinerhaken.« »Wo ist meine Tochter?« Beinahe hätte sie einen kapitalen Fehler begangen. »Lara Thaler«, lag ihr auf der Zunge. »Später.« Milka widersetzte sich, Pauls eindringlichen Rat ignorierend. »Nein, jetzt.« »Gleich platzt der Deal.« Milka gehorchte zähneknirschend. »Daneben hängt eine Nylontasche. Stecken Sie das Handy in die Tasche.« »Aber …« »Machen Sie, verdammt!«

Milka fügte sich. Die Rotoren setzten sich in Bewegung. Die Drohne stockte einen Moment, als das kurze Seil sich straffte, erhob sich dann mühelos mit dem leicht hin und her pendelnden Geldpaket, erreichte einen sicheren Abstand zu den Baumwipfeln und verschwand Richtung Norden. Milka stampfte mit dem linken Fuß in den Waldboden und fluchte. So hatte sie sich das nicht gedacht. Das Reservehandy im Mercedes fiel ihr ein. Sie rannte los.

Ein rascher Blick auf das Handy genügte. Kein Empfang. Wenden und zurück oder in die Abflugrichtung der Drohne? Milka gab Gas. Sie fuhr am Limit. Der Zustand des Waldwegs forderte die Federung des Mercedes und Milkas volle Konzentration. Vorbei an der Lichtung, weiter nach Norden. Eine Biegung, die Milka beinahe in den linken Graben beförderte. Dann die Öffnung in die Landschaft. 200 Meter weiter hielt Milka mit einer Vollbremsung. Links und rechts nur Wiese. Sie riss das Handy aus der Halterung. »Paul? Paul? Hörst du mich?«

Die Verbindung war miserabel, aber sie war da. »Milka? Wo bist … Moment… Richartz hat jetzt deinen Standort. Warte …«

»Worauf warten?«

»… fahr weiter. Kommt gleich Landstraße … Lang und Janina.«

Milka fuhr los. »Was ist mit Lang?«

Die Verbindung wurde besser. »Habe deinen Standort durchgegeben. Sind gleich bei dir. Warte an der Einmündung zur Straße.«

Nach zwei Minuten bremste Lang scharf ab, bog in den Weg ein. Janina riss die Beifahrertür auf und eilte auf Milka zu. »Was war los?«

Milka stellte auf Lautsprecher und berichtete in ihr Handy hinein, beantwortete Pauls Fragen und die von Lang, bis Paul »Alle zurück hierher, sofort«, sagte.

Dennoch standen Lang, Janina und Milka weiter zusammen. Janina Veit erklärte die Situation. »Wir haben Abstand gehalten zu dir, Milka. Verließen uns auf den GPS-Tracker. Nur war das Signal ohnehin schwach und dann ganz weg, als du in den Wald rein bist. Und wir fuhren geradeaus.«

»Dann müsst ihr …«, Milka überlegte und zeigte in süd-östliche Richtung, »irgendwo dort nach links abgebogen sein.«

»Stimmt«, sagte Lang. »Und?«

»Und? Unsere Verbrecher müssen sich doch verkrümelt haben. Kein Auto ist an euch vorbei gerauscht?«

Lang und Janina blickten sich fragend an. Nein, negativ.

»Wie weit kommt denn so eine Drohne – ich meine, mit diesem Klops am Haken?«

»Müssen wir abfragen. Unter guten Bedingungen hat so ein Teil eine Flugdauer bis 20 Minuten. Aber mit Gewicht und Luftwiderstand? Machen wir uns auf den Weg.«

»Ich fahre mit Milka im Mercedes«, sagte Janina.

Milka redete sich ihren Frust von der Seele. »Es ist besch…«, endete sie. »Alles war so akribisch vorbereitet. Und alles ging schief.«

Janina tröstete. »Denk an deinen Spruch: Das ist nicht das Ende. Ein Trumpf bleibt uns noch.«

»Und welcher, bitte?« Milkas Stimme klang resigniert. Ihr stabiler Optimismus, immer eine Lösung zu finden, hatte sie verlassen. »Es ist zum Heulen.« Milka bremste scharf und hielt an. Sie wechselte die Straßenseite, fand das Handy im Graben neben dem Bushäuschen. »So, wenigstens etwas. Also, welcher Trumpf?«

»Ein Mini-GPS-Tracker. Wir haben ihn im Geldpaket versteckt.« Janina klang so, als würde sie »Ätsch« sagen.

»Das heißt, wir können sie verfolgen? Und warum hat sich dann Paul vorhin nicht …«

»Abwarten.«

»Was ist eigentlich mit Paludi? Ist er bei Simon Thaler geblieben?«

Janina verneinte. »Der ist nach Hall gefahren – er sagte, er könne momentan ohnehin nichts tun. Hat Richartz sogar kontrolliert. Er war ganz optimistisch. ›Tutto va bene‹, sagte er. Und ja, Frau Thaler kommt am Nachmittag wieder nach Hause.«

»Dann gehe ich zuallererst unter die Dusche und probiere Kristinas Wundermittel aus. Will nicht, dass mir die richtige Thaler so begegnet.«

Als Milka strahlend sauber und wieder in der eigenen Haut steckend mit neuer Zuversicht ins Wohnzimmer kam, saßen Simon Thaler und Paul nebeneinander auf der Couch. Ihnen gegenüber Lang und Janina. Die Tür zum Büro stand offen, Richartz war am Telefon, hielt aber eine Zeitung in der Hand.

Paul stand auf. Nur eine flüchtige Umarmung. »Setz dich. Erzähl.«

Milka schilderte erneut den Ablauf in allen Details, ging auf alle Fragen ein und stellte zum Schluss ihre Frage. Angesichts der Stimmung, die über allem lag, schwand ihre Zuversicht. »Was ist jetzt mit dem Tracking des Geldpakets?«

Paul antwortete. »Ging alles gut, bis du im Wald warst. Dann hatten wir erneut ein Signal für etwa acht Minuten.«

»Als die Drohne über den Baumwipfeln war?«, vermutete Milka.

»Und unterwegs. Wohin auch immer. Und dann nichts mehr. Weg.«

»Habt ihr eine Idee, warum?«

»Mehrere saublöde. Und eine plausible. Sie könnten das Geldpaket in einem Alukoffer verstaut und dann in den Kofferraum gepackt haben.«

Milkas Optimismus machte einen Sprung. »Soll ich eine Wette mit dir eingehen?«

Paul sah sie fragend an.

»Die packen das Zeug doch irgendwann aus, oder?«

»Puh«, machte Paul. »Die Idee hatten wir auch schon.«

Milka zottelte mit ihrem Käfer, der nun leider keinen einzigen Preis abgeräumt hatte, kurz vor Oberaspach über die wellige Straße, als Pauls Anruf hereinkam. »Wir haben sie geortet. Es war nur eine kurze Verbindung, dann haben sie den Braten wohl gerochen.«

»Nun sag schon, wo?«

»Ich habe unseren Posten in Bühlertann hinbeordert. Aber nur zur Beobachtung. Bis wir kommen.«

»Wo?«

»Zwischen Großaltdorf und Stainehaig. Könnte ein verlassenes Gehöft im Wald sein. Ganz genau war das nicht zu bestimmen. Aber Milka, du hältst dich da fern. Versprochen, ja?«

Milka hütete sich, ein Versprechen abzugeben. Sie ahnte, welches Haus Paul meinte. Ein altes, schon lange Zeit unbewohntes zweigeschossiges Gebäude. »Ich bin dort in fünf Minuten und …«

»Milka. Nein!«

»… und warte auf die Polizei.« Milka legte auf. Sie bog links ab, parkte am Rand des schmalen Sträßchens. Es dauerte gerade eine Minute, bis hinter ihr ein Streifenwagen anhielt. Gleich zwei Mann stiegen aus, einer kam auf sie zu. »Frau Mayr?«

Milka nickte. »Finden Sie das sehr schlau, mit dem Peterwagen vorzufahren?«

»Wir hatten kein anderes Fahrzeug zur Verfügung. Das Haus da vorn, am Wald?«

»So habe ich Paul, ich meine Kriminalhauptkommissar Eichert, verstanden.«

Der Polizist schmunzelte bei Milkas Verbesserung. »Ich kenne Sie, Frau Mayr. Erinnern Sie sich an den Absturz des Ultraleichtflugzeugs auf Ihrer Wiese?« Jetzt brachte Milka das Gesicht unter. »Wir sollen hier warten. Mehr als eine Viertelstunde wird der Kommissar nicht brauchen.«

Ein Alfa Romeo rauschte an ihnen vorbei, nahm beinahe

die offen stehende Fahrertür des Streifenwagens mit. Der Polizist, den vier Sternen nach ein Polizeihauptmeister, fluchte. »Was jetzt?«

Milka meinte, Paludi erkannt zu haben. Ein Alfa. Würde passen. »Wir fahren. Auf!« Trotz des heftigen Protests des Polizisten fuhr Milka los. Das halb verfallene zweigeschossige Gebäude lag zwischen hohen Bäumen. Der Giebel aus großformatigen Steinen zeigte eine grünliche Färbung. Eines der kleinen Fenster stand offen. Das Obergeschoss zierte eine Holzverkleidung. Allein das steile Dach schien sich der Witterung zu widersetzen. Alles andere hatte die Natur bereits mit Grün überzogen. Efeu, Moos, Blütenstaub hatten sich festgesetzt.

Andrea Paludi stand unschlüssig vor der steingefassten Holztür, als Milka abbremste. Die Polizei setzte ihr Fahrzeug hinter den Alfa und blockierte ihn. »Weg von der Tür«, rief der Polizeihauptmeister in unmissverständlichem Befehlston und eilte auf Paludi zu. »Sie können mich mal. Ich geh da nicht weg. Da ist meine Verlobte drin«, widersetzte sich Paludi.

»So. Und genau die wollen wir nicht gefährden. Wir ziehen uns hier zurück, und Sie gefälligst auch.«

Angesichts der entschiedenen Haltung der Ordnungshüter folgte Andrea Paludi, wenn auch höchst widerwillig. »Sie, Frau Mayr? Wie kommen Sie hierher?«

Milka ignorierte die Frage. »Dieselbe Frage, Herr Paludi, würde ich gern Ihnen stellen.«

Er machte eine nichtssagende Handbewegung, als müsse er eine der aufdringlichen Mücken verscheuchen, die durch die Luft schwirrten. »Simon rief mich an. Und ich hab ja einen kurzen Weg.«

Einer der beiden Polizisten kehrte nach einer Umrundung des Hauses zurück und zuckte mit den Achseln. »Nichts. Die zwei winzigen Kellerfenster sind so schmutzig, dass man nichts sieht, und im Erdgeschoss – leere Räume oder Gerümpel, soweit ich sehen kann. Da ist nichts. Auch kein Auto. Ich glaube nicht, dass …« Er unterbrach, als zwei Wagen neben Milkas Käfer abbremsten. Paul, Lang und Janina. Der Kriminalhauptkommissar eilte an Milka vorbei, sein Blick blieb kurz an Paludi hängen, und sprach mit den Polizisten. »Habt ihr die Haustür probiert? Abgeschlossen?«

»Nicht probiert.«

Nach einem kurzen Blickwechsel zückten Paul und Lang ihre Dienstwaffen, Paul öffnete die Eingangstür. Kein Laut war zu hören. Janina und Milka wagten sich seitlich bis zur Eingangstür vor. Gespannte Stille – bis plötzlich Pauls lauter Ruf zu hören war: »Notarzt, Spurensicherung. Aber schnell.«

Janina beeilte sich, der Anordnung zu folgen. Andrea Paludi, drauf und dran, sich von den Polizisten zu lösen, wurde vom Polizeihauptmeister festgehalten. Milka schlich sich ins Haus, folgte Pauls Stimme. Eine schmale Steintreppe führte in den Keller. Es war feucht, es roch muffig und es war dunkel. Die beiden schwächlichen Glühlampen erzeugten nur ein dünnes gelbliches Licht, das von den schmutzigen Wänden fast geschluckt wurde. Eine gespenstische Szenerie. Rechts, weiter hinten, lag regungslos ein Mann auf der Seite, die Beine angewinkelt. Eine Blutlache, interpretierte Milka die feuchte Stelle neben seinem Hals. Eine Strumpfmaske lag daneben. Die hatte Paul ihm wohl abgestreift. Links von ihm versuchte Lang, eine junge Frau in einem dünnen, total verdreckten Sommerkleid vorsichtig in eine Sitzposition zu bringen. »Geht das?«, fragte Lang. Lara Lena Thaler gab ein Krächzen von sich. Paul Eichert hörte Milka und drehte sich um. Er verstand. Sie wollte nicht länger bleiben. »Bist du nachher zu Hause?«

Milka nickte nur. »Ja.«

Es war später Abend, als Paul kam. Sich auf das Nötigste beschränkend, war Milka ihren familiären Informationspflichten nachgekommen. Beinahe länger dauerten die Gespräche mit Beate, Bettina und ihrem Bruder – um sich zu bedanken. Jonas, zumindest mit landwirtschaftlichen Maschinen längst vertraut, erhielt eine bereinigte Version des Bergtages.

»Erzähl«, sagte Milka und schob Paul eine Schorle zu.

»Zwei Männer hatten Frau Thaler auf ihrem Weg nach Hall geschnappt. Überholt, ausgebremst, betäubt und dann in dieses Haus gebracht. Ins Detail konnten wir mit ihr bisher nicht gehen, sie ist noch zu schwach. Völlig dehydriert. Gesehen hat sie keinen.« Er nahm einen Schluck seiner Schorle und griff nach einem der belegten Brote.

»Und heute Nachmittag?«

Paul kaute. »Sie konnte nicht sagen, um welche Uhrzeit. Einer kam herein, Strumpfmaske über den Kopf. Sie bettelte um Wasser. Dann kam der zweite dazu. Sie stritten. Dann zog einer von ihnen eine Pistole und schoss, zögerte einen Moment, drehte den Mann um und ließ ihn wieder zurückfallen. Wortlos. Sie fragte nach Wasser. Der Mann knurrte nur. Er ging raus und ließ sie zurück. Neben dem Toten.« Paul griff nach einem Brot.

»Da wollte einer nicht teilen, hat sich das ganze Geld geschnappt und ist abgehauen, kurz bevor wir kamen.« Paul nickte. »Und Simon Thaler hat Paludi den Ort verraten.«

»Ja«, sagte Paul. »Er hatte gelauscht. Wir müssen jetzt warten, was die Spurensicherung herausfindet. Und bis Lara Thaler so weit ist, dass wir sie ausführlich befragen können.«

Es war spät, als Milka Paul zur Tür brachte. »Was mich verwundert«, sagte Milka, »ist Paludis Verhalten. Warum ist er von Langenburg nach Hall gefahren?«

KAPITEL 10 – MITTWOCH

»Erinnern Sie sich an Sarah Link, Milka?« Klar erinnerte sich Milka. Warum aber bitte rief Professor Lothar Ebert morgens um 7 Uhr bei ihr an, um diese Frage zu stellen? Und warum war er um diese Uhrzeit bereits wach? Dass sie selbst seit eineinhalb Stunden ihre Aufgaben abarbeitete, war schließlich eine andere Sache.

»Milka, sind Sie noch dran?«

»Lothar, haben Sie mal auf die Uhr gesehen? Also, was ist mit Frau Link?«

»Sie hat gestern sehr spät einen sensationellen Fund gemacht. Auf dem Grabungsfeld von diesem Muntz. Der Fund entlastet mich total.«

Milka unterdrückte ein heftiges Gähnen. Eine Tasse Kaffee an diesem Morgen konnte ihr Schlafdefizit nicht ausgleichen. »Wie schön für Sie, Lothar. Geben Sie den Fund doch diesem … diesem Kommissar Biehl in Sigmaringen.«

Milka hörte Professor Eberts Schniefen. Gräserpollen, Getreide-Allergene? Egal. »Sie will nicht. Will erst mit Ihnen sprechen.«

»Und warum, zum …«, Milka verschluckte das Wort.

»Sie meint, da wäre was Wichtiges. Bitte, Milka.« Der Professor hörte sich an wie ein Kleinkind vor der Theke des Eissalons. Absolut nicht sein üblicher Stil. »Sie meint, das könne Sie weiterbringen.«

»Was haben Sie ihr denn um Himmels willen über mich erzählt, Lothar?« Milka wartete seine Verlegenheitspause ab.

»Na ja, dass Sie halt Erfahrung in der Lösung kniffliger Kriminalfälle haben. Stimmt doch, oder?«

»Dank Ihrer Hilfe, Lothar.« Milka seufzte und blickte auf ihre Uhr. »Kurz vor 11 Uhr, Heuneburg.« Sie legte auf, rief ihren Bruder Christoph an und schnappte sich den Karoq. Ihr Käfer hatte die letzten Tage genug erlebt.

Sarah Link sah erhitzt aus, als Milka eintraf, trotz zwei in den Boden gerammten Sonnenschirmen. Milka sah einen gebückten Rücken in einem verschwitzten T-Shirt, kräftige gebräunte Arme und eine lädierte graue Arbeitshose mit schwarzen Patches. Die dunklen Haare versteckten sich unter einer Schirmmütze. Nach einem schnellen Blick auf Milka und Professor Ebert arbeitete sie ungerührt zwei Minuten weiter, bis sie sich mit einem »So« aufrichtete. »Wir gehen gleich zu Walter. – Weigel«, ergänzte sie, als sie Milkas fragendes Gesicht sah.

Doktor Weigel saß, bewaffnet mit einer großen Lupe und Pinzette, in dem Zelt, in dem nach wie vor die Truhe stand. Er stand auf und begrüßte Milka mit einem festen Händedruck. »Ihr rehabilitierter Professor und Sarah, sie passen gut zusammen, wenn es darum geht, verborgenen Dingen auf die Spur zu kommen. Setzen Sie sich.« Er zog Handschuhe über. Einer dünnen Metallhülse entnahm er mit der Pinzette einen mit Bleistift beschriebenen Zettel. Er beschwerte die Enden und gab seinen Stuhl frei. »Martins Schrift«, kommentierte Frau Link. Milka las.

Liebe Sarah, im Augenblick fürchte ich um mein Leben. Ich sah aus Zufall, wie dieser Barraco die Truhe öffnete und die Box mit den Ringen nahm. Nur, er sah mich auch. Er drohte mir massiv. Wenn ich nur ein Wort darüber verlieren würde, wäre ich ein toter Mann. Ganz egal, ob er verhaftet würde. Da wären noch andere. Den Ebert sollte ich beschuldigen. Und dabei bleiben. Egal was ich gefragt werde. Ich hoffe inständig, dass du diese Zeilen nie lesen musst. Ich habe wirklich schreckliche Angst. Auch, was sonst mit meiner Familie wäre. Martin.

Milka blickte zu Frau Link. »Ist das seine Schrift? Und klingt das für Sie plausibel? Auch Wortwahl und Formulierung?«

»Wir haben uns nicht gerade viel geschrieben. Ich halte es allerdings für authentisch. Nachdem er ausgefallen war, wechselte ich gestern das Grabungsfeld. Ich erkannte schnell, dass eine sehr kleine Fläche wieder geschlossen worden war.«

»Sarah war perfekt«, meldete sich Doktor Weigel. »Nichts wurde mit der ungeschützten Hand angefasst.« Im Begriff, das Papier wieder in die Hülle zu stecken, sagte Milka: »Halt.« Sie fotografierte die Notiz mit dem Handy. »Haben Sie Kommissar Biehl verständigt?«

»Professor Ebert meinte, wir sollten auf Sie warten.«

Milka grinste innerlich. Weiß der Himmel, was Lothar da erzählt hatte. »Freut mich, ist aber nicht hilfreich. Sie sollten ihn anrufen.«

»Da ist noch etwas«, sagte Doktor Weigel und schaffte es tatsächlich, einen Hauch von Verschwörung in seine gesenkte Stimme zu legen. »Sarah und ich, also wir haben über diese Arch.Search recherchiert. Nach außen hin scheint die ganz in Ordnung zu sein. Sonst hätten wir die auch nicht als Subunternehmer.« Er blickte Frau Link auffordernd an.

»Ich hing zwei Tage lang am Telefon, rief Freunde an, Archäologen, ehemalige Studenten.« Sie schob Milka einen Zettel zu. »Hier die Namen von den beiden, die etwas sagen konnten.«

»Ja?«, sagte Milka, nach einem flüchtigen Blick auf die Notiz.

»Das Urteil war vernichtend. Dilettanten, unzureichende Kenntnisse und, in einem Fall, dringender Verdacht der Unterschlagung von wichtigen Funden.«

»Aber leider ohne handfesten Beweis«, meldete sich Lothar Ebert. »Übrigens hat Arch.Search auch an Claus Thaler geliefert. Ob auch von der Heuneburg – da müsste ich ihn fragen.«

»Da kommen Sie zu spät, Lothar.« Milka biss sich auf die Lippen. Die Information hätte sie für sich behalten müssen. »Erkläre ich später«, sagte Milka, Lothars entsetzten Ausdruck erkennend.

»Und da ist noch etwas. Vielleicht fangen Sie damit etwas an. Unser Uni-Sekretariat hat nachgeforscht über die Arch. Search GmbH. Klar, Constantin Greiff ist der Geschäftsführer. Es scheint einen stillen Teilhaber zu geben, den konnten sie aber nicht ermitteln. Jedenfalls, Crailsheim zählt wohl zu Ihrem Revier.«

Milka fragte sich, was Sarah Link wohl mit Revier meinte. Die Information zu einem stillen Teilhaber der Arch.Search war ihr neu. Auch Paul hatte nichts gesagt. »Haben Sie irgendjemandem, aus Ihrem Team vielleicht, davon erzählt?«

»Aber nein, kein Wort.« Doktor Weigel gab sich tatsächlich entrüstet. »Werden wir auch nicht tun«, bekräftigte er. Er senkte seine Stimme. »Was mir schleierhaft ist – dieser Barraco, er musste doch wissen, dass er früher oder später auffliegt. Warum also so eine sinnlose Tat?«

Milka verstand sein Argument. »Er gewann jedenfalls Zeit. Zeit, um seine Flucht vorzubereiten. Und, Herr Weigel, er muss nicht Ihrer Logik folgen. Solche sinnlosen Handlungen erfolgen auch mal spontan, aus dem Augenblick heraus.« Milka blickte auf die Uhr. »Höchste Zeit, Kommissar Biehl anzurufen.«

Milka war auf dem Rückweg. Biehl hatte sich kurz echauffiert, dass Doktor Weigel sich nicht sofort und unmittelbar an ihn gewandt hatte, ließ sich aber von Milkas geschickt gestreuten Komplimenten besänftigen. Er sagte eine schnelle Analyse der Metallhülse und der Notiz zu, Sarah übergab eine Schriftprobe aus Muntz' Notizbuch. Und Milka versprach, Hauptkommissar Eichert umfassend zu informieren, auch über die jetzt vorliegende DNA-Spurenanalyse auf dem Spaten, und ja, auch die Grüße würde sie ausrichten. Professor Ebert erhielt einen kräftigen Schlag auf die Schulter, was ihn, da unerwartet, zusammenzucken ließ. Und die Bestätigung, dass selbstverständlich jedes Verdachtsmoment gegen ihn jetzt ausgeräumt sei. Eine Entschuldigung erhielt er nicht, was den Professor, kaum saß er in Milkas Karoq, zu einem kurzen und heftigen, verbalen Kreuzzug gegen die Sigmaringer Kriminalpolizei veranlasste, der bei Milka ein Schmunzeln auslöste: Der Professor hatte sich wieder gefunden.

Paul Eicherts Telefon widersetzte sich Milkas hartnäckigen Anrufversuchen durch ein penetrantes Besetztzeichen. Schließlich erreichte sie Oberkommissar Lang und wurde ihre Informationen zu den Gesprächen mit Doktor Weigel und Kommissar Biehl los.

Professor Ebert hielt es kaum auf dem Sitz. Kaum war das Telefonat beendet, platzte er heraus: »Was ist jetzt mit Thaler? Warum zu spät?«

Milka berichtete, auch über die Entführung, immer wieder von Lothar Eberts bohrenden Fragen unterbrochen. Es gelang ihr nicht immer auszuweichen oder auf die ausstehenden Ermittlungen zu verweisen. Schließlich war der Professor in anderen Fällen äußerst hilfreich gewesen. Und, Milka schätzte seinen analytischen Verstand. Der erwies sich auch jetzt als wach. »Wenn ich das richtig sehe, Milka, wurde diese Entführung bereits vor längerer Zeit geplant. Das kann nicht erst nach dem Anschlag auf Thaler geschehen sein.«

»Wegen dieses versteckten, verfallenen Gebäudes, Lothar?«

»Unbedingt. Das musste doch erst gefunden und auf seine Eignung hin geprüft werden. Aber auch diese Lichtung im

Wald, die Platz für die Drohne bot.« Ebert deutete auf das Ankündigungsschild einer Raststätte. »Könnten wir da vielleicht einen Kaffee ...«

Milka nickte nur. Auch sie hatte eine Pause nötig. Dringend.

Kaffee und ein großes Kuchenstück mit einer Portion Sahne – der Professor beugte sich vor, jetzt ein wenig gelöst wirkend. »Dieses Attentat und die Entführung – das waren doch bestimmt dieselben Täter. Da ist zunächst einmal das Timing.« Milka lächelte. Ab und an schmuggelte der Professor Anglizismen ein. Vielleicht auch nur, um zu zeigen, dass er nicht vom Zeitgeist abgehängt wurde. »Und dann – in beiden Fällen eine Drohne. Kann ja nur dieselbe gewesen sein.« Er stach die Spitze des Johannisbeerkuchens an und schien mit der Qualität höchst zufrieden zu sein. »Also, das war ein und derselbe Täter – vielmehr zwei. Mindestens.«

»Zu diesem Ergebnis, Lothar, sind auch wir gestern gekommen. Die Frage ist nur, wer steckt dahinter, welchen Grund haben Anschlag und Entführung?«

Lothar Ebert konzentrierte sich jetzt ganz auf seinen Kuchen. Und auch Milka verspürte im Moment keine Lust auf weitere wilde Spekulationen.

Im Auto murmelte der Professor vor sich hin. Unverständlich, das Motorengeräusch beim Beschleunigen verschluckte seine Worte. »Was geht Ihnen denn gerade im Kopf herum, Lothar?«

Er zierte sich, ließ sich ein zweites Mal bitten. »Diese Arch. Search. Haben auch an Thaler verkauft.«

»Ja, das hatten Sie bereits erzählt«, sagte Milka, da er nicht weitersprach.

»Weiß ich doch. Zwei wichtige und teure Stücke hatte ich letztens für ihn geprüft und meine Zweifel an der Echtheit geäußert. Er war sauwütend, würde Sebastian sagen.«

Milka horchte auf. »Was wollte er denn unternehmen?«

»Was weiß ich? Das war vor vier Wochen. Er wollte einen weiteren Gutachter konsultieren, einen Händler in Frankfurt, von dem er auch ab und zu kaufte. Und er drohte, den Greiff und seine Gesellschaft fertig zu machen.«

»Und das alles erzählen Sie mir erst jetzt, Lothar?« Milka klang tatsächlich entrüstet.

Der Professor blickte zum Seitenfenster hinaus, einigermaßen verlegen, wie es schien. »Der Thaler, er konnte manchmal sehr aufbrausend sein, man musste ihn nicht immer ernst nehmen.« Milka antwortete nicht. Der Professor seufzte, lenkte ab vom Thema. »Alles so geheimnisvoll, so wie die Druiden.« Nachdem sie eine lange Strecke vor sich hatten, tat Milka ihm den Gefallen – und sich. »Viel weiß man wohl nicht über die, oder? Männer mit wallenden Bärten, gekleidet in weiße Gewänder und ständig mit dem Schneiden von Mistelzweigen beschäftigt. Wenn sie nicht gerade die Lust verspürten, Menschenopfer darzubringen.«

Ebert gab sich gespielt entrüstet. »Jaja. Das ist so die gängige Meinung. Und daran tragen die Römer Schuld.«

»Nicht die Kelten, die Römer?«

»Unbedingt. Das war Gaius Plinius Secundus Maior, auch Plinius, der Ältere, genannt. Ein römischer Gelehrter, Offizier und Verwaltungsbeamter. Und der hat in seinem enzyklopädischen Werk zur Naturkunde dieses Bild der Druiden gemalt – könnte man sagen.«

»Und das ist falsch?«

»Hm. Höchstwahrscheinlich hat der niemals in seinem Leben einen Druiden gesehen. Woher also hatte er die Kenntnis? Eine Quellenangabe fehlt. Ich als Doktorvater hätte so was nicht durchgelassen. Und leider, so seltsam es klingen mag, die Druiden selbst haben nichts Schriftliches hinterlassen. Nichts, was uns Fakten über ihre Vorstellungswelt oder ihren Alltag liefert. Zudem: Die Kelten gibt es nicht, sie waren nie ein homogenes Volk, bestenfalls ethnische Gruppen mit ähnlicher Kultur. Gesichert scheint aber, dass die Druiden bei vielen keltischen Völkern für den Götterkult zuständig waren. In der Bezeichnung steckt das keltische Wort ›uid‹, das für ›klug‹ oder ›weise‹ steht.«

»Klugheit hin oder her. Menschenopfer scheinen sie auch gebracht zu haben, erzählte mir Bettina.«

Professor Ebert nickte nachdenklich. »Das haben die Römer ihnen dann ausgetrieben. Kaiser Claudius war das, wenn ich nicht irre. Der Druidenkult überlebte dann nur eine Zeit lang in Britannien …« Er brach ab, als Milkas Handy klingelte.

»Milka? Lang hat mir kurz berichtet. Wo steckst du eigentlich?«

»Bringe gerade Professor Ebert nach Crailsheim. Er nimmt von dort den Bus nach Kirchberg.«

»Du warst an der Heuneburg, sagte mir Lang?«

»Ja.«

Paul interpretierte Milkas kurze Antwort richtig. »Ruf mich an. Bald!«

Milkas Angebot, ihn vielleicht doch bis nach Kirchberg zu fahren, lehnte der Professor dankend ab. »Es ist schon reichlich spät. Das geht schon. Rufen Sie mich an, wenn Sie mehr wissen. Schließlich habe ich jetzt einen Auftraggeber weniger. Und es würde mich interessieren, was mit der Thaler'schen Antiquitätensammlung passiert.«

Da, dachte Milka, würde der Professor wohl warten müssen. So oder so.

Milka rätselte auch später noch, was sie da ritt. Jedenfalls führte ihr Karoq sie auf kurzem Weg in den Stadtteil Altenmünster vor ein freistehendes zweigeschossiges Wohngebäude mit dem Schild »Arch.Search« auf dem Pfeiler an der Zufahrt. Ihr Karoq parkte hinter einem schwarzen japanischen Wagen. Jetzt, vor dem Haus, wurde Milka unschlüssig. Es war eine Impulsivhandlung. Eigentlich wollten sie und Paul schon längst das Gespräch mit Greiff suchen. Immer kam Dringlicheres dazwischen. Milka blickte durch die offene Seitenscheibe, weiter mit sich ringend, ob sie nun sollte oder nicht sollte. Die Haustür öffnete sich. Ein Mann, so um die Mitte 40, dunkle Haare, eine Umhängetasche in der Hand, verabschiedete sich von Greiff, der im Hintergrund blieb. Der Mann ging auf den Nissan Leaf zu, grüßte sie im Vorbeigehen mit einem kurzen Nicken und stieg ein. Milka gab sich einen Ruck. Jetzt war sie da, und jetzt musste sie auch rein. Auf dem Weg zur Haustür warf sie einen Blick zurück. Der Mann sah ihr nach.

»Ja?«, klang nach Milkas Druck auf die Taste aus dem kleinen Lautsprecher.

»Milka Mayr. Ich hätte Sie gern kurz gesprochen.«

»Ich erwarte Besuch.«

»Nur ganz kurz.«

Der Summer ertönte, Milka drückte die Tür auf und blieb im Windfang stehen. Constantin Greiff kam ihr entgegen, diesmal sehr leger gekleidet – aber mit blütenweißem Hemd. Die drei offen stehenden Knöpfe gaben den Blick auf einen behaarten Brustkorb frei. Er gab sich ungeheuer dynamisch. »Nicht mehr als zehn Minuten, ja? Kommen Sie in mein Büro.«

Greiff schob einige Akten zur Seite, drehte seinen Bürostuhl, deutete auf einen Besucherstuhl gegenüber und setzte sich. Ellbogen auf den Tisch, die Hände formten ein Dach unter seinem Kinn. »Ja?«

Milka verfluchte sich innerlich. Warum hatte sie sich nicht wenigstens einige bohrende Fragen ausgedacht. Und jetzt?

Improvisation war gefragt wie bei einem modernen Theaterstück. Freies Spiel der Darsteller. Jeder denkt seinen Text. Milka wählte einen im Grunde nichtssagenden Einstieg. Eine lapidare Feststellung: »Der Vorgang an der Heuneburg beschäftigt uns nach wie vor, Herr Greiff.«

Die Fingerspitzen öffneten sich für einen kurzen Moment, gaben den Weg frei für ein gelangweiltes »Und?«

Milka wunderte sich, dass Greiff ohne jede Nachfrage über das »uns« hinwegging. »Sie wussten nicht, dass Herr Barraco mit Herrn Brunner, Ihrem Teamleiter, über seinen …«

Greiff gab sich geduldig. Und gelangweilt. »Das ist doch alles bekannt, Frau Mayr. Sie sollten sich halt besser mit der Kripo in Sigmaringen koordinieren, meinen Sie nicht?«

»Und meinen Sie nicht, dass Herr Brunner, der laut Doktor Weigel durchaus qualifiziert ist, …« Milka hob die Hand, als sie merkte, dass Greiff sie unterbrechen wollte. »… dass er in vier Wochen merken müsste, dass Barraco von Kelten und Archäologie so gut wie keinen Schimmer hat. Das merkt man doch früher, oder?«

Constantin Greiff setzte sich aufrecht. »Davon hat mir Brunner nichts gesagt. Kann ich mir nicht vorstellen. Wer behauptet denn so was?«

Milka ging nicht darauf ein. »Haben Sie sich mit Herrn Brunner in der Zeit, da Barraco hospitierte, an der Heuneburg getroffen?«

Greiff zog die Augenbrauen hoch, als würde er ernstlich nachdenken. Er schlug tatsächlich seinen Tischkalender auf und blätterte. »Geht meist schneller als mit dem Handy. Nein, nichts. War's das jetzt?«

»Wir wissen von einem Ihrer früheren Mitarbeiter, dass er wegen Unterschlagung eines Fundes verklagt wurde. Gab es da weitere Fälle?«

»Werden Sie gefälligst nicht frech. In jedem Unternehmen

kann es mal ein schwarzes Schaf geben. Dagegen ist man nicht gewappnet.«

»Was hat eigentlich Herr Thaler zu den gefälschten Stücken gesagt, die Sie ihm lieferten?«

Greiff sprang auf. Milka spürte, dass sich die Situation schlagartig zuspitzte. Er schien sich mühsam zu beherrschen. Nur seine Stimme hatte er nicht im Griff. Er schrie jetzt. »Sie spinnen doch! Das ist alles haltloses Geschwätz. Sie verlassen jetzt mein Haus, sofort.«

Milka stand auf, sagte artig: »Danke für das Gespräch«, und ging hinaus – in den Gang. Das Foto von Greiff mit Traufel in der Hand war weg, ersetzt durch eine Aufnahme römischer Münzen. Das Bild hatte ein geringfügig kleineres Format. Milka überlegte blitzschnell. Sollte sie? Sollte sie nicht? Besser nicht. Greiff würde leugnen. Sie konnte ohne Bild nicht beweisen, dass Barraco mit ihm abgebildet war. Und machte sie ihn darauf aufmerksam, würde er die Aufnahme vernichten. »Haben Sie eigentlich einen stillen Teilhaber in Ihrem Unternehmen, Herr Greiff?« Sie stellte ihre Frage an der Haustür. Leichthin, als wäre sie ohne jede Bedeutung. Greiff öffnete die Tür, sein Gesicht jetzt ein kontrolliertes Pokerface ohne jede Regung. »Raus«, sagte er und schlug die Tür hinter ihr zu.

Milka war perplex. Keine Antwort? Nun ja, keine Antwort war irgendwie doch eine. Allerdings – so wütend, wie er war, war das irgendwie verständlich. Sie ging zu ihrem auf der anderen Straßenseite stehenden Wagen, der schwarze Nissan war weg. Für einen Moment blieb sie regungslos hinter dem Steuer sitzen. Nur, schlaue Gedanken wollten einfach nicht kommen. Was sollte sie mit diesen Nicht-Informationen jetzt anfangen? Von Greiffs Tisch gefallene Brosamen. Nichts, was satt machte. Sie startete. Ab zum Hofgut.

Kurz hinter Maulach parkte ein schwarzes Auto unweit der

Straße auf einem Feldweg. Ein Mann stand an der Abzweigung zum Weg und winkte. Milka bremste ab, hielt, warf einen Blick in den Rückspiegel und stieg aus. Greiffs Besucher, der Mann mit dem Nissan. Er schien Milka wiederzuerkennen. Er lächelte und deutete auf den Wagen. »So ist das mit der E-Mobilität. Die Anzeige gaukelte mir vor, dass ich locker bis nach Hall kommen würde. Und vor zwei Kilometern änderte dann die Elektronik ihre Meinung. Fahren Sie zufällig in diese Richtung?«

Milka nickte. Eigentlich wollte sie nach Bühlerzell, nicht direkt nach Hall. Sie konnte sich aber auch mit Paul treffen. »Ich nehme Sie mit.«

»Wunderbar. Ich nehme nur meine Tasche aus dem Kofferraum. Der Wagen wird abgeholt.« Mit ihrer Alterseinschätzung lag sie richtig, dachte Milka. Ein leicht rundliches Gesicht, kurze Nase, um das Kinn ein Dreitagebart, randlose Brille. Und ein gewinnendes Lächeln. Er legte eine lädiert aussehende Reisetasche und sein Messengerbag auf den Rücksitz und stieg ein.

»Spiegel, Till Spiegel«, sagte er. Milkas leises Lächeln erkennend, ergänzte er: »Meine Eltern wollten es so.«

»Milka Mayr«, sagte Milka lachend.

»Ihre wollten das wohl auch, ja?« Spiegel lachte mit. »Können Sie mich in Hall absetzen? Landgasthof *Pflug*. Gleich wenn man …«

»Danke, ich weiß, wo das ist. Hervorragende Küche. Ein Michelin Stern, oder?«

»Genau. Waren Sie schon dort?«

Milka schüttelte nur den Kopf. Es entstand eine kurze Pause, bevor Herr Spiegel wieder sprach. »Darf ich Sie etwas fragen?«

»War das jetzt nicht bereits eine Frage?«, gab Milka zurück.

Er bemerkte das verräterische Zucken in Milkas Mundwinkeln.

»Haben Sie etwas mit Archäologie zu tun? Ich meine, weil Sie bei Arch.Search waren?«

»Eigentlich nicht. Ich bin in der Landwirtschaft und ...«

»... und auf Ihrem Acker wurde etwas gefunden, das vielleicht ausgegraben werden möchte?«

»Wir graben nur selten. Meist pflügen wir.« Das brachte Milka so ernst hervor, dass Spiegel verstummte. Lächelnd fügte sie hinzu: »Zur Erklärung: Mein Freund und ich, wir befassen uns momentan mit der Heuneburg. Da Sie bei Greiff waren, dürfte Ihnen diese keltische Stätte bekannt sein.«

»Ist sie. Und Ihr Freund ist auch in der Landwirtschaft?«

»Wird das jetzt nicht ein wenig zu persönlich, Herr Spiegel? Aber gut. Nein, er ist Kriminalhauptkommissar in Schwäbisch Hall.«

Milka war geneigt anzunehmen, dass Herrn Spiegels Wissensdurst nun gestillt sei. Jedenfalls schwieg er die nächsten zwei Kilometer. »Ich bin investigativer Journalist«, sagte er, als müsse er sich diese Information abringen. Er wartete mit einer weiteren Erklärung ab, wohl um zu erfahren, ob Milka mit dieser Bezeichnung etwas anfangen konnte.

»Sie untersuchen, sammeln Informationen, führen umfangreiche Recherchen durch. Oft zu einem bestimmten Schwerpunktthema.«

»Das trifft es sehr gut, Frau Mayr. Nur gerade jetzt bin ich, na ja, man könnte sagen, in eher privater Sache unterwegs. Ein Händler in Frankfurt fühlt sich betrogen.« Spiegel brach ab, überlegte wohl, ob er weiter ins Detail gehen sollte.

Milka bog rechts ab, fuhr auf den Parkplatz des Landgasthofs. »Und er hat Sie mit der Nachforschung beauftragt. Soll ich raten? Er bat Sie, Arch.Search unter die Lupe zu nehmen.«

Herr Spiegel öffnete die Tür, stellte Tasche und Bag neben das Auto und sprach durchs offene Fenster weiter. »Hätten Sie Lust, mit mir zu Abend zu essen? Sie sind eingeladen.«

Milkas skeptischen Blick erkennend, ergänzte er: »Und Ihr Kriminalhauptkommissar auch. Bringen Sie ihn mit. 19 Uhr?«

Seit 18 Uhr saß Milka in Pauls Büro, zusammen mit Lang und Janina. Es sah chaotisch aus. In wenigen Wochen sollte der Umzug des Reviers stattfinden. Überall stapelten sich bereits die Kartons. Die große Tafel an der Wand war vollgepflastert mit kleinen, verschiedenfarbigen Karten, Fotos und einem Liniengewirr. »Fest steht«, sagte Paul, »der mit dem Lösegeld geflüchtete Entführer ist Enrico Barraco. Die Fingerabdrücke in dem Haus bei Großaltdorf sind identisch mit den Abdrücken, die Biehl in dessen angemieteter Bude bei der Heuneburg fand. Und er hat, ich wette, wohl auch den Mann erschossen.«

»Von dem wir aber nichts wissen – bis jetzt«, ergänzte Janina.

Paul blickte Lang an, der schüttelte den Kopf. »Negativ – bisher. An der Munition sind wir dran. Kein Handy, nichts, was uns helfen würde.«

»Und Lara Lena Thaler?«, fragte Milka.

»War gerade mal für zehn Minuten ansprechbar. Sie hat keinen der Entführer gesehen. Wir haben die geschätzte Größe und dass beide nicht dick waren. Superbeschreibung. Kannst du glatt aushängen.«

Pauls Stift wanderte weiter an der Tafel. »Und Simon Thaler. Wir sind uns einig: Das werden die beiden Entführer gewesen sein.« Er deutete auf die hingekritzelte Drohne, die über dem Foto eines Aston Martin schwebte.

»Und der eine, der andere oder alle beide haben wohl auch Wagner auf dem Gewissen.«

Paul zögerte kurz. »Es spricht einiges dafür, Janina. Nur da ist unsere Beweislage höchst dürftig.«

»Kam eigentlich Simon Thaler?«, wollte Milka wissen.

»Ja, ich rief ihn an. Er fuhr direkt nach Hall ins Krankenhaus.« Paul tippte zweimal mit seinem Stift auf Simon Thalers Foto an der Tafel. »Mit ihm müssen wir dringend reden.«

Lang hob Pauls Telefon ab. Es hatte nur geblinkt. »Ja gut«, sagte er. »Die Fahndung nach Barraco ist raus.«

»Hoffentlich erwischen wir den Kerl lebendig. Wir müssen herausfinden, warum er Thaler umbrachte. Aus meiner Sicht ist die Entführung nur ein Beifang.« Paul zögerte, dann verzog er sein Gesicht zu einer Grimasse. »Vielleicht ist das Lösegeld sogar die Entlohnung für den Mord an Thaler. Perfider geht es nicht. Er konnte schließlich nicht ahnen, dass Paludi das Geld bereitstellt.«

Milka berichtete über Lothar Eberts Aussage zu Thaler, Arch.Search und der Fälschung. Der Kriminalhauptkommissar, bei allem, was nicht mit Milka zu tun hatte, eher kühl und beherrscht, war nahe einem Wutanfall. Sehr nahe. »Und warum erzählt er das nicht früher?« Seine Stimme klang gepresst. »Wenn er uns nicht mehrfach entscheidend geholfen hätte …« Er sprach es nicht aus. »Wir müssen uns Inga Thaler vornehmen. Und Simon Thaler. Und dann diesen Greiff.«

Paul Eichert blickte auf die Uhr. »Gut. Ihr dürft jetzt weitermachen. Milka und ich haben eine Verabredung. Vielleicht erfahren wir was.« Janinas fragendes Gesicht ignorierte er.

Milka sah sich interessiert um, als die Bedienung sie zu einem reservierten Ecktisch führte. Ein wunderbares, ruhiges, in warmen Tönen gehaltenes Ambiente mit blütenweiß gedeckten Tischen und einer gedämpften Beleuchtung. »Ein Aperitif?«, fragte Herr Spiegel. »Nur Wasser«, sagte Milka. »Medium.«

»Sie sind hier meine Gäste«, sagte Till Spiegel. »Schließlich hat mich Frau Mayr«, sein Blick streifte bewundernd

Milkas eng sitzendes Kleid, »aus einer misslichen Situation gerettet.«

»Das ist sehr freundlich von Ihnen – ich muss mich da aber herausnehmen«, stellte der Hauptkommissar klar.

»Sind Sie im Dienst?«

Paul Eichert lächelte. »Nein. Es ändert aber nichts an der Sache.«

»Das muss ich also akzeptieren«, sagte Spiegel und nahm die Karte entgegen.

Bei der Vorspeise gab es Einigkeit. Gemischte Blattsalate mit gerösteten Sonnenblumenkernen, Kirschtomaten und Balsamico-Vinaigrette. Till Spiegel wählte den Schwäbischen Zwiebelrostbraten, Paul die Fischvariation und Milka den Tafelspitz vom Albrind.

Paul übernahm die Initiative. »Sie sind investigativer Journalist, Herr Spiegel. Sind Sie denn auch für ein gleichnamiges Hamburger Nachrichtenmagazin gegenüber den Deichtorhallen tätig?«

»Ab und an, aber nicht angestellt«, bestätigte Spiegel. »Sie scheinen sich in Hamburg sehr gut auszukennen, Herr Eichert.«

»Paul war lange Jahre in Hamburg«, klärte Milka auf.

»Übrigens gibt es da eine Parallele«, sagte Paul Eichert. »Waren Sie schon in der *Kunsthalle Würth*?«

»Bislang nicht, habe ich aber fest vor. Und Ihre Parallele?«

»Beide Gebäude, das *Spiegel*-Haus in Hamburg und die *Kunsthalle Würth*, wurden vom dänischen Architekten Henning Larsen entworfen.«

Die Salate wurden serviert. Spiegel nickte anerkennend. »Frau Mayr hat Ihnen sicher berichtet, dass wir uns bei Arch. Search über den Weg liefen.«

»Ja«, sagte Paul Eichert, »und dass dies sozusagen ein, hm, kleiner investigativer Ausflug für Sie ist. Für einen Frankfurter Händler. Könnte es sein, dass ein Herr Thaler wegen einer Begutachtung bei ihm angefragt hat? Thaler aus Langenburg?«

Herr Spiegel versuchte gar nicht erst, seine Verblüffung zu verbergen. »Richtig. Aber wie kommen Sie zu dieser Information?«

Der intensive Austausch zog sich hinaus, die Gerichte schmeckten einfach zu gut. Die Information zu Claus Peter Thalers Tod und die näheren Umstände überraschten Spiegel. Er hatte der Zeitung nur eine kurze Meldung über einen Unternehmer entnommen, ohne Angabe eines Namens. Erst kurz vor dem Dessert, geeister Espresso mit warmem Schokoladen-Haselnuss-Kuchen, kam Till Spiegel auf Arch.Search zurück. »Dass die GmbH in kriminelle Geschäfte verwickelt ist, darüber sind wir uns einig. Und wir wissen, dass es einen stillen Teilhaber gibt, der nicht im Handelsregister steht. Was er übrigens auch nicht muss. Es ist ein Siegfried Herrmann, Rechtsanwalt in Schwäbisch Hall. Kennen Sie ihn, Herr Eichert?«

»Der Name ist mir bekannt. Aber nur der Name. Wissen Sie mehr?«

Till Spiegel schob den Dessertlöffel nachdenklich hin und her. »Lassen Sie mir noch etwas Zeit. Ich bin dran.« Es klang ein wenig geheimnisvoll, wie Spiegel das sagte.

»Von Ihrer aktuellen Spezialaufgabe einmal abgesehen, recherchieren Sie zu einem besonderen Thema?« Einige wenige Bemerkungen, die Spiegel einstreute, führten Milka zu ihrer Frage.

Spiegel lächelte. »Ja. Clans und ihr Einfluss in Deutschland. Schwerpunkt Geldwäsche.«

»Also kriminelle Geschäfte, mein Ressort«, sagte Paul Eichert.

»Selbst wir mit unserem kleinen Hofladen wissen, dass es ein Geldwäschegesetz gibt. Greift das nicht?«

»Hm. Es gibt auch ein Gesetz gegen Mord und Totschlag«, ergänzte der Kriminalhauptkommissar.

»Also hat Deutschland das, aus welchem Grund auch immer, nicht im Griff?«

Till Spiegel verzog das Gesicht zu einer sarkastischen Grimasse. »In Deutschland, so schätzt jedenfalls das Bundesfinanzministerium, beläuft sich der Betrag des gewaschenen Geldes auf etwa 100 Milliarden Euro. Jährlich, wohlgemerkt. Das sind keine Peanuts mehr.«

Milka zeigte sich verwundert. »Das muss doch irgendwie und irgendwem auffallen.«

Spiegel lachte leise, beinahe resignierend. »Tut es auch. Das Kernproblem ist im Moment die Nachweisführung. Das weiß Ihr Freund ganz bestimmt.« Er hob die Achseln, als wäre es eine unabänderliche Situation.

Milka überlegte. »Wie wird Geld überhaupt gewaschen? Das kann ja nicht so einfach sein. Die Bank will doch sicher wissen, was woher kommt, oder?«

Spiegel unterbrach kurz, als das Dessert kam. »Da gibt es viele Wege«, und wollte das Thema damit abschließen.

»Jetzt haben Sie mich neugierig gemacht. Erzählen Sie bitte«, insistierte Milka. Spiegels magere Antwort konnte Milka nicht wirklich nachvollziehen. Sie erklärte sich sein Zögern mit der Komplexität der Materie.

»Nun ja.« Spiegel beendete seine Denkpause. »Am Beispiel eines Immobilienerwerbs lässt sich das ganz gut erklären.« Milka sah ihn aufmunternd an. »Da kauft ein Investor in einer relativ attraktiven Lage einer Großstadt ein heruntergekommenes Mietshaus. Kaum Eigentümer geworden, bietet er den Mietern viel Geld, wenn sie freiwillig ausziehen. Wer mitmacht, der erhält Geld bar auf die Hand. Ungewaschenes

Geld selbstverständlich. Dann wird luxussaniert. Die vielen beteiligten Handwerksbetriebe werden, soweit irgend möglich, bar entlohnt. Und jetzt nehmen wir mal an, die Polizei bekommt eine Information, einen Tipp, und forscht nach.« Spiegel holte tief Luft und legte eine kurze Kunstpause ein. »Das macht sie im Grundbuch. Und siehe da, es steht nicht eine einzelne Person da drin, gekauft hat eine GmbH. Deren Anteile lassen sich auch besser handeln. Tja, und die Gesellschafter? Keiner in Deutschland sondern auf den Kanalinseln oder sonst wo, Belize beispielsweise.«

»Wo, bitte, ist denn Belize?«, wollte Milka wissen.

»Das ist ein kleiner südamerikanischer Staat, hat weniger Einwohner als Stuttgart.«

Milka nickte verstehend. »Und damit Ende der Fahnenstange.«

»Richtig. Nach der Sanierung verkauft der neue Eigentümer die einzelnen Wohnungen als Eigentum für Selbstnutzer oder Anleger, und siehe da, jetzt hat er seriöse Einnahmen, das Geld ist gewaschen. Ganz sauber.«

»Und da muckt keiner auf, hebt die Hand und ruft laut ›Betrug‹? Keine Hinweise?«

Kriminalhauptkommissar Eichert übernahm die Antwort auf Milkas Frage. Nicht alles, was Spiegel da erzählte, war für ihn neu. »Doch, schon. Über 70.000 im Jahr. Und etwa 98 Prozent kommen von Finanzinstitutionen.« Paul lachte bitter. »Gerade mal vier Verdachtsfälle von Steuerberatern und ganze 31 von Immobilienmaklern. Dazu muss man wissen, dass gerade der Immobiliensektor ein extrem hohes Geldwäscheaufkommen aufweist.«

Milka schüttelte ungläubig den Kopf. »Dann müsst ihr eben ermitteln, aus welchen krummen Geschäften die ungewaschenen Euros stammen.«

Spiegel grinste, hob seinen Dessertlöffel. »Richtig, Frau

Mayr. Nur, ganz so einfach ist das wiederum auch nicht. Wenn ein Hartz IV-Empfänger mit einem 911er Porsche rumfährt, fällt das selbstverständlich irgendwann auf. Aber der bei Weitem größte Teil des Geldes wird bei uns nur eingezahlt und investiert. Es stammt aus illegalen Geschäften im Ausland und wird über verschiedenste Wege eingeschleust. Deutschland ist einfach ein Geldwäscheparadies.« Das hatte Milka schon gelesen. »Der Anti-Mafia-Staatsanwalt Roberto Scarpinato soll einmal gesagt haben: ›Wenn ich Mafioso wäre, würde ich mein Geld in Deutschland anlegen.‹«

»Und das Thema der Clans hängt unmittelbar mit der Geldwäsche zusammen.«

Spiegel lehnte sich in seinem Stuhl zurück, nahm den kleinen Cognac entgegen, den er sich bestellt hatte. Paul und Milka hatten mit Hinweis, dass sie noch fahren müssten, dankend abgelehnt. »So ist es. Wir haben es nicht geschafft, bestimmte Ethnien oder zumindest ausländische Gruppen in unsere Gesellschaft zu integrieren. Zeit genug hatten wir. Anfänglich. Das Phänomen der Clans, der Clan-Kriminalität geht schließlich bis in die 1980er Jahre zurück. Im Libanon herrschte Bürgerkrieg. Insbesondere kurdische und palästinensische Familien kamen damals ins Land. Und im Lauf der Zeit waren es immer wieder andere Ursprungsländer.«

»Zugegeben«, sagte Paul Eichert. »Wir dürfen aber nicht verkennen, dass bestimmte Gruppen gar nicht willens waren, sich zu integrieren.«

»Was man auch, bis zu einem gewissen Grad allerdings, verstehen kann. Sei es, weil sie einen Identitätsverlust befürchteten, sei es, weil sie schlechte Erfahrungen mit uns erlebten, wir ihnen den Zugang zum Arbeitsmarkt verwehrten, zumindest aber erschwerten. Bestimmte Positionen waren ihnen verbaut, die Anmietung von Wohnungen extrem schwierig.«

»Das kann ich alles verstehen. Allein, eine Entschuldigung für kriminelles Handeln kann ich daraus nicht ableiten. Ist das Thema der Clans denn wirklich so relevant? In der Zeitung ist es, abgesehen von einigen wenigen Kurzmeldungen dazu, eher unterrepräsentiert.«

Spiegel kostete seinen Cognac und schien damit hochzufrieden. »Leider muss ich hier auf eine Zigarre verzichten. Es ist relevant, Frau Mayr. Die Politik hat häufig beide Augen zugedrückt, nicht erkannt oder nicht sehen wollen, dass sich kriminelle Subkulturen beispielsweise in kleinen oder mittelständischen Familienunternehmen bildeten. Erst in letzter Zeit scheint man sich des Problems wirklich bewusst zu werden. Was sich in gezielten Polizeieinsätzen bemerkbar macht.«

»Kürzlich las ich von etwa 15.000 arabischstämmigen Clans in Deutschland«, meinte Paul.

Spiegel nickte. »Die Zahl stammt aus Ihrem Haus, dem *Bund deutscher Kriminalbeamter*. Wobei mich persönlich weniger die Zahl an sich interessiert. Das ist Statistik, gehört natürlich dazu. Weitaus spannender ist eine Analyse der Strukturen einzelner Clans. Wie sie aufgebaut sind, wie sie gesteuert werden, auf welche – beinahe hätte ich Geschäftsfelder gesagt – Schwerpunkte sie fokussieren. Gewöhnlich sind das Drogenhandel, Schutzgelderpressung, Prostitution, Raubüberfälle, Einbrüche und Diebstähle. Eine vielschichtige Bandbreite.«

»Wobei sich in letzter Zeit neue Schwerpunkte entwickeln«, sagte Paul. »Cyberkriminalität beispielsweise.«

»Zurück zu den Strukturen, Herr Spiegel. Zeigen die ein einheitliches Bild?« Spiegel wartete, bis die Bedienung Wasser nachgeschenkt hatte.

»Keineswegs. Da gibt es beispielsweise in der Region Dortmund Clans, deren Mitglieder hauptsächlich junge Männer zwischen 20 und 30 Jahren sind. Die treten meist in großen Gruppen auf, zeigen Stärke. Man spricht da von einer ›Street Corner Society‹. Die sagen der Polizei glatt ins Gesicht: ›Das ist unser Stadtteil. Verpisst euch.‹ Nach meinen Informationen wird beispielsweise die Essener Innenstadt rund um den Hauptbahnhof bereits weitgehend von gewaltbereiten Clans kontrolliert. Dann sind da die kriminellen Großfamilien, meist in den Ballungszentren und oft mit einer eigenen Form von Unterweltgerichtsbarkeit.«

»Nicht nur in Großstädten, Herr Spiegel«, stellte Paul Eichert klar. »Auch im ländlichen Raum bauen Clans Strukturen auf, die sich je nach Herkunft und kriminellem Schwerpunkt unterscheiden.« Milka blickte Paul einigermaßen verwundert an. Darüber hatte er bislang nie gesprochen. Gut, dachte sie. Es war auch kein Anlass da gewesen.

»Richtig. Sie kennen das selbstverständlich. Es gibt da auch Merkwürdiges. Bei meinen Recherchen stieß ich auf Clans, die gezielt kleine Unternehmen aufbauten oder übernahmen, beispielsweise im Bereich der Bauwirtschaft. Ein Sinneswandel, eine innere Reinigung, könnte man auf den ersten Blick glauben. Auch ein gewisser Drang nach sozialer Anerkennung. Lüpft man dann die Decke an einem Zipfel, wird schnell ersichtlich, dass eine seltsame Verschmelzung legaler Geschäfte und krimineller Handlungen um sich greift. Dann wird in dem kleinen Bauunternehmen eben Geld gewaschen. Eine Schlange, könnte man sagen, kann sich so oft häuten, wie sie will, sie bleibt eine Schlange. Kürzlich brachte es der Generalstaatsanwalt der Antimafiabehörde, Federico Cafiero De Raho, auf den Punkt. ›Was die Mafia wirklich interessiert, ist, sich die Wirtschaft einzuverleiben‹, sagte er in einem Interview.« Spiegel nahm den letzten Schluck des Cognacs und lehnte sich zufrieden zurück. »Hier in Hall dürften Sie von all dem wohl verschont sein. Das ganze, wie sagen Sie, ›Ländle‹ Baden-Württemberg ist ohnehin weniger betroffen.«

Die aufmerksame Bedienung hob fragend die leere Wasserflasche, erhielt aber ein kollektives Abwinken.

»Sie vergessen nicht, sich zu melden, wenn Sie mehr über diesen stillen Teilhaber bei Arch.Search wissen«, erinnerte Milka.

»Bestimmt nicht«, bestätigte Spiegel. »Geben Sie mir eine Telefonnummer?«

Milka lächelte, deutete auf Paul Eichert. »Er ist Ihr Ansprechpartner.«

»Na gut«, sagte Spiegel etwas enttäuscht und stand auf.

Kriminalhauptkommissar Eichert ebenso. »Meine Rechnung – ich muss der …«

Spiegel unterbrach. »Sehen Sie es mir bitte nach. Als ich den Tisch reservierte, teilte ich bereits mit, das Restaurant sollte alles auf meine Rechnung schreiben.«

Der Kommissar wehrte sich. »So geht das nicht, Herr Spiegel, ich kann …«

Spiegel unterbrach erneut, jetzt mit einem verschmitzten Lächeln, wie Milka feststellte. »Eigentlich bezahlt das der ermordete Claus Peter Thaler, damit Sie herausfinden, wer ihn in die Luft gejagt hat. Nur über den kleinen Umweg des Frankfurter Händlers, der für die Spesen aufkommt.«

»Eine verschlungene Argumentation, die keine …«

»Kommen Sie, Herr Eichert. Sagen wir einfach so: sonst wären Sie an meine Information gar nicht gekommen.«

Milka ging dazwischen. »Ich bedanke mich für Ihre Einladung, Herr Spiegel. Rebers *Pflug* hat den Stern verdient.«

KAPITEL 11 – DONNERSTAG

Milkas Vater Georg, gewöhnlich in seinem Habitus so staubtrocken wie ein ungepflügter Acker im Hochsommer, blickte rund um den Frühstückstisch. »Ein neues Gesicht heute Morgen«, sagte er und schielte, auf Reaktion wartend, über seine Kaffeetasse. Klar wussten alle, wer gemeint war. Milka zeigte ein freundliches Gesicht und bedankte sich bei ihrer Mutter für das Spiegelei. Sie wappnete sich innerlich gegen die Breitseite, die unweigerlich kommen würde. Sie unterblieb. Ein kurzer Blick zu ihrem Bruder Christoph, und dessen kurzes Zwinkern mit einem Auge verriet ihr: Er, und wohl nicht nur er allein, musste zuvor ihren Vater ins Gebet genommen haben. Jedenfalls enthielt er sich weiterer Kommentare und tat so, als verlange das Frühstück seine volle Konzentration.

Laura stand auf, kam zu Milka und flüsterte: »Heute Abend, die Musikveranstaltung bei den Paludis. Bitte nicht vergessen.« Ihre Mutter Bettina lächelte, sie wusste Bescheid.

Nach dem Frühstück, während ihre Mutter in der Küche zugange war, führte Milka ein langes Gespräch mit ihrem Vater. Einfach war es nicht. Und wirklich überzeugen konnte sie ihn auch nicht. Sie schlossen aber eine Art Waffenstillstand. Und Milka versprach, spätestens Anfang nächster Woche wieder für den Hof da zu sein. Ohne Einschränkung.

Pauls erwarteter Anruf kam gegen 11 Uhr. In 20 Minuten wäre er vor der Tür, sie würden jetzt losfahren, beinahe wie geplant und mit Janina. Milka fragte nicht nach, warum Lang nicht dabei war. Paul erklärte das bestimmt auf dem Weg nach Langenburg.

»Ich brauche bei dir mal eine Führung über euer Hofgut«, meinte Janina Veit, als sie Milka die Wagentür aufhielt. »Hatte mir das viel kleiner vorgestellt.«

»Wir führen keine Nebenerwerbslandwirtschaft«, gab Milka lachend zurück. »Obwohl ich für die viel übrig habe. Sind uns in Sachen Ökologie oft voraus. Uns selbst mal ausgenommen, natürlich.«

Janina verstand, wie Milka das gemeint hatte. »Lang ist unterwegs zur Heuneburg. Er will das restliche Team von Arch.Search auseinandernehmen – zusammen mit Biehl, versteht sich. Sonst gibt's Knatsch.«

»Das Präsidium macht ohnehin bereits Druck«, ergänzte Paul. »Drei Tote, eine Entführte und gerade mal ein Verdächtiger und der ist …«

»Reicht das dem Präsidium etwa nicht?« Milkas Unterbrechung kam gespielt todernst.

»Mir reicht das jetzt. Ich wäre dir dankbar, wenn du mit Frau Thaler sprichst, Milka. Sie ist wieder daheim und anscheinend über den Berg, aber bestimmt noch wacklig. Janina und ich, wir nehmen uns die Tochter vor. Und Simon Thaler.«

Milka protestierte. »Ihr stellt mich da aufs Nebengleis.«

Paul wollte keinen Streit. »Mal sehen, wie sich das ergibt. Jedenfalls hat Simon Thaler seine Schwester heute Morgen abgeholt.«

»Was ist eigentlich mit Grell?«

»Grell? Wer ist Grell? Ach so, dieser Autofritze in Langenburg. Was soll mit dem sein?«

»Immerhin war er in der Halle mit Thalers Oldtimern. Und das nicht nur einmal.«

»Wir werden sehen.« Entweder, dachte Milka, ist er mundfaul oder er hat Grell als Randfigur aussortiert.

Paul bremste seinen Wagen vor den Stufen zum Eingang der Thaler'schen Villa ab. Frau Koch öffnete die Tür, bevor

Janina die Sprechanlage betätigen konnte, und führte sie ins Wohnzimmer.

Ein Bild wie gemalt, dachte Milka und unterdrückte ein wohl unangebrachtes Schmunzeln. Frau Thaler saß in einem tiefen Sessel zurückgelehnt, lethargisch. Sie hob gerade mal den Kopf, als sie hereinkamen. Lara Lena lag auf der Couch, den Kopf auf einem Kissen auf der Armlehne. Vor ihr kniete Andrea Paludi, ein Glas griffbereit in der Hand. Gegenüber fläzte sich Simon Thaler in einem Wink-Sessel. Bei ihrem Eintritt legte er die Zeitung zur Seite und stand auf. Milka hatte ihn eigentlich in der Firma vermutet. Andererseits war im Augenblick die Familie wichtiger.

»Hallo, Frau Mayr. Ich möchte mich, auch im Namen meiner Mutter und Lara, für Ihren Einsatz bedanken. Bei Ihnen selbstverständlich auch, Herr Eichert.«

»Dem kann ich mich nur anschließen.« Andrea Paludi kam auf sie zu, schüttelte ihnen die Hände. »Sie sehen es mir bitte nach, dass ich in dieser Situation … also bei dem Haus, wo Lara Lena … also, ich war da wohl etwas impulsiv.«

Milka war überrascht. Beide schienen lammfromm. Und wie hatte sich Paul vorgestellt, sollte sie jetzt Inga Thaler separieren? Sie konnte das Gespräch schließlich nicht im Beisein aller führen. Sie hatte eine Idee. Die Aquarelle im Vorraum. *IT*. Inga Thaler? Sie nahm Frau Thalers Hand und hielt sie für einen Moment fest. »Geht es besser, ja?«

Frau Thaler erhob sich. »Ja, viel besser. Ich bin so froh über Ihre Unterstützung. Vielen Dank.« Sie erwiderte den Händedruck. »Die Aquarelle im Vorraum, sind die von Ihnen, Frau Thaler?« Milka traf die richtige Frage.

»Sie interessieren sich für Kunst? Kommen Sie. Ich zeige Ihnen was.« Von einem zum anderen Augenblick schien Frau Thaler vollständig genesen zu sein. Sie überging die Aquarelle, winkte ab. »Jaja, sie sind von mir, aber Sie sehen selbst, über meinen ambitionierten Dilettantismus bin ich nicht wirklich hinausgekommen.«

Milka sah sich genötigt zu widersprechen, deutete auf ein Stillleben in wunderbar kräftigen Herbsttönen.

»Ja. Das ist mir wirklich gelungen. Wir gehen ins Untergeschoss.« Frau Thaler zeigte erstaunlichen Sachverstand, als sie Milka von einer Vitrine zur andern geleitete und die ausgestellten Exponate erläuterte. Überwiegend Keltisches und Römisches.

»Kannte sich Ihr Mann auch so gut aus wie Sie?«

Frau Thaler winkte ab. »Er betrachtete das als Geldanlage. Nicht, dass er die Sammlung versteckt hielt. Er zeigte sie gern. Nur fachlich – na ja, er ließ sich beraten. Von einem Professor Ebert.«

Milka überlegte blitzschnell. Sollte sie oder nicht? Sie entschied sich dagegen.

»Er bezog viele Antiquitäten von Arch.Search aus Crailsheim. Nur – mit denen hat er sich überworfen. Die haben ihm wohl Fälschungen angedreht. Für mehr als 300.000 Euro.«

»Ging er dagegen vor?«

»Aber sicher. Da kannte er nichts. Er wollte ein Gutachten abwarten, seine Anwälte waren bereits informiert.«

»Wusste Arch.Search davon?«

»Sicher. Ein Herr Greiff. Den hatte er her zitiert. Es fehlte nicht viel und die wären sich an der Gurgel gegangen.« So wie sich Frau Thaler echauffierte, musste ihr Kreislauf wieder vollständig intakt sein.

Milka wechselte das Thema. »Andrea Paludi und Ihre Tochter kennen sich schon lang?« Sie fürchtete insgeheim, Frau Thaler könnte bei ihren Fragen stutzig werden.

Frau Thaler lehnte sich an eine Vitrine. »Ja, mehrere Jahre. Seit Laras Abitur. Die Paludis haben einen Reitstall, wissen Sie.«

Da war der unauffällige Link. Milka erzählte von ihrer Nichte Laura. Sie holte ihr Smartphone hervor und blätterte durch einige Bilder. Laura hoch zu Ross. Unweigerlich kam die Diskussion um die Nachhaltigkeit des Interesses an Pferden auf. Und dass diese Leidenschaft ab einem bestimmten Alter gewöhnlich abrupt dahinschwand. »Nicht bei Lara«, sagte Frau Thaler. »Bis jetzt.«

»Wie stand denn Ihr Gatte zu der Verbindung?«

»Zu den Paludis?« Frau Thalers Stimme wurde leiser. »Nun ja, er ging da erst mal ein wenig auf Abstand. Und dann kam die Vermittlung dieses Ferraris – ein Schnäppchen, sagte er.« Frau Thaler richtete sich kerzengerade auf, holte tief Luft und blickte kurz um sich. »Ach was, zum Teufel. Erst war er dagegen, hat sich dann aber nach vielen Gesprächen mit Lara gebeugt.«

Milka nickte verständnisvoll, wagte einen Sprung. »Sie verzeihen, wenn ich das jetzt frage: Wie war Ihr Mann als Mensch, hatte er Feinde? Wie stand er zu Ihnen?«

Frau Thaler presste die Lippen aufeinander und richtete ihren Blick auf eine Vitrine. Sie sprach an Milka vorbei. »Wenn Sie so wollen – er konnte über Leichen gehen. Sein Wille zählte. Und – der Erfolg gab ihm recht. Dass er auf seinem Weg links und rechts Verletzte liegen ließ – es kümmerte ihn wenig. Auch was mich betraf.« Sie sah Milka jetzt direkt an. Bitterkeit lag in ihrem Blick.

Milka gab sich noch nicht zufrieden. »Trauen Sie irgendjemandem diese Tat an Ihrem Mann zu?«

Inga Thaler schüttelte den Kopf. »Glauben Sie mir, in jedem Moment, in dem ich in den letzten Tagen dazu fähig war, kreisten meine Gedanken um diese Frage. Klar, über Herrn Greiff stolperte ich. Wahrscheinlich nur, weil der Streit mit ihm nicht lang her ist. Aber sonst?«

»Wie stehen denn Sie selbst zu Laras Verbindung?«

»Ich möchte, dass meine Tochter glücklich wird. Und es sieht so aus, als würde sie das mit Andrea.«

Milka lächelte. »Eine diplomatische Antwort, Frau Thaler.«

Inga Thaler lächelte zurück. Das erste Mal in diesem Gespräch. »Und eine offene. Und warum fragen Sie mich das?«

»Sehen Sie mir diese Fragen bitte nach. Wir tappen im Dunkeln, und wir leuchten in alle Ecken.« Milka zögerte einen Moment. »Gehen wir wieder nach oben?«

Paul und Janina saßen bei einem Kaffee in Thalers Büro. Frau Koch musste es nach Richartz technischem Chaos in den aufgeräumten Zustand versetzt haben. Von Paludi war nichts zu sehen. Der Kriminalhauptkommissar lehnte sich in seinem Stuhl weit nach hinten, die geschlossenen Augen gegen die Decke gerichtet, so als würde vor seinem inneren Auge ein Film ablaufen. »Er schläft nicht«, kommentierte Janina das seltene Bild, »er denkt.«

»Lassen wir ihn. Wo ist Paludi?«

»Weg«, sagte Paul und richtete sich auf. »Da kam nichts bei rum. Seine einzige Sorge drehte sich um die Moneten. Nun ja, seine Lara hat er wieder. Er überlegt, wie er das seinem Vater und der Bank erklären solle. Warum wir nicht rechtzeitig … und so ging das weiter. Letztlich sprach er nur über die Entführung. Wer und warum und gerade Lara? Dazu wusste er nichts zu sagen. Zitat: ›Null Ahnung.‹«

»Auch nicht zum Anschlag auf Thaler?«

»Daran mussten wir ihn erst mal erinnern. Und erst, als wir die Drohne erwähnten, stellte er auch den Zusammenhang her. Zunächst ein brutaler Schock, um dann das Lösegeld schnell und einfach abgreifen zu können. Das war seine Vermutung.«

»Hatte er häufig Kontakt mit Claus Peter Thaler?«

»Wenig bis gar nicht. Nur im Zusammenhang mit der Vermittlung dieses Oldtimers.«

Milka lachte vor sich hin. »Vielleicht ein Bestechungsversuch, um seine Liaison mit Lara Lena absegnen zu lassen?«

»Wie darf ich das jetzt verstehen?«, fragte Paul. Janina hatte verstanden, schmunzelte vor sich hin.

Milka berichtete, auch über Greiff und Arch.Search, was Paul hellwach werden ließ. »Eine Bitte, Milka. Wir nehmen uns jetzt Simon Thaler vor. Kannst du mal Thalers Sekretärin in der Firma auf den Zahn fühlen?« Janina reichte den Autoschlüssel weiter. »Ach ja, vielleicht triffst du auf Deiniger. Ich bat ihn, sich die anderen Oldtimer anzusehen.«

»Anne Steiger heißt sie«, hatte Frau Thaler gesagt. Und Milka solle sich nicht vom hübschen Äußeren täuschen lassen. Sie sei blitzgescheit. Ihr entgehe in der Firma so gut wie nichts. Als hätten die Wände des Flurfunks ganz große Ohren.

Frau Steiger war informiert und holte Milka am Empfang ab. Inga Thaler hatte recht. Eine attraktive Frau, etwa in Milkas Alter. Dunkle Haare mit einer Windstoßfrisur und ein zurückhaltendes Make-up. »Einen Kaffee oder ein Wasser?«, fragte sie im Vorzimmer und deutete auf Thalers Büro mit der offenstehenden Tür. »Ist für mich tabu. Als käme Claus jeden Moment zurück.«

»Sie duzten sich?«

»Mein Gott, das ist ein mittelständischer Betrieb, und mein Chef war kein Vorstandsvorsitzender eines Konzerns. Inga kündigte Sie zwar an – mir ist aber unklar, wie oder wo ich Sie einordnen kann, von der Polizei sind Sie wohl nicht, Frau Mayr?«

So direkt, dachte Milka, wurde sie bislang nie darauf angesprochen. Jetzt kein Ausweichmanöver. »Ich manage ein Hofgut in Bühlerzell.«

»Mit mehr als 100 vierbeinigen Mitarbeitern, ja?« Anne Steigers Lächeln war ansteckend.

»Mitarbeiterinnen«, korrigierte Milka.

»Und endlich eine weibliche Führungskraft. Befriedigen Sie meine Neugier: Wie kommen Sie dazu, den Anschlag auf meinen Chef zu untersuchen? Und in welcher Funktion?«

»Ich habe Wagners Leiche gefunden. Mein Freund Kriminalhauptkommissar Eichert war mit mir auf der Jagst. Und ich fuhr mit meinem Käfer am Bergtag unmittelbar hinter Herrn Thalers Austin Healey. Mit meinem Freund als Beifahrer.«

Frau Steigers Gesicht zeigte Überraschung und einen Hauch Ironie. »Miss Marple passt jetzt ganz und gar nicht, aber Sie assistieren, ja? Übrigens – ich kenne Ihren Freund. Er war schon mal hier und hat mit Claus gesprochen.«

Milka nickte und nahm einen Schluck Wasser. »Können wir jetzt?«

»Gern. Was wollen Sie wissen?«

Michael Deiniger öffnete die Tür, sah Milka, nickte kurz und erklärte, er wolle in die Oldtimerhalle.

»Sie können rein. Simon hat mich angerufen, Karte und Code gebe ich Ihnen.« Frau Steiger stand auf und ging zum Safe.

Michael Deiniger wandte sich von Milka ab, gerade als Frau Steiger sich mit den Worten »Aber nachher sofort zurück« umdrehte.

»Kennen Sie hier alle, Frau Mayr?«, fragte sie, als Deiniger die Tür hinter sich schloss.

Anne Steiger ging so ziemlich alles durch, was das Unternehmen, das betriebliche Umfeld und die ihr bekannten Kontakte Claus Thalers betraf. »Bevor Sie fragen: Selbstverständlich hatte er auch Feinde. Da sind die üblichen Neider, die auf jeden Erfolg eifersüchtig sind. Vielleicht war auch der eine oder andere dabei, den Claus bei Verhandlungen vermeintlich unfair über den Tisch gezogen hat. Und ob jeder Freund ein wirklicher Freund war?« Wirklich Verdächtiges war bei Frau Steigers Aufzählung nicht darunter. Mit einer Ausnahme: Constantin Greiff. Den hatte er gehasst. Ihn mit Fälschungen zu übertölpeln, ausgerechnet ihn, berichtete Frau Steiger, das konnte er nicht verzeihen.

»Was will eigentlich dieser Herr Deiniger in der Oldtimerhalle, Frau Mayr?«

»Das ist kein Geheimnis. Claus Thalers Austin Healey war mit einem Sprengsatz bestückt. Michael will die anderen Fahrzeuge prüfen. Vielleicht ist ein weiterer Wagen manipuliert.«

»Das fliegt uns jetzt nicht um die Ohren, nein?« Anne Steigers Tonfall klang ganz und gar nicht besorgt.

Milka ging nicht darauf ein. »Haben Sie Aufzeichnungen darüber, wer diesen Sicherheitstrakt betritt? Und wann?«

»Es ist keine Kamera installiert, wenn Sie das meinen. Ab und an mache ich mir eine Notiz, wenn ich davon erfahre. Welcher Zeitraum interessiert Sie denn?«

»Die Woche vor Herrn Wagners Tod. Entschuldigung, das muss ich erklären. Der Zeitraum beginnend zwei oder drei Wochen vor dem Auffinden seiner Leiche.«

Frau Steiger nickte nur. Ihre Lockerheit schien verflogen zu sein. Sie blätterte in ihrem Tischkalender, hielt inne. »Hier. Ein Donnerstag. Wagner hatte Herrn Grell angekündigt. Und sich selbst. Sonst wäre Grell gar nicht reingekommen. Ich habe aber keine Kontrolle darüber, ob sie wirklich da waren.«

»Wagner erlitt eine Handverletzung, als er sich mit Herrn Thaler an einer Maschine stritt. Wissen Sie, wie das genau passierte?« Zum ersten Mal sah Milka Anne Steiger sprachlos. Es dauerte mindestens vier tiefe Atemzüge, bevor sie reagierte. »Wie haben Sie davon … woher wissen Sie das überhaupt?«

Milka saß die Frage aus, ohne jede Regung, wartete und hielt Frau Steigers Blick fest.

»Das ist eines der wenigen Dinge, die Claus mir nicht erzählt hat. Es passierte vor meiner Zeit, bevor ich hier anfing. Wie genau es geschah und wer nun welche Schuld trägt ... Weder Wagner noch Claus haben mir das erklärt.«

Milka insistierte. »Herr Thaler hat Wagner eine Wohnung zur Verfügung gestellt, ihm eine Sonderaufgabe gegeben, ihn weiter bezahlt für seine Arbeit. Gut bezahlt, nehme ich an und ...«

»Ich bin hier nicht der Finanzminister, Frau ...«

»... und daraus könnte man eine gewisse Schuldvermutung ableiten. Hatten Sie den Eindruck, dass Wagner insgeheim einen – vielleicht gut verborgenen – Hass auf Thaler hegte?«

»Sie meinen, er könnte Claus' Austin Healey präpariert haben?«

Milka schwieg abwartend. »Ich glaube es nicht. Aber ...« Anne Steiger klappte ihren Zeitplaner zu, hob beide Hände und ließ das »Aber« im Raum stehen.

»Begleiten Sie mich zur Oldtimerhalle, Frau Steiger? Vielleicht ist Herr Deiniger noch dort zugange.«

Der Kriegsrat tagte in Wagners verwaister Wohnung. Inga Thaler wehrte sich vehement gegen eine solche Auslagerung und verwies auf das separate Esszimmer, ersatzweise die Bibliothek. Kriminalhauptkommissar Eichert beharrte auf seiner Entscheidung. Janina bemängelte, es würde muffig riechen, und öffnete ein Fenster. Michael Deiniger, auf seinen nächsten Termin in Hall verweisend, machte den Anfang mit einer brisanten Meldung. Ein weiterer Oldtimer, der Ferrari 365 GTB, sei ebenfalls präpariert gewesen. Er legte eine kleine Plastikdose auf den Schreibtisch und zog so heftig an dem klemmenden Deckel, dass der C24 Sprengstoff herausfiel. Was zumindest bei Milka und Janina zu einem nur halb unterdrückten Aufschrei führte. Deiniger beruhigte, nahm das Stück wieder auf, gab Janina die Einmalhandschuhe zurück und verabschiedete sich. An der Tür hielt er an und meinte, immerhin könne die Kripo jetzt nach der Herkunft des Materials forschen. Paul knurrte, das wisse er auch, rief dennoch ein »Danke« hinterher. Er lehnte sich auf der Couch zurück, die Hände hinter dem Kopf verschränkt, und nickte in Janinas Richtung.

»Und ich soll jetzt berichten, wo es nichts zu berichten gibt. Jedenfalls nichts Neues. Das Gespräch mit Simon Thaler war so ergiebig wie eine ausgetrocknete Zitrone. Keine Idee von Nichts. Weder zur Entführung seiner Schwester, noch zum Anschlag auf seinen Vater.«

»Und dieser stereotype Hinweis auf den Krach mit Greiff«, warf Paul ein. »Das einzig Überraschende war seine Reaktion, als ich ihn zu seiner Absage am Bergtag fragte.«

»Auch schon am Tag zuvor«, warf Milka ein.

»Richtig. Als wir damals fragten, verwies er auf seine Allergie. Das kam jetzt erneut. Er könne nichts dafür, dass sein Vater auf dem offenen Cabriodach bestand.«

»Dabei kam er damals selbst mit offenem Cabriodach an. Das hast du ihm jetzt vorgehalten, ja?«

»Wieder richtig. Er wurde pampig. Wenn ich ihm nicht glauben würde, solle ich doch seinen Arzt befragen. Und dann nannte er Doktor Markus Mariani. In Schwäbisch Hall, wohlgemerkt. Ich wusste gar nicht, dass er auch Allergologe ist.«

»Hast du schon angerufen?«

»Nein. So leicht kommst du an eine Patientenauskunft auch nicht ran. Und jetzt zu dir. Wie war Anne Steiger?«

Milka beendete gerade ihren Bericht, als Pauls Handy erneut klingelte. »Lang«, formte Janina mit dem Mund. Es war ein kurzes Gespräch. »Das Maß ist voll«, stellte Paul Eichert fest. »Wir haben jetzt genug Material für eine Durchsuchungsanordnung bei Arch.Search. Lang hat mit mehreren Mitarbeitern des Heuneburg-Teams gesprochen. Zumindest einer will sich erinnern, dass Greiff in den letzten fünf Wochen zweimal da war und mit Herrn Brunner gesprochen hat. Nicht beschwören kann er, ob Greiff auch Barraco traf. Egal. Spätestens morgen Abend will ich das Papier.«

»Und jetzt zu Grell?«, wollte Milka wissen.

Das Hallentor der kleinen Werkstatt stand offen und gab den Blick frei auf eine Hebebühne und einen Mechaniker, der mit einem LED-Stablicht den Unterboden eines Pkw ableuchtete. Grell saß in seinem Büro. Er blickte hoch, als Milka die Tür öffnete. Derselbe Overall mit dem Schmierfleck auf der Brust, dachte Milka. Grell erinnerte sich gleich an sie. »Geht es Ihnen wieder gut? Ist ja schon ein paar Tage her.« Grell stand auf, als er Paul Eichert und Janina sah, die sich hinter Milka ins Büro zwängten. »Warten Sie bitte einen Moment draußen, ja? Hier ist …«

Kriminalhauptkommissar Eichert zückte seinen Ausweis. »Kripo Hall«, sagte er kurz angebunden. »Wir gehören zusammen.«

Grells Blick zuckte zwischen ihnen hin und her. Zu Janina Veit, zum Kommissar, zu Milka. »Ich dachte, Sie hätten am Bergtag teilgenommen – sagten Sie doch.«

Milka nickte, wollte Grell nicht verstören. »Kommissar Eichert war mein Beifahrer.« Milka war sich nicht sicher, meinte aber, auf Pauls Gesicht eine gewisse Missbilligung beim Ausdruck *Beifahrer* zu erkennen. Aber es war nun mal Tatsache.

Grell sagte »Ach so.« Als würde das nun alles erklären. Was es für ihn in Wirklichkeit keineswegs tat. Er blickte so ratlos drein wie zuvor.

»Chef, ich bin dann fertig. Mach jetzt Feierabend«, hörte Milka hinter sich.

Grell hob die Hand in einer Art Reflex. »Warum sind Sie hier?«

Kriminalhauptkommissar Eichert übernahm. »Sie behoben ab und an auch Probleme an Herrn Thalers Oldtimern, wurde mir gesagt.«

Grell stand auf, um auf Augenhöhe mit Paul zu sein. »Wenn es um Ersatzteile oder die Mechanik ging, ja. Das ist aber kein Geheimnis. Und meist war das einfacher als bei den heute mit Elektronik vollgestopften Autos. Nur bei der Beschaffung von Ersatz…«

»Ja, schon gut«, unterbrach Eichert. »Hatten Sie Zugang zu der Halle?«

»Nein. Und vermutlich wissen Sie das auch. Von ihr.« Er zeigte auf Milka. »Ich konnte nur mit Herrn Wagner hinein.«

»Wann waren Sie denn das letzte Mal drin?«

Grell zuckte mit den Achseln. »Lange her. Bestimmt zwei oder drei Monate. Merk ich mir doch nicht.«

»Nicht vielleicht vor drei oder vier Wochen, an einem Donnerstag? Denken Sie mal genau nach.« Paul Eicherts Stimme klang schneidend scharf.

»Das wüsste ich bestimmt. Augenblick.« Grell hob einen Stapel Prospekte hoch, zog einen reichlich lädierten Buchkalender hervor und blätterte. »Sag ich doch. Da ist nix eingetragen.«

Paul Eichert holte sein Handy aus der Tasche und wischte über die Fotos. »Kennen Sie den?«, fragte er, indem er auf ein Foto mit Barraco deutete. »Und den hier?«

Grell blickte kurz auf das Display – so kurz, dass er die Gesichtszüge kaum wirklich erfasst haben konnte. »Nein. Kenn ich nicht.« Nach einem Atemzug schickte er ein »Tut mir leid« nach.

Milka war gespannt, wie Paul jetzt reagieren würde. Er nickte nur, drehte sich um und ging hinaus.

An Paul Eichert lag es nicht. Ganz im Gegensatz zu seinem ansonsten stets vorbildlichen Verhalten im Straßenverkehr drückte er das Gaspedal durch, wo immer es gefahrlos möglich war. Nur Milkas Bitte, auch das Blaulicht aufs Autodach zu platzieren und einzuschalten, entsprach er nicht. Das hätte seine Toleranzgrenze denn doch gesprengt. Laura wartete bereits an der Eingangstür, als Milka die Autotür aufriss und ins Haus eilte. Eine Dusche musste jetzt unbedingt sein. Danach streifte sie ein einfaches Sommerkleid über, verzichtete auf Make-up, wählte nur einen roten Lippenstift mit Orangestich, nahm zwei Stufen der Treppe auf einmal und ließ sich mit einem Seufzer auf den Rücksitz von Bettinas Auto fallen. »Ich bin soweit«, keuchte sie. »Was findet bei den Paludis eigentlich statt?«

Laura sagte: »Schneller.«

Bettina erklärte: »Lauras Freundin ist bei dem Musikabend dabei. Die Familie Paludi fördert die Musik im Schulbereich mit jährlich drei Preisen und Gutscheinen. Gewöhnlich sind es um die 25 Besucher. Meist natürlich Familie und Freunde. Das ist jetzt der zweite Abend.«

»Du darfst dir aussuchen, was du spielen willst. Es muss nicht Klassik sein«, sagte Laura.

»Weißt du denn, was gespielt wird?«

»Nur ein paar Titel hab ich im Kopf. *Can you feel the love tonight*, dann *Imagine* von John Lennon – das gefällt mir gut, *Forrest Gump Main Title* und dann *Andante* von Mozart, hab ich mir gemerkt. Irene spielt Mozart.«

»Deine Freundin?«, fragte Milka.

Laura nickte, ihr Pferdeschwanz hüpfte, und Milkas Schwägerin bog in die Auffahrt zur Villa Paludi ein. Bettina hatte mit ihrer Schilderung recht, dachte Milka. Die Paludis bewohnten ein eindrucksvolles Gebäude über drei Stockwerke, auf einem hohen Sockelgeschoss. Nicht gerade ein klassischer Palazzo, aber doch mit Gestaltungselementen, die dem Bauwerk einen Hauch italienischer Grandezza verliehen. Bettina stellte ihren Skoda auf einem Parkstreifen links des Hauses ab. Zwei geschwungene Treppen führten zu einem tiefen Podest vor dem Eingang.

»Buona sera«, hörte Milka, als sie die letzte Stufe nahm. Man gab sich italienisch. »Sie?« Mehr brachte Andrea Paludi, in dunkler Hose, hellblauem Hemd und Leinensakko, im ersten Moment der Überraschung nicht heraus. Offensichtlich war er zur Begrüßung der Gäste eingeteilt. »Sie gehören zusammen?« Er wandte sich Bettina zu. »Ach ja, der Hofladen. Und Sie hatten wegen des Wallachs gefragt.« Er blickte auf Laura. »Das ist die Reiterin?« Laura nickte heftig. »Dann müssen wir mal sehen, was da zu machen ist, okay?« Laura strahlte. »Kommen Sie mit, ich bringe Sie nach oben.« Auf der breiten Treppe, die ins Obergeschoss führte, ging Paludi neben Milka. »Irgendetwas Neues zu den Entführern?«, fragte er leise. Milka schüttelte nur verneinend den Kopf. Laura griff nach Milkas Hand. »Hast du das gehört? Das mit dem Wallach? Das ist doch toll!« Milka lächelte. Sie verstand Lauras Aufregung. Andrea Paludi führte sie zu ihren Plätzen in einem großen lichten Raum. An der Außenwand, zwischen zwei beinahe raumhohen Fenstern, stand ein schwarzer Flügel. Vielleicht 20 Personen waren bereits anwesend. Das leise Stimmengewirr verstummte, als sich Silvio Paludi, Andreas Vater, vor den Flügel stellte und seine Gäste begrüßte. Etwa 65 Jahre, schätzte Milka. Nicht sehr groß, Milka registrierte auffallend hohe Schuhabsätze. Schlank, sehr korrekt angezogen. Eine hohe Stirn, kurze graue Haare. Dichte, dunkle Augenbrauen. Auch die Augen selbst waren, soweit Milka das erkennen konnte, von einem geheimnisvollen Schwarz. Das längliche Gesicht tief gebräunt. Eine angenehm ruhige Stimme. Wenn überhaupt ein Akzent feststellbar war, dann ein Anflug von weichem Schwäbisch. Die Begrüßung war kurz und freundlich. Dann übergab Paludi das Wort an seine Frau und verließ den Raum. Gina Paludi, sichtlich jünger als ihr Mann, zeigte eine volle schwarze Mähne, in Kopfmitte gescheitelt. Die Haare umrahmten ihr auffallend weißes Gesicht.

Sie benannte die Teilnehmerinnen an dem Musikabend, begrüßte den Juror der Musikschule und erläuterte das Auswahlverfahren. Vier Veranstaltungen gab es im Jahr, und nach der letzten Veranstaltung wurden die drei Preisträgerinnen bestimmt.

Die Organisation war perfekt, fand Milka. Frau Paludi sagte einige Worte zu jeder Teilnehmerin und den Stücken und ergänzte ihre Vorstellung mit einigen Anmerkungen zu den Komponisten. Auch ein Fotograf der lokalen Tagespresse war vertreten. Tue Gutes und rede darüber, dachte Milka. Das Konzept schien aufzugehen.

Auch wenn Milka bei dem einen oder anderen Vortrag kurz zusammenzuckte, so war das Niveau doch beachtlich hoch. Ganz besonders laut und lang klatschte Laura, als ihre Freundin sich abschließend verbeugte.

Zum Abschluss des Musikabends wurden Snacks und Getränke an Stehtischen gereicht. Milka griff herzhaft zu. Seit dem Frühstück hatte sie nichts gegessen. Laura zog Bettina zu ihrer Freundin. Andrea Paludi kam mit zwei Sektgläsern in der Hand an Milkas Tisch. »Darf ich?«

Milka zeigte auf ihr Glas mit Orangensaft, lehnte den Sekt aber nicht ab. »Konnten Sie Ihren Vater wieder beruhigen?«, fragte sie.

Andrea Paludi schien überlegen zu müssen. »Ach so, Sie meinen das Lösegeld. Nun ja, er sah es nicht so tragisch, wie ich befürchtete.« Paludi hob sein Glas und sah Milka tief in die

Augen. »Er hat ein unerschütterliches Vertrauen in die deutsche Polizei.« Er lächelte. »Und ganz besonders in die hiesige Kripo. Die würde die Täter bestimmt dingfest machen und das Lösegeld finden, meinte er.« Paludi sprach, als erwarte er jetzt Milkas Bestätigung. Die blieb jedoch aus. »Und selbstverständlich sei Lara Lenas Leben allemal wichtiger.«

»Schön, dass es Ihr Vater so sieht.« Milkas Antwort fiel denkbar knapp und trocken aus.

Andrea Paludi startete einen neuen Versuch, Informationen zu den polizeilichen Aktivitäten des heutigen Tages und zu eventuellen Ermittlungsergebnissen zu gewinnen. Er stellte seine Fragen locker, verpackte sie gut, streute sie unauffällig ein. Vergeblich. Milka versuchte ihrerseits, in dem Small Talk herauszufinden, welche Aufgabe Andrea Paludi denn in der Familie habe. Schließlich war er weder Freiberufler noch Angestellter. Es gelang ihr zwar, über seines Vaters Bruder, Andreas eigenen und seine Schwester Chiara zu erfahren, aber gerade mal nur über deren Existenz. Um alles andere lavierte er so geschickt herum wie sie zuvor.

»Ihr Vater sammelt Antiquitäten, habe ich gehört?« Milka hatte lang überlegt, ob sie in dieses sanfte Geplätscher der Worte einen Stein werfen sollte, wenigstens einen kleinen. Das Stichwort *Constantin Greiff* erschien ihr zu riskant. Gleiches traf für Fragen zu Claus Thaler und dessen Einstellung zu seiner Liaison mit Lara Lena zu. Und alles andere war ohnehin tabu.

Milka war enttäuscht. Außer einem »Woher wissen Sie denn das? Ja, hauptsächlich Römisches«, und dem Vorschlag, jetzt gleich eine Besichtigung durchzuführen, erfuhr sie nichts.

Ein Abend für Laura. Und das war auch wichtig, dachte Milka.

KAPITEL 12 – FREITAG

Laura hatte frei. Und das war auch gut so. Sie versorgte Milka mit Wasser, Orangensaft und Kaffee und kam beinahe jede halbe Stunde mit dem schwarzen Hofkater vorbei und fragte nach weiteren Wünschen.

Milka kämpfte sich durch einen Stapel Papier, dankbar, dass Laura zwischendurch vorlas und sie selbst die Daten im Rechner eingeben konnte. Simultan sozusagen. Ab und zu stand sie auf, lief zweimal die Treppe runter und wieder rauf. Ihr Bewegungsdrang litt, nicht erst seit heute Morgen.

Kurz nach einem schnellen Mittagessen kam ein Anruf auf ihr Handy. Die Nummer kam ihr bekannt vor, unter ihren Kontakten war sie aber nicht gespeichert.

»Mayr.«

»Sarah Link.«

»Das ist aber eine Überraschung. Schön, von Ihnen zu hören.«

Sarah Link versuchte sich erst gar nicht an einer langatmigen und inhaltsleeren Einleitung. Sie platzte gleich mit ihrer Nachricht heraus: »Das Team von Arch.Search ist weg. Abgehauen kurz vor Mittag.«

»War Kriminaloberkommissar Lang nicht gestern bei Ihnen? Er wollte mit Tobias Brunner und anderen Mitarbeitern sprechen.«

»Klar war er hier. Er hat sich auch mit Doktor Weigel unterhalten. Und heute sind sie weg. Alle bis auf Brunner.«

»Hat der denn eine Erklärung abgegeben?«

»Hat er. Der Geschäftsführer habe sie an eine andere Grabungsstätte beordert. In fünf Tagen wären sie wieder da. Bei Teutates, das klingt doch mehr als merkwürdig.«

Milka überlegte, kam zu keinem Schluss. »Hat Doktor Weigel mit Constantin Greiff telefoniert?«

»Versucht hat er es. Der ging aber nicht ran. Nicht im Büro, nicht an seinem Handy. Übrigens – in meiner Pension war auch Gabriel Hofer untergebracht. Ich hab angerufen und erfahren, er wäre heute am frühen Morgen verschwunden. Sein Gepäck habe er mitgenommen. Und, er hat für diese Woche nicht bezahlt.«

Konnte das reiner Zufall sein? Milka zweifelte. »Habt ihr mal in eurer Kiste mit den Funden nachgesehen?«

»Verdammt«, hörte Milka, »ich ruf zurück.«

Es verstrichen nur zehn Minuten. Dann kam Sarahs Anruf. »Das sind doch alles Halunken, üble Verbrecher. Wir haben da verschiedene Laden für die Funde. Die älteren Fundstücke haben sie ausgeräumt. Aber nur selektiv. Weiß gar nicht, wie und wann die das gemacht haben.«

»Ein letzter Fischzug?«

»Ganz genau. So sieht es aus, Frau Mayr.«

»Rufen Sie bitte Kommissar Biehl an. Das muss sein. Sonst laufen Sie Gefahr, dass Ihre Versicherung jegliche Leistung verweigert – wenn Sie eine haben. Sollte Ihr Chef machen.«

»Rufen Sie mich an, wenn Sie etwas in Erfahrung bringen?«

»Versprochen.«

Milka speicherte die Datei auf ihrem PC, schaltete auf Ruhezustand und lehnte sich zurück. Eigentlich musste Paul sich jetzt den Greiff schnappen. Allerhöchste Zeit. Sie griff nach dem Festnetztelefon und drückte die Kurzwahltaste.

Paul nahm ihren Anruf sofort an. Er hörte zu, stellte keine Fragen. »Ich rufe dich zurück. In zehn Minuten«, sagte er und legte auf.

Milka zog sich um und kam zurück ins Büro, gerade als Pauls Anruf kam. »Wir fahren jetzt nach Crailsheim. Willst du mit?«

»Ja. Wer ist wir?«

»Lang und ich.« Damit legte er auf.

»Hast du bei Greiff angerufen?«, wollte Milka wissen, kaum dass sie im Auto saß.

»Nein. Aber sein Auto steht vor der Garage.«

»Das sagten dir deine Kollegen vor Ort, ja? Wo ist Janina? Kommt sie nicht mit?«

»Löst gerade ein familiäres Problem. Hoffentlich.«

Paul schien entweder über irgendetwas stinksauer zu sein, oder das Präsidium in Aalen hatte ihn geärgert, oder es war der bevorstehende Umzug, oder … Milka unterbrach ihre Suche nach den Ursachen. »Habt ihr eine Durchsuchungsanordnung für die Arch.Search?«

Es stellte sich heraus, dass genau dies die richtige Frage zum denkbar ungünstigsten Zeitpunkt war. Paul, momentan nicht in der Lage, nach seinem Triskele in der Hosentasche zu greifen, ging, bildlich gesprochen, an die Decke. Er benutzte einige Ausdrücke aus seiner Hamburger Zeit und konzentrierte die alle auf den Amtsrichter, der die Beweislage als bei Weitem zu dürftig einstufte. Weder Lang noch Milka kannten auch nur einen der Ausdrücke, und das war wohl auch gut so.

Sie schwiegen, bis Paul sein Auto vor Greiffs Haus scharf abbremste.

»Und was wird das jetzt?«, fragte Milka. Prinzipiell begrüßte sie Pauls Spontaneität. Manchmal zeigte er sogar zu wenig davon – so ihre Meinung. Eher war er der Kühle, der analytisch Berechnende. Nur jetzt? Hatte er überhaupt ein Gesprächskonzept?

»Wir improvisieren. Als Erstes will ich das Foto mit ihm und Barraco haben.«

Pauls Handy klingelte. »Kommissar Biehl. Wahrscheinlich ist er jetzt mit Weigel zusammen«, sagte er nach einem Blick aufs Display. »Übernehmen Sie bitte, Lang, und kommen Sie dann nach.« Er reichte sein Handy weiter.

Dreimal musste Kriminalhauptkommissar Eichert die Klingel betätigen. Und mit jedem Tastendruck stieg sein Unmut. Kein Ton kam aus der Sprechanlage, dafür ging die Tür jetzt auf und Greiff stand vor ihnen.

»Ja?« Es war ein herrisches und arrogantes »Ja«, und es klang so, als würde bei einer falschen Antwort die Zugbrücke umgehend hochgezogen.

»Wir müssen Sie sprechen.« Paul konnte auch diplomatisch sein. Nur nicht jetzt.

»Sie wollen vielleicht. Aber ich muss nicht.« Greiff machte Anstalten, die Tür zu schließen. Paul drückte dagegen. »Oder haben Sie einen Durchsuchungsbefehl, oder wie das Zeug heißt?«

Paul verspürte offensichtlich nicht die geringste Lust, dieses Spielchen fortzusetzen. Seine durchtrainierte Schulter setzte sich gegen Greiffs Fuß durch, der Türspalt war jetzt so breit, dass Paul und Milka durchkamen. »Ich kann Sie auch gleich mit aufs Revier nehmen. Wegen Gefahr im Verzug. Da brauche ich keine Durchsuchungsanordnung«, bellte Paul. »Gehen wir in Ihr Büro?«

»Moment«, sagte Greiff, warf einen Blick nach draußen, schloss die Tür und ging vor.

Als Milka an dem ausgetauschten Bild vorbeikam, bewegte sie den Kopf. Paul Eichert folgte ihrem Blick. Er hatte verstanden.

Hinter seinem Schreibtisch schob Greiff irgendetwas mit dem Fuß zur Seite. Er setzte sich und kippte die Lehne nach hinten. Paul und Milka blieben stehen.

»Was soll jetzt dieses Affentheater? Wenn Sie eine Frage haben – es gibt auch ein Telefon.« Milka spürte das Vibrieren in Greiffs Stimme. Einerseits ein herrischer Duktus, von oben herab, andererseits überschlug sich seine Stimme beinahe. Obwohl Greiff sich gab, als habe er alle Zeit der Welt, spürte Milka seine innere Nervosität – als wäre er ein Fluchttier, das angesichts des Feindes überlegt, in welche Richtung es fliehen sollte.

»Ihre Leute an der Heuneburg sind heute Morgen verschwunden. Weg.«

»Das ist mir bekannt. Und?«

»Wir hätten gern gewusst, warum?«

»Das geht Sie überhaupt nichts an. Arch.Search hat einen Vertrag mit Doktor Weigel, nicht mit Ihnen.« Greiff zog eine Schublade auf, holte eine kleine Wasserflasche heraus und trank.

»Sie sehen da etwas komplett falsch. Wir ermitteln in zwei Mordfällen, in die einer Ihrer Mitarbeiter verwickelt ist. Und ein für alle Mal: Ob uns etwas angeht, das entscheiden wir und nicht Sie, Herr Greiff. Also nochmals: Warum sind Ihre Leute abgezogen worden?«

»Tobias Brunner ist geblieben, er ist nicht weg.«

Kommissar Eichert löste sich von der Wand, ging zum Schreibtisch und beugte sich in einer aggressiven Bewegung weit nach vorn. »Wir machen hier keine Spielchen. Warum sind Ihre Leute abgehauen? Nennen Sie mir einen vernünftigen Grund, oder ich nehme Sie mit.«

»Ich habe sie abgezogen. Kurzfristig ein anderer Einsatz für maximal eine Woche, dann sind sie wieder an der Heuneburg.«

»Einsatz wo?«

Greiff sah so aus, als wolle er ihm an die Gurgel gehen. »Neuenstadt am Kocher«, spuckte er aus.

»Da sind doch die Römer«, vermutete Paul. Milka biss sich auf die Lippen. Das war nun kein schlagendes Argument.

Entsprechend fiel auch Greiffs Antwort aus. »Meinen Sie, meine Leute können nur Kelten?«

»Und wenn sich Ihre Archäologen zu einem anderen Fundort begeben, dann nehmen sie klammheimlich die Funde der Heuneburg mit, ja?«

»Das ist doch hanebüchener Humbug. Das müssen Sie erst mal beweisen. Nie und nimmer.« Greiffs Stimme bekam mehr Festigkeit, mehr Selbstbewusstsein.

Paul Eichert richtete sich auf und ging vor dem Schreibtisch zweimal auf und ab. »Sie waren in den letzten zwei Monaten nicht an der Heuneburg, sagten Sie mir kürzlich. Das war gelogen. Einer ihrer eigenen Mitarbeiter hat uns gesagt, dass Sie in den letzten fünf Wochen zweimal dort waren und mit Herrn Brunner sprachen.« Paul Eichert zögerte kurz, fixierte Greiffs Blick. »Und Sie kamen auch mit Barraco zusammen.«

Milka wusste selbstverständlich, dass es ein Schuss ins Dunkle war. Lang hatte kein Wort von Barraco gesagt.

Constantin Greiff blieb bei seiner Linie. Und die hieß: leugnen. Immer leugnen. »Sie langweilen mich. Ich habe Ihnen schon mal gesagt, ich kenne ihn nicht, und er war auch nicht bei Arch.Search angestellt.«

»Bis vor Kurzem hing im Flur zu Ihrem Büro ein Foto von Ihnen, mit einer Traufel in der Hand. Aufgenommen an der Heuneburg. Und neben Ihnen Enrico Barraco.«

»Blödsinn. Da hängt kein solches Bild.«

»Sie haben es kürzlich abgenommen. Die Spuren an der Wand sind noch sichtbar. Wo ist das Bild? Sollen wir hier in Ihrem Büro suchen? Da hinten, im Schrank vielleicht?«

Greiff richtete sich in seinem Bürostuhl auf. »Zum letzten Mal: Ich kenne den Typen nicht. Und ich weiß auch nicht, warum Sie mich ständig mit ihm nerven.«

Paul Eichert, spürte Milka, verlor jetzt endgültig die Geduld – die ohnehin seit Gesprächsbeginn am Abschmelzen war. »Das will ich Ihnen sagen. Enrico Barraco hat vor wenigen Tagen Claus Peter Thaler mitsamt seinem Oldtimer in die Luft gejagt. Und das haben Sie veranlasst, nachdem Thaler herausfand, dass Sie ihn mit gefälschten Antiquitäten hereinlegten. Und zuvor hat Barraco Alfred Wagner umgebracht, damit er Thalers Oldtimer ungestört präparieren konnte. Und damit nicht genug. Er entführte Thalers Tochter, erschoss seinen Mittäter, krallte sich das Lösegeld und haute ab.« Paul holte Atem. »Oder steckt das Geld in Ihrer Tasche – da unten, zu Ihren Füßen?«

Hatte Constantin Greiff bisher angenommen, er könne den Kriminalhauptkommissar mit seinen Fragen einfach ins Leere laufen lassen, sah er sich getäuscht. Er rutschte auf seinem Bürostuhl weiter nach vorn. Sein herrisches Gehabe war wie weggeblasen. »Ich habe nicht die geringste Ahnung, was Sie da alles erzählen. Mit mir hat das jedenfalls nichts zu tun.«

Das waren jetzt letzte Zuckungen, dachte Milka. Greiff wirkte angeschlagen und brachte mehr oder weniger nur mehr Wiederholungen heraus.

Paul Eicherts Stimme klang jetzt messerscharf. »Wissen Sie was, Herr Greiff? Wir werden uns jetzt mal mit Ihrem stillen Teilhaber, Herrn Siegfried Herrmann, unterhalten. Was sagen Sie denn dazu?«

Der Todesstoß, dachte Milka. Jetzt hat er ihn. Nur – Greiff sagte zunächst einmal gar nichts. Er griff in die Schublade, in der er zuvor die Wasserflasche verstaut hatte. Seine Hand hielt jetzt eine Pistole. Eine P2000, wie Paul später sagte. Trotz des Gewichts von 700 Gramm ließ er den Lauf locker zwischen Paul Eichert und Milka Mayr hin und her pendeln. Greiff stand auf. »Sie drehen sich jetzt um. Alle beide. Verschränken Sie ihre Hände hinter dem Rücken und gehen Sie langsam in Richtung Eingang. Dort bleiben Sie stehen.«

»Ich werde den Teufel …« Pauls »tun« war nicht zu hören. Der Schuss war zu laut. Schrecklich laut, empfand Milka. Unwillkürlich zuckte sie zusammen. Die Kugel bohrte sich knapp neben Pauls Kopf in die Wand. »Los jetzt«, befahl Greiff. Es war keine einfache Drohung mehr, kein Ping-Pong mit Worten.

Paul blinzelte Milka zu. Keine Sperenzchen jetzt, sollte das wohl bedeuten. Milka war weit davon entfernt. Klar, auch sie konnte mit Waffen umgehen. Schließlich hatte sie Anfang letzten Jahres ihre Jagdprüfung mit Bravour bestanden. Und Sebastian Wild hatte sie perfekt in die Jagd eingewiesen. Nur – das alles hatte mit der jetzigen Situation nicht im Entferntesten zu tun. Sie ging langsam voraus und blieb am Eingang stehen. »Rechts, die Treppe runter. Langsam«, befahl Greiff. »Stehenbleiben.« Greiff betätigte einen Lichtschalter, öffnete eine Brandschutztür, trat drei Schritte zurück und wedelte mit der Pistole. Paul ging voran. Das Licht des Vorraums warf einen hellen Streifen in den Kellerraum. Ziegelboden, kein Fenster. »Nach hinten«, sagte Greiff.

Die Tür fiel mit einem lauten Geräusch zu. Ein Schlüssel drehte sich – zweimal. Greiffs Schritte entfernten sich.

Milkas Reaktion kam jetzt erst. Es war ein nicht kontrollierbares Zittern des Körpers, ein trockenes Schluchzen. Nichts, was sie je zuvor erlebt hatte. Paul bemerkte ihren Zustand sofort, tastete nach ihr, umarmte sie und hielt sie fest. Lange und beruhigend. Er strich ihr sanft über den Kopf. Nach einer Minute wurde es besser. Milka atmete mehrmals tief durch. Der Schuss klang noch in ihren Ohren. »Geht es wieder?«, fragte Paul mit leiser Stimme. Seine Hand an Milkas Kopf spürte das Nicken, bevor ihr »Ja« kam. »Hast du dein Handy mit?«, fragte Paul.

Milka schien sich gefangen zu haben. Ihre Atemübungen hatten geholfen. »Meinst du, du bekommst hier ein Netz?«

»Wahrscheinlich nicht. Aber ich kann wenigstens die Taschenlampe einschalten.«

Milka fummelte in ihrer Tasche herum. »Ich weiß nur, dass dieses Teil so eine Funktion hat – aber frag mich nicht, wo.«

Paul musste nicht lang suchen. Er leuchtete den Raum aus. An der Wand ein Regal mit einigen Konserven. Zwei Holzkisten, die Paul nach einer kurzen Prüfung als leer einstufte, drei Aluboxen ohne Inhalt. Vier gefaltete Umzugskartons. Paul Eichert platzierte die Aluboxen an der Innenwand, faltete die Umzugskartons zu einer Art Sitz. »Nicht bequem, aber zumindest besser, als auf dem Boden zu sitzen.« Er rüttelte an der Klinke der Tür. »Metalltür, Brandschutz. Stabil.«

»Also kommen wir da nicht raus«, kommentierte Milka. »Paul, ich glaube, wir werden hier verhungern und bleiben da liegen, bis uns Sarah Link oder eine ihrer Nachkommen mit der Traufel wieder ausgräbt. Unter zwei Metern Zivilisation.«

»Milka, du fantasierst. Geht es dir nicht gut?«

»Es ging mir schon mal besser. Kann mich entfernt daran erinnern … Ich lebte auf einem wunderschönen Bauernhof, mit vielen Kühen und grünen Wiesen …«

»Wo Milch und Honig flossen, jaja.«

»Da war kein Honig. Und kein Honigschlecken. Knochenharte Arbeit und …«

»Milka, das reicht jetzt. Außerdem sind da Konserven in dem Regal.«

»Du solltest diese Handy-Taschenlampe ausmachen. Sonst ist die Batterie leer. Und dann möchte ich jetzt Pfirsiche.«

»Bitte? Woher soll ich denn …«

»Na da, im Regal. Eingelegte Pfirsiche. Steht da drauf. Haltbarkeit – kann ich in dieser Dunkelheit nicht lesen.«

»Ich krieg doch die Dose gar nicht auf.«

»Also doch verhungern. Wo ist eigentlich Kriminaloberkommissar Lang abgeblieben. Hat der deinen Sitz im Auto umgeklappt und macht ein Schläfchen? Oder begleitet er Greiff bei seiner Flucht?«

»Er kommt. Bestimmt.« Paul Eichert schloss die Taschenlampenfunktion. Nun herrschte Stille. Absolute Stille. Nur das Atmen war zu hören.

»Paul, bist du noch da?«

»Ja.«

»Dieser Greiff – meinst du, dein Hinweis auf seinen stillen Teilhaber war das auslösende Moment oder deine Aufzählung von Barracos Morden?«

»Zunächst einmal: Greiff war bereits auf dem Sprung, sich zu verdrücken. Da waren wir nicht Auslöser. Möglicherweise hat er sein Auto bereits vollgepackt.«

»Nur seine Tasche beim Schreibtisch war …«

»Richtig. Da war er dran. Deshalb hat das so lang gedauert, bis er auf unser Klingeln reagierte. Zu deiner Frage: Bei allem, was Barraco betraf, hat er geleugnet. Ich konnte ihm zumindest kein Beweisfoto auf den Tisch knallen.«

»Wobei aber der stille Teilhaber, nur für sich genommen, kein Grund ist, auf uns zu schießen.«

Paul stimmte zu. »Richtig. Eine P2000 übrigens. Eigentlich eine Polizeiwaffe. Das mit dem Teilhaber hätte er zugeben können. Ist schließlich nichts, was irgendwie gegen Recht und Ordnung verstößt.«

Nach einer kurzen Pause setzte Milka das Gespräch fort: »Aber vielleicht war das der Moment, wo sein Leidensdruck zu hoch wurde. Wo er verstand, wie viel wir, wie viel du schon weißt. Dass du ihn eben doch am Wickel hast.«

»Es gibt eine weitere Erklärung. Mit dem Leidensdruck – da bin ich deiner Meinung. Was diesen Siegfried Herrmann angeht – vielleicht hat er vor dem mehr Angst, als vor uns, der Kripo.«

Milka nickte. Sie merkte, dass Paul sie nicht sehen konnte, und lächelte in der Erkenntnis, wie manche automatischen Gesten oder Handlungen plötzlich ihren Sinn verloren. So wie auch ihr Lächeln jetzt. »Du meinst, er könnte der, na ja, Oberboss sein. Der, der im Geheimen die Fäden zieht.«

»Ein gutes Denkmodell. Traust du dem Greiff das nicht zu?«

»Hm, Constantin – das bedeutet doch *der Standhafte*. Das konnte er jetzt nicht durchhalten. Meinst du, der hat irgendwo ein geheimes Versteck, von dem niemand etwas weiß, wo er sich sicher fühlen kann?«

»Milka, du redest, um die Zeit bis zu unserer Befreiung zu überbrücken.«

»Dann rede doch du mal. Sich in einer solchen Situation aufrecht zu halten, rechtfertigt auch inhaltlosen Quatsch. Wobei – ein geheimer Rückzugsort ist so abwegig nicht.«

»Zugegeben.«

»Georg hat mir mal erzählt, es gab in den 60ern, wenn du weißt, was ich meine, in den Telefonzellen der Deutschen Bundespost Emailleschilder mit roter Aufschrift ›Fasse dich kurz‹. Das muss dir dein Vater in den Genen weitergegeben haben.«

Lautes Gelächter. Es musste Paul Eichert gewesen sein. War es aber nicht. Das merkte Milka, als ein schmaler Lichtstreifen in den Kellerraum fiel. Kriminaloberkommissar Lang öffnete die Tür vollends und kam herein.

»Wenn ich diese Story im Revier …«

»Wenn Sie darüber auch nur ein Wort verlieren, Lang, dann lasse ich Sie versetzen.« Nach einer kurzen Pause: »Wie konnten Sie uns denn überhaupt so unfassbar schnell finden? Und dann in diesem gänzlich fremden Haus.«

Lang verstand die überzogene Ironie seines Chefs sehr wohl und wusste, dass es besser war, nichts darauf zu erwidern. »Dürfen wir jetzt hier raus, Paul?« Milka hatte Langs konfuzianische Einstellung nicht verinnerlicht.

Lang richtete in Greiffs Besprechungsraum Papier, Stifte und Getränke her. Zwei Polizeikommissare des nahen Crailsheimer Reviers durchsuchten das Haus.

»Jetzt möchte ich doch wissen, warum …«

Kriminalkommissar Lang war vorbereitet. »Erst war das Telefonat mit Biehl. Dann wollte dieser Doktor Weigel seine persönliche Meinung loswerden und …«

»Lieber Kollege Lang, bitte …«

»Verdammt. Es war einfach eine Überlegung. Sie konnten im Gespräch mit Greiff gerade in einer entscheidenden Phase sein. Und dann platze ich rein, indem ich auf die Klingel drücke. Also …«

»Also haben Sie abgewartet.« Paul nahm sich zurück. Nicht gerade eine wirkliche Entschuldigung – aber immerhin. »Das war auch richtig. Fehlt uns noch eine halbe Stunde.«

»Die wir mit Greiff verbracht haben«, warf Milka ein.

»Jedenfalls kam Greiff raus, schloss ab und stürzte zu seinem Kombi. Das konnte nichts Gutes bedeuten. Er rauschte aus der Einfahrt, bremste kurz ab, hielt plötzlich eine Pistole in der Hand und schoss.«

Milka atmete nach Langs Schilderung auf. »Gott sei Dank hat er nicht getroffen.«

»Mich nicht, nein«, bestätigte Lang. »Aber mein Ego und den Reifen unseres Wagens. Das merkte ich, als ich wendete, um die Verfolgung aufzunehmen. Leider erst einen Kilometer weiter. Da war dann Schluss.«

»Sie haben die Kollegen vom hiesigen Revier gerufen?«

»Und ich bin zurückgerannt. Und ich war schneller.« In Langs Stimme klang ein gewisser Stolz mit. »Die Garage war nicht abgeschlossen. Und die Verbindungstür zum Haus stand offen.«

Milka leerte ihr zweites Glas Wasser. »Ich habe Hunger. Richtigen Hunger, wenn ihr wisst, was ich meine.«

Milka glaubte zuerst an eine Sinnestäuschung. Es war aber Realität. Lang griff zum Handy, tippte kurz eine Nummer und bestellte drei Pizzen und Cola. Er grinste.

»Wenn wir schon drin sind in diesem Haus«, sagte Paul, »dann können wir uns hier auch umsehen. Milka, fängst du bitte hier an? Lang und ich, wir nehmen uns das Büro vor.«

Milka murrte zwar innerlich, akzeptierte aber Pauls Entscheidung. Die Sideboards an der Längswand waren unergiebig: Bücher, die sie jetzt nicht durchblättern wollte, Utensilien für das Whiteboard, Getränkeflaschen – was sie bereits wusste. Der lange Schrank an der zweiten Wand sorgte für ein erstes Erfolgserlebnis. Milka zückte ihr Handy, fotografierte und lehnte ihr Fundstück im Büro an die Wand. »Schaut mal.«

»Die verschwundene Aufnahme. Greiff mit Barraco«, sagte Paul. »Guter Anfang.«

Milka deutete auf den PC. »Habt ihr mal unters Mousepad geschaut oder unter die Tastatur?«

»Wieso das denn?« Lang schüttelte den Kopf. Dann verstand er. »Weil da die meisten Leute den Zugangscode verstecken, ja? Greiff aber nicht. Notfalls müssen wir den PC mitnehmen. Ich will den nicht mehr aus den Augen lassen.«

»Wird sich zeigen«, meinte Milka, »wie viel Zeit Greiff für eine Löschung hatte. Wenn er die Festplatte dreimal überschrieben hat …«

Einer der beiden Crailsheimer Polizeikommissare klopfte an die offene Bürotür. »Oben im Schlafzimmer haben wir einen eingemauerten Safe entdeckt. Ist aber zu.«

»Haben Sie irgendetwas gefunden, das auf die Anwesenheit einer Frau hinweist?«

Paul blickte bei Milkas Frage auf. Daran hatte er gar nicht gedacht.

»Nicht in den Schränken. Dafür im Bad eine zweite Zahnbürste, und im Schränkchen Lippenstift und ein Parfum, das ich jedenfalls nicht benutzen würde. Und ein Nachthemd. So in der Art, das man eher in der …«

Paul unterbrach. »Wir wollen jetzt nicht wissen, in welchem Etablissement Sie Ihre Erfahrungen gemacht haben. Da ist das Angebot in Crailsheim ohnehin nicht groß.«

»Ich meine, also das war immer nur streng dienstlich«, gab der Polizeikommissar zurück. Jetzt allerdings mit einem verschmitzten Grinsen im Gesicht. Ob aufgrund der prickelnden Erinnerung oder nur wegen seiner schlagfertigen Replik, da wollte Milka sich nicht festlegen.

Kriminaloberkommissar Lang nahm sich Schublade für Schublade des Schreibtischs vor. Er fluchte. »So keimfrei wie diesen Schreibtisch, hab ich selten einen erlebt. Greiff muss in Tag- und Nachtarbeit Spuren beseitigt haben. Nicht erst seit heute Morgen. Immerhin, da ist eine Schachtel Munition für seine Pistole.«

»Kein Tischkalender? Der lag kürzlich hier herum.«

Lang verneinte. Nichts. Er machte sich an den Schrank. »Hier«, rief er, »Siegfried Herrmann.« Lang zog den Ordner aus der Reihe und legte ihn auf den Schreibtisch. Die Ausbeute war mager. Die Dicke des Ordners stand in keinem Verhältnis zum Inhalt. Eine Seite über die Adresse in Schwäbisch Hall und die Telefonnummer. Eine Seite mit Kontoangaben. Dann immerhin der Vertrag zwischen Herrmann und der GmbH. Paul schaute über Langs Schulter. »Ein merkwürdiges Verhältnis. Die GmbH hat ein Stammkapital von 150.000 Euro, und Herrmann gibt als stiller Teilhaber 200.000 Euro.« Lang blätterte weiter. Auffallend waren zwei Blätter mit Zahlenreihen – ohne Angabe, was die Zahlen bedeuten sollten. »Nehmen wir mit«, sagte Paul in das Klingeln an der Haustür hinein.

Im Besprechungsraum roch es intensiv nach Pizza. Pizza Salami, Pizza Hawaii – Milka schüttelte sich – und Pizza Quattro Stagioni. Lang nahm die Ananas. Sein Handy klingelte. Er hörte kurz zu, sagte okay. »Richartz«, erklärte er. »Er hat das Bild des toten Entführers jetzt soweit geschönt, dass er lebendig aussieht. Er schickt es uns aufs Handy.« Milka riss die Fenster auf. Sie mochte Pizza ab und an mal. Nur nicht den Geruch danach. Sie war an der letzten Schnitte, als Paul versuchte, eine Art Resümee zu ziehen. Er konnte es kurz machen. »Wir haben ein paar Unterlagen, die aber nicht viel hergeben. Wir wissen, dass ab und an eine Frau hier übernachtet – die Kollegen sollen mal nachforschen – wir haben einige Rufnummern, die im Festnetztelefon gespeichert sind. Das ist mit das Beste. Ein Safe und ein PC. Den nehmen wir mit. Den PC, meine ich.«

»Ich frage wegen des Safes nach. Da müssen wir die Anordnung des Amtsrichters abwarten. Jetzt wird er sie wohl nicht mehr verweigern.« Langs Stimme klang entschlossen und handlungsbereit. »Und die beiden Kollegen sollen eine Überwachung der Villa veranlassen.«

»Die werden sich freuen. Am Freitagabend«, vermutete Milka.

»Wir dürfen nicht das Risiko eingehen, dass Greiff hier erneut reinkommt.« Paul Eichert überlegte. »Wir machen zusätzlich eine Versiegelung über alle Türen. Constantin Greiff würde das allein nicht abhalten. Und jetzt fahren wir zu Siegfried Herrmann nach Hall. Bin gespannt, was der Anwalt zu sagen hat.«

Milka stand auf, schob die drei Pizzaschachteln zusammen

und drückte sie mit einem »Danke« den jetzt im Flur geduldig wartenden Polizeikommissaren in die Hand. Immerhin konnten sie, während sie warteten, etwas für ihre Allgemeinbildung tun, dachte Milka. Die Fotos und die Inhalte der Vitrinen waren mustergültig beschriftet. Kelten und Römer. Und ein Plakat des Alamannenmuseums im nahen Ellwangen.

Milka ging zurück ins Büro. Lang war dabei, den PC abzunabeln und transportfertig zu machen. »Bevor wir losfahren, Paul, willst du vorher nicht Till Spiegel anrufen? Vielleicht weiß er jetzt schon mehr.«

»Gute Idee«, sagte Paul Eichert. »Fahren wir?«

»Womit?«, fragte Milka. »Verdammt«, zischte Paul. Nach einem kurzen Gespräch konfiszierte er das Fahrzeug seiner Crailsheimer Kollegen. Sein Anruf bei Herrn Spiegel lief ins Leere. Er konnte nur auf die Mailbox sprechen.

»Wohin in Hall?«

»Oben, Auf dem Katzenkopf.«

Lang stoppte vor einem Einfamilienhaus und parkte links an der Einfahrt zur Garage. Zwei Klingeln. Eine davon trug die Aufschrift »Büro«. Eine unmelodiöse Tonfolge drang aus der Sprechanlage. »Eichert, Kriminalpolizei Hall«, sagte Paul in das kleine Mikrofon.

»Gleich zu dritt?« Siegfried Herrmann schien verwundert. »Wir gehen in mein Büro.« Kein Vorzimmer, kein Sekretariat, stellte Milka fest. Das Mobiliar des Büros war etwas in die Jahre gekommen, eher bescheiden als repräsentativ. Herrmann deutete auf die Stühle seinem Schreibtisch gegenüber. Paul stellte seine Begleiter vor. Bei Milka Mayr, ohne Titel, stutzte der Anwalt und musterte sie. Milka musterte zurück. Kurz vor den 60, schlank, um die ein Meter 75, graue Haare, schmale auffällige Hakennase und grauer Schnurrbart. Sportlich gekleidet, das Polohemd von der Sonne leicht verschossen.

Siegfried Herrmann blickte Kriminalhauptkommissar

Eichert vorwurfsvoll an. »Gewöhnlich meldet man sich an.« Eine Rüge zur Einleitung, dachte Milka. Er hatte eine sonore Stimme, nicht unangenehm.

»Es war eine spontane Entscheidung. Wir kommen gerade aus Crailsheim von Arch.Search GmbH.«

Herrmann richtete sich auf. Nur ganz wenig, stellte Milka fest, aber doch ein winziges Zeichen erhöhter Aufmerksamkeit. »Sollte ich die, hm, Gesellschaft kennen?«

Paul konnte diesen ganz leicht süffisanten Tonfall auch. »Als stiller Teilhaber sollten Sie das tatsächlich.«

Entweder war der Anwalt auf diese polizeiliche Kenntnis bereits gefasst, oder er war ein hervorragender Pokerspieler. Weder fragte er, woher die Kriminalpolizei das wusste, noch fragte er nach dem konkreten Anlass ihres Besuches. »Ja« war alles, was er sagte.

»Wir haben Grund anzunehmen, dass Herr Greiff in kriminelle Machenschaften verwickelt ist. Sie haben immerhin den beachtlichen Betrag von 200.000 Euro in das Unternehmen investiert, und …«

»Woher haben Sie diesen Betrag? Hat Constantin Greiff Ihnen das gesagt?«

Jetzt, dachte Milka, passt er auf wie ein Luchs. Sie war gespannt, wie viel an Information Paul preisgeben würde.

»Kennen Sie einen Enrico Barraco?«

»Sie haben meine Frage nicht beantwortet.«

»Ihr Geschäftsführer ist momentan auf der Flucht. Ebenso dieser Barraco, der unseres Wissens nach für Arch.Search arbeitet.«

»Beides ist mir nicht bekannt.« Die Stimme des Anwalts blieb ruhig. Auch seine Hände auf dem Schreibtisch. Kein äußeres Anzeichen von Nervosität war zu erkennen. »Dann sollte ich wohl zusehen, wie ich mein Geld da wieder raushole.«

»Sind Sie denn Sammler? Von Antiquitäten, meine ich?«

Herrmann lächelte. »Nein. Zwei oder drei kleine Funde hat mir Herr Greiff mal zum Einstand meiner Beteiligung geschenkt. Nein, das würde hier nur verstauben.«

»Wie kamen Sie denn dann ausgerechnet auf Arch.Search für ein finanzielles Engagement?«

»Warum sollte ich Ihnen diese Frage beantworten, meinen Grund offenlegen? Ist das denn, objektiv gesehen, tatsächlich ermittlungsrelevant?« Leise Ironie schwang in seinem Tonfall mit, obwohl sein Gesichtsausdruck völlig regungslos blieb.

»Nennen Sie es eine vertrauensbildende Maßnahme«, sagte Paul.

Der Anwalt lachte lautlos in sich hinein. »Ich verkenne nicht, dass Sie berufsbedingt misstrauisch sein müssen. Aber zunächst gilt eigentlich die Unschuldsvermutung, oder?«

Jetzt lachte auch Paul. »Kommt drauf an, auf welcher Seite man steht. Ich gehe bei meinen *Klienten* zuerst von Schuld aus, Sie bei Ihren selbstverständlich von Unschuld.«

»Wollen Sie ein Wasser?« Siegfried Herrmann machte eine Handbewegung, die Lang und Milka in das Angebot einbezog. Er holte eine Flasche und vier Gläser und schenkte ein. »Es war eine Beteiligung aufgrund einer Empfehlung. Ich stecke mein Geld ungern in große, für mich nicht wirklich transparente Aktiengesellschaften. Dort haben gewöhnlich Fonds oder Investmentgesellschaften das Sagen.«

»Von wem erhielten Sie denn die Empfehlung?«

»Das war nun wirklich ein Sammler. Claus Peter Thaler.« Herrmann machte eine kurze Pause, und nahm einen Schluck Wasser. Seine Stimme hatte belegt geklungen. »Leider ist er vor wenigen Tagen bei der Langenburg Historic ums Leben gekommen.«

Paul nickte. »Ja, das wissen wir.«

»Eine schreckliche Geschichte. Es war ja kein reiner Unfall. Ermitteln Sie denn in dieser Sache persönlich?«

Die Antwort des Kommissars fiel denkbar knapp aus. »Das tun wir.«

Als spreche er nur vor sich hin, teilte der Anwalt mit, dass er sich auch mit einem kleinen Betrag an Thalers Firma beteiligt habe. Er sagte nicht, wie groß *klein* war.

Paul Eichert ging nicht darauf ein. »Zurück zu Arch. Search. Kennen Sie die Mitarbeiter?«

»Nicht wirklich. Greiff nahm mich einmal zur Heuneburg mit. Ich sprach dort mit einem Herrn Brunner, glaube ich. Machte einen sehr kompetenten Eindruck und erzählte mir bei einer Führung viel über die Kelten. Wirklich interessant.«

»Wann trafen Sie zuletzt mit Herrn Greiff zusammen?«

»Da müsste ich nachsehen. Vor etwa zwei Monaten.« Der Anwalt stand auf, ging hinter seinen Bürostuhl, stützte sich mit den Ellbogen auf die hohe Lehne. »Irgendwie hatte ich den Eindruck, es würde bei Arch.Search nicht mehr so gut laufen.«

»Und das haben Sie Greiff gesagt?«

Herrmann schüttelte den Kopf, stützte jetzt die Hände auf die Lehne. »Nicht so brutal, nicht direkt.«

»Wie geht das denn?«

»Kommen Sie, Herr Kommissar, das kennen Sie doch von Ihren Vernehmungen auch. Diese unterschwelligen, leicht versteckten suggestiven Anschuldigungen, um dann abzuwarten, wie der Verdächtige reagiert.«

Paul lachte. »Und wie hat Greiff reagiert?«

»Er wimmelte mich ab. Eine vorübergehende Durststrecke, sagte er.« Der Anwalt schob seinen Bürostuhl zur Seite. »Waren das jetzt Ihre Fragen?«

Paul Eichert stand auf. »Ja, vielen Dank. Nur für den Fall,

dass Sie Kontakt mit Greiff haben sollten – wir würden sehr gern wissen, wo er sich versteckt.«

»Dieses Interesse, Herr Kommissar, teile ich mit Ihnen.«

Oberkommissar Lang manövrierte den Wagen aus der Einfahrt und fuhr Richtung Innenstadt. Kurz hinter dem Hotel Hohenlohe, an der Einmündung der Salinenstraße, deutete Paul Eichert nach rechts auf ein massiv wirkendes Eckgebäude. »Unser neues Büro – bald.«

Paul Eichert fuhr Milka zurück zum Hofgut. Die Fahrt verlief schweigsam. Beide hingen ihren Gedanken nach. Milkas Handy piepste. »Von Richartz. Er hat eine optimierte Aufnahme von Barraco und dieses bearbeitete Bild des toten Erpressers geschickt. Den hat er beinahe zum Leben erweckt. Nicht mal Fotos darf man mehr trauen.«

»Kommst du mit rein?«, fragte Milka, als Paul direkt neben der Treppe zum Eingang hielt. Er zögerte kurz, dann nickte er.

Milka stutzte. Links, direkt vor Christophs Trecker, stand ein schwarzer Nissan. Frankfurter Kennzeichen. Spiegel? Wie hatte er sie denn gefunden?

»Paul«, sagte sie, »da wartet eine Überraschung auf uns.«

Till Spiegel saß im Kaminzimmer, ein kaum angebrochenes Viertele und eine aufgeschlagene Tageszeitung vor sich. Das Peterle lag auf der Kaminbank, er schien sich in Spiegels Gesellschaft wohl zu fühlen. Spiegel stand auf und lächelte Milka an. »Eine Überraschung, ja? Ein Herr Richartz gab mir die Adresse, als ich vorhin im Revier anrief. Da kam ich gerade von Crailsheim.«

Laura öffnete die Tür einen Spalt, sagte: »Hallo, Paul«, und fragte: »Wasser oder Wein?«

»Wollten Sie zu Arch.Search?«, fragte Paul, als zwei Gläser Schorle auf dem Tisch standen.

»Allerdings. Und dann die Überraschung. Aber das wissen Sie ohnehin. Alles dicht. Haben Sie eine Ahnung, wo der Greiff hin ist?«

Paul Eichert gab eine Kurzinformation, sparte den Pistolenschuss und seine und Milkas Gefangenschaft aus und lieferte eine stark zensierte Version von Greiffs Flucht. Wohin auch immer. Da gäbe es keine Hinweise.

Spiegel runzelte zwar zweimal die Stirn, schien die Story aber zu schlucken. »Dem wurde der Boden wohl zu heiß unter den Füßen. Auf der Heuneburg wird er ja kaum Zuflucht gesucht haben.« Er nahm einen Schluck aus seinem Weinglas. »Ein *Trollinger*, ja?«

»Außer der Mitteilung über Greiff – Sie haben eine weitere Information, vermute ich.«

»Sie haben recht, Frau Mayr. Es betrifft Herrn Herrmann – Sie erinnern sich. Der stille Teilhaber.«

»Dem haben wir vorhin einen Besuch abgestattet«, informierte Paul.

»Dann komme ich etwas zu spät. Schadet in diesem Fall aber auch nichts. Ich bin überzeugt, Sie werden ihn ein zweites Mal besuchen. Wie schätzen Sie ihn denn ein, nach diesem Gespräch?«

Der Kriminalhauptkommissar musste nicht lange überlegen. »Gibt sich sehr ruhig und sachlich. Lässt sich nicht aus der Reserve locken. Und bei aller formellen Freundlichkeit – ich würde sagen, mit allen Wassern gewaschen. Ein kalter, berechnender Fisch.«

Alles hätte Milka jetzt nicht so gesehen. Weit auseinander lagen sie nicht.

Till Spiegel nickte, ein geheimnisvolles Lächeln um den

Mund. »Mit allen Wassern gewaschen – das muss er auch sein.«

»Herr Spiegel, ich stelle Ihnen eigenhändig eine Biokiste aus unserem Hofladen …«

Spiegel unterbrach. »Ich hab mir Ihren Internetauftritt angesehen. Sehr gut gemacht. Kompliment.«

»… also aus dem Hofladen – ganz nach Wunsch. Und Sie verraten uns jetzt, was Sie über diesen Anwalt wissen.«

»Verraten? Klingt so nach Verräter. Also: Siegfried Herrmann ist ein Strohmann für Paludi.«

»Nicht Ihr Ernst.« Paul Eicherts Stimme drückte seinen Unglauben aus.

»Also, dann der Reihe nach. In aller Regel vertritt ein Anwalt eine Person oder eine Gesellschaft, die sich gegen etwas wehren oder einen eigenen Anspruch durchsetzen will. Er tut nichts von alldem.« Spiegel nahm einen weiteren Schluck *Trollinger*.

»Woher wollen Sie das denn wissen?«

»Ich habe mich mal bei diversen Amtsgerichten schlau gemacht, bei Berufskollegen nach seiner Spezialisierung gefragt, im Internet recherchiert. Gähnende Leere. Der ist praktisch nicht existent – außer bei der Anwaltskammer. Wovon lebt der Mensch? Ganz bestimmt nicht von seiner Beteiligung bei Arch.Search.«

»Das führt Sie aber nicht zu Paludi.« Milka, die anfänglich Pauls Zweifel teilte, wurde in ihrer Meinung unsicher.

»Das ist richtig. Bei meinen vielen Telefonaten erhielt ich den Hinweis auf ein kleines Unternehmen hier in Hall. Das Gespräch mit dem Geschäftsführer war höchst aufschlussreich. Erstens: Herrmann nimmt keine Kunden an, sagte er mir. Gar keine. Und Zweitens: Herrmann arbeitet nur für Paludi. Zugegeben: Er sagte, Herrmann habe ihm dies in einer Haller Bar erzählt, als sein Zustand schon nicht mehr als *fahrtüchtig* bezeichnet werden konnte.«

»Er könnte ja Paludi exklusiv vertreten«, entgegnete Paul, weiterhin skeptisch. »Das ist nicht verboten.«

»Hat er aber nie. Jedenfalls nicht vor Gericht.«

»Das, Herr Spiegel, ist ein schwaches Argument. Er könnte schließlich auch eine beratende Funktion haben.« Pauls Skepsis wuchs.

»Einverstanden. Nur: Womit, bitte, verdient Herr Paludi sein Geld? Eine große Villa, viele hungrige Familienmitglieder, von denen keiner einem Beruf nachgeht, kein eigenes Unternehmen. Soll ich weiter aufzählen? Wo soll Herrmann beraten?«

»Vielleicht geschickte Beteiligungen?«, schlug Paul Eichert vor.

Spiegel lachte. »Ja, so wie bei Arch.Search? Zugegeben, anfänglich verdienten die richtig Geld. Aber bestimmt nicht so viel, um Paludi satt zu machen. Und wer ist Teilhaber? Etwa Paludi? Nein! Teilhaber ist sein Strohmann, der Anwalt. Ich bin überzeugt, wenn Sie an Herrmanns Kontodaten kämen, dann würden Sie viele Zahlungseingänge finden, von denen der allergrößte Teil weitergeleitet wird. Direkt an Paludi oder, eher wahrscheinlich, auf irgendeine ausländische Bank. Kennen Sie jemanden beim Finanzamt?«

Paul grinste. »Wer nicht. Bringt uns aber nicht weiter. Arch. Search ist wirklich nicht groß. Haben Sie eine Idee, warum Paludi ausgerechnet da eine Beteiligung eingegangen ist?«

»Ja, aber nur eine Idee. Wenn jemand sammelt – Oldtimer, Kunst, Antiquitäten – dann hat er Geld. Und wenn er Geld hat, kann er für Paludi interessant werden. Nehmen Sie Thaler: Kelten, Römer, Ferrari.«

»Woher wissen Sie, dass Herrmann auch eine Beteiligung bei Thaler eingegangen ist?«

Jetzt war es an Spiegel, verblüfft zu sein. »Das wusste ich nicht. Es war nur ein zufälliges Beispiel, das nahe lag.

Ist Ihnen bekannt, wie viel, ich meine, wie hoch die Beteiligung ist?«

»Das hat uns Herrmann nicht offenlegen wollen. Und wie heißt Ihr Informant, dieser Geschäftsführer?«

Till Spiegel leerte sein Glas. Immerhin, er versuchte sich tatsächlich an einem mitfühlenden Ausdruck. »Ich erzähle Ihnen gern vieles, was für Sie von Interesse ist. Eines tue ich aber sicher nicht: Ich gebe meine Quellen nicht preis. Nie! Es sei denn, ich habe das Einverständnis meiner Informanten. Was in diesem Fall nicht der Fall ist.«

»Das habe ich erwartet«, sagte Paul. Dennoch schwang Bedauern in seiner Stimme mit.

Milka hatte mitgedacht. Die Beschreibung der Clans, die Spiegel im Restaurant des Landgasthofs so bildhaft vorgenommen hatte – ließ sich daraus etwas übertragen? »Wir sprachen im *Pflug* auch über Clans und deren Strukturen. Und dass, zumindest regional, auch der ländliche Raum betroffen ist. Immerhin von einem kleinen Familienclan könnte man bei Paludi sprechen. Könnte es sein, dass er Interesse an Thalers Firma hat?«

»Aber Milka, er hat doch eine stille Beteiligung – über Herrmann«, warf Paul ein.

»Die räumt ihm aber kein offizielles Mitspracherecht im Unternehmen ein. Er ist kein klassischer Gesellschafter.«

»Im Prinzip ja«, sagte Spiegel nachdenklich, Milkas Frage aufgreifend. »Es könnte sein, dass er mehr will als nur eine kleine Dividende auf sein Kapital.« Er überlegte, seine Augen blitzten. »Sie wollen da doch wohl nicht andeuten, Paludi könnte bei Thalers Tod irgendwie die Finger im Spiel gehabt haben. Sehr unwahrscheinlich. Um in Ihrer Sprache zu bleiben, man schlachtet doch nicht die Kuh, die man melken will.«

Milka gab nicht klein bei. »Vielleicht schlachte ich doch

den Bullen, wenn ich dadurch den ganzen Stall kriegen kann.«

Kriminalhauptkommissar Eichert schüttelte nur den Kopf.

Till Spiegel wechselte das Thema. »Wissen Sie etwas über die Kelten hier in Hall?«

Milka wusste einiges. Das Gespräch mit Spiegel dauerte noch an, als Paul sich verabschiedete.

KAPITEL 13 – SAMSTAG

Es war 10 Uhr, als sich Milka in ihrem Büro die erste Atempause gönnte. Irgendwann am Vorabend, Paul hatte sich längst verabschiedet, zeigten sich auch bei Till Spiegel langsam Ermüdungserscheinungen. Als Milka ein verstohlenes Gähnen nicht mehr unterdrücken konnte, verabschiedete er sich. Milka war ihm nicht böse. Er war ein interessanter Gesprächspartner und führte sie mit seinen Stories in eine völlig andere Welt.

Um 10.05 Uhr rief Bettina aufgekratzt aus dem Hofladen an. Nein, nicht Paludis Haushälterin Rebecca Fusco käme, sondern eine Vertretung. Und Milka solle doch bitte unbedingt dabei sein. Daraus könne sich eine vorteilhafte Kundenbindung entwickeln. Angesichts der Diskussion am gestrigen Abend hegte Milka daran leise Zweifel. Eine kleine Unterbrechung könnte aber gut tun, dachte sie, auch wenn der Papierstau auf ihrem Schreibtisch nicht auf ein baldiges Ende hoffen ließ.

Etwa 20 Minuten besprach sich Milka mit Beate und Bettina, vergaß dabei auch nicht, sich für deren Einsatz während ihres kriminalistischen Ausflugs zu bedanken. Und erzählte, leicht widerstrebend, von dem Bergtag und dem Anschlag auf Thaler. Immer wenn Milka dachte, nun sei es genug, tauchten neue Fragen auf. Sie unterbrachen ihr Gespräch, als ein Mann den Hofladen betrat. Das war zwar nicht ganz ungewöhnlich, kam aber nicht gerade häufig vor. Irgendwie schien der Einkauf von Obst, Gemüse und Milchprodukten doch immer noch eher Frauensache zu sein. Bettina ging auf ihn zu. Milka taxierte ihn. Knapp über 60 Jahre, grüner Arbeitsoverall, darunter ein T-Shirt, das nicht gerade taufrisch schien. Das Gesicht unter den grauen Haaren war tief gebräunt mit deutlichen Furchen. »Kramer«, sagte er. Ein »Norbert« klapperte hinterher. Vielleicht ein Relikt aus längst vergangenen Bundeswehrzeiten. »Ich komme wegen dem Gemüse. Frau Fusco konnte nicht.« Herr Kramer streckte seine Hand mit einem Zettel aus. »Das stellen wir Ihnen sofort zusammen«, sagte Bettina und reichte den Zettel weiter an Beate. Die zwinkerte nur in Milkas Richtung.

Milka ging auf Herrn Kramer, Norbert zu. »Möchten Sie gern einen Orangensaft, Herr Kramer?«

Einige seiner Falten glätteten sich, andere entstanden neu. Ein Lächeln entwickelte sich. »Ja. Das wär schon gut.«

»Sie sind schon lang bei den Paludis?«, fragte Milka auf dem Weg zur Theke.

Kramer nickte. »Sehr lang. Ich mach' den Garten und kümmere mich um die Autos. Die haben ja viele.« Er blickte sich um. »Ihr Laden, der ist größer, als ich dachte.« Nach einem Blick durch die Glasscheibe der Theke: »Sie haben auch Wurst.«

»Wir hätten da eine ganz ausgezeichnete Wildsalami.« Milka zeigte mit dem Finger.

»Das steht aber nicht auf dem Zettel.« Herrn Kramers Satz kam mit Bedauern.

»Die legen wir Ihnen so drauf. Ohne Berechnung.« Kramers Gesicht strahlte erneut auf. Zwar ohne Berechnung, dachte Milka, aber durchaus berechnend. Bestechung war das. Milka zückte ihr Smartphone. »In letzter Zeit traf ich öfter Andrea Paludi, und …«

Kramer, Norbert unterbrach. »Der Sohn des Padrone.«

»Padrone?«

»Na ja, der Chef, Herr Silvio Paludi. Er hat es gern, wenn man ihn Padrone nennt.«

Milka zeigte das von Richartz bearbeitete Bild des toten

Entführers. Richartz hatte ihm geöffnete Augen verpasst. »Kennen Sie den?«

Nach kurzem Zögern nickte Herr Kramer. »Das ist Fabiu Gabor. War manchmal bei Paludi.« Er führte Milkas Hand mit dem Handy näher an seine Augen. »Ja. Sieht irgendwie komisch aus auf dem Foto. Aber das ist er.«

»Was hat er denn bei Paludi gemacht? Sprach er mit Andrea?«

Herr Kramer blickte auf seine Uhr, dann auf Beate und leerte sein Glas. »Weiß ich nicht. Geht mich auch nichts an.« Es hörte sich so an, als habe er bereits zu viel gesagt. »Ein Rumäne«, ergänzte er. Als würde das jetzt alles sagen. »Sie schicken uns eine Rechnung? An die Frau Fusco, ja?«

»Das machen wir«, sagte Milka und legte eine Wildsalami oben auf die Kiste. »Kommen Sie, Herr Kramer. Ich begleite Sie zum Auto.« Herr Kramer verstaute die Kiste in einem kleinen Renault Lieferwagen. »Ich glaube, der war eher bei Carlo Paludi.« Er schloss die Tür zum Laderaum.

»Wer ist das denn, Herr Kramer?«

»Carlo Paludi? Das ist der Bruder vom Padrone.«

»Grüßen Sie Frau Fusco von mir, ja?«

Herr Kramer Norbert nickte und hob grüßend die Hand am offenen Fenster, als er losfuhr.

Milka blieb einen Moment stehen und sah dem Renault nach. Sie ging zurück in den Hofladen. Beate stand mit Bettina an der Theke. »Einen Kaffee, Milka?«

»Ja bitte. Schwarz. Die Wildsalami geht ohne Berechnung, Beate.«

»Man muss die Kunden anfüttern, ja?«

Milka nickte. Das konnte sie jetzt nicht erklären. Sie schmunzelte innerlich. Vielleicht erzählte sie später einmal Sebastian Wild, dass seine Salami entscheidend zur Klärung des Verbrechens beigetragen hatte.

Zurück in ihrem Büro arbeitete Milka konzentriert, bis ein Anruf von Lothar Ebert hereinkam. Obwohl ihm jetzt mit Thaler ein unmittelbarer Auftraggeber fehlte, hatte es ihn zur Heuneburg zurückgezogen. Tobias Brunner sei jetzt ebenfalls weg. Abgereist. Nein, nicht geflüchtet. Er habe sogar mit Doktor Weigel gesprochen. Der war völlig aufgelöst, da er auch Brunners Chef in Crailsheim nicht mehr erreichte. Milka stellte keine Rückfragen, wollte das Gespräch schon beenden, als der Professor Lara Thalers Entführung ansprach. Der kurzen Information in der Zeitung könne man gar nichts entnehmen. Milka vertröstete ihn, als Pauls Anruf auf ihrem Handy aufleuchtete.

»Was bedeutet das, bitte? Du schickst mir das Foto, das Richartz weitergeleitet hat. Und dann darunter Fabiu Gabor. Was soll das denn?«

»Vielleicht ein Name?«

»Gut, dass du mir das jetzt sagst. Und wessen Name soll das sein?«

»Bist du gerade im Stress?« Milka wollte das Spielchen nicht fortsetzen. »Wessen wohl? Der Mann auf dem Foto heißt Fabiu Gabor. Nach meiner Information ein Rumäne. … Paul, bist du noch dran?«

»Woher weißt du das?«

Milka berichtete in knappen Worten. »Willst du jetzt die Familie der Paludis durchdeklinieren? Das scheint ein kleiner Konzern zu sein.«

»Vorerst nicht. Wir werden versuchen, mehr über diesen Gabor zu erfahren. Zusammen mit DNA und Fingerabdrücken wird das nicht mehr schwierig sein. Und mit Simon Thaler, mit dem will ich auch sprechen.«

Milka fiel etwas siedend heiß ein. Simon Thaler. Frau Koch. Ihr kurzer Aufenthalt in Frau Kochs Wohnung. »Bleib einen Moment dran, bitte.« Sie kramte in ihrer Handtasche. Es gab ihn noch, den Zettel mit den Telefonnummern. »Paul? Als ich in Frau Kochs Wohnung war, habe ich fünf Telefonnummern notiert. Die waren unter der Wahlwiederholung gespeichert. Kannst du damit was anfangen?«

»Gib sie an Richartz. Und warum kommst du mit der Information so spät?«

»Ach verdammt, Paul, das wüsste ich auch gern.« Milka lenkte ab. »Gibt's was Neues zu Greiff?«

»Spurlos verschwunden. Allerdings nicht ganz. Seinen Wagen haben wir in Ellwangen gefunden. Abgestellt und leer. Übrigens, auch sein Safe war leer. Wir haben jetzt die Durchsuchungsanordnung. Seine Flucht muss er bereits seit einer Woche vorbereitet haben.«

»Ist der Amtsrichter zu Kreuze gekrochen?«

Paul lachte. »Das tun die nie. Und den bayerischen Usus, in allen Amtsstuben ein Kreuz an der Wand zu haben, hat unser Ländle nicht übernommen. Ich rufe dich an.«

Milka saß eine Weile gedankenverloren vor ihrem Schreibtisch, blickte durch den verbliebenen Papierstapel hindurch. Nach einigen Minuten schob sie den restlichen Stapel zur Seite. Sie musste raus. Raus aus diesem Büro. Sie machte einen Rundgang durch die Stallungen, telefonierte mit den Holls, sprach mit dem Tierwirt und fand sich pünktlich zu einem kurzen Mittagessen ein.

Der Rest des Tages war Arbeit im Büro, bis am Nachmittag Paul Eichert anrief und »Ich brauche eine Auszeit«, sagte.

»Woher weißt du das?«

Paul lachte. »Du auch? Wir treffen uns in der Kreuzäckersiedlung.« Paul gab die Adresse durch. Sie war Milka unbekannt. Das ließ sie vermuten, worum es ging. Die Kreuzäcker waren ein beliebtes Haller Wohnviertel im Osten der Stadt, aber zentrumsnah.

Paul stand vor dem Haus, als Milka ankam. Das dreigeschossige Gebäude beherbergte sechs Wohnungen, vor dem Haus erstreckte sich eine große Grünfläche. Paul blickte Milka auffordernd an.

»Dein zweiter Versuch, in dieser Stadt sesshaft zu werden.« Paul schien mit der Äußerung keineswegs zufrieden. Möglicherweise erwartete er mehrere berauschende Adjektive. »Schöne Lage. Bist du im Erdgeschoss?«

Paul zeigte auf die dritte, oberste Etage.

»Also dann, Treppensteigen.«

»Dreieinhalb Zimmer, 104 Quadratmeter«, sagte Paul, als er die Wohnungstür aufschloss. »Terrasse nicht mitgerechnet. Das sind weitere 20.«

»Büschn viel für einen Hamburger Jong, so ganz allein.«

»Nicht, wenn er in die Zukunft schaut. Man darf nicht immer nur vom Status quo ausgehen.«

»Dann zeig mal.«

Nach ausgiebiger Besichtigung und mehreren Adjektiven, auf die Paul Eichert lang hatte warten müssen, lehnten sie sich über die Brüstung der Terrasse. »Schöne Aussicht. Du schaust über alles weg«, kommentierte Milka. »Baujahr?«

»Ja«, sagte Paul, »weiß schon. Wurde aber vor zwei Jahren komplett modernisiert, auch energetisch.«

»Und die Parteien im Haus?«

»Alles anständige Leute. Hat Janina überprüft.«

Milka grinste. »Sonst lässt du sie einfach verhaften. Von Privat?«

Paul nickte bestätigend. »Wurde bis jetzt nicht inseriert.«

Milka wanderte erneut durch die Wohnung, Schritt für Schritt von Paul verfolgt. Sie überlegte die Nutzungen der Räume und möblierte sie im Kopf. Auch die Küche.

»Nun, was sagst du?« Eine klitzekleine Besorgnis schwang in Pauls Stimme mit.

»Wenn deine Finanzierung stimmt, machst du hier nichts falsch. Nur eines muss dir klar sein: Ich werde bestimmt keine Nebenerwerbspolizistin.«

»Das gibt es gar nicht.«

»Vielleicht schon«, entgegnete Milka lachend. »Komm, lass uns die Aussicht bewundern. Dorthin«, zeigte Milka, »drei Gartenstühle und ein Tisch und ein Sonnenschirm. Und ein paar Pflanzen. Damit könnte ich leben.«

Paul ging zu einer schmalen Tür vor der Trennwand zur benachbarten Terrasse. Er holte zwei Klappsessel aus der Abstellkammer. »Bitte. Für den Anfang.« Er ging zurück, kam mit zwei Gläsern und einer Flasche Grauer Burgunder, badischer Provenienz selbstverständlich. Milka sah eine Kühlbox an der Tür stehen.

»Das ist hinterhältig, Paul. So macht Mann Frauen gefügig. Auf dich, auf uns, auf deine neue Wohnung.«

Paul unterdrückte das »unsere«. Milka hatte sich für ihre Verhältnisse schon weit über die Brüstung hinausgelehnt – bildlich gesprochen.

Milka genoss die Sommerluft, die hier im oberen Geschoss leicht bewegt war. Blinzelte gegen die Sonne, vergaß ihre Kühe, vergaß die Paludis, die Thalers, Greiffs und Barracos. Und genoß das Zusammensein mit Paul.

Die beschwingte Stimmung hielt an – bis Pauls Handy einen Summton von sich gab. »Richartz«, sagte er entschuldigend. Pauls Beitrag beschränkte sich auf wenige Fragen.

»Ich muss zurück.« Milka nickte. »Morgen nach Langenburg«, sagte Paul. »Kommst du mit?«

»Ja«, stimmte Milka zu. Sie fragte nicht, warum.

KAPITEL 14 – SONNTAG

Es war ein wunderschöner Sommertag. Nicht mehr ganz so heiß wie die Tage zuvor. Ab und an zog gemächlich ein weißer Wattebausch über den blauen Himmel. Milka war beschwingt. Ihr Schreibtisch war aufgeräumt, jedenfalls beinahe. Sie freute sich auf einen unbeschwerten Tag mit Paul.

Sie waren unweit von Langenburg, als Paul ihr in beiläufigem Ton mitteilte, was er vorhatte. Nicht nur Frau Koch wollte er befragen, auch Lara Lena. Und, wenn man schon dabei wäre, Simon Thaler ebenfalls. Milkas säuerlichen Gesichtsausdruck erkennend versprach er, es kurz zu machen. Sie wusste, was das bedeutete: nichts. Paul Eichert besserte nach, strich ihr sozusagen etwas Honig um den roten Mund. Ein Rot, das wunderbar zu ihren schwarzen Haaren passte. Nach dem dritten Kompliment musste auch Milka lachen.

Frau Koch war überrascht, als sie die Wohnungstür öffnete. »Ja?«

Kriminalhauptkommissar Eichert schwafelte über einzelne Aspekte der Entführung. Und vielleicht könne Frau Koch da mit der einen oder anderen Information aushelfen. Milka musste sich beherrschen. Die Haushälterin bat sie herein. Milkas Blick streifte die beiden Ölgemälde mit der toskanischen Landschaft. Frau Koch holte Gläser und eine Flasche Wasser. Milka unterdrückte ein Schmunzeln, als sie das Etikett sah. *San Pellegrino*. Zwar nicht Toskana, aber wenigstens Bergamo. Es schien auch Paul aufzufallen.

Frau Koch setzte sich. »Wie kann ich Ihnen helfen?« Ihre Stimme klang ein wenig unsicher. Milka war gespannt, welche Taktik Paul anwenden würde. Es war die Überfalltaktik.

»Welche Informationen, Frau Koch, geben Sie eigentlich an die Paludis weiter? Berichten Sie über die Familie? Oder nur über Simon Thaler? Und wer von den Paludis bezahlt Sie dafür?« Pauls Stimme war einschüchternd laut und messerscharf.

Frau Koch krallte haltsuchend ihre Hände an die Armlehnen des Sessels. Sie öffnete zwar den Mund, brachte aber keinen Ton heraus.

Paul reagierte brutal. »Nun reden Sie schon. Wir können das Gespräch auch woanders führen. Oder soll ich mal Simon Thaler rufen?«

»Ich … ich gebe nichts weiter. Ich rede gar nicht mit den Paludis, und …«

»Frau Koch, ich habe nicht die geringste Lust, mir Ihre Lügen weiter anzuhören. Wir haben die Telefonnummern auf Ihrem Apparat. Ich kann Ihnen sogar sagen, wann Sie angerufen haben. Also?«

Nach zwei weiteren Minuten konnte Frau Koch nicht mehr. Ihr vorgebeugter Körper zitterte, mit beiden Händen bedeckte sie ihr Gesicht. Ihre erste Ausrede, sie habe die Paludis nur angerufen, wenn Lara Lena dort war, wischte der Kommissar weg, und verstärkte den Druck.

»Ein letztes Mal jetzt, Frau Koch, sonst fahren wir mit Ihnen nach Hall. Was bezahlen Ihnen die Paludis und wofür.«

»Es … es hat ganz harmlos angefangen. Andrea Paludi. Also er merkte, dass ich Italien mag.« Sie deutete auf die Gemälde. »Die hat er mir geschenkt. Ich wollte ja erst nicht …«

Paul Eichert wandelte sich von der angriffslustigen Bulldogge zum verständnisvollen Beichtvater. »Und irgendwann fragte er Sie, ob sie vielleicht …«

»Ja«, schluchzte Frau Koch. »Er wollte nur wissen, wie es Lara Lena geht.« Frau Kochs Schluchzen verstärkte sich.

»Und dann wurde es allmählich mehr?«

»Ja. Immer mehr. Manches bekomme ich ja mit, wenn ich serviere oder wenn jemand telefoniert. Und Paludi wollte alles wissen. Wie Claus Peter Thaler zu ihm, den Paludis, stehe, zur Verlobung mit Lara Lena, was Simon macht, was er sagt. Es wurde immer mehr. Und er wollte Informationen über Wagner. Aber aus dem kriegte niemand was raus.« Es war jetzt wie ein Dammbruch, empfand Milka.

»Und Sie haben Geld bekommen, ja?«

Frau Koch nickte, sie sprach ganz leise, beschämt. »Immer in einem Umschlag. Mit der Post.« Nach einer Pause: »Er hat mich dann bedroht. Als ich ihm sagte, ich wolle das nicht mehr. Da wurde er wütend. Es war schrecklich.«

»Und der Familie Thaler – Sie haben niemals etwas gesagt, sich ihnen anvertraut?«

»Ich … ich wollte doch meine Stellung hier behalten.«

Paul blickte Milka an und schüttelte den Kopf. Er holte sein Handy hervor, hielt das Display hoch. »Kennen Sie einen von diesen beiden Männern?«

Frau Koch beugte sich vor. »Den nicht, nein. Und den, warten Sie. Ja, ich glaube, den da.« Ihr ausgestreckter Finger tippte auf das Display. Auf Fabiu Gabor. »Der war mal zusammen mit Grell bei Wagner zu Besuch.«

»Woher kennen Sie Grell?«

»Aber den kennt doch in diesem Städtchen jeder. Jeder, der ein Auto hat«, sagte Frau Koch.

Milka täuschte sich in der Annahme, Paul Eichert habe nun genügend Informationen erhalten. Weitere zehn Minuten befragte er Frau Koch zu den Inhalten, die sie an Paludi weitergegeben hatte. Milka hatte das Gefühl, es war eher eine Pflichtübung. Dass Claus Peter Thaler gegen Laras Verbindung mit Paludi war – nichts Neues. Dass sich Vater und Sohn nicht immer grün waren – bekannt.

»Was wird jetzt mit mir?«, fragte Frau Koch, als Paul und

Milka aufstanden. Tränen trübten ihren Blick. Milka verspürte Mitleid, obwohl die Haushälterin wissen musste, worauf sie sich da einließ. »Das hängt von vielen Dingen ab«, sagte Paul abwehrend und ging in den Flur. Frau Kochs Verhalten war ihm unverständlich.

»Zuallererst, Frau Koch: Beenden Sie um Himmels willen diese Anrufe«, sagte Milka. »Und wenn Paludi anruft – legen Sie auf. Besser, Sie gehen gar nicht erst ran. Es wird Ihnen nichts passieren.«

Paul stand an der Fahrertür seines Wagens. »Willst du schon weg?«, fragte Milka.

»Ich fahre bei diesem Grell vorbei. Kannst du bitte mit Lara Lena sprechen? Dir vertraut sie vielleicht mehr an.«

»So von Frau zu Frau, meinst du?« Milka klang eindeutig ironisch.

»Bitte.«

Lara Lena Thaler, im Gegensatz zu ihren sonstigen Treffen eher nachlässig gekleidet, saß in einem Schwenksessel im Büro und blickte in die Landschaft. Sie stand auf, als Milka hereinkam. Sie sah verheult aus. Die ungeschminkten Lippen presste sie zusammen, die Mundwinkel waren leicht nach unten gezogen. Auch ihre Haare, stellte Milka fest, hatte sie vernachlässigt. Sie reichte Milka die Hand. Ein weicher, kraftloser Händedruck. Lara Lena zeigte auf den zweiten Sessel.

»Sie haben die Entführung überstanden, aber nicht die Nachwehen, ja?«

Lara Lena nickte mit einer kaum wahrnehmbaren Bewegung. »Ich muss mich bei Ihnen bedanken, Frau Mayr. Sie haben mich gefunden und aus diesem Keller befreit.« Ihre Stimme klang merkwürdig belegt.

Milka drehte ihren Sessel und nahm ihre Hand. »Das war ich nicht allein.«

»Der Kommissar – Ihr Freund, ja?«

Milka nickte mit einem aufmunternden Lächeln. Aus welchem Grund auch immer löste das erneut Tränen aus. Milka reichte ihr ein Taschentuch.

»Es ist alles so schrecklich, und ich fresse im Moment alles in mich rein. Alles. Immer mehr. Ich weiß einfach nicht … Alles schien so einfach, easy.«

Milka überlegte blitzschnell. Zeit lassen, sagte sie sich, nicht raten. »Sie haben doch Ihren Freund Andrea.«

»Aber das ist es ja gerade«, sagte Lara Lena und brach in Schluchzen aus. »Ich weiß nicht mehr, was ich glauben soll.«

Milka drückte Laras Hand. »Sprechen Sie mit mir – wenn Sie möchten.«

Milka gab ihr Zeit. Sie wartete, bis Lara Lena aufblickte und sich die Nase putzte. »Mein Vater. Er war gegen eine Verbindung mit Andrea. Dabei habe ich ihn bekniet. Sonst – wenn ich etwas haben wollte …«

»Ihr Freund, Andrea – er wusste davon?«

»Aber ja. Klar. Deswegen ist das alles ja passiert.«

Ganz, ganz leise schwante Milka, was Lara Lena damit meinen konnte. Sie wartete ab.

»Er hatte die Idee, mich entführen zu lassen. Eine Inszenierung, wissen Sie.« Lara Lena schien sich wieder zu fangen, es tat ihr gut, sich ihren Kummer von der Seele zu reden. »›Ich mach' das schon‹, sagte er. ›Du wirst entführt, aber nur zum Schein. Ich zahle das Lösegeld, und du bist frei. Und dein Vater wird mir dankbar sein.‹ Das war sein Plan.«

Eigentlich war es für Milka unfassbar, wie Lara Lena diesem Vorhaben hatte zustimmen können. Dennoch: Sie lächelte mitfühlend, herzerweichend verständnisvoll. »Und Sie gingen darauf ein. Kann ich verstehen.« Eine glatte Lüge.

»Ja.« Lara Lena sprang auf, ging zum Fenster und blickte in die Mittagssonne hinaus. Nach einer Weile kam sie zurück.

»Ich war dumm. Dumm, dumm, dumm.« Dreimal stampfte sie mit einem Fuß aufs Parkett. »Hätte ich bloß Nein gesagt. Im ersten Moment schien es halt …«

»Aber nach dem Tod Ihres Vaters, warum haben Sie …«

Lara Lena unterbrach sie. »Das ist es ja. Bereits am frühen Morgen, als wir von dem schrecklichen Anschlag auf meinen Vater erfuhren, haben wir alles abgeblasen. Andrea sagte ›Schluss damit. Das können wir jetzt nicht tun.‹ Er war so lieb, glauben Sie mir.«

So, wie ich vorhin dachte, sagte sich Milka. Dennoch, irgendetwas stimmte da nicht. »Also hätte Ihnen auf der Fahrt von Hall hierher gar nichts passieren dürfen.«

»Genau. Andrea war verzweifelt, als er mich im Krankenhaus besuchte. Er war am Boden zerstört. Er konnte es sich einfach nicht erklären. Ja, er hatte eine Person damit beauftragt – ich musste ja zu diesem Haus kommen. Nur – es war eben keine Show, keine Inszenierung. Es waren zwei Männer mit Masken. Die bremsten mich an der Straße aus und zerrten mich in ihr Auto. Ich schrie. Irgendwas hielten sie mit vor Mund und Nase. Ich wehrte mich, kratzte, aber vergeblich. Und dann wachte ich in dem feuchten Keller auf.«

»Hat man Ihnen gedroht, Ihnen Schmerzen zugefügt?«

Lara Lena ließ sich in den Sessel fallen und atmete tief durch. »Nein. Nur, als sie mich zum Telefonieren hochzerrten. Aber sie gaben mir kein Wasser. Und nichts zu essen. Ich bettelte. Nichts. Es war so – so erniedrigend, deprimierend. Hilflos da zu liegen. Und dann diese Männer.«

»Erkennen konnten Sie keinen von den beiden?«

»Nein. Sie kamen nur rein und holten mich, wenn ich am Telefon etwas sagen sollte. Da trugen sie Masken. Einmal fiel ein Name. Fabio oder Fabiu. Das war nicht genau zu verstehen.«

»Haben Sie, seit Sie wieder hier sind, mit Andrea gesprochen?«

»Er hat angerufen. Ich bin aber nicht rangegangen.« Lara Lena zögerte kurz. »Meinen Sie nicht, ich müsste jetzt mit meiner Mutter sprechen, ihr alles erklären«

»Ja«, sagte Milka. »Das müssen Sie. Es wäre aber gut, etwas zu warten. Wir sprechen miteinander, ja?«

Milka schlenderte einmal um die Zufahrt zur Villa, bewunderte die Gartenanlage, während sie auf Paul wartete. So wirklich transparent war diese Entführung nicht. Diese Meinung teilte auch Kommissar Eichert, als Milka mit ihrem Bericht fertig war. »Einmal angenommen, Andrea Paludi hatte diese Entführung wirklich geplant. Ein idiotisches Unterfangen, aber spielen wir das trotzdem durch. Du beauftragst jemanden, den du kennst, mit der Entführung. Der macht genau das, was du ihm sagst.«

»Ich folge dir«, sagte Milka.

»Dann ist aber von Beginn an festgelegt, wohin Lara Lena gebracht wird.«

Milka nickte. »Und jetzt gibt es zwei Möglichkeiten. Entweder, Paludi blies die Sache ab. Nun sagten sich die Entführer: ›Nix da. Wir schnappen uns das Mädel und das Geld und hauen dann ab. Und Paludi schaut in die Röhre.‹ Oder aber Paludi täuschte Lara und hat nichts abgeblasen.«

»Richtig. Wenn es aber gegen seinen Willen lief: Warum ist er dann nicht sofort zu diesem Versteck gefahren und …« Paul zögerte. »Klar – konnte er nicht. Er wäre sonst aufgeflogen – und damit seine Verbindung zu den Entführern. Wir hätten sofort gewusst, was da gespielt wird.«

»Und wenn er es nun nicht abgeblasen hat? Nein, ziehe ich zurück. Dann gilt das auch. Er musste in jedem Fall warten, bis Simon Thaler ihn über das Versteck informierte.«

Paul nickte. »Und mit Simon Thaler will ich jetzt sprechen, Milka. Er hat da einiges zu erklären.«

»Gleich. Was war mit Grell?«

»Der machte sich ganz klein und tat unschuldig. Ja, diesen Fabiu Gabor habe er manchmal beschäftigt. Wenn es einmal viel zu tun gab. Fest angestellt sei er nicht. Ich mache es kurz. Den Grell nehmen wir uns vor, mit richterlicher Vorladung. Es war mir einfach zu blöd. Übrigens – wir wissen jetzt mehr über Gabor. Er hat einige Straftaten auf dem Buckel. Messerstecherei, Drogenhandel, Erpressung. Saß zweieinhalb Jahre im Gefängnis – in Dortmund. Gehen wir.«

Im Eingangsbereich kam ihnen Lara Lena entgegen. Sie schüttelte den Kopf. »Simon ist im Büro.«

»Was sollte das Kopfschütteln?«

»Sie hat ihrem Bruder bisher nichts gesagt«, flüsterte Milka.

Simon Thaler saß am Schreibtisch seines Vaters, ein Stapel Post vor sich. »Mit meiner Schwester sprachen Sie bereits. Konnten Sie über ihre Entführung etwas herausfinden? Wer es war?«

»Können wir uns hier an den Tisch setzen?«, fragte Paul Eichert.

»Aber ja, entschuldigen Sie, das war gedankenlos von mir.«

Milka warf Paul einen Blick zu. Simon Thaler gab sich lammfromm. Seine Überheblichkeit war wie weggewischt. Der Tod seines Vaters, die Entführung seiner Schwester – das allein konnte nicht der Grund sein, dachte Milka.

Paul kam ohne Umschweife zur Sache. »Wir wissen inzwischen nicht nur, wer es war, wir wissen auch, wer dahinter stand. Übrigens auch, was den Anschlag auf Ihren Vater betrifft. Und Alfred Wagner nicht zu vergessen.« Er machte eine Kunstpause. »Und wissen Sie was – ich glaube, Sie wissen es auch. Zumindest vermuten Sie es.« Simon Thaler blickte mit geneigtem Kopf auf die Tischplatte. Er knetete die Finger seiner linken Hand, ballte sie zur Faust. Milka spürte direkt, wie er mit sich rang. Paul merkte es anscheinend ebenso. Er wartete, baute keinen Druck auf.

»Ich … ich habe nie gedacht, dass es dazu kommen könnte. Dass so etwas passiert. Es war nie …« Simon Thalers Stimme war leise und brüchig. »Es fing mit einer kleinen Gefälligkeit für Andrea an. Vor einem Jahr. Eine Finanztransaktion – nur ein kleiner Betrag.«

»Und dabei blieb es aber nicht?«, sagte Milka.

»Es wurde immer mehr. Dann ging es schon um größere Summen.«

»Und Sie verdienten daran, ja?« Paul Eicherts Tonfall war weit entfernt von Milkas Einfühlsamkeit.

»Es floss nicht in meine eigene Tasche. Ich verbuchte es für die Firma.« Simon Thaler entschied sich jetzt, reinen Tisch zu machen. »Mein Vater – er war nicht einfach. Wissen Sie, welches Gefühl in einem aufkocht, wenn man von seinem Vater vor den Angestellten heruntergeputzt wird? Wissen Sie, wie das ist, wenn man Minuten später mit diesen Angestellten dann wieder arbeiten soll? Es hat mich fertig gemacht. Also buchte ich das für das Unternehmen.«

»Früher oder später hätte ein Wirtschaftsprüfer das festgestellt.« Irgendwie, dachte Milka, kannte Paul heute keine Rücksicht.

Simon Thaler zuckte mit den Achseln. Es hatte ihn damals nicht interessiert. »Aber mein Vater sprach sogar mal ein Lob aus und … Ja?«

Lara Lena kam mit frischem Kaffee, zog sich aber gleich wieder zurück.

Milka gab einen vorsichtigen Anstoß. »Es ging nicht so einfach weiter?«

»Nein. Er wollte immer größere Beträge. Jaja, es war Geldwäsche. Dafür benutzte er uns. Mich.« Seine Stimme klang jetzt bitter. Beide Hände ballten und öffneten sich wieder.

»Und ich konnte nicht mehr zurück. Es war wie in der Hölle. Er lachte mich aus – ganz freundlich. Hundertmal sann ich verzweifelt nach einem Ausweg. Ich überlegte, ob ich Lara etwas sagen sollte.« Thalers Hände öffneten sich, stützten seinen gesenkten Kopf. »Hätte ich es, verdammt nochmal, nur getan.«

Milka versuchte es auf die warmherzige, nachsichtige Tour, ohne es zu beschönigen. »Es ist schwer zu ertragen, eine Mitschuld an dieser Situation zu haben. Auch wenn man sie nicht vorhergesehen hat. Ihnen bleibt viel Zeit, Herr Thaler. Zeit, Ihre Familie zusammenzubringen.« Milka blickte Paul strafend an, als sie seine himmelwärts gedrehten Augen bemerkte.

»Wann hatten Sie das letzte Mal mit Paludi über diese Transaktionen gesprochen?«

»Das war vor etwa sechs Wochen. Da gerieten wir hart aneinander, als ich ihm wieder einmal sagte, jetzt müsse Schluss sein.«

Paul rechnete nach – Wagner. Es könnte hinkommen. Genügend Zeit für die Planung.

»Wie, um Himmels willen, soll ich das Lara Lena erklären?« Thalers Stimme war nah am Kippen ins Weinerliche.

»Sprechen Sie mit ihr«, sagte Milka, »es wird Ihnen helfen. Sie werden sich gegenseitig helfen.« In diesem Punkt war sie sich sicher. Thaler blickte auf. Obwohl er sie nicht verstand, er fragte trotzdem nicht nach.

Kriminalhauptkommissar Eichert war noch längst nicht zufrieden. Lieber wäre ihm eine Vernehmung in seinen Büroräumen, zusammen mit Lang und Janina, gewesen. »Gab es Kontakte zu anderen Mitgliedern der Paludi-Familie?«

Simon Thaler wirkte etwas gefasster, das Weinerliche seiner Stimme war verflogen. »Ja. Mit einem Carlo Paludi, Andreas Onkel. Einmal, das ist aber lang her, hat er sich von meinem Vater und mir die Firma zeigen lassen. Und einmal, als sie den Ferrari 365 GTB brachten.«

»Der hat den Oldtimer persönlich hierher gebracht?«, fragte der Kommissar erstaunt.

»Aber nein, so meinte ich das nicht. Gebracht hat ihn der Grell mit einem Anhänger. Carlo Paludi und Andrea kamen mit einem eigenen Auto zur Übergabe.«

»Nach den letzten Tagen, ist Ihnen da mal durch den Kopf gegangen, was Paludi mit diesem Generalangriff auf Sie, Ihren Vater und Ihre Schwester bezweckte?«

Simon Thaler lachte verhalten, es war ein trockenes, bitteres Lachen. »Nach Laras Entführung. Ja. Die ersten Zweifel beim Anschlag auf meinen Vater hab ich verdrängt, der Schock saß einfach zu tief. Dann kamen wieder Zweifel auf, als Andrea das Lösegeld beschaffte.« Simon Thaler schwieg für einen Augenblick. »Die wollten unseren Laden, mit allem toten und lebenden Inventar. Und bei mir und Lara fingen sie an.« Der Satz kam leise, beinahe geflüstert.

Nach einem flüchtigen Abstimmungsblick mit Milka stand Kriminalhauptkommissar Eichert auf.

»Wie geht es jetzt weiter? Ich meine, was passiert mit …« Thaler brach seine Frage ab. Vielleicht wurde ihm bewusst, dass es so pauschal keine Antwort darauf gab.

Paul Eichert wollte die Frage abtun, bemerkte jedoch Milkas bittenden Blick. Es konnte nicht schaden. »Den Vorwurf der Geldwäsche, zumindest der Begünstigung, werden Sie nicht leugnen können. Dass Sie später nicht aufhörten – da wird ein wohlgesonnener Richter angesichts der Erpressung vielleicht mildernde Umstände einräumen. Zumindest dann, wenn Sie über Paludi aussagen.«

Paul, der mit Milka bereits an der Tür stand, drehte sich noch einmal um. »Sie haben eine Spionin im Haus. Frau Koch berichtete regelmäßig über eure Gespräche an Paludi. Es liegt an Ihnen, wie Sie damit umgehen.«

Paul Eichert wählte einen Schattenplatz auf der Terrasse des Schlosscafés. Der Blick hinunter ins Jagsttal, auf Orangerie und den Barockgarten war so schön und friedlich, als wäre nichts gewesen. Es gab Kässpätzle mit Salat.

Paul schluckte. »Kannst du mir sagen, warum Simon Thaler jetzt dieses Coming-out …«

Milka unterbrach ihn. »Paul, dieser Begriff ist belegt, das solltest du wissen.«

»Richtig. Als Kriminalhauptkommissar. Also: Warum bringt Simon Thaler das jetzt? Warum nicht früher, in Teufels Namen.«

Die Ordensschwester am Nebentisch warf einen strafenden Blick auf Paul. Er bemerkte ihn nicht.

»Es wird nicht ein Grund allein sein, Paul.« Sie senkte ihre Stimme. »Einerseits wurde ihm der seelische Druck zu groß. Er spürte, dass es nicht aufhörte, es vielmehr schlimmer wurde. Und dann …« Milka suchte nach Worten.

»… und dann kamen wir, und das Risiko, dass alles ans Tageslicht kam, wurde ständig größer.«

»So sehe ich das auch, Paul. Es gibt einen weiteren Punkt: Die unmittelbare Gefahr durch Andrea Paludi war weg.«

Paul lachte verhalten. »Wir dürfen uns da nicht täuschen lassen. Andrea ist nicht Paludi. Der Clan ist Paludi. Ein Krake mit vielen Armen. Hackst du einen ab, packen dich die andern.«

»Ich teile deine Einschätzung. Trotz allem, Simon Thaler ist kein schlechter Kerl. Er rutschte da rein – und kommt nicht mehr raus.«

Paul grinste. »Ist das jetzt ein Freispruch?«

»Vielleicht mildernde Umstände?«

»Nicht für den Clan«, sagte Paul und zog sein klingelndes Handy aus der Tasche. Er empfing einen missbilligenden Blick vom Nebentisch, stand auf und ging bis ans Ende der Terrasse.

Als Paul zurückkam, hatte Milka Salat und Kässpätzle aufgegessen. »Weißt du, wie kalte Kässpätzle schmecken?« Milka deutete auf Pauls Teller.

»Als Junggeselle, zumal bei der Polizei mit ungeregelten Arbeitszeiten, isst man auch kalte Pizzaschnitten. Warum also keine kalten Kässpätzle?«

»Das wirst du gleich wissen«, sagte Milka.

»Hm. Hast recht«, meinte Paul nach zwei Bissen, aß aber ungerührt weiter und schob nach einer Weile den nicht ganz leeren Teller zur Seite. »Wir haben ihn.«

»Ihr habt wen?«, fragte Milka und bat die Bedienung um zwei Kaffees.

Paul machte ein sehr zufriedenes Gesicht. »Wir haben Constantin Greiff.« Er ballte siegesbewusst die rechte Hand zur Faust.

Milka war sichtlich entgeistert- und sprachlos, was bei ihr höchst selten vorkam.

»Doch, doch. Wir haben ihn. Er wird gerade nach Hall gebracht. Lang hat angerufen.«

Milka fing sich. »War er so blöd, in sein Haus zurückzukommen? In der irrigen Annahme, da würde ihn jetzt keiner erwarten?«

»Eigentlich keine so schlechte Idee. Aber schon so oft praktiziert, dass wir darauf nicht reinfallen. Du darfst nochmal raten.«

Milka wollte nicht.

»Wir haben ihn tatsächlich in Crailsheim geschnappt. Gestern erhielt er Post in seinen Briefkasten. Die Kollegen fanden die Jahresabrechnung einer Hausverwaltung – für eine Eigentumswohnung. Die Verbräuche waren so niedrig, dass sie nicht ständig bewohnt sein konnte. Also haben sie die Wohnung überwacht.«

»Das wusstest du alles und hast mir nichts gesagt?« Milka war hörbar sauer – wie noch keine Milch auf ihrem Hof.

»Als der Zugriff vorhin erfolgte, waren wir längst in Langenburg. Wir wussten doch nicht, ob oder wann er die Wohnung aufsucht.«

»Du weichst aus. Da sitzen wir auf der Terrasse deiner künftigen Wohnung, schlürfen einen Grauburgunder, und du hältst damit hinterm Berg.«

Paul hauchte einen Kuss über den Tisch. »Versteh doch – es hätte unsere Stimmung zerstört.«

Milka gab sich besänftigt. »Fahren wir zurück.«

»Soll ich dich am Hofgut absetzen, oder willst du mit zur Vernehmung nach Hall kommen?«, fragte Paul, als er den Wagen startete.

»Hofgut. Du kannst ja abends vorbeikommen und erzählen.«

Paul kam gegen 20 Uhr und fand Milka in der Gerätehalle, tief über die Eingeweide eines Treckers gebeugt. In ungewohntem Overall. Damit, dachte Paul, würde sie auch in Grells Autowerkstatt erst auf den zweiten Blick auffallen – solange sie ihr Gesicht nicht zeigte. Milka sah hoch und ging zum Waschbecken. »Nicht hier drin. Lass uns draußen Richtung Blühwiese gehen. Da steht jetzt eine Bank.«

»Ein wunderschöner Anblick«, sagte Paul. »Wie habt ihr das hingekriegt?«

»Du brauchst einen mageren Boden, den darfst du nicht düngen. Der Boden muss aushungern. Magerwiesen sind die schönsten Blumenwiesen. Und dann benötigst du die richtige Samenmischung – richtig für den Boden und die Bienen.«

»Wie groß ist eigentlich ein Bienenvolk?«

»Städter, Großstädter!«, kommentierte Milka die Frage. »Bis zu 70.000 Bienen und mehr und 2.000 Drohnen.«

»Du musst mich dabei nicht ansehen.«

»So war das auch nicht gemeint. Sonst wärst du schon längst nicht mehr, oder ich müsste dich demnächst rauswerfen. Was war jetzt mit Greiff? Hat er gesungen?«

»Der war geschockt. Fix und fertig. Das muss ein Bild gewesen sein. Da wir wussten, dass Greiff bewaffnet ist, kam ein mobiles Einsatzkommando aus Aalen. Kennst du ja aus den Krimis. Ein martialischer Anblick. Anthrazit-schwarzer Dress, Schutzbekleidung, Helmvisiere. Die schlichen das Treppenhaus hoch. Nachdem sie Geräusche in der Wohnung hörten, sprengten sie die Tür auf. Greiff kam gar nicht zu einer Gegenwehr. Nach dem, was Lang erzählte, muss es filmreif gewesen sein.«

»Klingt so, als wärst du gern dabei gewesen«, vermutete Milka.

Paul ging nicht darauf ein, sondern räkelte sich auf der Bank und streckte die Beine. »Lang war mit der ED durch, als ich kam, und dann hatten wir ein erstes Gespräch mit Greiff.«

Milka wusste, dass mit ED die Erkennungsdienstliche Behandlung gemeint war. »Nun sag schon. Schob er seine Verantwortung auf Siegfried Herrmann oder auf die Paludis?«

»Obwohl ihm dieser überfallartige Angriff in seiner Wohnung tief in den Knochen steckte, gab er zuerst nur zu, dass Barraco für ihn arbeitete. Ab und an nur.«

»Und Gabor?«

»Kannte er nicht. Sagt er zumindest. Es war ein harter Kampf, bis wir ihn weich hatten. Da betete er uns zunächst die Kronzeugenregelung vor.«

Milka richtete sich auf. »Die gibt es bei uns?«

»Seit 2009 wieder. Strafgerichten wird, unter ganz bestimmten Umständen, tatsächlich die Möglichkeit gegeben, eine Strafe zu mildern oder sogar davon abzusehen.«

»Aber das ist doch …«

»Glaub mir, der Gesetzgeber hat da schon strikte Voraussetzungen vorgegeben. Jedenfalls – sich darauf berufend, erzählte er alles über Herrmann. Er selbst sei nur Handlanger gewesen. Herrmann habe über Aktionen befunden und ihm die Befehle erteilt. Er selbst? Mein Gott ja, einige Fälschungen und ähnlich harmlose Sachen. Aber Morde? Die seien nur auf Herrmanns Anweisung begangen worden.«

»Auch Barracos Mord an Muntz?« Milka konnte es kaum glauben. Wegen drei goldenen Ringen aus einem keltischen Mädchengrab?

»Da flippte er schier aus. Das sei ein Alleingang von Barraco gewesen. Ein Mitnahmeeffekt sozusagen. Er war zufällig da, als der Goldschmuck gefunden wurde, und griff zu. Er, Greiff, habe den Schmuck nicht.«

»Warum war Barraco überhaupt dort? Wenn er doch von den Kelten bestenfalls wusste, dass es die mal gab?«

»Die Heuneburg und das Grabungsteam waren für Barraco ein unauffälliger Rückzugsort. Wer sollte ihn dort vermuten?«

Wohl auch nach dem Mord an Wagner, überlegte Milka. »Und zu den Paludis? Sagte er da was?«

»Nur ein einziges Mal traf er einen der Paludis: Carlo Paludi. Der war bei Herrmann im Büro gewesen. Hat er von ihm Aufträge entgegengenommen? Nein, nur von Herrmann. Und der müsse auch Gabor eingeschaltet haben.«

»Von der Entführung hatte er erfahren?«

»Ja. Da sind wir aber nicht ins Detail gegangen. Für uns reichte es heute. Morgen geht es weiter. Dann ist auch Janina wieder da. Auf sie wartet Arbeit. Die Unterlagen, die wir in Greiffs Wohnung fanden, sind umfangreich. Bin gespannt, was da rauskommt.« Paul stand auf, streckte seine Arme in die Luft. »Gehen wir?«

Milka hörte ein Geräusch und drehte sich um. Ein Deutsch-

Kurzhaar kam in vollem Lauf auf sie zu. Etwa 50 Meter weiter entfernt konnte sie Sebastian Wild erkennen. Der Deutsch-Kurzhaar gab sich, als habe er Milka seit Jahren nicht mehr gesehen, umkreiste fröhlich bellend sie und Paul. Der war dankbar, dass der Hund seines Onkels nicht an ihm hochsprang. Sebastian Wild keuchte, nachdem er ankam. »Als mein Hund dich sah, Milka, gab es für ihn kein Halten mehr.«

»Müsste er als Jagdhund nicht auf dich hören, Sebastian?«

»Macht er auch. Außer bei Fuchsspuren – na ja, und bei dir.«

Der ehemalige Kreisjägermeister setzte sich auf die Bank, von seinem Sprint doch leicht angegriffen. Er blickte hoch. »Es stand was in der Zeitung über Claus Peter Thaler, das ist ja schrecklich. Mit einer Bombe ermordet. Wie ist das denn passiert?«

Milka kam nicht umhin, ihn bis zum Hofgut mitzunehmen. Dort hatte er seinen Kodiaq abgestellt. Paul lehnte die Einladung ins Haus mit der Begründung ab, er müsse zurück ins Büro.

Der Deutsch-Kurzhaar erhielt einen Wurstzipfel, Sebastian einen Obstler, und Milka nahm Apfelsaft. Als sie das dritte Mal gähnte, verabschiedete sich Sebastian Wild mit der dringenden Bitte, ihn doch weiter zu informieren. Und, er müsse nachher sofort Lothar anrufen.

KAPITEL 15 – MONTAG

Milkas Runde durch die Ställe und den Hofladen lag hinter ihr. Und ihr Schreibtisch war so gut wie aufgeräumt. Sie holte sich in der Küche frischen Kaffee. Gestern, vor dem Einschlafen, war ihr ein Gedanke gekommen. Sie rief Polizeiobermeister Richartz an. Er assistierte zwar Janina bei der Durchsicht von Greiffs Unterlagen, schien aber dankbar für die Abwechslung. Sie nahm ihr Handy und rief Frau Thaler an. Ja, sie könne ihre Tochter ans Telefon rufen. Es war ein kurzes Gespräch. Jetzt hatte sie Andrea Paludis Handynummer. Zehn Minuten später, Milka kritzelte auf einem großen Umschlag kleine Kreise, Linien und Buchstaben, kam Richartz' Rückruf. Ja, sagte er, die Uhrzeiten habe er mehrfach geprüft. Milka bedankte sich und ergänzte ihre Zeichnung. Sie lehnte sich zurück und nahm einen großen Schluck Kaffee. Diese Uhrzeiten – sie konnten nur eines bedeuten. Eine andere Auslegung war nicht möglich. Dennoch prüfte sie alles dreifach. Dann malte sie ihre Zeichnung neu, mit allen Daten. Irgendwie sah das Ganze so aus wie Lauras Zeichnungen damals aus der dritten Klasse. Egal. Auf die Zeiten kam es an. Sie musste zu Paul. Jetzt, sofort.

Pauls Büro war verwaist. Im Flur traf sie auf Lang. »Bin gerade auf dem Weg, Paul bei der Vernehmung abzulösen.«

»Constantin Greiff?«

»Ja, genau. Ein zähes Stück Arbeit.«

»Soll ich mit rein?«. Milkas Stimme klang hoffnungsfroh, bis sie Langs skeptischen Blick sah.

»Das muss er entscheiden.« Langs Daumen zeigte unzweideutig in Richtung des Vernehmungsraums.

»Sagte Greiff etwas zur Telefonliste, den Handynummern, die wir auf seiner Telefonanlage im Büro fanden?«

»Zwei Nummern hat er Barraco zugeordnet, beides Handynummern. Gab ich gerade an Richartz weiter.«

»Herr Lang, wo bleiben Sie denn? Ich dachte, Sie lösen mich ab.« Pauls Stimme war unverkennbar, auch wenn sie jetzt vom Ende des Gangs kam.

»Ach so«, sagte Paul, als er Milka sah, »sollten Sie Frau Mayr ins Vernehmungszimmer schmuggeln?«

»Ich brauche dich mal, Paul.«

»So ernst heute?«

Milka blickte Lang an. »Eigentlich braucht dieser Kommissar mich – er weiß es nur nicht.«

»So. Ich brauche also dich. Stimmt ja soweit auch. Nur, jetzt auf den Fall bezogen, da brauche ich einen konkreten Hinweis auf Andrea Paludi. Die Geldwäsche – okay. Da haben wir ihn. Bei der Entführung – das ist alles zu dünn, was wir bisher haben.« Paul tigerte, soweit dies in seinem kleinen Büro zwischen den Kisten möglich war, zum Fenster und wieder zurück. »Wir haben nichts, womit wir ihn in die Enge treiben könnten. Er wird kaltlächelnd behaupten, er kenne die Entführer nicht. Gabor kann nicht mehr reden, und Barraco ist verschwunden. Und Greiff – ich nehme ihm zwar nicht ab, dass er so gut wie nichts über ihn weiß. Aber er schweigt.«

»Dafür hab ich was«, sagte Milka. »Richartz checkt momentan Barracos Handynummern und versucht, eine stille SMS zu schicken, um den ungefähren Standort zu ermitteln – wenn es eingeschaltet ist.«

Paul nickte. »Ja, weiß ich.«

»Was ist eigentlich eine stille SMS?«

»Wir oder der Provider schicken eine stille SMS an das Handy, um es aktiv zu schalten. Es wird damit veranlasst, sich in einer Funkzelle zu melden. Und damit haben wir den ungefähren Standort, eine grobe Geolokalisierung.«

»Und das merke ich nicht als Eigentümerin oder Nutzer des Handys?«

»Nein. Still bedeutet auch still. Du hörst keinen Ton, und die SMS wird auch nicht angezeigt.«

»Und das ist erlaubt? Bist du sicher?«

»Sagt der Bundesgerichtshof. Bestimmte Voraussetzungen müssen gegeben sein. Genug erfahren?«

Milka schob einen Zettel auf Pauls Schreibtisch. »Das ist Andrea Paludis geheime Handynummer. Habe ich von Lara Lena. Vielleicht gibst du sie an Richartz weiter.«

Nach dem Telefonat nahm Paul seine Wanderung wieder auf, bis Milka protestierte. »Setz dich. Ich hab da was.« Sie zog ihre Zeichnung hervor. »Lach jetzt bloß nicht, ja.«

»Und was soll das sein? Eine Art Karte?« Paul nahm einen Kugelschreiber. »Da ist Hall. Klar, dort Vellberg. Und hier – wirklich süß gezeichnet – dieses verfallene Gehöft am Wald bei Großaltdorf, wo wir Lara fanden. Und was sollen die Zahlen? Uhrzeiten?«

»Perfekt, Herr Kommissar. Und diese Zeiten hat Richartz genau geprüft. Simon Thaler hat um diese Zeit«, Milka nahm Paul den Stift aus der Hand und tippte auf die jeweiligen Daten, »mit Paludi telefoniert und ihm den Ort benannt. Um diese Zeit«, Milka tippte erneut, »gabst du mir den Standort durch. Das war einige Minuten vorher.«

»Hm, ich ahne langsam, was du sagen willst. Andrea Paludi kam nur wenige Minuten nach dir an. Mit anderen Worten, er wusste von dem Versteck der Entführer – wie wir vermuteten.«

Milka nickte, ein sehr zufriedenes Lächeln spielte um ihren Mund. »So sehe ich das auch. Jetzt ist es ein Beweis.«

Paul Eichert beugte sich weiter über die Karte. »Er konnte nicht wissen, dass du dieser Hütte bereits so nah warst und dass sich Simon Thaler etwas zu viel Zeit ließ, um ihn anzurufen.« Paul ballte die Hand zur Siegerfaust. »Er stand unter Spannung, er war zu voreilig.«

Pauls Telefon klingelte. Er hob ab. »Was!« Es war keine Frage, es war ein lauter Ausruf. Danach gab der Kriminalhauptkommissar einen Befehl nach dem anderen. Bei aller Hektik, dachte Milka, war es doch eine systematische, logische Kette von Anweisungen. Milka ging ins Besprechungszimmer. Greiff blickte höchst erstaunt auf. »Sofort abbrechen. Einsatz«, flüsterte sie Lang zu. Es war ein merkwürdiges Gefühl. Eine seltsame Mischung von prickelnder Anspannung, Neugier darauf, was und wie es ablaufen würde, und insgeheimer Besorgnis.

Paul knallte ein LED-Blaulicht aufs Dach, Janina warf Schutzwesten in den Kofferraum. Hinter ihnen wartete ein Mercedes Kombi, blau-gelb gekennzeichnet, mit zwei Hundeführern. Den Abschluss bildete ein Mannschaftswagen. Milka hatte keine Ahnung, wie der besetzt war. »Von Bühlertann kommen zwei«, sagte Paul und griff nach seinem Handy. »Was ist? Stimmt das alles – jetzt?« Paul hörte kurz zu und schaltete das Blaulicht ein. Nicht jedoch das Signal. Er koppelte sein Handy mit dem Infotainmentsystem und fuhr los. »Richartz hat gerade angerufen. Paludi und Barraco. Steuern beide, wenn nicht alles täuscht, auf dieses Gehöft im Wald zu. Ist aber immer noch eine unscharfe Lokalisierung. Ich hoffe nur, das wird kein Schlag ins Wasser.« Paul warf einen Blick in den Rückspiegel, entdeckte Milka. »Du? Wie kommst du …« Anscheinend überlegte er einen Moment, sie umgehend an der Straße abzusetzen. »Du bleibst im Wagen. Hältst dich aus allem raus. Aus allem!«

»Zufall kann das nicht sein«, sagte Lang. »Die treffen sich dort.« Es sollte wohl positiv klingen – die Befürchtung, alles könnte sich als peinlicher Irrtum erweisen, war herauszuhören. Auch Milka zweifelte noch. Nur formten sich bei ihr bereits Gedankenbilder. Der Wald, der schützend das Gehöft einrahmte. Die schmutzigen Fenster, Polizisten, die auf das Gebäude zustürmten, als gelte es, eine wehrhafte Festung zu nehmen. Milka atmete tief durch. Mehrmals. Janina blickte sie an. »Ich kenne das«, flüsterte sie, sich zu Milka beugend, »es kann immer wieder kommen. Egal, wie oft du dabei bist.«

Paul schaltete den Funk ein. »Ab Vellberg: Licht und Signal aus. Sagt das den Kollegen aus Bühlertann.«

Paul warf einen Blick nach hinten auf Janina. »Notarzt?«

»Wartet in Vellberg.«

»Soll kommen.«

Im Funk knackte es, aller Digitalisierung zum Trotz. »Ort bestätigt«, sagte eine Stimme. Es musste Richartz gewesen sein. Er behielt recht.

Das Knirschen der Reifen auf den letzten 80 Metern des Kieswegs zum Gehöft klang für Milka so laut, als müsse es jeder im Umkreis von einem Kilometer hören. Rechts, verborgen zwischen einem Waldeinschnitt, stand ein Streifenwagen mit Pauls Kollegen aus Bühlertann. Direkt am windschiefen Eingang des Gehöfts erkannte Milka einen grauen Alfa Romeo. Gleich daneben parkte ein alter Golf in einem dreckigen Beigebraun. Lang schaltete den Funk ein und gab die Kennzeichen durch. Paul ließ den Wagen ausrollen.

Die Aktion lief gespenstisch leise. Janina verpasste Milka eine Weste und verwies sie auf den Platz hinter dem Auto. Sie wartete Milkas Bestätigung nicht ab. Die Hundeführer blieben bei ihrem Kombi mit den Schäferhunden an der kurzen Leine. Aus dem Mannschaftswagen sprangen sechs Mann, alle einsatzbereit mit Weste und Helm. Sie schlichen sich ans Gebäude heran. Zwei Männer rannten in geduckter Haltung hinter das Haus, vier gruppierten sich um den Eingang.

Dann ging alles blitzschnell. Mit gezogener Pistole rannten Paul und Lang geduckt zur Tür. Verharrten dort. Lang legte das Ohr an die Tür, schüttelte den Kopf und drückte in aufreizender Langsamkeit den verrosteten Türgriff nach unten. Er stieß vorsichtig die Tür auf. Sie gab einen leisen Quietschlaut von sich.

Alle guten Vorsätze und Pauls Direktive vergessend, rannte Milka hinter den jetzt bereits nachrückenden Polizisten zur Eingangstür.

»Polizei! Waffen weg! Auf den Boden! Waffen weg!« Gemeinsam brachten es Paul Eichert und Oberkommissar Lang auf ein beachtliches Stimmvolumen. Drei Polizisten stürmten mit gezogenen Pistolen ins Haus.

Zwei Schüsse hallten durch das Gebäude, gefolgt von einem lauten, mehrstimmigen Ruf: »Waffe weg, runter!« Ein weiterer Schuss und ein Schrei. Dann war Stille. Für einen kurzen Augenblick. Dann der Ruf: »Notarzt, Sanitäter!« Milka konnte den Rufer nicht ausmachen, gab die Anforderung aber lautstark nach hinten weiter und drückte sich durch die Tür, an Janina vorbei. Es dauerte, die Situation zu erfassen. Von der Helligkeit in ein kühles, schattiges Grau. Der Wald und die blinden Fenster ließen nur wenig Licht in den Raum, der über die gesamte Haustiefe reichte. Zwei Polizisten fixierten Andrea Paludi am Boden. Aus seinem rechten Oberarm strömte Blut, eine Pistole lag neben ihm. Der Notarzt eilte an Paludi vorbei. Barraco lag auf dem nackten Boden, direkt an der linken Wand. Sein Polohemd färbte sich rasend schnell rot. Ein Sanitäter band Paludis Arm ab und setzte ihm eine Spritze.

Der Notarzt blickte sich hilfesuchend um. Sein Blick fiel

auf Milka. »Hier drücken, bitte. Ja, genau hier. Bin gleich wieder da.«

Enrico Barraco bewegte seine Lippen. Milka bückte sich. »Keller«, glaubte sie zu verstehen. Sie drückte verzweifelt zu. Als der Notarzt zurückkam, war es zu spät. Zu spät für Enrico Barraco.

Milka saß auf dem Fußboden, den durch die Weste gepolsterten Rücken an die feuchte Wand gelehnt. Fünf Meter weg von dem Toten. Die Sanitäter hatten Paludi nach draußen gebracht. Janina kam auf sie zu. »Komm mit raus«, sagte sie. Milka folgte. Sie wusste, was jetzt passierte und was kommen würde.

Drei Stunden später saß Milka auf der Bank des heimischen Kachelofens und streichelte das Peterle neben ihr. Paul war wirklich fürsorglich gewesen, er hatte bis jetzt jede kritische Anmerkung zu ihrem eigenwilligen Verhalten unterdrückt. »Möchtest du einen Cognac?«

»Nein, ein großes Glas Milch.« Als Paul aus der Küche zurück war, fragte sie. »Was ist da geschehen?«

»Lang und ich kamen rein. Barraco lehnte links an der Wand, und Paludi bedrohte ihn mit einer Pistole. Du wirst unsere Rufe gehört haben. Paludi schoss dennoch. Zwei Mal. Dann richtete er die Pistole auf uns. Da schoss Lang. Besser konnte man nicht treffen. Dieser Paludi – eiskalt. Der Mann ist ein emotionaler Analphabet. Erschießt Barraco vor unseren Augen.«

»Hat Paludi gesagt, warum er sich hier mit …«

»Im Moment können wir nur vermuten. Vielleicht wollte Barraco einen Deal. Geld zurück gegen das Versprechen, ihn nicht auf die Liste zu setzen. Ich kann mir vorstellen, dass er nicht permanent auf der Flucht sein wollte.«

»Nicht zum Abschuss freigegeben, ja?«

»Wenn du das in der Jägersprache ausdrücken willst, genau.«

»Habt ihr das Geld im Keller gefunden?« Milka leerte ihr Glas. Sie interpretierte Pauls Schmunzeln. »Also ja.«

»Nein«, sagte Paul. »Aber dafür was Keltisches.«

»Sag bloß. Etwa die drei Goldringe aus dem Mädchengrab?«

»Genau. Unsere Archäologen werden sich freuen. Vom Geld war da keine Spur. Wahrscheinlich wollte Barraco zuerst ein Versprechen. Und Paludi erschoss ihn, als wir ihn überraschten. Barraco wäre sonst der perfekte Zeuge gegen ihn gewesen. Singen wird der nicht. Der nimmt sich die besten Anwälte. Ganz davon kommt er selbstverständlich nicht. Aber seine Chancen sind ohne Barraco ungleich besser.«

»Und wenn ihr das Geld findet, wer kriegt das dann?«

»Andrea Paludi, wenn …«

»Nein, kann nicht sein.«

»Wenn wir ihm nicht nachweisen können, dass es aus kriminellen Handlungen stammt, dann ist das so.«

»Und was passiert mit den Häuptlingen, den Oberhäuptern der Familie Paludi?« Milkas weiterhin leicht belegter Stimme war eine gehörige Portion Wut zu entnehmen.

»Nichts. Niente. Andrea Paludi wird schweigen.«

»Und dieser Padrone und sein Bruder? Die bleiben wirklich ungeschoren?«

»Wenn Siegfried Herrmann nicht singt, wird es schwierig. Aber auch wenn sie nicht sofort hinter Schloss und Riegel kommen – gesellschaftlich sind sie unten durch. Und, wir werden ihr Spinnennetz und ihre Geschäfte systematisch durchleuchten.«

Milka lehnte sich zurück und streichelte den schwarzen Kater, der sich wohlig streckte. »Ich dachte mir schon, dass es ein typisch französisches Filmende geben würde.«

Paul Eichert wölbte seine Augenbrauen zu einem fragenden Gesicht.

Milka lachte, seit langen Stunden zum ersten Mal. »Du musst dir den Ausgang der Geschichte selbst denken.«

Nachdem Paul sich verabschiedet hatte, fiel ihr Laura ein. Wo, um Himmels willen, überlegte sie, bekommen wir jetzt ein Reitpferd her?

KAPITEL 16 – DONNERSTAG

Die beiden letzten Tage taten Milka gut. Es waren zweimal 14 Stunden Landwirtschaft pur, ohne ablenkende Gedanken, mit nur kurzen Pausen. Früh am Morgen rief Paul an, sagte nur »Heute.« Milka wusste, was er meinte. Gegen 14 Uhr würde er sie abholen.

Kriminalhauptkommissar Eichert war pünktlich. Milka warf ihre Reisetasche in den Kofferraum. »Du hast alles?«

»Klar, gut verpackt.«

»Wir müssen zuvor in Kirchberg vorbei.«

»Nein.«

»Doch. Lothar hat mich angerufen und – also ich konnte einfach nicht Nein sagen. Unmöglich.«

Professor Lothar Ebert wartete bereits am Brunnen vor dem Rathaus des Städtchens. Neben ihm stand ein Koffer. »Was will er denn damit?«, fragte Paul in gespielt entsetztem Tonfall.

»Mein Gott, Lothar will halt eine Zeit lang auf der Heuneburg bleiben und seine volle Rehabilitierung in einem Kreis von Wissenschaftlern genießen. Verstehst du das nicht, Paul?«

»Nein. Aber das hat nichts zu sagen. Manchmal verstehe ich mich selbst nicht.«

»Jetzt mach schon, Paul. Hilf ihm mal mit dem Koffer.«

Als Paul Eichert auf der Autobahn den Tempomat einstellte, war er über die Anwesenheit des Professors doch froh. Lothar Ebert nahm ihn und Milka mit zu einem Thema, das nahezu reisefüllend war: die Feste der Kelten. Diese seien im keltischen Jahreskreis in Sonnen- und Mondfeste eingeteilt. Bei den Kelten der Antike und der Spätantike, lernten Paul und Milka, galt der Vollmond als heilige Zeit. Feste wurden daher häufig auf dieses Datum gelegt. Die Keltiberer feierten da ihren Mondgott, der seltsamerweise ohne Namen blieb.

Milka erinnerte sich an ihr letztes Gespräch mit Lothar auf dem Weg nach Crailsheim. »Und wann schnitten die Druiden die Mistelzweige?«

»Da berichtet Plinius – obwohl, der hat viel berichtet und wir rätseln, woher er sein Wissen hatte – das Mistelschneiden habe zum Monatsbeginn, sechs Tage nach Neumond, stattgefunden. Und nichts, so schrieb er, sei den Druiden heiliger als die Mistel und der Baum, auf dem sie wächst, wenn es nur eine Eiche ist.«

»Und die Mistel sollen sie mit einer goldenen Sichel geschnitten haben«, warf Milka ein, als der Professor gerade Luft holte.

»Also, wir Archäologen haben bislang kein solches Teil gefunden. Plinius schrieb von *falx*, was auch ein krummes Teil sein kann. Und schließlich, aus Gold war das Instrument gewiss nicht. Bestenfalls vergoldet.«

Als Professor Lothar Ebert im Zeitenlauf zurücksprang und über *Samhain*, das Fest zum Ende des Sommers, berichtete, das Feiern der Ernte und den Anbruch des neuen Jahres und die großen Feuer, um die Seelen der Toten zu wärmen, geriet die Heuneburg ins Sichtfeld. Paul telefonierte.

Doktor Weigel erwartete sie bereits am Parkplatz. Neben ihm, mit einem strahlenden Gesicht, Kriminalhauptkommissar Holger Biehl. Paul Eichert übergab das Paket.

In einer Art Prozession bewegten sie sich in Richtung des Grabungsfelds. Milka sprach Doktor Weigel an. »Weiß Sarah davon?«

Der Archäologe schüttelte den Kopf und flüsterte, als könne seine Kollegin ihn auf diese Entfernung hören. »Nein.

Und gerade ist Holger dabei, sie abzulenken. Gestern kamen zwei neue Kollegen aus Tübingen dazu. Semesterferien.«

Doktor Weigel legte das sorgfältig eingehüllte Päckchen mittig in ein überdachtes Grabungsfeld. Seine Kollegen hatten einen Tisch mit Gläsern aufgebaut. Und Kommissar Biehl, weiterhin strahlend, begrüßte einen Lokalreporter mit Fotoausrüstung.

Holger Frantz holte Sarah Link. Es brauchte dreimaliger, mehrstimmiger Aufforderung, bis sie schließlich im Grabungsfeld auf die Knie ging und das Päckchen vorsichtig entfaltete. Drei goldene Ringe lagen auf einem Bett aus weichem Vlies. Alle Umstehenden klatschten frenetisch, außer dem Fotoreporter. Sarah Link flossen einige Tränen über die Wangen, wohl eher wegen ihrer Gedanken an ihren toten Kollegen. Doktor Weigel öffnete die Sektflaschen.

Es wurde ein langer Nachmittag mit lebhaften Erzählungen, bis sich Paul und Milka verabschieden konnten.

Kurz vor dem Parkplatz blickten sie zurück. Es war ein entspannter, unbeschwerter Blick.

»Paul, siehst du, was da unten in der kleinen Senke steht?«

Paul lächelte. »Eine tiefschwarze Kuh im Weideschritt, den Kopf geneigt bis zum saftigen Gras.«

Milka lächelte zurück. »Nach Gold gräbt sie bestimmt nicht.«

DANKSAGUNG

Ich bedanke mich bei

Claudia Senghaas und ihrem Lektoratsteam
Dr. Leif Hansen, Regierungspräsidium Stuttgart, Landesamt für Denkmalpflege
Heiner Großeibl, Langenburg Historic, Historic Events GbR
Karl-Walter Lang
Gerd Ferdinand

und bei H., S. und D.

Kapitel 1: Zu den Aussagen der forensischen Gerichtsmediziner habe ich eine Vielzahl von Quellen ausgewertet. Interessant war dabei, dass sich mehrere Autoren auf einen Thriller bezogen. Ein Buch, das bereits lange Zeit, gelesen, in meinem Regal stand: Simon Beckett, Die Chemie des Todes.

Es hat mir geholfen.